文学の部屋

森茉莉 著
王蘊潔 譯

甜蜜の房間

甘い蜜の部屋

文學の部屋 No.29

甜蜜的房間

作　　者　森茉莉
譯　　者　王蘊潔
特約編輯　黃美娟
主　　編　陳嫺若

發 行 人　涂玉雲
出　　版　麥田出版
台北市信義路二段213號11樓
電話：(02) 2356-0933 傳眞：(02) 2351-9179
發　　行　屬蓋曼群島家庭傳媒股份有限公司城邦分公司
地址：10483台北市中山區民生東路二段141號4樓
網址：http://www.cite.com.tw
客服專線：(02)2500-7718　2500-7719
24小時傳眞專線：(02)2500-1990　2500-1991
服務時間：週一至週五09:30-12:00　13:30-17:00
郵撥帳號——19833503　戶名：書虫股份有限公司
讀者服務信箱：service@readingclub.com.tw
香港發行所　城邦 (香港) 出版集團有限公司
香港灣仔軒尼詩道235號3樓
電話：(852) 2508-6231 傳眞：(852) 2578-9337
馬新發行所　城邦 (馬新) 出版集團
Cite (M) Sdn. Bhd. (458372U)
11, Jalan 30D / 146, Desa Tasik, Sungai Besi,
57000 Kuala Lumpur, Malaysia.
電話：(603) 9056-3833 傳眞：(603) 9056-2833
印刷：中原造像股份有限公司
初版：2006年6月30日
售價：400元

美少女的情色想像：《甜蜜的房間》
——解讀森茉莉的戀父情結符碼

黃錦容

一、惡魔少女的處女性

藻羅只是個孩子。殘酷的、純潔的美麗少女藻羅，周圍愛著她的多米多里、亞歷山大、天上守安、彼特等男性一一成為她的俘虜，她接連不斷地誘惑男性並讓他們毀滅，但她總是保持著純潔。藻羅是個極有魅力又邪惡的少女。她淡紅色嘴唇、乾草味道的棕色頭髮、圓圓的堅硬肩膀、純潔的眼睛，在在潛藏著不可思議的魔力，不論是再怎麼有社會地位的男人都會在瞬間被她誘惑，可以說是日本小說中創造出來最厲害、美麗的森林精靈寧芙仙子（Nymph）吧，有如美國作家納布可夫的戀童小說《羅麗泰》中創造出的致命吸引力的美麗少女，男人們就像聚集到捕蚊燈的蟲子般，被她充滿誘惑力的眼睛網住，殘酷地走向自我毀滅。

而寵愛藻羅的父親——高雅紳士林作，保護她、重視她，心裏卻盤踞著魔鬼。兩個人的關係因爲甜蜜的房間而緊緊相連。「甜蜜的房間」是個封閉的濃郁世界。如同食肉性花朵一般的主角藻羅，最後不把蜜糖給其他男子而只給她父親，令人聯想作者森茉莉的父親森鷗外與她本身的戀父情結。據森茉莉所言，她所創造出來的美少女藻羅的原型，是主演電影《阿拉伯的勞倫斯》的彼得・奧圖。暫且按下於彼得・奧圖深邃瞳孔中尋出「魔鬼」光芒的森茉莉的妖豔感性，藻羅與父親之間奇異「甜蜜」關係的原型，當然應該是由茉莉自己與父親森鷗外的甜膩關係產生。

這部妖豔的作品讓人思考「少女」的處女性的問題。她看透一切既定觀念和眞僞，不是靠理論去操作，而是憑直覺、官能性地賣弄她特有的純潔魔性。三島由紀夫極力讚賞《甜蜜的房間》爲森茉莉官能性的傑作：「在一切如夢似幻的世界中，只有肉欲以幾近殘酷的眞實面貌呈現。很少有女人能夠（毫無夢幻）地正確道破男人只對所愛的人的『外表』，只對『外表』有著執著的關心，以及男人的肉欲，男人的色情。……她比任何淫蕩的女人更瞭解『男人』，實在太不可思議了！」三島認爲，森茉莉「使用了全日本只有森茉莉商店所販賣的語言」，成功地「明確地描寫出」少女和男人之間的關係。

小說第一部中，鋼琴老師亞歷山大（法國人）成爲藻羅的餌。從藻羅八歲開始教她鋼琴的亞歷山大，是超過五十歲的認眞男人，在那之前他過著清教徒式的人生。他對藻羅懷抱著無法壓抑、如火焰般的熱情，在逐漸成長的藻羅面前，他被迫面臨有如聖人抵抗裸女般的窘境。最後一堂課的場景中，面對十一歲七個月大的藻羅，亞歷山大一邊教她鋼琴，一邊與自我恐怖的肉體欲望交戰。

「這種小女孩……。簡直還是個小毛頭。有哪個男人會這麼認眞地探究這種小毛頭的心理？而且，自己就像是戀愛中的年輕人一樣。我是個比她父親更老的男人。……」藻羅爲了要讓嚴苛的課程稍微輕鬆點而跟亞歷山大談戀愛，在無意識中展現嬌媚。雖然是稚嫩的嬌媚但卻更讓他的欲望狂燒。

在第二部是個如牧師一般的醫學生彼特，第三部是踏實的青年企業家天上安守成爲藻羅的餌。遇到藻羅正是他們的不幸，是連身體都燒成灰的最大幸福。如果他們沒有遇到藻羅這個美麗少女，他們的人生應該是平靜不生波瀾的吧！

雖然藻羅如此地讓男人們一個個毀滅，但自己始終是純潔的小孩。而同時她也像是個可愛的野獸，貪求靠近自己的男人們的愛情、熱情。藻羅是美麗的肉食性動物。

二、父親與女兒的血濃情愛想像

藻羅的父親林作以明治時期大文豪森鷗外爲原型，是作者森茉莉的父親。母親繁世生下藻羅後隨即去世，所以他們兩人相依爲命。「甜蜜的房間」其實正是美麗少女藻羅和她父親所住的房間。林作溺愛藻羅有如沉溺不見底的愛情一般，藻羅也毫無顧忌地對林作撒嬌，兩人的愛情世界所建構的城堡誰也無法踏入。這般父親與女兒的濃密關係，與法國女星夏洛蒂・甘斯堡（Charlotte Gainsbourg，一九八六年法國凱撒獎最佳新進女演員）和其父賽吉・甘斯堡（Serge Gainsbourg，法國知名作曲家兼演員）充滿爭議的甜膩關係差可匹敵。這部小說可以當成父親與女兒的戀愛小說予以解讀。在平和潔淨的生活裏，彷彿被玫瑰扎刺般甜蜜與痛苦同時並陳。因爲當女兒身旁出現犧牲者時，父親林作臉上就會露出彷彿與全世界爲敵的美麗又不法的惡魔微笑。

故事是以藻羅的幼年期、少女期、結婚期三部所構成，其間貫穿描繪她的「男性關係」與總是繚繞不去的戀父情結。充滿妖豔魅力的藻羅吸引了形形色色的男性，可是最後藻羅只注意到「爸爸」。不管藻羅再怎麼惹人憐愛，爸爸再怎麼了不起，但是藻羅要如何才能玩弄這偉大的爸爸呢——文本所隱含的少女魔性，可以窺視出藻羅對父親近乎異樣的熱情。尤其是第一部「幼年篇」充滿了沒有越軌的非現實性美麗少女的情欲。這不是「情色」，也不是「色情」，充滿「耽美小說」的美學和情欲想像，幾乎沒有任何性愛床戲場面的描寫。「與父親的關係」是絕對不會發生性關係的，但最具情色特質的化身正是藻羅本身。

時間是大正初期，年幼的少女穿著父親從國外帶回來的舶來品洋裝，父親牽著她的手，出神地像個人偶一般走著。女傭、家庭教師、學校的老師，甚至連母親都對她抱著嫉妒，她帶著灰暗的美豔。帶著魔性的小女孩隨著歲月變成少女、大人，詭異的魅力也隨之增加。她敏銳地嗅出每一位邂逅的男性對她的興趣，然後厚臉皮地利用他們，讓許多男性成爲她的俘虜。但她不知羞恥、超級自戀的性格終究只對自己有興趣。她絕對有自信，不管如何情況下只有父親不會背叛自己。最後藻羅的世界是與深愛的爸爸回到兩人的「甜蜜的房間」，「房間」的極致化形象縱橫在排除男性他者的橫向空間，以及藻羅的過去、現在、未來的縱向空間裏暢行無阻，同時透露出作者對父親遺憾又無法釋懷的終極想望的具像化。

三、森茉莉的魔法：《父親的帽子》陰影下的《奢侈貧窮》

森茉莉本人在當時的許多散文中，都曾經談到《甜蜜的房間》，表示這部小說「描寫了父親和女兒之間的深厚感情，是一部戀愛小說」，同時，「描寫藻羅這個極具魅力的年輕女人，也是本書的重要主題」。日本近代文學向來以男性的立場描寫與母性之間糾葛，或是父親與兒子間互執己見的衝突，父女綿密相扣的世界卻是從來未曾有人涉及的領域。

在第一部結束和第二部結束，乃至整本小說的最後一行，父親林作都從容地微笑著。那是對「藻羅終於只屬於自己一個人」的勝利微笑，也是「沒有一絲忸怩，肆無忌憚的美麗惡魔的微笑」，也是面對整個社會「叛逆的笑容，叛逆的歡喜」。整部作品中，除了林作以外，其他人物很少有笑容。森茉莉也一樣無止盡地蕩漾在自戀的孤城裏，維持她少女時期一貫的美學意識，斷絕一切的社會交際而順從魔法，這是森茉莉才享有的特權。雖然文豪的女兒不少，但是森茉莉並不只是女兒而已，她幾近崇拜地深愛父親森鷗外，同時也集父親萬千關愛於一身成長。對森茉莉而言，世上最偉大的人只有父親，自己卻是沒有實體的影子，想到父親幾乎會出聲啜泣。因此她寫了《父親的帽子》，變成一個只會追求父親「美麗又熱情」的影子，而且一生持續不輟。

「我從小時候就在父親身旁看著他，對我而言父親看起來是個在學問和藝術上登峰造極、是個有著美麗的熱情的人。」「十七歲時和丈夫漫遊歐洲，我在各種地方覺得好像遇到了『父親的心』。席勒、歌德、斯特林堡，他們的字在柏林的書店裏閃耀著淡淡的金色，當我站在陰暗的書店時，我覺得『父親的心』就好像在那裏。」

鷗外讓茉莉十七歲就嫁出去，藉此保持自己和女兒間的距離。那時候鷗外的身體已經很虛弱了，但還是送新婚夫婦去歐洲旅行，結果造成父女永世的隔絕，這也成為茉莉一生無法彌補的遺憾。鷗外在茉莉十九歲時過世，接到訃文時茉莉人在倫敦。這種與父親訣別的方式也對她終身造成影響，孕育了茉莉與鷗外同卵雙胞胎的奇妙共生力量。但是堅信「世界上最美麗的愛情是父親與女兒的愛」的茉莉，終於將這份感情在小說的虛構中永遠地化為天堂，那就是《甜蜜的房間》，是茉莉在七十二歲時書寫的少女戀父情懷原型。

森茉莉晚年近三十年幾乎過著無法想像的赤貧歲月。與她親近的作家室生犀星造訪她的公寓時，目睹她家徒四壁、狼狽不堪的情景難過到輾轉難眠。雖然瓦斯點不燃火爐，也買不起電暖爐，在冬季的白日不斷加熱熱水袋，照她的說法，是以臥病十餘載寫出二十世紀最重要最長的小說《追憶似水年華》的法國作家普魯斯特自居，甘之如飴地將貧窮的現實生活逆向操作，寄託於想像力而華麗地創作，完成了晚年的傑作《奢侈貧窮》。在這個文本中垂垂老婦的肉體被少女魔法驅動，將日式暖爐變成了壁毯，普通的髒杯子變成西元一千四百年文藝復興時期翡冷翠的麥迪奇家族（Madici）想要的義大利水晶玻璃。

來自父親從容甜蜜的美麗愛情爲女兒建立了奇堅無比的強固城堡，也一逕守護著年幼女兒至其貧困不堪的潦倒晚年。森茉莉在鷗外的斗蓬裏做著夢，與鷗外一起呼吸，就這麼帶著甜美少女的嬌態進入永遠醒不來的夢裏，然後變老。《甜蜜的房間》讓人感覺她什麼都不想要，只想活在想像空間裏，表現出森茉莉血緣糾葛的戀父情結之無底深沉、美麗又華麗的悲哀。

本文作者爲日本國立筑波大學地域研究科日本文學碩士，東吳大學日本語文學系博士班日本文學博士。現爲政治大學日文系專任教授，日本國立筑波大學台灣校友會會長。主要研究領域爲日本近代文學及日本女性主義文學。

目錄

第一部

甜蜜の房间

藻羅是個不可思議的女人，她的心中有一個房間。

這個房間是用不透明的，像毛玻璃般模糊、厚實的東西做成的。來自外界的感情，都經由這層玻璃進入藻羅心中。無論愉快的、悲傷的感情，都經由這層玻璃牆進入心中，但因爲這層玻璃就像是眞的毛玻璃一樣，感情一旦進入了這層厚實的玻璃牆中，就變得非常虛無縹緲。

進入內心的感情在穿透玻璃的同時，也會逐漸變淡、變模糊。這種穿透時的變化，就像是眼前實在的東西逐漸變得朦朧，變得遙遠，在腦海中變得模糊般微妙的作用。因爲，當她在思考某件事物時，肉眼可見的一切就會漸漸穿透心中的玻璃，那是一種很奇怪的感覺，因此，凡是藻羅所看到的一切，包括人、花、風景，所有這些其他人可以明確認識的「現實世界」，在她的的眼中都顯得朦朧不清。

肉眼可以看到的花、玻璃花瓶、桌子、紅茶杯、銀湯匙，以及天空、越過圍牆的樹木、小石頭、棕色的狗，或是隔著桌子微笑的親人，這個世界上的一切眞實的東西到底是眞的存在，抑或是根本就不存在，兩者的界線很不明確。她經常覺得，雖然這個世界如此模糊不清，但死後的世界卻反而很明確地存在著。因此，她有時候甚至開始幻想另一個不知在何方的世界。

在那個世界中，沒有現實世界中那些毛玻璃，而是在一個完全透明的、極度透明玻璃的彼端，無論紅色，還是綠色，都蒙上一層美麗的透明。就像汽車和腳踏車的後視鏡映出的草原或紅磚街景那樣，是一個美麗的世界，會令人產生一種身處夢境般的沉醉。

但是，藻羅的感情，也就是從內心向外流露的感情，在穿透玻璃牆時，也開始變得朦朧，在虛無縹緲的雲靄中，漸漸變得極端的模糊不清。所以，令她產生感情的對象，雖然不至於覺得她冷淡，但也只能感受這種模糊的感情。即使接受了她的感情，也無法與她產生共鳴。因此，假設藻羅某一天產生了感動，接受這份感動的人，往往很難察覺到她的感動。所以，更不可能和她一起分享這份感動。

只有藻羅從小的玩伴，野原野枝實才能夠感受到藻羅的感情就是這種怪東西。然而，即使是野原野枝實能夠感受到她的感情，但仍然很不同尋常。即使某一天聽到藻羅說了一句充滿眞誠情誼的話，但仔細觀察後，又發現這句話原來是那麼不可靠，感覺好像是隨口說的，充滿了啓人疑竇的色彩。再看看藻羅，她一臉茫然空虛的表情，不由得令人產生一種無可名狀的落寞。

「沒關係。我知道，藻羅是個沒有感情的人。」

藻羅偉大的知己，野原野枝實這麼說道。

於是，藻羅立刻產生了反彈。

——我也是有感情的。

藻羅如此表達著抗議。然而，她很清楚，即使她試圖反駁，但在她想要說明的那一剎那，她立刻感到一種莫名的空洞，隨即便化爲一陣寂寞的漣漪。

藻羅放棄了，不再說話，克制著隱約像是憤怒的感情，接受野枝實表達的這份理解，這份略感溫馨的感情。

這個世界上，名為「友情」、「理解」的東西是很沉重、溫馨的，也十分寶貴。雖然藻羅在剎那間瞭解到這一點，但連這種感情也頓時變得模糊，變成了像雲靄一般。看著雲靄的裊裊輕煙，藻羅感到一種莫名的失望，偷瞄了野枝實一眼。藻羅這時候的眼神，就像做了壞事的人在偷瞄一樣。雖然這是人生中寶貴的一刻，卻是那麼朦朧不清，就像隔著毛玻璃所看到的光景。（我真的活在這個世界嗎？）（我會不會是個冷酷無比的壞蛋？世界上的壞人，會不會就是指像我這種內心結構的人？）

有時候，藻羅會帶著空洞的眼神，如此喃喃自語。

當這種奇妙的、朦朧的一刻消失後，藻羅和野枝實便會立刻興高采烈地聊起來，有沒有寫信給共同的朋友百合楓，謝謝她送的海泡石；或是討論要不要去母靈生犀川的舊友家走一走。在閒聊了幾句後，兩人開始聊起經常的話題——等疣山痣子肝臟的腫塊惡化，要舉杯慶祝；蛭谷海鼠、濁川蚯蚓，以及他的妻子蛇魔子對藻羅設下的圈套以及竊盜行為——他們透過一根甜蜜的、陶醉的細管掠奪了藻羅的財產；對於他們的這種行為，是否要焚燒護摩（譯註：梵文homa，密教的修法之一，焚燒護摩時，可以祈願消災迎福）。或許是因為這兩個女孩都有一對看起來像是大池沼般的雙眼，在她們談論這個話題的時候，總令人感到不寒而慄，她們就像是羅沙哈測驗（譯註：Rorschach test，由瑞士精神科醫師羅沙哈發明的一種性格測驗法，使用左右對稱的墨水漬狀的圖版，請受測者說出看起來像什麼東西，由此診斷人格的特性）所使用的墨水印漬中，所浮現出對著燃燒火焰起舞的魔女。她們相視而笑的四個眼睛中，有一種奇妙的東西，閃閃發光。

當藻羅還是個皮膚細嫩、有著圓潤的背的可愛小女孩時，就已經有了這間玻璃屋，但她自己並沒有立刻發現，其他的人，當然，更不可能知道。

❦ ❦ ❦

藻羅出生在大正初年十二月，一個十分寒冷的日子。她出生時，是傍晚五點三十五分，即將要點燈的時刻。藻羅在燭光中誕生了。

即將滿六歲的生日時，藻羅已經有著沉魚落雁般的美貌。眼睛在張開時，眼瞼重重地往上一推，便出現一對炯炯有神的黑褐色大眼睛。藻羅經常凝視別人，她的眼中有一種讓被注視的大人也渾身不自在的東西，讓人覺得她是個非比尋常的小女孩。

藻羅眼中有一種令大人感到畏懼的神奇東西，當然並不是因爲那長而濃密的睫毛，或是有像池沼般光芒的眼神，關鍵在於她內心的玻璃屋。藻羅所看到的一切、所感受到的一切，無論任何的一切，都像在毛玻璃的彼端，反映著她的內心。這種朦朦朧朧、虛無縹緲的感覺，在她的內心飄浮。藻羅的雙眼就像是心靈的窗戶，映照出了她內心的這份飄浮，使藻羅的眼中有一種無可名狀的、摸不著頭緒的朦朧光芒。

在藻羅還是個尚不具備思考能力的小女孩時，她的眼中已經透露出來：她沒有什麼思考能力，即使現在已經長大成人，這點仍然沒有改變。她是憑感覺看事物，憑感覺活在這個世上，她相信，自己活得很好。並非只有藻羅僅憑著感覺相信自己還活在這個世上，昆蟲、蛇、貓、女人，都是這麼回事。雖然偶有例外，但他們都是美麗的。有些看起來具備思考力的女人，也只不過是附在軀殼上的一種假象，或只是憑感覺捕捉了思考而已。

藻羅眼神之所以咄咄逼人，完全來自於她與生俱來的那種奇妙的感情地帶。然而，仔細思考一下，人心深處不都是這麼回事嗎？即使心裏隱藏著什麼，別人也無法窺探。所以，即使說藻羅隱藏了什麼東西，是個高深莫測的人，這種說法本身或許並沒有什麼不對。藻羅也會比較中意這種說法。

無論如何，藻羅只是個在今年十二月二日，剛滿六歲的小女孩。當她停下茫然的凝視著什麼，或是專注地看著人偶或繪本，或是呆呆地看著遠方時，她的雙眼就像天使一般，純眞無邪。

她那帶著淺淺皺襞的紅唇，只親吻過父親林作的臉頰、額頭和手背。當她看到林作如此親吻自己時，便也模仿著。在長著細柔汗毛的臉頰和下巴包圍下的紅唇柔柔嫩嫩。林作常常把巧克力一顆一顆地放進藻羅的口中；吃飯時，林作會把自己盤子中切成小塊的肉、水果等餵入她的嘴裏。雖然藻羅已經六歲了，他仍然維持著這些習慣。當林作在做這些事時，會輕輕地碰觸藻羅的嘴唇，說：

「像棉花糖一樣。」

然後，他看著藻羅抬起一雙大眼注視著自己，捲起舌頭，就像嬰兒吸吮母乳一般噘著嘴，吸著自己手掌上已經剝了皮的水果。藻羅的表情似乎總是若有所思，粉紅色的柔軟雙唇也十分沉醉地放鬆著，似乎在憧憬著什麼。

但是，當藻羅想到要玩什麼，或是準備要把腦子裏的惡作劇付諸行動時，或是有什麼事隱瞞管家柴田，或家庭教師御包時，藻羅就會咬緊嘴唇。這時，她的嘴唇兩端微微上翹，在臉頰上形成兩個很深的酒窩。

父親林作對藻羅緊密雙唇時，微微上翹的嘴形讚不絕口。他用手戳著藻羅的臉，說：

「女人的嘴角絕對不能平平的，應該像你這樣，嘴角上翹，兩端還要有小酒窩。」

無論對於藻羅可愛的臉蛋，或是帶有曲線的背部、手臂、腿，乃至看起來好像完全沒有毛孔，夏天幾乎無法呼吸，也令藻羅自己感到痛苦的細膩皮膚等所有的特徵，包括她是個與眾不同的孩子等所有的一切，林作是藻羅的禮讚者。

「藻羅，你是最棒的孩子，這個世上再也找不到像你一樣的孩子。」

林作讓藻羅坐在自己的膝蓋上，輕輕地拍著她的背，搖著她，不厭其煩地告訴她，宛如某種咒語般地穿進了藻羅的耳膜。

林作的弟弟達二住在京都，當他滯留東京時，曾寄宿在林作的家裏。

藻羅的母親——剛生下藻羅就死於重度妊娠毒血症的繁世，是林作的續弦，由於不討婆婆倫音的喜歡，因此，達二對藻羅也沒有什麼感情，看到藻羅想吃京都的乾果，他故意不多給她。於是，藻羅就趁達二不在時，偷偷溜進他的房間，從架上的罐頭中，抓了一大把乾果，表達自己幼稚的反抗。

當達二向林作告狀離開房間後，林作就把藻羅抱在膝上。乾果被管家柴田沒收，藻羅的小手上還沾著砂糖，林作輕輕地吻著她的小手，說：

「藻羅是最棒的孩子。藻羅是最棒的孩子。即使偷了東西，藻羅做起來就是最棒的。」

當時，林作的胸前散發出西敏斯特（譯註：Westminster，一種英國的菸名）的味道。藻羅將臉頰貼在吸收了西敏斯特味道的毛料西裝胸口，聆聽著這些話；夏天時，她會將臉頰靠在林作細紋圖案有如溫度計刻度的粗布單衣胸前，聆聽這些話。藻羅從這些話中感到安心，更有一種征服父親的滿心歡喜。

林作用低沉、略帶嘶啞的聲音說出像咒語般的話語，帶有一種令人恍惚的甜蜜，被吸入藻羅精神的深處。不知不覺中，在藻羅的心中深植下毫無理由的自信。藻羅深信——我是個好孩子，我是個與眾不同的可愛孩子。那是一種在不知不覺中，在極度的誘惑中培養起來、在內心落地生根的自信。我是個好孩子，讓我不愉快的都是壞的——那是 enfant gâtée（被溺愛的孩子）特有的自信。

或許是因爲生活在這樣的環境中，藻羅討厭義務。在她還不瞭解義務是怎麼回事時，就已經開始討厭義務。藻羅的心完全不接受義務這一類的東西，就像胃不肯接受某些食物一樣。

即使再淡薄、再朦朧的感情，都可以輕鬆地進入藻羅的玻璃牆，但這道牆會將義務原封不動地頂回去。在藻羅升上小學後，要準時到校，或是在老師規定的時間，到達遠足的集合地點這類帶有強制性的、義務的事，都會被藻羅的玻璃牆擋在門外，彈了回去。藻羅會在無意識中把這些東西嘔吐出來，之後，忘得一乾二淨。

藻羅也討厭在規定的時間內完成某件事；討厭在紙上畫直線；討厭把紙摺得整整齊齊，然後再裁開。凡是學校的老師或家庭教師盯在一旁要求她做的所有事，她都討厭。她厭惡畫畫時，被規定要把顏色塗在規定的形狀中，不可以畫到框線外；她厭惡義務，厭惡必須集中注意力，遵守所謂的規定、正確、直線、某種框框，不能超出一絲一毫。

親戚中的女客人們看到藻羅無法完成這些事，便判斷她是個笨小孩，在背地裏說三道四。然而，藻羅並非無法完成這些事，而是對這種中規中矩的事，有著強烈的厭惡和反彈，在做這些事時，她的靈魂便出了竅。當大腦無法發出正確的命令時，手指當然不可能聽使喚。

藻羅這個孩子，甚至討厭立正站好；走路時，也從來不曾走過直線。誇張地說，她走起路來就像蛇一樣，扭曲地蛇行；她討厭規規矩矩地坐著不動，也絕對不會勤快地活動身體。藻羅走在路上時，不是抓著父親林作的手，就是抓住管家的手，倚靠在他們身上。她看起來就像是個根本不想走路的孩子。在家裏時，永遠都是懶洋洋地東倒西歪，不然就是靠著身旁的東西，或是人的身上。對於她不想正襟危坐這件事，家裏任何人都不敢有半句微詞。因爲，林作希望藻羅有一雙像西洋女人一樣的筆直雙腿，所以，特別關照家裏的人，絕對不能讓藻羅跪坐。林作要求藻羅坐著的時候，將兩腿伸向一旁。只要林作在的時候，也默許她可以躺下來。

藻羅朦朧的雙眼可以在無意識中看透家裏人的內心或是說話時的弦外之音，她知道林作並沒有把家庭教師或是管家放在眼裏，所以，她也不把這兩個女人當一回事。她用態度頂撞著御包，更用言語表達出對柴田的反抗。

藻羅不得不完成令她討厭的義務、每天的功課，都來自家庭教師御包，和學御包那樣對藻羅嚴加管教的管家柴田這兩個女人。所以，藻羅對這兩個女人充滿敵意。

繁世死後，父親林作雇用柴田來照顧藻羅，但隨著藻羅逐漸接近讀小學的年齡，他知道親自教藻羅那些她討厭的事，或是要求她完成每天的功課，是一項不可能的任務，於是，就四處拜託朋友，幫忙尋找家庭教師，但始終找不到理想的女人。御包千加四十五歲，曾經在小學當過老師；柴田富枝曾經結過一次婚。這兩個女人都習慣擺出一副假正經的表情，嘴角旁都有著相同的難看皺紋。雖然都是裝模作樣、陰森森的女人，但因爲御包具備了可以勝任職責的資歷，因此，她每個月的月薪五十圓，柴田每個月也可以領到三十圓的高薪，但要同時負責廚房的工作。

「這是御包女士，從今天開始，她將照顧你。等你慢慢長大了，她會教你很多事，所以，你可以把她當成媽媽。」

父親林作曾經這樣把御包介紹給藻羅。但是，從御包身上，完全無法感受到林作說這番話時，提到「媽媽」這兩個字時的語氣中的甜蜜、溫馨。藻羅雖然不記得在生下她後，就因爲劇烈的痙攣發作而死亡的母親，但林作曾經給她看過照片，也聽林作說過媽媽的事，所以，她知道「媽媽」是溫柔的。

已經駕鶴歸西的繁世自從懷了藻羅那天，一直到她出生爲止，對藻羅都懷抱著某種強烈的、本能的、可怕的愛情，這份愛情仍然殘留在林作的心中。

——眞是可怕的東西，當時，林作這麼想道。雖然繁世對生下的嬰兒的愛情，曾令林作感到幾分嫉妒，但他對女人的盲目以及動物式的感情感到不悅，也感受到一種對比自己更低等、醜陋的競爭對手產生嫉妒時的技癢——

所以，只要林作一看著藻羅時，「媽媽」這兩個字便脫口而出。當林作看著藻羅，嘴裏吐出「媽媽」的聲音中，飽含著的並不是繁世和林作之間愛情殘火的餘溫，而是充滿了對繁世殘留在藻留身上這種可怕感情的厭惡和憐憫。藻羅從「媽媽」這簡短話語的聲音中，聞到了加了牛奶的巧克力的香味。

繁世死後，林作雖然在外另有女伴，但從不帶回家裏，他傾注全心溺愛著藻羅。在林作的心中，充滿了對已經離開人世的妻子爲自己奉獻一切的溫柔追憶，以及對現實生活中，陪伴在自己身旁的藻羅那份自己也搞不清的熾烈溺愛。

林作對御包的要求，只希望她正確地向藻羅傳授初等學校的啓蒙教育，以及做好每天的預習和復習。當林作向藻羅引見御包時，六歲的她就已經聽出了林作話中的弦外之音——好好利用這個肥胖身體中隱藏著性壓抑、像尼姑般的怪物吧。

藻羅在一旁看著御包，一雙大眼似乎在說——

我會好好關照你的。

藻羅發現，御包在林作面前時和林作不在場時的眼神、說話的語調都判若兩人。在林作面前時，御包的眼神充滿溫暖，用字遣詞也極盡溫柔。

爲了五十圓的高薪，御包當然不得不討林作的歡心。她和藹地瞇起雙眼看著藻羅，在充滿威嚴的態度中，又不失柔軟的身段。雖然在早晨時，她努力表現出生活規律的人常見的爽朗，但這些都屬於她年輕時曾經擁有過的東西，現在早已消失無蹤。如今，在她的身上只殘留著壓抑的痛苦所衍生出的陰鬱。她在自己的房間裏，常常肆無忌憚地躺得橫七豎八。她和柴田不同，每天上午和下午都要負責爲藻羅上一些課，但由於有林作在，她所擅長的禮儀教育絲毫無用武之地。雖然林作允許她閱讀，或是自我充實，但她早已拋棄了閱讀和學習的習慣。除了欲望無法獲得滿足的陰鬱之外，她的心裏還住著寂寞的野獸，這個寂寞的野獸不時地淌著口水。

藻羅經常看到御包用厭惡的眼神看著自己。

御包對藻羅所擁有的一切心生嫉妒，藻羅一眼就看了出來。雖然藻羅還不懂得「幸福」這個字眼。但她十分清楚，御包用不快的眼神看著自己所擁有像「光」一樣的東西、「溫暖的東西」、紅色的、熾熱的、發光的東西。在這些紅色的、光環般的東西中，包含了林作對藻羅的無限溺愛——在橫濱經營大型貿易商社的林作經濟優渥，只要林作一聲令下，要什麼有什麼，藻羅就是處於這樣的境遇；她嫉妒的還包括藻羅蜂蜜色的細膩皮膚隨時像剛用水擦過般滋潤，令人咬牙切齒的可愛，以及小小肩膀、背部和手上、腿上恰到好處的肉肉。藻羅是她從未見過的蜂蜜色、異常可愛女孩。藻羅在不知不覺中流露出無心的媚態，早已把林作收服得服服貼貼，御包故意裝得漠不關心，但她的眼角卻鉅細靡遺地捕捉住每一個畫面。

這些光輝燦爛的東西、甜蜜的東西，都是御包一輩子無法體會的，她因此而產生的不悅，都充分表現在她看藻羅的眼神中。就像是從爬滿蚯蚓、蛞蝓和蛆蟲的昏暗、潮濕地帶偷窺籠罩在紅色燈光下的溫柔世界時的嫉妒眼神。

在這一點上，羡慕御包身爲家庭教師的地位，一切都仿傚御包的柴田也一樣。當柴田在一旁斜著眼時，她那紡錘形的眼角就會露出和類似魚鰓色的東西。當柴田露出這種眼神時，她的眼中有某種令藻羅感到不快的、極度厭惡的東西。在林作夏天膳食中出現的小竹筴魚生魚片的背上，藻羅也看到了相同的顏色。

每當藻羅看到她塞滿和服領口下的胸部，或是穿著會發出沙沙聲響的白色廚衣的胸部時，都可以從這堆豐厚的、肥壯的堆積中，感受到一股燥熱之氣。每當她從身後抱緊藻羅，不顧藻羅的反抗，強迫幫藻羅穿上討厭的衣服時，她都會故意地用肥厚的胸部頂住藻羅。那是一種很奇怪的、甜膩的、令人不舒服的味道。藻羅豎起手肘，死命地推開那種像火一樣熾熱的東西。

御包和柴田一樣，厚實胸中也塞滿了熾熱的東西，但藻羅可以感覺到，御包對自己的嫉妒更甚於柴田。

林作一週的行程幾乎被貿易商社的工作和交際應酬塡得滿滿的。每星期，林作會和安奈特．卡夫曼共度一個下午，對林作而言，那是個既沉悶，卻可以滿足某種欲望的時光。林作每天的早餐時間、每週有一兩天在中午過後的早歸時間，以及星期天，都會在家裏。其他時間不是和某人會餐，就是參加宴會。所以，林作只要一看到藻羅，就立刻把她抱在膝頭，和她聊天，說德國童話給她聽，聽她說話。有時候，他也會回絕會餐，回來幫她洗澡，帶她一起出去吃飯，或是帶她去朋友家中作客。

林作喜歡看著藻羅，他只做她喜歡的事。最近，他才以遊戲的方式，開始教她一些法語的單詞和簡單的會話。但所有小學教育的準備，都全權交給了御包。林作認爲這樣就夠了。只要自己在家，藻羅可以從他的生活中學習，他認爲，這樣就夠了。

對林作而言，藻羅就像是個小情人。見面時間比任何人更多的情人；十幾年後，必須交到別人手上的情人。事實上，林作認爲藻羅的重要性絲毫不輸給情人。在這種爲人父親心態下的另一個林作，有一種甜蜜的預感，藻羅將一輩子維繫和自己之間的愛情，她永遠都無法從這種深厚的、溫柔的感情中自拔。

當藻羅告別嬰兒臉，用可愛的雙眼看著林作時；當消毒過的茶匙前端可以放入她的嘴裏，她那玫瑰色的嘴唇拚命吸吮，伸出深玫瑰色的舌頭，喝著過濾後的蔬肉湯時，林作便漸漸地被她吸引。當他終於得出這樣的結論，便始終珍藏在心頭。當三歲的藻羅坐在林作的膝蓋上，將臉埋在他的胸膛，他把她的臉抬起時，她又用小小的手臂環抱住林作的脖子；當藻羅會模仿林作親吻自己的樣子去親吻林作時，林作就完全變成了她年齡懸殊的情人。

當藻羅叫著「爸比」時，可愛的聲音中透露出濃密的嫵媚和自信，而在這種低沉、流暢的聲音中，則強烈地迴響著（爸比是我的）的弦外之音。

——藻羅是我的唯一。沒有藻羅，我的生命便失去了意義。在一個沒有藻羅的世界，生命顯得毫無意義。

林作將這句無法在任何人面前公開的、祕密的愛情告白珍藏在心中。

正當林作想要用乾淨的、不會帶來麻煩的方式處理未來幾年需要的女人問題時，安奈特．卡夫曼進入了林作的商社。她的體格很健壯，是個身材高大的女孩子。她很像日本人，感覺不像是白種人，她的皮膚也不像白人那麼白，而是接近還沒有精製過的糙米顏色。她父親約翰尼斯在一家公司擔任事務員，林作的客戶雷澤曼經過一番調查後，也拍胸脯保證，她父親的爲人很可靠。所以，林作就把膚色、頭髮以及一雙大眼都和藻羅有幾分神似的安奈特作爲自己每週定期約會一次的女人。安奈特雖然是個不貪婪的善良女人，但有些地方卻顯得愚蠢。她對自己的魅力抱持過度的自信，幸好她的性情頗佳，所以，她的自信過度還不至於破壞她的可愛。她曾經在橫濱的小型電影公司當過臨時演員，但無論做女演員還是事務員，她都不是那種會踩著別人的肩膀往上爬的女人，所以，十分適合林作給予她的待遇。對安奈特而言，能夠獲得林作的垂青，簡直就是天上掉下來的禮物。安奈特雖然自以爲這一切是理所當然的，但據說是她父親強迫她放棄女明星夢，找一份事務員的工作。因此，安奈特和林作的關係，其實並不像她自以爲的那麼甜蜜。

林作從來不把義務加諸在藻羅的頭上。義務永遠都來自御包和柴田這兩個女人，連同她們沉重的、悶熱的氣氛，一起加諸到藻羅的頭上。也因此讓藻羅討厭義務這件事。

——我討厭這種非做不可的事。我討厭這種事。

藻羅常常在心中如此吶喊。

——我也同意。別管這種事。這種事就交給管家柴田和家庭教師御包這種人去處理吧。

林作的聲音在藻羅的心中響起。

「藻羅，你在哪裏？我們要出去吃飯了。讓柴田幫你穿外出的衣服，把新帽子也拿出來。」

下午上完御包的課後，藻羅正趴在玄關旁客廳的沙發上，沉浸在幻想中時，突然傳來林作眞實的聲音。林作手上夾著香菸，邁著大步走到玄關大廳來找藻羅時，御包和柴田不絕於耳的正確意見和言語的噪音立刻被吸入林作巨大的身影和西敏斯特的味道中。

「柴田，……洋裝，還有新帽子。」

藻羅走到玄關正面樓梯後方，大聲地叫著，但她的聲音很小。可能是心中的毛玻璃也在聲帶附近放了什麼模糊的東西。藻羅著急地又大聲地叫了一次，樓梯後面的房門打開了，柴田走了出來。

「和老爺一起出去嗎？」

柴田臉上掛著每次看到藻羅高興時就會有的不悅，說話的聲音也特別煩人。然後，一邊拉著藻羅的手走上樓梯，一邊轉過頭來看著藻羅。

「老爺說要戴新帽子嗎？」

無論她問什麼，藻羅都默不作聲。

她用被柴田抓著的手，用力捏了柴田的手一下。

「啊，好痛，你又捏我。藻羅大小姐，還不是因爲你常常假傳聖旨，每次都想要穿新衣服。如果我告訴老爺，老爺可不會答應。」

「好啊，你去說啊。」

藻羅說完，又用力掐了她一下，才放了手。

她戴上新的帽子，抬起綁著黑色橡膠皮繩的下巴，不知道對柴田說什麼。鑲滿蕾絲的白色洋裝下，雙腳穿著黑色長靴，蹦蹦跳跳地走下樓梯，她似乎還在和柴田拌嘴。

「還沒準備好嗎？」

原本已經坐在車上的林作大聲問著，穿著鞋子就上了樓，一看到藻羅，立刻說：

「哇，太美了，美極了。眞是個美麗的女孩。」

然後，張開雙手抱起藻羅，帶她坐進車裏。

藻羅的感情並不是發自內心的深處，感情的尾巴永遠殘留在她的心裏。殘留著，沉伏著。另一個藻羅則冷眼旁觀這種淡薄的感情。雖然是在無意識的情況下旁觀，然而，毫無疑問的是，這另一個藻羅卻是帶著一副茫然的、不知所措的，而且不以爲然的表情冷眼旁觀。

藻羅的感動消逝得很快，缺乏持續性。即使被人愛著，即使被人充滿深情地擁在懷裏，即使接受了別人的饋贈，她的歡喜都會變成一種淡淡的、模糊的東西，進入藻羅的心裏。這種感動很快就會溜出體外。對藻羅來說，任何感動都會立刻溜出體外、忘得一乾二淨。因此，這注定她是個極其薄情的人，也只能是個不懂得感恩的孩子。

因此，對藻羅特別溫柔的人，從來不曾因此受到她的感謝，也不可能讓他們因此體會到內心充實的感覺。相反的，往往令他們很有挫折感，滿心的期待往往會落空。就好像原以爲是一扇門的地方，走過去才發現只是一塊布，而藻羅則在這塊布的後方笑著，令人感到忿然。但是，對想要欺侮藻羅的人來說，這種作用會發揮相反的效果，讓他們無法稱心如意。如果耗費數十年的光陰，集體對藻羅展開進攻，藻羅想必會潰不成軍。然而，她也會在不知不覺中，生出背鰭，頭和身體、身體和尾巴則會連在一起長出鱗片，藻羅這尾魚又變得生龍活虎。讓她長出背鰭，或是將身體和尾巴相連的，好像是藻羅的玻璃，也就是藻羅的無感情地帶滋生出的、像黏膠般的東西。這種玻璃體滋生的黏膠般的東西，在平常沒有用武之地時，就會融化、覆蓋在皮膚上，藻羅的皮膚上有一層既不是污垢，也不是油脂的透明體。這種既非固體，又非液體的光滑透明體比糯米紙更薄，覆蓋在藻羅的皮膚上，只要用水一擦，便立刻融化，散發出一種清潔的植物清香。隨著藻羅的長大，這種透明的香味也逐漸產生了變化，時而變成慵懶，像是安眠藥；時而變成像東北地區的春山上，像眞書筆（林作使用的小楷毛筆）般纖細，冒出胭脂色細芽的樹枝被折斷時，所散發出的清冽的、比花更強烈的芳香。

這個世界上，有些人和藻羅完全相反，讓人懷疑他們是否對義務、規則、遵守的時間這一類的東西喜歡得不得了。在藻羅的眼中，這些人的大腦構造特殊，時間和規則這一類的東西可以順利地進入他們的大腦。

親戚中的女客、左鄰右舍的女人們，很沒坐相地一邊吃東西，一邊閒聊的話題，大部分都是讓人喘不過氣的愛情話題。這些愛情話題都牽扯著義務的問題，牽扯到父母的義務、子女的義務。

在他們的談話中，「因爲是父母嘛」或是「畢竟是父子嘛」這一類的感嘆句，都會用像熱風般的口氣說出來。她們的話中充滿了動物式的愛情和義務的熱氣。藻羅對這些話題多少有些瞭解，這些話中的熱氣和柴田或御包加諸給她的功課的話題十分相似，讓藻羅感到沉悶、不舒服。

管家柴田拿著溫熱的牛奶，或是令人作嘔的藥水，強迫她喝下時，藻羅的胃壁就會把它們吐出來，那些義務和喘不過氣的愛情話題帶給她的不舒服，就和溫牛奶、藥水一樣。

當管家柴田拿著溫熱的牛奶和藥水出現在枕邊時，藻羅就會緊閉雙唇，翻著白眼，斜眼瞪著柴田的眼睛。

藻羅默默地在心裏說道：

——等爸比回來，我就要告訴他。爸比有多喜歡我，你應該知道吧？

管家柴田似乎可以看懂藻羅的心思似地，故意使壞癟著嘴說：

「藻羅大小姐，如果不喝的話，你的病不會好喲。不管老爺怎麼說，不聽醫生的吩咐可不行。」

「爸比比稻本醫生厲害多了。爸比的爺爺曾經照顧過稻本醫生。」

「是嗎？那就隨你好了。不過，你不喝，燒就不會退。」

藻羅生氣地翻了一個身，把小小的、圓滾滾的背對著柴田。

把背朝向柴田時，藻羅把藏著的小鏡子推進枕頭深處。她已經是個小「女人」了。她用汗水沾濕的小手，小心翼翼地把小鏡子推進枕頭下。這面小鏡子是她偷偷央求林作幫她買的。

——如果被柴田看到了，一定會被她搶走。

藻羅在心中喃喃自語。

——眞是個討厭的孩子。

柴田在心裏嘀咕著，她用紙蓋住裝牛奶的杯子，把藥水倒進瓶子，把杯子蓋在上面，便好像完成義務般地走了出去。

藻羅很清楚，當管家柴田端來藻羅討厭的東西時，內心就會竊喜不已。她把牛奶和藥水端來給藻羅時，並非只端來這些喝的東西，而是連同藻羅討厭的東西也一起端了過來。這種討厭的東西就是道德。無論從她臉上的表情，還是她說話的腔調，她的一切都散發出令人厭惡的道德味道。

那些身上沾滿道德的味道，並試圖強迫對方接受的人，看到對方越不想接受，他們心裏就越爽快。藻羅很清楚這種人心裏的眞實想法。

道德的味道也是令藻羅內心的玻璃牆產生強烈反彈的東西之一。因爲，道德是必須遵守的東西，所以，和義務很相似。就像是當她想要嘔吐時，管家卻拚命要她喝下的溫熱肉湯，或是藥丸一樣。

藻羅討厭所有會散發出道德味道的東西。只要一看到揭著寫有「道德」的旗幟靠近，她就會反射性地產生厭惡。雖然聖潔的「聖人」聞到道德的味道就會眉開眼笑，就像貓類聞到木天蓼時般心曠神怡，藻羅的內心卻因爲厭惡而僵硬。她不知道爲什麼會這樣。藻羅反抗所有發出道德味道的東西、戴著道德面具的東西，這是一種動物的本能。在管家柴田說的話和家庭教師御包的說教中，充滿了僞善的道德，令藻羅厭惡之至。藻羅內心對散發出道德味道的人、這種人的皮膚、指甲、穿戴的衣物等一切的一切，都會產生反彈。藻羅內心反抗的刺全都豎了起來。

道德散發出令人厭惡的味道，向藻羅逼近的道德氛圍就像藻羅討厭的、發出令人作嘔味道的食物一樣。

藻羅討厭肉桂，討厭卡爾斯餅乾（譯註：Karls餅乾，一種適合老人和孩童食用的鬆脆餅乾）中帶有苦澀味道的穀粒，除此之外山椒、柚子，或是帶有山葵味道的點心、香料麵包中的香料味道，都是藻羅討厭的東西。強迫藻羅接受道德的那些人，他們身上就散發著這種味道。

道德帶有令人厭惡的味道。

散發出道德味的女人通常都有著白淨透明的皮膚，皮膚上泛著油光，或是有著很深的紅色皮膚。這種皮膚都讓人難以親近，不討人喜歡。這些女人的聲音通常都帶著鼻音，尖銳、高亢，就像母馬在嘶鳴。她們通常有著細細長長的骨感手臂。手臂內側滑爽得令人噁心，還有著令人討厭的紅色斑紋，就像長時間把手放在暖爐或炭火旁時，會產生的那種噁心的紅色斑紋。不是紅色的部分就像浸在酒精中的解剖屍體一樣，蒼白得帶有一點淡黃色。這種蒼白和巴黎的葛凡博物館（Musee Grevin）重建犯罪現場的蠟人像顏色多麼相似。

藻羅討厭這些女人令人厭惡的、不討人喜歡的長相，討厭她們像母馬嘶鳴般的聲音，討厭她們臉上紅色的油亮皮膚，更討厭她們骨瘦如柴的手臂。這些散發著道德味道、步步逼近的女人，內心都隱藏著嫉妒，以及嫉妒衍生出的小小惡意，也是最令人感到不快的惡德。這些女人眼中流露的溫柔微笑中，發出一道冷漠的光，注視著藻羅。她們眼神雖然看似蔑視、憎恨著幼小的藻羅，但在她們冷漠的眼睛深處，隱藏著醜陋的嫉妒。從她們的眼中，露出了令人不舒服的無恥，就像毒蛇般盤踞成一團。家庭教師御包就是這些女人中的一份子。藻羅用一種可以看透她劣根性的眼神盯著她不放，御包回望了藻羅一下。這個憎恨藻羅的女人眼中，就露出了醜陋的眞面目。在她和藻羅進行這種祕密的眼神相鬥後，她就會和那些女人在談話時，使用隱語和暗號，說藻羅父親的壞話，或是談論他的祕密。這時候，她們顧忌正在一旁的藻羅，就會不經意地瞥藻羅一眼，露出輕蔑的冷笑。

出入藻羅家的人中，有一個五十歲左右的男人，名叫鴨田。他爲林作處理銀行和國稅局方面的雜務。這個男人身上也散發出道德的味道。鴨田慢慢地邁著步伐，保持著他的威嚴。這個被御包她們稱爲很有品味的男人，將半白的鬈髮三七分開，微胖的臉上隨時堆著代表寬容的微笑。藻羅看著這個男人似乎貼在臉上的、不會剝落的微笑時，懷疑他在沒有人的地方，在睡覺的時候，也拿不掉這張皮笑肉不笑的臉。但當藻羅一直盯著這個男人的臉時，發現這個男人一旦垂下嘴唇，收起笑臉，便會露出一張苦澀、不耐煩的臉。藻羅害怕得慌忙移開視線，立刻逃走了。在鴨田輕快地微笑，輕輕地揮著厚實的手說話時，他那張蚯蚓色的嘴裏散發出不同於藻羅在父親身旁嗅到的味道，那是一種令人不舒服的菸草味。藻羅從鴨田溫柔微笑時的嘴形，和散在臉頰上的皺紋中，感受到一種低俗的、令人不舒服的東西。

在某個夏季酷暑的日子，鴨田看到只穿著一件內褲的藻羅微微散開的小乳暈包圍下，像母貓般的乳頭，然後，藻羅因爲內褲的鬆緊帶太緊，就把兩隻小手的手指塞進鬆緊帶，想要把內褲往下拉一點。當他將眼光移到她嶄新的內褲附近時，藻羅感受到一種異樣的不舒服。無論父親將藻羅抱在他散發出西敏斯特味道的膝蓋上愛撫她的背，或是用加了古龍水的溫水幫她擦汗，或是幫她在被內褲鬆緊帶勒紅的痕跡上擦凡士林時，她都從來沒有感覺到這種不舒服。

六歲八個月的藻羅已經隱隱約約地意識到自己是個女人。藻羅意識到父親對自己的溺愛，在曖昧和模糊中，捕捉到一種確信——父親和看到自己的眾多異性，都喜歡自己。這是一種無意識的，連藻羅自己也不知緣由的自信。

藻羅並不知道自己是怎麼出生的，也不瞭解「骨肉」這個詞彙。但她隱隱約約知道，自己是照片上看到的母親和林作之間所生下來，和他們合爲一體的人。當藻羅發現御包和柴田用缺乏尊敬的言語聊著和她合爲一體的林作和母親繁世的閒話時，她會在一旁瞪著她們。當藻羅的大眼睛一動也不動地直視她們時，她們會中斷談話，不時地用心虛的眼神瞥著藻羅。這種時候，藻羅就覺得自己贏了。不知道爲什麼，藻羅有一種莫名的自信，認爲自己絕對不會輸。

當藻羅看著比自己年長幾歲的男生時，眼裏也散發出相同的自信。當藻羅還在毫無意義地發呆的時候，她的獵網已經投向了那個男生。於是，男生就會對自己另眼相看，偷偷地從口袋裏拿出壽山石送給藻羅。之後，藻羅慢慢瞭解到，是因爲自己看了那個男生，對方才會對自己另眼相看，才會對自己特別友善。藻羅靠著這雙眼睛來捕捉大人的視線，在視線的爭鬥中讓對方敗下陣來；也是用這雙眼睛投射出像獵網般的視野，引起男生的注意。當藻羅知道自己的雙眼是獵網後（那是在她十二、三歲的時候），她看男生的目光中充滿了自信。只要自己看男生，幾乎所有的男生都會回以含情脈脈的眼神，經歷了幾次這樣的經驗後，她的眼神就變得慵懶、漠不關心。她心裏想道：即使這個男生不喜歡我也沒關係，這種事根本無所謂。然而，當她產生這種想法時，她的感情便從內心流露出來，這反而使對方更在意她。

藻羅的眼睛所具有的力量，也和她內心的玻璃屋有關。也就是說，別人的感情在變得淡薄、模糊後，才會進入她的內心；她內心的感情在穿過玻璃牆後，就被包圍在朦朧的雲靄中，這一切造就出藻羅的雙眼。

無論在何時，藻羅都處在一種「反正都無所謂」、自暴自棄的慵懶氣氛中。所以，當她在看男生時，會流露出「這個男生不喜歡我也沒關係」的心境。「不喜歡我也沒關係」的想法又代表著「即使喜歡我，也沒什麼了不起」的心境。

因此，藻羅在看男生時，眼中充滿了漠不關心，這種「反正都無所謂」的心境是發自肺腑的。但卻變成一種濕濕的，具有強大黏著力的東西，吸引著對方的心。正因爲藻羅自己並不想吸引對方，這種黏著力就更加強烈。

與其說藻羅對所有一切漠不關心，倒不如說她根本不可能產生興趣。因此，她吸引對方的能力也變得無限大。這種力量可以極度削弱試圖向藻羅挑戰的對手鬥志。當藻羅長大成人後，敢於向她示愛的男人，都具有某種強烈的東西。

對一切都漠不關心的藻羅也很健忘。她的健忘，也來自於什麼都無所謂的心態。即使面對極度珍惜的東西，她也會產生「即使失去也無所謂」的態度，並且把它拋在腦後；把重要的東西丟在一旁，忘得一乾二淨。

藻羅經常說謊，她說謊的原因，應該也和她對一切都漠不關心有關。她在不知不覺中就說了謊，連根本不需要說謊的事，她也說謊。比方說，藻羅去了親戚家裏，看到表姊妹，以及她們的朋友。她和她們聊起自己前一天林作帶她去餐廳吃飯的事，她本來想說「我穿著紅色的洋裝」，但脫口而出的竟然是「我穿著白色的洋裝」。連她自己也搞不懂爲什麼這麼說。如果是想要白色的洋裝，但家裏卻沒有，又故意要裝做自己有白色洋裝的話，說這種謊還讓人覺得情有可原。大部分小孩子都會說這種謊。但藻羅卻不同，對她來說，無論紅色還是白色，根本都無所謂。這或許又是她「什麼都無所謂」情緒的再度體現，也或許是她對義務的反抗。人不可以說謊，似乎已經成爲一條不成文的規定。人永遠都必須說實話——家庭教師御包像傳達神的指令般，強迫藻羅接受的這些義務式的僵硬規矩和規定，使她產生的不舒服和反感，或許就表現在這些毫無意義的謊言上。

家庭教師御包，和跟著御包有樣學樣，對藻羅的教育十分起勁的柴田，只要一聽到藻羅的謊言，就會高唱凱歌，眼睛發亮。這時，她們全身的細胞都充滿了活力，彷彿頓時找到了生命的意義。她們抓著藻羅，開始滔滔不絕地說教。這時候，她們看起來就像是神的使者般充滿威嚴，但在這種威嚴的背後，驅使她們的其實是那種像貓在捉弄老鼠般的快感。藻羅知道得很清楚，她絕對不會對她們說謊。但是，在自己意志無法控制的地方，某些東西蠢蠢欲動，讓她在不知不覺中又說了謊。這種時候，她們也絕對不會忘記煞有介事地向林作報告。

這時，林作就會默不作聲地聽著，點兩、三次頭，意思是說，我知道了。然後告訴她們：「等她長大了，應該會改吧，畢竟她不是故意要說謊的。」這兩個女人當然不滿意林作的回答，但顯然顧全了她們的面子，所以，即使內心恨得牙癢癢，也只能忍氣吞聲。在聽她們的報告時，即使藻羅走了進來，林作也毫無顧忌地向她投以微笑。雖然林作沒有說出口，但藻羅十分清楚，林作覺得她毫無緣由說謊的癖好很可愛。她可以感應到，就像可以感應到溫暖的溫度一樣。這種時候，藻羅可以感受到林作的愛情多麼甜蜜，多麼令人心曠神怡，同時，還可以感受到當時的藻羅還不瞭解的，帶有某些性的味道、令人沉醉的東西。當藻羅備感充實的同時，也因此刺激了家庭教師們，讓她們氣得跳腳。她們離開了，但也更加深了她們對藻羅的嫉妒，那是一種對與她們平等的女人所產生的嫉妒。柴田是個在降臨人世以前，就被封閉在家庭、寂寞和難吃料理中的女人；御包打從娘胎裏開始，就沾滿了一身的正義和假道學。這兩個女人臭著一張臉，各自回到自己的房間。雖然林作用高薪聘請她們，但似乎並沒有尊敬她們，這一點讓她們備感挫折。

每當發生類似的事，藻羅的自信就像逐漸茁壯成長的植物一樣，在心中慢慢擴大。這種有著神奇力量的東西終於在藻羅心中膨脹。

有一點似乎可以確定，藻羅的各種性情、癖好，以及藻羅的特徵這些東西，都源自於她心中的玻璃屋。

藻羅終於七歲了，她進了小學，是位在御茶水的高等師範學校的附屬小學。

藻羅把帽簷彎彎的毛皮帽子略往後戴，穿著及膝的冬衣。她站在那裏，在她像披風般的短毛皮斗篷下，露出一雙穿著棉長靴的美腿。她身上的白色法蘭絨冬衣，胸部和背部有簡單的縱向皺摺，除此之外，全身上下連襪子都統一成栗褐色。帽子上也用同色的波紋綢絲帶修飾出許多美麗的皺摺。

這身令人引以爲傲的、高雅的打扮，看起來簡直就像是中世紀的騎士，或是貴族的侍僮。

校園的紫藤架下。

七、八個同班同學追著跑著，把混雜著枯黃的紫藤豆莢的砂礫踩得沙沙作響。玩成一堆的人群中，不時有人散亂著西瓜皮般的頭髮，停頓在藻羅面前，招呼著「牟禮同學」，或是邀她「要不要一起玩？」但每張臉上都寫著幾分逗弄藻羅的嘲笑，也有人偷瞄著她。藻羅平時總是一言不發，直直地注視別人；課堂上被老師點到名時，她也總是慢吞吞地站起來，沉默片刻後才回答。藻羅的這些行爲都成爲他們覺得有趣和嘲笑的原因。

藻羅對此知之甚詳，所以，絲毫不理會同學的邀請。她只是心不在焉地張眼看著。無論她的濕潤雙眼、曲線漂亮的小鼻子，以及像在等待接吻般微張的嘴唇，都表現出一副對此不以爲意的表情。這是她在親戚家時，面對表姊妹們時所做的表情。每當面對這些對自己不以爲然的人時，她就會做出這種建立在父親林作對自己的稱讚和溺愛，以及其他優越感上所產生的表情。

——你們這些人。

藻羅在心中說道。

即使不用想也知道，自己的父親林作站在其他孩子的家長中，就像鶴立雞群般優秀，寬敞的西洋式房子、進口的衣服和鞋子，自己所擁有一切與衆不同的東西和生活，都和同學的家、同學們的東西有著天壤之別。

一開始，男生中的調皮鬼看到只有藻羅穿這種奇怪的衣服，就會大聲聒噪，亦步亦趨地跟在藻羅後面模仿。但在林作向老師反應後，跟在藻羅身後模仿的帶頭份子對藻羅漂亮的頭髮、臉蛋和所有的一切，漸漸產生了一種敬畏，這場鬧劇也就宣告落幕了。男生們用驚異的眼光看著藻羅每天帶的便當。他們用嚮往的眼神，看著藻羅從籐編籃子中拿出的拋光圓形雙層鋁製便當盒，以及便當盒裏的奶油炒蛋、白色的蒸魚和醬汁、蜜汁蘋果等珍奇的食物。尤其對裝在水壺中，加有檸檬汁和砂糖的涼開水，更是垂涎欲滴。每到午餐時間，他們就眼巴巴地等待藻羅吃完飯，每個人拿著便當盒的蓋子，在藻羅的座位附近擠成一團。藻羅雖然覺得有點厭煩，但還是笨手笨腳地拿起水瓶，幫他們每個人都倒一點。他們稱藻羅的檸檬水爲「好香的水」，甚至有人在喝完後，仰起頭，閉上眼睛，向下撫著胸口，好像聞了天香一般一臉陶醉。

藻羅像往常一樣，完全不理會邀約她的少女，轉過身，走向大門的方向。岡安、細川和青柳三位同學紛紛圍了上來，爭先恐後地問：

「年禮同學，明天星期天你要去哪裏？」

但藻羅只嘀咕了一句：「不知道。」便從斗篷的開縫中，伸出穿著白色冬衣的手臂，推開像蒼蠅般吵鬧的同學們，慢吞吞地朝著大門的方向跑去。

藻羅經過沙坑時，看到自己之前遺失的橡膠大皮球，在沙坑的一角冒出頭來。藻羅撿起了球，突然覺得好像有人影閃過。她抬頭一看，在沙坑所在的寬敞操場遠處，有兩個人影。是三年級的導師野中滿千，和自然老師堀田。兩個人面對面站著談笑風生。野中滿千上半身向前微傾，伸長脖子，挺起下巴，把書拿在身後及腰的位置，嬌媚地笑著。雖然她的聲音有點嘶啞、低沉，但對男人很有吸引力。

天空已經籠罩在一片灰黑中。

藻羅想趁他們看到自己前，趕快離開這裏。她走出沙坑，鞋子卻發出了聲響，她立刻抱起球，看到剛才先走的幾個同學已經走向了大門，便立刻追了上去。

「咦，怎麼了？」

細川和青柳異口同聲地問道，但藻羅像平時一樣，一言不發地看了她們一眼。

向她打招呼的兩個人把頭靠在一起，不知道說了些什麼。她們又看了藻羅一眼，彷彿在嘲笑她的溫吞般，隨即加快腳步跑了起來，藻羅跟在她們後面，慢條斯理地跑著。

藻羅對學校充滿了反抗。學校的男、女老師的道德看起來比御包和柴田眞實多了。但由於這是一所高等師範學校，來自全國各地的優秀教師都匯集在此地，也有看起來足以勝任國中教職的近六十的男老師。然而，即使是他們，也很難立刻瞭解藻羅。

藻羅在學校裏，也依然故我地發揮著「藻羅」，隨時直視別人。即使被老師點到名，她也不會馬上作答。每次都會在凝視老師的臉片刻後，才意興闌珊地回答。所以，老師覺得她老是在想其他的事，是個不用功的孩子。因爲，藻羅看起來總是那麼漫不經心、心不在焉。

她總是透過窗戶看著天空，或是紫藤架的一角，被老師點到名時，她才不慌不忙地轉過頭，有些老師甚至覺得她是個懶散、一點都不可愛的孩子。除了數學和體操，藻羅的學科成績都很優秀，國文是她的拿手科目，聽寫時，她只需要其他學生一半的時間就可以完成答案，剩下的時間，她就把書豎起來當屛風，開始畫自己喜歡的人偶圖。只要畫起人偶圖，就會渾然忘我，把自己正在教室上課的事拋到了腦後，等聽到老師的腳步聲在身後響起時，才慌忙想要藏起來，但還是會被老師發現。雖然她對老師很順從，也不會調皮搗蛋，但在老師的眼裏，不遵守教室內規矩的孩子和搗蛋鬼差不多。後來，老師也慢慢開始瞭解到，這是性格使然，即使只針對藻羅一個人熱心輔導，也很難糾正她。

老師請林作到學校，把這些情況告訴了他，但每每可以從林作的臉上看到通常在父親聽到兒女善行時，才會浮現的愉快微笑。而且，隨著林作被請到學校的次數增加，林作到學校變成一件稀鬆平常的事時，老師終於從藻羅的現況中領悟到，要求這位父親糾正藻羅是不可能的任務。當林作和老師談完話，走過藻羅教室前的走廊，或是穿過操場時，藻羅的注意力隨即被父親吸引。當林作穿過操場時，她會不顧一切地跑向他。

林作雖然不會像在家時那樣，把藻羅抱起來，卻毫不掩飾地露出滿臉微笑，迎接著藻羅，蹲在她的身旁。然後，張開兩個黑色的大翅膀，將藻羅輕輕擁入懷中。如果剛好放學，他就會手搭著藻羅的肩膀，讓藻羅向老師行禮後，便牽著她的手離去。從林作的態度舉止中，可以看到他像母親般的細心，也可以一窺他爲藻羅洗澡、悉心照顧著她的密切關係。

牟禮林作的皮膚黝黑，長相看起來像是歐洲中世紀的古代武士。雖有武士般的容貌，態度舉止卻和藹可親。看起來像是鈍角三角形的眼睛中充滿表情，當微笑像淺影般掠過他臉頰至嘴角一帶時，顯得特別迷人。這個男人就像是歐洲武士結合了日本男人的深沉，他身上繫著那條在京都買的暗綠底同色花紋的角帶（譯註：日本男子穿和服時用的一種扁而硬的絲織腰帶）和他黝黑的臉龐相得益彰。

林作曾經留法、留德的經驗在貿易商中很少見，他具有學者的風範，但也是個花花公子。即使去京都弟弟家小住三、四天，也要去祇園（譯註：『祇園精舍』的簡稱，是富有京都情調的歡樂街）光顧一下。他對穿著也有獨到的品味。

他年輕時曾經隨父親大作住過柏林。這天，他在深灰色的西裝外，穿著一件同色的大衣，像軍醫領章般暗綠色圓點圖案的領帶上，夾著一個瑪瑙加工的領帶夾。連那些對服裝毫無興趣的學校老師也可以發現，雖然他卸下了與眾不同的威嚴，但仍然可以感受到他內心的鐵骨傲氣，然而，當他們在不經意間感受到林作花花公子的一面時，便覺得他是個高深莫測的人。

老師看著林作摟抱著藻羅的背影，和戴著毛皮帽子、斗篷，一身侍僮打扮的藻羅依偎在父親身上的樣子，情不自禁地對眼前這對難得一見的親密父女的美麗影像產生了一份感動。同時，也再度體會到，要糾正藻羅的壞習慣是不可能的。聽林作說，他為藻羅安排了家庭教師，在沒有母親的家庭中，父親總是對女兒加倍溺愛。在這種家庭中，家庭教師的效果不可能有多理想。況且，林作也沒有讓家庭教師來學校。

林作認為開車接送藻羅上下課不符合這個學校的規矩，所以，從藻羅上學的第一天開始，就長期僱用了附近人力車行的一位名叫喜三郎的車伕。喜三郎一到放學時間就會來到校門口，把人力車停在大門旁，像蒙古人一樣把德國製的毛毯掛在脖子上，將兩頭在胸前疊起，穿著布襪和夾腳拖鞋的雙腳怕冷地縮在一起，坐在人力車的腳台上等藻羅放學。

喜三郎看到林作也和藻羅一起走出來時，慌忙站了起來。林作坐定後，從背後將藻羅抱起。藻羅穿著外套，潔白的裙子和內褲下，穿著栗褐色長靴的雙腿夾緊地懸在半空中。當她背對著林作，坐在他的膝蓋上後，喜三郎立刻拿下毛毯把藻羅胸前包起來蓋好，從容地推著車把跑了起來。

學校的圖畫課或自然課需要櫻花，老師吩咐大家要帶有花的樹枝時，林作就請花店送一大捆樹枝到學校，有時候，也會親自搭人力車送去。作爲教材使用後剩下的，就分插在音樂教室、教師辦公室等作爲裝飾。藻羅班上有一個個頭高大、身材粗壯的學生叫黑岩，當他看到林作的人力車上放著櫻花樹枝時，就大聲叫著：

「那是牟禮同學的爸爸。」

林作的人力車把小石子壓得沙沙作響，黑岩就追著車子跑。他是當鋪的兒子，名字叫庄吉，智能特別差，但臂力很強，大家都很怕他。庄吉曾經向藻羅揮著拳頭，從她手上搶走淡藍色的橡皮擦和裝在小罐子裏的肥皂紙。然後，又揮著拳頭威脅：

「如果你告訴老師，就試試看這個。」

有一天下午，動作特別慢的藻羅一個人在教室，正在把課桌上的東西收進書包時，黑岩走了進來。他又像往常一樣，把藻羅的德國製鉛筆和附有小刷子的環形橡皮擦搶走，然後又揮起了拳頭。藻羅雖然很怕黑岩，但有時候偷偷觀察他，發現他身上並沒有什麼可以讓自己發自內心害怕的東西。對功課一竅不通的黑岩喜歡把雙手插在口袋裏四處張望，但上課時，他幾乎都縮著脖子，趴在桌上，看到坐在自己前面的同學舉手時，就小聲地威脅他，讓同學又把舉起的手放下來。即使他在囂張的時候，總覺得有那麼一點畏縮。但藻羅怕自己被他打的恐懼壓倒了一切，所以，就用委屈的眼神抬頭看著黑岩。不知道爲什麼，黑岩的眼底露出了一絲膽怯，丟下一句「也不許告訴你爸」

後，放下了拳頭。藻羅的紅色法蘭絨短洋裝下，穿著黑色長襪的雙腿略微張開地站著，雙唇緊閉，淚水在眼眶裏打轉，一直盯著黑岩——黑岩回頭看了藻羅一下，便走出教室。

那件事發生在五月底，藻羅上學差不多已經有一個半月了。那是個架上紫藤已經凋謝，被暖風吹得不停搖晃的下午。藻羅緊閉著雙唇低下了頭，繼續把剩下的課業用品收進書包裏。

藻羅沒有錯過黑岩露出的膽怯眼神，但她不知道其中的理由。藻羅並不知道，雖然她爲自己輸了感到委屈，但在她心裏產生這種想法的那一刹那，立刻變得不那麼強烈了，塗上了模糊的色彩，反映在她慵懶的眼神中，反而令黑岩感到害怕。

藻羅不想讓喜三郎知道這份委屈和害怕，當然更不會告訴柴田和御包，甚至不想告訴家裏的傭人彌。她一直放在心裏，她想要等林作回來，在只有他們兩個人的時候才告訴他。藻羅小小的心裏塞滿這個祕密，邁開紅色法蘭絨短洋裝下穿著黑色襪子的細腿，在五月溫煦的風中，慢慢地跑向大門。

❧ ❧ ❧

在藻羅班上，只有一位同學不會嘲笑她。在入學式那天，藻羅緊挨著林作，站在其他家長和同學中時，曾經和自己旁邊的女孩子互看了幾眼。女孩的旁邊站著一位看起來像是祖母的老女人。那女孩一和藻羅對上眼，立刻將視線移開。

藻羅知道，這個女孩那雙好像在凝視黑暗的深邃大眼，之後也常常凝視著她。

某一天，藻羅站在紫藤架下橫向匍匐的紫藤樹幹旁時，發現那個女孩正在一旁看著自己。周圍並沒有其他同學。

藻羅聽到老師叫這個女孩野原同學。她的一雙大眼絲毫不輸給藻羅，短短的臉看起來像哈巴狗一樣。當時，藻羅才因爲在課堂上畫人偶被老師數落了幾句，心裏有點小彆扭。所以，很希望那女孩可以快一點走開，但女孩一動也不動地站在那裏看著藻羅。女孩的眼中，沒有其他同學那種機靈的銳利光芒，取而代之的是一種沉重的、含糊不清的光。那雙眼睛和藻羅在對著小鏡子所看到的那雙眼睛有幾分神似。於是，藻羅放鬆了警戒。

——她和我一樣。

正當她閃過這個念頭時，對方也馬上捕捉到藻羅的想法。頓時，那女孩子和藻羅同時笑了起來。

「你住哪裏？」

藻羅高高在上的態度讓野原野枝實有點膽怯，但她沒有移開視線，說：

「就住你家旁邊。」

「喔——。」

藻羅倚靠在紫藤樹幹上，肩膀輕輕抵著樹幹，扭著身體，看著野枝實。野枝實用充滿好奇的眼神看著把身體倚靠在紫藤樹幹上，扭著身體的藻羅。藻羅雖然有話想說，卻無法順利說出口。她知道，對方似乎也一樣。正當她們默默地四目相望著，上課的鐘聲響了，兩個人又像陌生人般跑向教室。但是，這一天，是藻羅第一次瞭解什麼是朋友。

兩、三天後，藻羅在操場上，看到野枝實靠在遠方教室的木板牆上，可能是陽光太刺眼了，她正瞇著眼睛看著自己。藻羅動了動下巴，示意她過來。那天，兩個人互報上自己的姓名，那女孩害羞地說自己叫「野枝實」時，藻羅發現彼此名字（譯註：野枝實的日文讀音爲noemi，藻羅的讀音爲moira）的發音有某種相似之處。由於兩個人的名字和其他孩子不同，讓藻羅產生了盟友意識和親近感，於是，很快就告訴野枝實家裏那兩個討厭的女人。野枝實也聊起在入學式上，藻羅看到的那個祖母。雖然藻羅和野枝實說起話來都不是很流暢，但她們發現，成爲她們眼中釘的女人們，都有某些共同的特徵——這些女人隨時將道德掛在嘴上，卻一肚子的壞水。她們對這些用尖刺刺自己的女人們所產生的反感，立刻消弭了她們之間的生疏。兩人也聊到彼此都沒有母親的事，之前，當野枝實和祖母律一起走過藻羅家門口時，律說，這戶人家的房子很大、很漂亮，是商人的家，那種家裏的小孩只懂得奢侈。當時，野枝實就聽律說過，藻羅也沒有媽媽。但是，當藻羅按捺不住內心的喜悅，得意洋洋地談到林作時，野枝實露出極其羨慕的眼神，不，應該說是帶有些微的不悅看著藻羅。藻羅雖然注意到了，但她畢竟是個隔著玻璃感受事物的孩子，況且，她還不懂得什麼叫可憐。她不曾對任何活的東西心懷憐憫。林作雖然認爲應該教導她這方面的事，但藻羅幼稚的頭腦中並沒有理想的範本。林作不想以有沒有錢作爲例子。而且，他認爲藻羅像現在這樣就很好。於是，林作因爲這種天眞的一廂情願而變得十分怠惰。藻羅雖然看到了野枝實的眼神，仍然洋洋自得地滔滔不絕，強迫野枝實聽下去。

野原野枝實的母親米子和情人私奔了，現在由祖母照顧，父親朔也常和他朋友母露生一起，或獨自去酒家、咖啡廳喝酒，回到家，就獨自關在二樓的書房裏。

野枝實自己也很清楚，父親和祖母都不喜歡她。更知道自己是多餘的，別人根本不希望她存在於這個世界上。她所穿的衣服除了在入學時新做的素色衣服和平時穿的衣服以外，就只有在七歲生日時，祖母幫她縫製的一件很樸素的友禪和服（譯註：友禪是指和服布料的一種染色圖案及技法，在絲質的布料上印有山水、花鳥等圖案，色彩豐富爲其特色）。家裏也只買給她最低限度的學習用品，其他的東西都說太奢侈，而不買給她。藻羅放在牛皮書包裏的那些高級乳白色繪畫用紙、放在陽光下，可以看到英文字母的紙；和橢圓形的框線中，畫著西洋女人身影的光滑的紙，還有玫瑰色或是淺綠色的橡皮擦，紅色的大鉛筆盒，對她來說，都是做夢也不敢奢求的奢侈品。藻羅給她看書包，說：「這是牛皮的喲，」她會充滿反抗地說：「騙人，牛皮才不是這樣的，」於是，藻羅馬上反駁她：「你眞笨，這是用牛皮去加工的。」

野枝實雖然在智能上絲毫不輸給藻羅，但她不夠機靈，不會把大人說過的話記起來，然後當作是自己的知識賣弄。野枝實用驚異的眼神看著藻羅紅色鉛筆盒上銀色的月亮和水墨畫的珊瑚，當她看到藻羅因爲鉛筆盒被書包的邊緣卡住而拚命拉扯時，總是嘴裏一邊說著：「這樣會被你弄壞啦，」一邊用黑黑的手撫摸著鉛筆盒。藻羅則反過來說她：「會被你弄髒啦，你看，銀色的地方都變黑了。」每次野枝實央求祖母什麼東西的時候，她祖母就會告訴她：「你是個沒人要的孩子，由不得你任性。」她對這種再三叮嚀的不悅口氣，以及律說這番話時對她不屑一顧的冷漠表情恨之入骨，連她自己也搞不懂到底爲什麼。雖然有時候她可以感受到父親朔也在某個遠遠的地方看著自己，但大部分時候，父親也對她不屑一顧。野枝實的父親的腦子裏似乎只有兩件事——躲在二樓的書房，和喝酒。他們父女的關係與藻羅和林作之間的關係迥然不同。和藻羅相比，野枝實無論在父親、學習用品、衣服和所有方面，都有著自卑感，她覺得自己在任何方面都輸給了藻羅，這更助長了藻羅的優越感。

野枝實去藻羅的家裏玩，她在林作書房裏，看到了手牽手翩翩起舞的少女手中托著的外國製時鐘；用動物角做成刀柄的大刀子；曾經是瑞士少女峰（譯註：Jungfrau，阿爾卑斯山脈的主體，自十九世紀以來，就是高級的度假區）的母牛脖子上的鈴鐺，五、六個綁在一起，掛在門上——藻羅站在椅子上撥動時，就會發出清脆的鈴聲——以及幾個外國人和廚師圍著藻羅和林作的照片；郵輪的模型、紙質光滑、畫著美麗的少女、騎子、魔術師和小矮人等圖畫的繪本。還有，在屋外看到了附有暖氣的汽車，以及黑色和棕色的兩匹馬。她在藻羅的解說下，一一參觀了所有的東西，感嘆之餘，只剩下接二連三的驚訝和憧憬。

野枝實雖然喜歡藻羅，但又有一種不想輸給藻羅的抗拒心；藻羅也喜歡野枝實，但也有一種勝利者的優越感。林作消弭了這兩個人之間的魔障。有一天，藻羅劃了一根火柴，爲林作低著頭叼著的西敏斯特菸點完了火。林作等她吹熄了火柴，便把她抱在膝蓋上。然後，把紙煙放在藻羅像綻開的玫瑰花蕾般的嘴裏。藻羅已經知道，如果把煙吞下去會很難受，所以，只稍稍吸了一下，便又放回了父親的嘴裏。在這個只屬於他們兩個人的快樂時光裏，他和藻羅之間，有了以下的這番談話。

「藻羅，你有沒有見過野原野枝實的爸爸？」

「嗯，有啊。他走路時都沒有聲音，只聽到走廊吱地響了一聲，然後他又走回來。」

「他是寫詩的，是個很了不起的人。」

❧ ❧ ❧

只有律不在家時，野枝實才會叫藻羅去她家玩，因爲，藻羅不喜歡看到律在家，她討厭律的眼神。

「眞的好可怕。」

「對啊。」

野枝實看著藻羅的眼睛回答。在律堆滿笑容的臉下，有一張不笑的嘴臉看著藻羅。就好像令人生厭的女老師，在滿臉微笑中，用一雙壞心眼的眼睛盯著藻羅。律的眼睛和那些林作帶她去見的人，以及來她家造訪的人一樣，對藻羅沒有一絲的親切和尊敬。

「牟禮小姐，我們住得那麼近，你要常來玩喔。」

律嘴上這麼說著，她放下沾有砂糖的餅乾和牛奶的托盤後，又看了藻羅一下才離開。

藻羅就說：「去我家吧。」

瞪大眼睛在一旁看著的野枝實默默地點了點頭，去裏面房間說了一聲後，帶著怯懦的表情回來。然後，兩人手拉著手，走了出去。

長長的暑假終於來了，藻羅終於從學校這個四方形、到處都是粗糙木頭的建築中，從受到束縛的時間和一切的強制性要求中獲得了解放。然而，卻無法逃脫御包，和跟著御包有樣學樣的柴田加諸在她身上的那些不愉快。

有一天早晨，藻羅在二樓臥室的床上醒來。星期天時，林作會來叫她起床，其他的日子每天都是柴田來叫她。藻羅只要一看到柴田出現在門口，心情就墜到了谷底。

前院和房子側面的花圃圍牆旁，以及房子後的馬廏和圍牆之間，房子周圍的橡樹上，傳來此起彼伏的蟬鳴。

藻羅趴在床上，豎起了耳朵。

她將手肘撐在枕頭上，雙手交疊在一起，將下巴放在手上，伸長了耳朵，就可以從一陣蟬鳴聲中分辨出馬蹄踢馬廄板壁的聲音。藻羅的臥房就在林作書房的對面，位在整幢房子最角落的位置。房子的後面就是養著兩匹馬的馬廄，隔著放馬具和切稻草飼料的木板等的置物間，就是馬伕的房間。

——上完御包的課，就要趕快去看馬。

然後，藻羅就想起了馬伕常吉的臉。他雖然有白人的血統，但皮膚卻很黑，好像天空上飄浮的暗沉的雲一樣。他的一雙深色眼睛充滿感情，總是抬頭挺胸地筆直站著，對藻羅展露微笑。當他看著藻羅微笑時，從他瞇起的雙眼和臉頰上深陷的皺紋裏，都滿溢出善意的愛。藻羅很喜歡常吉的眼睛。

當常吉穿著林作給他的深藍紫色工作服，將寬敞袖口下穿著灰色棉質襯衫的手垂在兩旁，聽候林作吩咐時，表現出剛強的性格和順從，看起來就像是一隻溫馴卻又堅強的狗。常吉站立時，堅若磐石。看起來好像根本推不動他。有一天，林作的汽車離去後，藻羅雙手用盡全力推站在前面的常吉的腳。常吉的身上散發出汗水和乾淨的棉質香味，果然不出所料，他像岩石一樣屹立不搖，但常吉在藻羅推他之後，跌了個踉蹌，嘴裏說著「你力氣眞大」，身體搖晃了幾下。然後，常吉用一雙大手扶住差一點摔倒的藻羅。藻羅知道常吉是故意搖晃的，但常吉一點兒都沒有蔑視小孩的態度，所以，藻羅並沒有受傷的感覺。藻羅略帶羞澀地看了看常吉，然後，拉著常吉青筋暴露、大拇指根丘部十分發達的手，一起走向馬廄。

「常吉混有俄羅斯的血」，當藻羅在一旁聽到林作對家中的男客說這句話時，還以爲他是身上有什麼可怕東西的怪胎，但林作對常吉的態度消除了她的恐懼。林作對常吉說話時的態度，和面對御包和柴田時完全不同。林作會開誠佈公地對常吉說話，這一點連藻羅也感受得到。而且，常吉討厭家庭教師御包和柴田這一點，也讓藻羅很滿意。有一天，藻羅對常吉說：「我討厭御包，還有柴田。」就像偷偷告訴林作時一樣。於是，常吉看著藻羅的臉，露出白齒一笑說：「那些傢伙眞混蛋。」從那次之後，藻羅就更喜歡常吉了。

門打開了，柴田走了進來。

柴田踩著不耐煩的腳步走近床邊，好像努力克制著內心的煩躁。她把抱在手上的水藍色衣服丟在藻羅踢在一旁的被子上，低頭看著藻羅。

「老爺已經準備出門了。今天是老爺晚回來的日子。你要乖乖的，請不要再給我找麻煩。」

柴田不知道在生什麼氣，她一邊扯尖著嗓子說著，一邊幫藻羅脫下毛巾質地的白色睡衣，藻羅裸露出身體，像擦了蜂蜜般的肌膚上滲出了汗珠。柴田將毛巾放進加了古龍水的水中後，從皮膚細緻的脖頸擦向圓潤的手臂，然後是胸部和全身，其間，洗了好幾次的毛巾。吸收了溶有古龍水稀釋液的涼毛巾，擦在那肌理細膩的皮膚上，好像會將看的人的眼睛吸入肌理中似的，那種清新的、透澈的、刺人鼻孔的香料味道立刻被溫熱、混雜了藻羅皮膚所發出的那種淡淡的、沉沉的香味，慵懶地、隱隱約約地散發出來，訴諸柴田的感覺。宛如初春草花嫩芽的香味，又令人聯想到花香。但柴田缺乏這種美麗的感覺。她連這種無法消受的誘惑的輪廓也抓不住，只覺得身體承受了一團巨大的、模糊的東西，讓她的腦子變得一片空白。終於幫藻羅擦完身體後，她把睡衣掛在床腳的框架上，把淺藍色洋裝夾在腋下，把手放在藻羅的腋下，扶著她站了起來。

柴田拚命克制著自己，不讓自己的動作更粗暴，連藻羅也發現了她的異常。

「柴田是個笨蛋。」

「反正我就是笨蛋……老爺也這麼覺得吧？」

柴田顫抖著布滿皺紋、乾巴巴的暗橘色厚唇說道，又突然好像想到了什麼似地閉了嘴。

「好了，請妳趕快換好衣服。」

她輕聲細語著，顯然已經克制住了內心的煩躁。

方才，柴田在廚房，看到常吉來歸還向主屋借的水壺時，發現常吉的臉看起來白裏透紅，不禁想要嘲弄他一下。常吉認眞的表情常常是柴田之輩嘲笑的對象。對御包和柴田瞭若指掌的林作早就料到會發生這種情況，所以，在僱用常吉時，就吩咐常吉要自己下廚，並在馬廄旁的馬伕房間內，裝設了簡單的流理台和瓦斯爐，裝了瓦斯管，並要他自己洗衣服。那天，常吉早上才發現水壺漏水了，就向主屋借了水壺。

柴田說：

「常兄，你要單身到什麼時候？今年幾歲了？」

常吉用一雙深色的眼睛看著她，一言不發。

——這傢伙和藻羅大小姐一樣。

柴田更加得寸進尺。

「你應該有漂亮的對象了吧？」

此話一出，常吉怒目圓睜，怒光刺向柴田。然而，在下一刻，他從鼻子到嘴角，都充滿了冷冷的嘲諷。

「即使有，也不會像是柴田小姐你這樣的女人。」

他用低沉的聲音說道。

柴田像被電擊一樣明確地感受到，常吉和自己互換了位置。她嚐到一種完全出乎意料的挫敗感。柴田十分清楚，自己這張臉毫無魅力可言。混血兒的地位低下，往往被人冷眼相看，但常吉的臉很好看，而且，有一對感情純淨的漂亮眼睛。

受到比自己地位低下、晚輩的男人如此對待，再加上受到俄羅斯混血兒侮辱的意識，讓柴田怒不可遏。

柴田沒有想到對方是個會爆炸的爆裂物，讓她意外踢到了鐵板。這份懊惱襲過她的後腦。她手拿著水壺，將上半身向後仰。

「那，你要不要……？」

她的話才說到一半，發現剛才還在廚房的御包和廚房傭人彌已經不見蹤影。

轉頭一看，常吉也正轉身離去。

柴田厚實的胸腔內充滿了無處宣洩的憤懣。仔細想一想，這種事難以向彌啓齒，更別說是御包。剛才，自己到底想要說什麼？眼睜睜地看著自己在那個混血兒男人面前丟盡了顏面。

此時，柴田看到藻羅目不轉睛地盯著自己看的神情和常吉的那雙眼睛如出一轍，更讓她心煩不已。

藻羅的一頭短髮剛好在柴田的鼻尖前。

林作命令柴田，夏天要隔天幫藻羅洗頭髮，冬天至少要五天洗一次。每次洗頭，都要用麵麩漿和小麥粉同煮後過濾的湯汁洗，然後，再要用打勻的雞蛋洗。這是從柴田不曾見過的死去的繁世母親那裏繼承的傳統洗法。林作嚴禁使用洗髮精幫藻羅洗頭。只要是有關藻羅生活起居的一切，林作都有嚴格的規定。洗澡時，只能用含橄欖成分的進口香皀，必須隨時保持這種香皀的庫存，張羅這些東西都是柴田的工作，偶爾也會讓常吉幫忙。除了這種香皀、橄欖油、伊莉莎白·雅頓無香味乳霜、古龍水以外，絕對不使用其他化妝品。夏天時，規定要在早晨和下午各洗一次澡，如果天氣很熱，或是有流汗時，要用加有古龍水的水擦拭身體。林作有空時，也會親自幫藻羅擦身體，早歸的日子，也會幫藻羅洗澡。這天早晨，林作因爲一早要趕去公司，所以，早晨的入浴由就吩咐柴田去處理。
「要用高級的香皀洗澡，清潔皮膚（林作討厭用肌膚這個詞）的味道最棒了。不能有香水的味道。」林作常常這麼說。
林作還說：
「藻羅的皮膚很特別，一定要好好照顧。不能沾到不好的味道。」
對於林作這種嚴格而近乎執著的做法，雖然讓認爲主人至上的彌因此覺得「老爺眞了不起」，而對林作備加敬仰。但對柴田來說，有時候卻是難以應付的負擔，讓她想要放棄她的職責，但每每都因爲林作支付的高薪而盲目服從。
那天下午是藻羅該洗頭的日子。藻羅一頭密實的黑褐色短髮在柴田的眼前閃著光。
——這麼油亮，還不用洗啦。老爺實在有點奇怪。
柴田在心裏嘀咕著。
藻羅雖然對柴田的心情不佳很感興趣，但立刻又拋諸腦後。她和林作一起吃完早餐，上完御包的課，就要和常吉一起去摸摸馬、餵馬吃胡蘿蔔，這期待的喜悅令她雀躍不已。
藻羅只穿著一件剛換上的新內褲，情不自禁高興地扭動著身體，用雙手撥弄了頭髮後，兩手在脖子後交疊，卻又催促著在一旁等乾著急的柴田：
「快幫我穿衣服。」

藻羅坐在林作的對面，注視著他用湯匙前端輕敲著煮得半熟的白煮蛋，幫她把蛋殼剝開。

她的眼光很朦朧，卻隱藏著一種貪婪。她有著一張可愛的臉龐，算不上是挺拔的鼻梁顯得十分秀氣，黑褐色的頭髮蓋到眉毛上方，遮住了整個額頭。在被濃密而稍長的妹妹頭包圍的稚嫩臉龐中，和髮色相同的眼睛緊挨著上眼瞼，顯得格外可愛。但在她的眼睛深處，卻隱藏某種令人聯想到肉食動物的東西，貪婪地渴求著投注在自己身上的愛情。她是想要吞噬愛情的肉食動物。藻羅對投注在自己身上的愛情果實貪得無厭。更何況林作的愛情就像黃金果實的汁液般美味、芬芳。藻羅幾乎是在無意識中吸吮著林作的愛情，直至最後一滴甘露，就像嬰兒用舌頭繞在母親的乳房上，用小巧的嘴唇用力吸吮乳頭，不惜咬傷母親，仍然咕嚕咕嚕地拚命吸吮著取之不盡的溫暖、甜蜜乳汁一樣。這種強烈的意念在藻羅的玻璃牆的作用下，變得更加強烈，隱藏在藻羅看著林作一舉一動的可愛眼神中，深深地吸引了林作的心。

藻羅不知不覺地向林作需索著愛情。藻羅的要求既曖昧又模糊，連她自己也搞不清楚，但也因此變得更加強烈。藻羅對林作愛之入骨。但僅僅是因爲林作愛自己，所以她才愛林作。然而，藻羅自己卻對此渾然不覺。

林作穿好西裝，做好外出準備時的心，比往常更加吸引藻羅。因爲這顆心竟然可以毫不在意藻羅，準備去某個地方。藻羅可以感受到，林作的心中塞滿了對她的愛，他的愛情寶庫是無限的。即使再怎麼親吻額頭，再怎麼耳鬢廝磨，無論再怎麼撒嬌，也永遠都不夠。那是一個無盡的寶庫。

林作把剝了殼的半熟白煮蛋用湯匙裝到盤子裏，撒上鹽後，推到藻羅面前，然後，他看著眼前這個正準備用湯匙舀起的「愛的小小偷」，眼神中充滿了滿懷的愛情。

——面對這個愛情小偷，任何人的愛都永遠不會枯竭。

林作可以感受到藻羅在無意識下，對愛的強烈佔有欲。

「再吃點火腿。」

說完，林作伸手將藻羅面前裝著火腿的盤子拉了過來，用刀子切成小片。有一次，林作和藻羅一起受邀參加宴會，主人邀請他演講時，他卻說「我正在幫小孩切肉」而拒絕了。他並不是把這句話當作藉口，來拒絕他所討厭的演說，而是一旦他開始幫藻羅做事，其他的事就變得不重要了。即使已經快趕不上和安奈特．卡夫曼約會的時間了，只要能夠爲藻羅做些什麼，他就會拖個三十分鐘，甚至一個小時。然後，在安奈特面前，找個藉口搪塞過去。當看到藻羅的餐盤裏的料理或點心已經吃完時，他會把自己餐盤裏的食物分給她，並親自用筷子或湯匙，送進她嘴裏，這已經成爲他的習慣。

繁世在世時，一個叫茂世的女人曾經長期住在家裏。繁世死後，她就立刻嫁了人。那天，她抽空帶著一個比藻羅小一歲的孩子上門拜訪時，林作和藻羅剛好在吃飯。

看到藻羅張開大嘴，吃著林作用筷子夾給她的生魚片時，茂世在錯愕之餘，似乎也產生了極度的輕視。由於名字裏都有一個「世」字的關係，繁世生前很照顧她，所以，即使在繁世死後，這個女人每年都會上門造訪一次，她也知道藻羅跑得特別慢。

「我們家的孩子都是自己吃東西，而且，跑得特別快。」

茂世看著藻羅用像嬰兒般的嘴形咬著生魚片，然後吞下肚的樣子，在一旁說道。藻羅用隔著玻璃看東西的獨特眼神，看著茂世和她的孩子，說：

「那不就像是讀本裏的馬兒一樣嗎？」

林作忍不住笑了。茂世看到五歲還要別人餵食的藻羅，便覺得她是個笨小孩，但在遭到冷不防的反擊後，露出一臉措手不及的表情。藻羅向上梳起的鬈髮下紅通通的臉上，雖然一副心不在焉的表情，卻毫不猶豫地對茂世還以顏色。此刻，她又若無其事地低著頭，自己用湯匙把湯和飯送入口中。茂世對藻羅竟然已經學會了自己兄長的孩子每天朗讀的讀本中的句子，感到十分驚訝。

林作在餵東西給藻羅吃時，藻羅就會張開玫瑰色的嘴唇。他覺得她像嬰兒般吸吮的樣子可愛極了。所以，至今仍然沒有停止這個不良習慣。林作的腦子裏突然不經意地閃過一個念頭。

——藻羅的吻應該也很可愛吧。

藻羅似乎沒什麼食欲，只吃了半熟白煮蛋的蛋黃和幾小片火腿，連她最愛的馬鈴薯蔬菜沙拉也只用叉子撥了幾下。她用隱約可以看到一條分叉的青色靜脈、晶瑩剔透的淡黃色小手，吃力地拿起了裝有冰塊的水杯，喝了一口水。

「爸比，只有冰塊了。再給我點水。」

她用一種好像在說「絕對不可以說不」的眼神正視著林作，在她幾乎是無意識地將還裝有水的杯子伸到林作面前時，杯子突然傾斜，水倒了出來。

林作立刻抓住了藻羅的手和杯子，另一隻手從口袋裏拿出手帕擦了擦後，接過杯子，放在桌上。

「藻羅發燒了。」

林作繞過桌子走了過來，扶住藻羅的頭，用手放在她額頭上時，向來不預先通報的鴨田走了進來。

他半白頭髮分叉線的地方已經變得稀疏，額頭上已經有了很深的皺紋。即使在冬天，穿著衣服的脖子和胸口附近總是積著一股悶熱的東西，這個男人雖有家室，但似乎沒有地方可以宣洩精力。

「早安。天氣眞熱，您今天有什麼吩咐？」

「啊，早，我已經都拿給柴田了。今天我趕著出門。」

「對不起，我來晚了……藻羅大小姐怎麼了？」

藻羅翻著白眼看著鴨田。幾天前，林作不在時，他還叫自己「小藻羅」呢。

——我早就已經告訴爸比了。

藻羅從他的這種叫法中感受到一種不愉快。藻羅雖然不懂得用「低俗」這兩個字來形容，卻可以感受到低俗這兩個字所表達的內容。就和鴨田的眼睛停留在自己裸露的胸前，然後又移到內褲時的感覺一樣，完全一樣。

「好像有點發燒了。」

林作從餐櫃中拿出體溫計，把藻羅抱了起來，放在自己的膝頭。他托住藻羅的肩膀，打開背後的扣子，將一邊的袖子脫了下來，把體溫計塞在腋下，然後用手扶著。

「電車很擠吧。你去公所辦完事後，幫我去兩國的鳥源跑一趟。這個月的十二日，我會帶十五個人左右去那裏吃晚餐。」

「遵命。」

「午飯就在我家吃吧。」

「是，謝謝。」

藻羅插了嘴。

「是餐廳嗎？」

「對。我也會帶你去。」

柴田走了進來，端著咖啡的托盤下，還拿著一個絹布包裹。

鴨田本來並不常喝咖啡，他覺得喝咖啡就像在吃藥一樣，所以並不喜歡，但後來知道喝咖啡可以顯得自己很瀟洒，於是，就變成無論去哪裏都要喝咖啡了。林作家的咖啡是已經去世的繁世爲了林作，特地師承上野精養軒的廚師而來的。林作也學會了，繁世死後，他都會親自沖調咖啡，廚房的人也在一旁依樣畫葫蘆地學會了這種沖調法，沖調出來的也算是正式的咖啡，很濃醇，讓鴨田心服口服。

柴田似乎已經平息了早晨的激動，她身穿素色的浴衣，繫上林作從繁世的遺物中拿來送她的淺茶色八端腰帶（譯註：八端是織成條紋或格子狀的厚實絲質材質），在爲鴨田端上咖啡後，小心地把包裹遞給了他。

林作揮著體溫計，說：

「有六度六，傍晚的時候可能會燒得更厲害。柴田，今天不要洗澡了，用酒精擦身體就好。」

「是，遵命。」

這時，門口傳來汽車行駛在石子路上的聲音，其中，還混雜著黑馬高亢的嘶叫。

「今天不要去外面了，就在家裏玩吧。」

聽林作這麼說，藻羅轉過身體，雙手掛在林作的脖子上，將自己的臉頰貼近林作俯身低下的臉頰，但嘴巴閉得緊緊的，並沒有往常那種像嗅花香般的可愛親吻。林作把藻羅放了下來，親吻了她微微發燙的額頭，把桌上的錢包放進內側的口袋，走出了玄關。林作雖然知道藻羅沒有親他是因爲鴨田在場的關係，但仍然心有不甘地坐進了車子。

御包、柴田和彌在玄關的右側整齊地排成一行，連拖鞋的鞋尖都排成一直線，鴨田站在左側低頭鞠著躬。藻羅看著眼前這種司空見慣的光景，突然發現玄關前方的碎石那裏，有一個男人站在常吉的身後，她趕緊瞪大了眼睛。

男人一頭濃密黑髮看起來沒有修剪十分蓬亂，皮膚被陽光曬得黝黑。雖然年輕，但皺紋已經爬上了他的臉，即使從側面，也可以看到他下顎稜角分明的四方臉。這個人看起來像是常吉的朋友，常吉是個堅強而體貼，讓人容易親近的人，但他的朋友顯然不同。藻羅還不知道「凶暴」這個詞彙，但她可以感受到，這個男人身上有這個詞彙所形容的那種感覺。鴨田目送林作的車子出門後，轉過臉看著柴田，用下巴指了指那個男人。

「他就是馬伕小屋的那個人嗎？」

「是個跑來吃閒飯的。老爺老是讓一些奇奇怪怪的人留在家裏。」

「要留下來嗎？」

「不是，聽說是要去別的地方。」

御包一臉事不關己地向藻羅揮了揮手。

「我們去二樓吧。」

藻羅想要盡早去摸摸馬，餵馬吃胡蘿蔔。而且，剛才的男人也很讓人在意。就算現在不能去常吉的屋子，聽鴨田和柴田閒聊也比較有意思。常吉的那個朋友，也和常吉一樣混了什麼血嗎？大家都說常吉是混血兒，那個男人也是混血兒嗎？

御包走進平時上課的房間，也就是林作書房旁的日式房間。隔著一張大型的紫檀木桌，藻羅在御包對面坐下來，看著窗外。

天空突然飄來了厚實的雲層，巨大的赤楊樹將半透明的琉璃色天空劈成兩半，長有兩個分枝的樹幹吸收了雨氣，樹皮看起來就像是被水淋濕的青蛇。赤楊樹正呼吸著藻羅所沒有的自由。琉璃色的天空下，大片的樹葉看起來好像透明的一樣。赤楊樹的粗壯樹幹充滿生命力，吸著大氣，又吐了出來。赤楊樹正謳歌著生命的自由，藻羅也在不知不覺中產生了共鳴。

藻羅將殘留著古龍水芳香的雙腳伸向一旁，好像故意搗蛋似地將一隻手撐在桌子上。

御包打開讀本和練習簿，連同已經打開蓋子的筆盒一起推到藻羅面前，然後，又翻開自己的讀本，把手放在上面，看著藻羅。還沒等御包開口叫「藻羅大小姐」，藻羅已經感受到了氣氛，眼睛上翻地看著御包，將頭轉回桌子的方向。

御包很清楚，自己對藻羅所說的那些歇斯底里的話、居心不良的提醒，都會一字不漏地傳入林作的耳朵。御包都是靠氣勢來壓制藻羅，但她不能濫用這種氣勢。御包已經察覺到，不管藻羅有沒有打小報告，林作對馬伕常吉有更多的關愛。御包也知道，彌和常吉一樣，對於林作對藻羅的溺愛，沒有任何偏見，而且，還常常在暗地裏爲藻羅撐腰。

——這眞是份令人煩心的差事。可以旁若無人、歇斯底里地發洩的柴田還比較輕鬆。幫這一身漂亮肌膚的孩子洗澡、脫衣服、穿衣服的差事，雖然難免會心生嫉妒，但畢竟還是比我的工作輕鬆多了。老爺花了五十圓就把我打發了。如果我再年輕點，再漂亮點，誰說我不能取代那個叫安奈特的女人。安奈特不也二十九歲了嗎？當然啦，老爺一開始包養她的時候，可能只有二十二歲而已。

「把鉛筆拿出來。」

從前天開始，御包就開始反覆教藻羅寫「巡查」的「巡」字。藻羅學國語雖然很快，但要把三個「く」字規規矩矩地在「辶」的裏面，似乎是藻羅的頭腦難以應付的工作。

今天藻羅的注意力比平時更加不集中，讓她寫這個字時，竟然又回到了第一天練習這個字時的水準。藻羅的腦子裏塞滿了那個彷彿高聳入雲端般的大個子男人。那個有著一張四方臉的男人側著臉時，露出額頭上雜草般叢生的粗眉，他站在那裏的樣子，對藻羅產生了極大的震撼。藻羅很想去看看那個大個子男人。如果用大人的語言來表達藻羅對這個大個子男人的印象，就是藻羅從他身上看到了生活在大自然的人。他看起來比常吉更加生活在自由中。也就是說，藻羅覺得，在人和馬的距離之間，他是一個更接近馬的大自然的人。

這個男人叫倉太，常吉在神戶造船廠時，他是常吉手下搬運木材的搬運工。他告訴常吉，他母親行蹤不明，父親在監獄裏。由於背負著這樣的家庭背景，性格粗暴的倉太遭到眾人的唾棄。自從沒有了常吉的庇護，他甚至找不到一個願意和他說話的人，令他陷入了極度的孤獨。雖然常吉告訴他，叫他再忍耐一下，只要一有機會，就會找他過來。倉太卻再也等不及，於是，他向之前就一直看不順眼的馬行老闆要了遣散費當作旅費，就這麼突然出現在牟禮家的馬伕房。常吉雖然很想要倉太留下來一起住，然而，因爲有林作的關照，自己在牟禮家的地位雖然很牢固，但和其他傭人之間的關係卻不怎麼理想。只有每個星期天下午，自己陪著林作一起出去騎馬遠行時的幾個小時；以及林作一看到他，就會向他打招呼；或是不時出現在馬房裏，和他聊上幾句；以及差遣他做事時，故意讓他到書房和自己聊聊天、和藻羅一起玩的時候，才是他短暫的快樂時光。常吉是在兩年前被林作找來牟禮家的。常吉的父親伊瓦諾夫是俄羅斯將校羅曼諾夫的馬伕。日俄戰爭時，林作的父親大作在滿洲（譯註：中國東北地區，包括黑龍江、吉林和遼寧省）當軍醫，戰爭結束時，結識了俘虜中的羅曼諾夫。大作和羅曼諾夫很談得來，在羅曼諾夫的拜託下，把一匹個性剛烈、名叫拉琴的黑馬，以及個性溫和、名叫小強的狗帶回了日本。小強也成爲少年時代的林作唯一的朋友。伊瓦諾夫的全家都在戰火中喪生，羅曼諾夫也在俘虜營中死了，孤獨無依的伊瓦諾夫便來日本投靠大作。拉琴死後，大作就不再養馬了，而伊瓦諾夫就在大作朋友的照顧下，在神戶住了下來，結婚生子。由於林作的祖父和常吉父親之間的關係，使常吉在牟禮家具有一種特殊的地位。但常吉是個懂得分寸的人，他覺得倉太就像是自己的附屬品一樣，即使自己可以立刻幫他在其他地方找到一份工作，他只在這個家裏住一、兩天，也是踰矩的事。常吉雖然覺得自己的父親伊瓦諾夫只不是一介馬伕，但林作卻稱讚他是個了不起的男子漢，也使他爲此感到驕傲。常吉把大作和林作的恩情銘記在心，他經常在想，當初羅曼諾夫託付給大作的是拉琴和小強，並不是父親。但如果羅曼諾夫知道伊瓦諾夫的悲慘遭遇，或許也會把馬伕一起託給大作。然而，這只是一個假設而已，所以，他很謹守應有的分寸。當像匹悍馬般我行我素的倉太出現時，著實讓他傷透了腦筋。

藻羅對練習寫「巡」這個字已經煩不勝煩。

──好想趕快去常吉那裏。整天坐在這裏寫字，還不如讓柴田幫我洗澡呢。如果可以去找彌的話，就更棒了，她會陪我玩，會讓我吹肥皀泡。眞希望柴田和御包生病，然後乾脆讓她們死了算了。

藻羅重新握了握鉛筆，在練習簿的框框外畫了幾條直線，把黑褐色的眼珠子翻進上眼瞼，白著眼看著御包，在她似乎說著「笨蛋」的雙眼中，卻有著幾分畏懼。在御包的注視下，藻羅眨了兩、三次眼睛。像往常一樣，藻羅的心生畏懼讓御包得到了滿足，也同時爲她帶來某種施虐的快感。

「你可以做這種動作嗎？老爺可不會永遠都護著你。我可沒有騙你。」

──騙人。

藻羅緊閉起雙唇，表現出無言的抵抗。

這陣子的御包不知道在打什麼主意，竟然穿起洋裝來了。像鐵皮一樣尖尖的白色開襟襯衫的領口下，露出了她的威嚴；像黑山一樣的黑色羊毛裙子下的膝蓋併攏著，俯視著藻羅。這張肥胖而黝黑的女人臉上，散發出令人噁心的道德氣味，裝模作樣地緊閉著的嘴巴周圍，刻著醜陋的皺紋。但在眼睛深處，卻可以看到再也無法掩飾的、倒錯的情色痕跡。

「你已經會了嗎？好，今天的國語就上到這裏吧。」

御包帶著幾分鬱憤得到宣洩的表情說道，然後，又看著藻羅算了三題二位數的減法，就讓藻羅和自己從倦怠的課堂中得到了解脫。

✿　✿　✿

「常吉。」

藻羅用比平常更小的聲音一邊叫喚著，一邊敲著常吉房間的門。

「藻羅大小姐嗎？我現在就來開門，請你把手拿開。」

常吉的話音剛落，門就從裏面打開了。

房間裏瀰漫著西敏斯特的煙霧。進門右側，面向後巷的窗板之間，縱向裝了一塊中間有很大縫隙的木板，但房間裏還是十分悶熱。常吉知道林作送自己的香菸並沒有給鴨田，所以，一直省著抽。但倉太卻接二連三地抽不停，所以，他就把香菸收起來，把門關上了。

靠在牆角蹲著，用粗大的手抱著膝蓋的正是早上的男人。藻羅只看了他一眼，便被嚇得動彈不得。大大的四方臉中，有一個好像被什麼東西壓扁的鼻子，眉毛和眼睛也糾結在一起，整張臉看起來就像是平家螃蟹（譯註：一種螃蟹的名稱，蟹殼看起來像是憤怒的表情，被認爲是平家的武將轉世）的蟹殼一樣，眉毛比鍾馗還要濃。這兩道濃濃的、皺起的雙眉下，是一雙藻羅從來不曾看過、像野獸般的眼睛。這雙眼睛正看著藻羅。

「喂，坐下吧。是藻羅大小姐，我不是告訴過你嗎？」

男人仍然抱著單腿的膝蓋，不耐煩地坐了下來，靠在豎起的膝蓋上的手，伸出惡魔爪子般的手指，彎曲著放在嘴邊咬著手指，但一雙眼睛仍然注視著藻羅。

「藻羅大小姐，過來這裏。」

常吉坐在椅子上說著，把藻羅抱到自己的膝蓋旁，把臉湊近她的耳朵，小聲地說道：

「他是我的朋友。現在遇到了傷腦筋的事，所以才做出這樣的表情。你要不要和我一起去看馬？」

常吉知道藻羅來這裏的目的，看到她受驚的樣子，便這麼問她。

藻羅仍然注視著倉太，用力地抓住常吉的長褲，輕輕地點了點頭。

常吉在門口回頭看了倉太一眼，便推著藻羅走出了房間。

一走出門外，藻羅便默不作聲地輕輕推開了常吉。

常吉拉住了她，把臉湊了過去。

「等一下再玩吧。快吃午飯了，不然，他們又會過來叫了，你先回去吧。」

藻羅心有餘悸地仰望著常吉的臉，用力點了點頭，跑了回去。

常吉目送著慢慢跑回去的藻羅，又回到了房間。

午飯後，藻羅從二樓的窗戶看到倉太出門了。爲了怕撞見柴田，她躡手躡腳地從玄關走了出去。剛走出玄關，就看到常吉站在大門的旁邊，向她走來。他好像在等藻羅。

「常吉，你已經餵過飼料了嗎？」

「我還留著胡蘿蔔，等大小姐去餵呢。」

兩個人手拉著手，繞到了後院。藻羅像往常一樣，讓常吉把自己抱起來。棕馬的馬毛看起來好像沾濕了一樣富有光澤，但摸起來卻很乾爽，然後，她會摸摸長滿硬毛的、溫熱的馬鼻，抱抱棕馬的臉，把臉靠上去，再和常吉一起餵牠吃西洋胡蘿蔔。

藻羅只和棕馬玩。黑馬是林作騎的馬，但性格很剛烈，脾氣暴躁，林作和常吉都叮嚀過她，不能去摸那匹黑馬。

「那個人快回來了吧？」

常吉把藻羅放了下來，在馬伕房門口，蹲了下來。

「他來這裏，是想要像我一樣，找一份在別人家裏照顧馬的工作，像我一樣，有自己的房間。你瞭解嗎？他是個好人，但他長成那個樣子，也不懂禮貌，別人不會喜歡他，所以，我想他應該還是會回去離這裏很遠的老家。」

「那以後就不會看到他了嗎？」

「對。無論如何，他只在這裏住兩、三天而已。所以，等一下你回去之後，隨時都可以來玩。棕馬和我都很喜歡藻羅大小姐，都會等你來玩。」

「還有彌啊。」

「對喔。」

常吉笑了。常吉的笑容雖然和林作的笑不同，卻是感情細膩、親切的微笑。

藻羅也露出一絲微笑，突然好像受到了什麼驚嚇似地瞪大了眼睛，看著常吉說：

「我要回去了。」

然後，抓著常吉的手，說：

「你陪我一起來。」

常吉傾斜著健壯的身體，牽著藻羅的手，走到門外，看著藻羅，好像要說什麼悄悄話似地說：

「他用可怕的表情看你的事，請你不要告訴老爺。」

「我不說。」

說完，藻羅張大了眼睛看著常吉，用稚嫩的小手用力握了一下常吉粗壯的手。

藻羅一雙大眼下的兩條臥蠶，好像有淚水積在那裏一樣。她在無意識中流露的媚態，像往常一樣，在常吉的心中激起了深深的愛憐。

——她長大以後，絕對會成爲國色天香。

每當藻羅用一雙大眼看著常吉時，他就會在內心如此想道。

午飯後，柴田幫藻羅量了一下體溫，發現林作特別叮嚀她留意的體溫和早晨完全相同，但她覺得用酒精幫藻羅擦身體太麻煩了，就當作藻羅體溫比早晨升高了一分，沒幫她擦身體，自顧自回房睡午覺了。柴田的偷懶卻反而避免了藻羅的危機向更可怕的方向發展。那天早晨的體溫果然是藻羅即將迎接一場大病的危險信號。那天下午，御包照例呼呼大睡，藻羅在廚房玩。原本她在花圃玩，看到倉太走出來時，慌忙逃走了。彌帶著她來到廚房，原本因爲一直想著倉太的可怕而沒有聽到的蟬鳴，又像雨聲般聒噪地響了起來。彌聳著肥厚的肩膀，蹲在門口，低下冒著汗珠的脖子，幫藻羅放好鞋子後，動作俐落地從餐桌的抽屜裏，拿出一個裝在紙袋裏的甜點給藻羅，對她笑著。

彌有兩道好像被剃過的三角形淡眉、小小的眼鼻，以及豐厚的嘴唇，在整體顯得有稜有角的臉龐上，下巴顯得特別方、特別長。藻羅曾經聽到雖然長得不好看，但還算五官端正的柴田和御包說：

「彌該不會也是哪裏的混血兒吧？」

當彌害羞地用這張臉對她微笑時，藻羅就把臉貼在她被麵粉和醬汁弄髒的大圍裙上。藻羅覺得彌用手摸她的臉頰和露出的手臂時，感覺涼涼的、滑滑的，健康的鄉村女人的味道和生牛肉的味道很像。彌的味道中，總是夾雜著醬汁的味道和食用醋的味道。這一天，藻羅覺得彌的手臂和手掌比平時更冷。藻羅把棕馬和常吉喜歡自己的事，以及常吉告訴她有關倉太的事都告訴了彌，但不久之後，彌便覺得有點不太對勁。平常的藻羅會立刻離開圍裙，開始吃手上的東西，然後一邊吃，一邊說話。但今天卻一直靠在自己的膝蓋上說話，而且，說的話也語無倫次，根本不知道她在說些什麼。再說，她的身體也有點燙。突然，藻羅不說話了。彌覺得自己好像吞了一口沒有味道的、空氣團般的東西，感覺很不舒服。停頓了一下之後，當藻羅發出像狐狸叫聲般的咳嗽時，彌便確信藻羅一定是生病了。

——藻羅大小姐生病了。

彌早就忘記了把柴田吵醒的話，她會給自己臉色看的不快，抱起已經不再說話，無力地靠在自己身上的藻羅，迅速把甜點放回原位，便跑去敲了柴田的房門。

❧　❧　❧

這天半夜兩點時，藻羅的高燒達到了三十九度七。她罹患了百日咳。最初像狐狸叫聲一樣的短咳，和連續不斷的咳嗽，都是這種疾病的特徵。咳嗽慢慢變得連續不斷，咳嗽和咳嗽的間隔也越來越短。

這天剛好是林作和安奈特見面的日子，他去了離家不遠的安奈特家，但這天一到她家後，便立刻開車去了橫濱，兩人去海濱飯店吃了晚餐，一直到晚上十點才接到柴田的電話。他在電話裏向柴田問了情況後，立刻吩咐司機照山在安全的範圍內加速行駛，等他趕回家時已經十點多了。在車上時，林作強烈地懊惱，自己竟然沒有在橫濱時就打電話回家。在柴田打電話到安奈特家後，林作立刻叫了稻本軍醫和兩位護士，一位陪在藻羅旁，另一位在已經成爲病房的藻羅房間隔壁休息待命。柴田在電話中說，是自己去廚房，看到藻羅靠在彌身上後，用體溫計幫她量了體溫後才發現的。柴田推說藻羅在午飯後，因爲有六度七的燒而沒有洗澡這件事，反而因禍得福，讓她爲自己逃過了一劫而鬆了一口氣。

彌和御包兩個人在玄關迎接林作，接過了他的外套。林作看到彌平時雖然沒有直接對他說話的習慣，但她發自內心的驚嚇和不安寫在臉上，訴說著藻羅剛發病時的情況，便知道柴田在向自己說謊。同時，他也知道，柴田一定是猜測自己雖然沒有說出口，但心裏並不喜歡讓廚房工作的女人抱藻羅，或是讓藻羅靠在她膝上，所以才故意那麼說的。對柴田已經瞭若指掌的林作，對此並不會感到驚訝。而且，平時他就知道彌對藻羅的熱愛，但此時此刻，他更認同了彌和自己、常吉一樣，成爲深愛藻羅的一份子。

之後，御包把彌在玄關對林作說的話告訴了柴田，這下可讓彌吃足了苦頭。彌一個人在廚房，哭花了她那張黝黑的長臉。

❧ ❧ ❧

當林作看到藻羅側躺在床上，將一半的身體趴著，上面的那隻手極不自然地扭曲著的樣子時，感到一陣揪心。藻羅黑色濃密的睫毛在眼睛下方灑下一層陰影，嘴唇微微張開的小臉和彎曲的手上都滲著汗珠。當護士想要幫她擦拭額頭時，她用力推開了護士的手，嫌熱地把毛巾被踢開了。兩、三天前，爲蚊子咬到而抓破所綁的繃帶緊緊勒在她彎曲的腿上，看得讓人好不心疼。

林作從護士手上接過毛巾，想要幫她擦拭額頭時，藻羅睜開了眼。

「咳嗽比剛才好了點。」

藻羅好像要對護士的話表示反抗似地，說了一聲「好熱」便把被子踢到了床的角落。接著又是一陣咳嗽，藻羅吐出了混有番茄的淺紅色汁液。

林作用毛巾接著藻羅吐出來的東西，再用另一條毛巾幫藻羅擦額頭，她卻推開了他的手，用充滿傷感而又任性的聲音說：

「不要。」

藻羅抬起淡黃色的額頭下，充血的恍惚雙眼。

林作拉起的白色蚊帳中，瀰漫著像霧靄般的灰暗，門窗緊閉的房間更令人感到煩悶。像火一樣灼熱的身體、不停的咳嗽都讓藻羅感到悲傷和忐忑，她拚命地抵抗，只能用眼神向林作訴說著。

「好，乖，等一下就會好了。藻羅最棒了。」

野澤護士正站在櫃子前換冰袋裏的冰，聽到這句話時，好像責難似地回頭看了一眼。

林作看到藻羅胸前墊的濕紗布，和亞麻仁油紙都扭成了一團，便對野澤護士說：

「幫她把胸前的濕布換一下。」

野澤護士雖然嘴上應著「好」，立刻將放在櫃子旁瓦斯爐上燒的熱水，倒進臉盆，開始做準備。但她的這句「好」的語氣中，暗藏著「我知道，我正準備換」的反抗，膚淺地表現出自己才是內行。她聽到牟禮家的傭人們叫藻羅「藻羅大小姐」，便覺得這名字很奇怪，這種叫法更怪異，對林作哄藻羅時說話的樣子也覺得莫名其妙。當第四小時後的輪替時間，換成千賀谷護士時，藻羅很明顯地露出歡迎之色。

第二天一早，林作就讓柴田打電話去護士協會，要求找人來替代野澤護士。新來的護士雖然不漂亮，但是個誠實的女人，看起來和千賀谷護士一樣仔細、親切，讓林作鬆了一口氣。

這天晚上八點，藻羅已經燒到了四十度，咳嗽的發作也更加頻繁。之後，三十九度六、七到四十度的高燒持續了十幾天。

有一天晚上，藻羅因爲高燒產生了幻覺，突然看著天花板，害怕地叫著：

「蜘蛛……蜘蛛……」

然後，拚命地撥著被子，彷彿有無數蜘蛛從天而降似的。

這是極其奇妙、可怕的幻覺。天花板上，有無數淡灰色的蜘蛛，彼此拉起細細的腳，圍成一個大球，然後，緩緩地從天而降。這些球有大、有小。從大球中，可以清楚地看到一根一根噁心的、彎曲的蜘蛛腳。這些蜘蛛一掉到被子上，就像肥皂泡一樣地消失了，卻又永無止盡地，以排山倒海之勢從天花板上緩緩降落。

「蜘蛛……蜘蛛……」

藻羅大叫著。

「好，好，沒關係了，沒關係了，爸比在這裏。」

林作也用手撥弄著被子。

這種幻覺持續了五分鐘。

「你覺得情況怎麼樣？」

在另一個房間內，聽到林作的問話，稻本軍醫回答說，她的心臟功能很正常，不用擔心。但又補充了一句：

「必須看後續發展……」

即使在注射後，咳嗽不到五分鐘就發作一次，吃的東西全都吐了出來。十幾天的工夫，藻羅一天一天地瘦了下來。在換濕布脫下衣服時，曾經圓嘟嘟，像畫中天使般的藻羅，已經瘦得令人難以置信。拿下濕布後，胸前更因爲芥子的刺激作用，變成一片焦紅色。由於還需要同時注射營養針，所以，兩種注射讓她雙手上臂都變得僵硬，ＯＫ繃已經貼滿了整個手臂。她的整張臉腫了起來，兩眼往兩側拉緊，只剩下一條細縫。

咳嗽發作時，藻羅就像嬰兒時那樣縮起雙腿，雙手緊抱著胸前，承受著咳嗽的折磨。在咳嗽和咳嗽之間，她會用力吸氣，但還沒有充分吸氣時，下一波的咳嗽再度出現。每當她吸氣時，變細的喉嚨中就發出像破笛子般的聲音。

林作眼看著藻羅承受痛苦，自己卻無能爲力。

林作坐在床旁的椅子上，一直抱著雙手。

兩、三天前，在稻本軍醫陪同下，九鬼博士看診時也做出了和稻本軍醫相同的診斷。發病至今已經有半個月的時間。從前一陣子開始，藻羅就因爲意識有幾分模糊，再加上喉嚨嘶啞，只有林作和千賀谷護士可以聽懂她在說什麼。如今卻已經完全失聲，臉頰周圍的肌肉像被手指拉扯一般，微微地扭曲著。

然而，林作卻無能爲力。

有一天晚上，千賀谷護士換完冰袋後正欲離去，看到一滴眼淚掉落在抱著雙手、一動也不動的林作膝蓋上。驚訝的千賀谷護士繼續看著，發現又有一滴、兩滴的淚水滴落。深受感動的千賀谷去樓下吃飯時，告訴了大家這件事，彌、以及從彌口中聽說的常吉也同樣深受感動。

御包和柴田雖然表面上露出感動之色，但心裏卻不以爲然地皺著眉頭。藻羅現在獨佔了父親的溺愛，以後將像貪婪地享受食物一樣享用男人的愛情，將用男人的愛情武裝自己的身心。她們和這樣的女孩生活在一起，日夜看著她的生活，將自己和這個女孩的境遇相比，覺得這個世界實在太不公平了。即使目睹著藻羅的不幸，她們的想法依然沒有改變。她們深信，相較於藻羅這種女孩子，除非自己活得比她久，否則，這個世界就太不合理了。

雖然林作可能有和那個德國女人聯絡，但她們知道，即使到了星期五，他也完全沒有去她那裏露臉。當她們由此瞭解到林作對藻羅的溺愛之深，不禁更激發了她們的異常心理，她們想要袒護這個素不相識的德國女人，想要去挑撥一下這個女人。

在藻羅發病後，柴田和御包變得無所事事，廚房的女傭反而更受千賀谷護士的賞識，也得到了林作的信賴，忙進忙出地大顯身手，好像漸漸在牟禮家佔據了重要地位，博取了主人的歡心，這也讓她們深感不滿。

林作除了換上居家服、早晨準備去公司換西裝時，以及去公司，或寫重要書信的時間以外，整天都陪在藻羅身旁。藻羅嘔吐時，他就把毛巾墊在她的下巴下；用鴨嘴壺餵她喝茶。藻羅咳嗽發作時，他則在一旁承受著內心的撕裂。即使睡覺時，如果林作不陪在旁邊，藻羅就會立刻醒來找他，所以，他乾脆把枕頭和被子放在藻羅房間的一角，偶爾睡上兩、三個小時。

當林作因爲換衣服等而走下樓梯時，總看到彌站在走廊的一角或樓梯下。她一看到林作，就像做了什麼壞事一樣，又悄悄地退回廚房。林作每次看到，都會招呼她：

「這樣太累了，快去休息一下吧。」

彌一言不發地用充滿感謝的表情，鞠躬目送著林作走過去。

當彌出去買冰塊或打果汁的水果時，常吉就會從房間裏衝出來，詢問彌有關藻羅的情況。雖然每天早晨和下午，在送迎林作時，常吉也可以瞭解到藻羅的病情，但他對下午之後的病況感到不安。當彌去煮開水時，常吉就會代替彌，一路跑著去買必需物品。當彌告訴他，藻羅好像看到什麼可怕的東西，拚命用手想要揮走時，常吉更是心如刀割。即使後來知道藻羅一直叫著「蜘蛛」，仍然沒有消除常吉內心的不安。他很擔心，已經多日不見、瘦得不成人形的藻羅是受到倉太的幻影所苦。

倉太已經離開了。由於他在這裏找不到工作，林作除了幫他出旅費之外，還給了他一筆比當初遣散費更可觀的錢，讓他回了神戶。

有一天，常吉聽彌說藻羅的情況稍有好轉時，便在院子裏摘了三朵蝴蝶草，戰戰兢兢地推開了病房的門。常吉拿著花，跪著靠近床邊。

「藻羅大小姐，我帶了你喜歡的花來了。」

藻羅張開僅剩下一條細縫的眼睛，看了看常吉，又看了看花。

常吉把花插在從櫃子裏拿出來的花瓶裏，放在藻羅可以看到的枕邊桌子上，又看了看藻羅，才依依不捨地退了出來。

繁世死後，繁世的父親鄉田重臣和牟禮家漸漸疏遠，但這次，他也爲藻羅的病情承受錐心之痛。他去住家附近的琴平神社祈願，戒了自己最愛的茶和香菸，每隔三、五天，就來探望藻羅。重臣對藻羅的疼愛絲毫不亞於林作，每次造訪，就坐在林作身旁看著藻羅，一坐就是好長的時間，然後才神情黯然地離去。重臣雖然很喜歡林作，但對林作不親自教藻羅，卻把藻羅交給御包和柴田那樣的女人感到不滿。他每次來看藻羅時，遇見御包和柴田只有點頭示意，但卻會向彌、常吉打招呼，安慰他們。年節來造訪時，也會拿一些錢給林作，託他偷偷塞給他們當零用錢。

發病至今已經過了二十天，藻羅的燒還沒有退。在第二十二天的下午，九鬼博士宣告只剩二十四小時了。九鬼胤道的診斷赫赫有名，「只要九鬼說會死的病人，沒有人可以活。」

然而，林作還抱著最後一線希望。藻羅還有想要吃東西的意願，除了偶爾出現幻覺以外，精神也很正常。這也成爲支持林作的力量。

有一天，藻羅從林作的手中接過一片橘子，她用雙手仔細地將橘子上的纖維剝得一乾二淨。她的動作正確得令人訝異，讓林作信心大增。

還有一天，藻羅的尿液中出現了尿蛋白，醫生判斷已經併發了腎臟炎，於是，就在第十五、六天時，開始服用一種夾雜著酸味和奇怪甜味，看起來很難喝的藥水，藻羅只喝了一口，就立刻吐了出來。因爲看起來實在太難喝了，千賀谷護士就用眼神向林作示意不要餵她喝了，但藻羅卻明確地表示：

「不喝的話，病就好不了。」

林作和千賀谷護士對望了一下，他們之間進行著無言的交談——「看這樣子，或許還有救。」

這兩件事都是在接到「九鬼的宣告」前一、兩天的事。

林作在火爐上的水壺不斷冒出的蒸氣中，在不分晝夜都門窗緊閉的房間內混沌的空氣中，在分不清白天還是黑夜的日日夜夜，他都不眠不休。「只剩二十四小時」這句話不斷地在林作的腦海中盤旋。即使他拚命想要忘掉時間，但時鐘的聲音，似乎正一分一秒地吞噬著藻羅的生命。

林作很後悔自己看了安奈特書架上的那本德國戲劇《坦達吉爾之死》（譯註：諾貝爾文學獎得主摩里斯・梅特林克，Maurice Maeterlinck的作品），那是一部描繪「死亡」的可怕二幕戲劇，母親緊緊抱著孩子，雖然年輕的嬸嬸、姐姐和老僕人圍在孩子旁邊保護他，但孩子還是被死神帶走了。第二幕是表現死亡之門的舞台布置，母親拚命捶打著那道門，直到指甲剝落，鮮血直流。當時，林作就下意識地想到藻羅，覺得心裏很不舒服。之後，安奈特說，築地小劇場正在上演這部戲，邀林作一起去看，林作沒有去，心裏對安奈特的神經大條很生氣。林作擔心藻羅會從重臣、自己、常吉和彌的保護中離去。

過了一晚，到了第二天下午，預言的二十四小時已經過了五分鐘、十分鐘，終於經過了五個小時，林作開始期待奇蹟會在藻羅身上發生。

藻羅的身上並沒有出現林作所期待的變化。但是，又經過了一晚，距離預言已經超過了兩晝夜，或許是林作的心理作用的關係，他覺得雖然藻羅的身體沒有太大的改變，但咳嗽的發作間隔好像漸漸拉長了。

藻羅的食欲也很好，咳嗽不發作的時候，她想要吃東西，但又討厭喝牛奶或米湯，於是，就背著醫生餵她吃軟粥。

在預言的「二十四小時」過了兩個晝夜那天的晚上，柴田在爐火上煮的粥開了，正當她打開蓋子時，藻羅看著林作說了些什麼。

聽起來好像是「牛蔥」，但林作和千賀谷立刻明白了。她說的是「牛肉和蔥」。千賀谷護士認爲不可以給她吃這些，因而一臉困惑地看著林作。牛肉和蔥是藻羅最愛吃的食物，林作想要讓藻羅吃她想要吃的東西，他認爲這或許是藻羅的最後一餐了。於是，他站了起來，無視千賀谷嚴厲的眼神，走下樓去，進了電話室。

林作撥通了燕樂軒的電話，說是重病人想要吃的關係，請他們把牛里肌肉切碎後煮軟，再加入蔥花送來。

料理送來時，林作命令千賀谷把粥裝在碗裏，再把牛扒、蔥花加在裏面，藻羅的食欲驚人，接二連三地要求加牛肉和蔥花，吃了兩碗粥。林作看在眼裏，不禁產生了自信。正如林作所想，藻羅的身體漸漸恢復了，好像吃下去的食物都奏了效似地，藻羅的疾病從那一晚開始好轉起來。

大家都覺得，藻羅的體內不知道哪裏發生了什麼微妙的改變，導致奇蹟發生了。

雖然藻羅看起來依然懶洋洋的，但心情卻很好，她不停地對林作、對千賀谷說著話。仔細一聽，才知道她說「今天外公沒有來」，或是「常吉帶來的花怎麼了？叫常吉再摘一點送來這裏。」

在藻羅吃了牛肉和蔥的第二天，重臣接到林作的電話，得知藻羅的情況後，立刻上門來看她，緊鎖的眉頭稍微舒展了幾分。看到藻羅後，轉過頭對林作說：

「腫已經消了一大半。」

重臣緊皺眉頭的臉上終於露出了放心的神色。坐了一陣子，他撫摸著藻羅的頭髮說：

「我下次來的時候，會帶點好東西給你吃。」

然後，便告辭了。

雖然藻羅偶爾還有咳嗽，體力也還很差，但旁人一眼就可以看出來，她的身體漸漸康復了，病房的氣氛漸漸開朗，逐漸充滿活力。九鬼博士也認爲藻羅已經度過了危險期。這天晚上，林作和稻本軍醫在書房開了一瓶陳年葡萄酒，舉杯慶祝。之後，又找來了常吉，當彌端來酒杯和起士時，也執意讓她拿起酒杯，親自幫她倒了酒。

在距離發病滿一個月後的某天早晨，林作終於打開了病房緊閉了數十日的窗戶。明亮的陽光從窗戶照進來，藻羅雖然疲憊地躺在床上，但臉已經消腫，又恢復了原本的可愛，她張著一雙大眼看著林作。

藻羅好像陷在白色寢具中一般，張著手腳躺著，那樣子就像是出了遠門又回家的孩子一樣，也好像做了一場夢似的。她懶洋洋地環顧四周，又看著林作。林作深切地將她的一舉一動收進自己的眼裏。

藻羅唠了唠稍微恢復了一點血色的嘴唇，似乎在說：

「好難受。」

林作十分清楚，她那天早晨仍然覺得渾身無力，根本懶得說話。於是，他也身心俱疲地簡短地說了一句：

「藻羅，眞是太好了。」

一個多月昏暗的日子終於過去了，林作和藻羅的光明日子又回來了。

❧　❧　❧

百日咳康復後，藻羅那雙老是凝神注視的大眼更加濕潤、明亮。在那一年十二月的八歲生日，周圍的人都覺得她長大了很多，好像一口氣長了兩歲。

從林作把藻羅的小手臂繞在自己的脖子上，一直和她緊貼著臉的時候開始，他看到藻羅一雙纖細、修長的手指，就想要讓她學鋼琴。藻羅五歲時，他曾拜託朋友，卻一直沒有找到適當的老師。雖然林作知道越早開始學越好，但六歲和七歲也就這麼荒廢了。

藻羅八歲時，終於找到了理想的老師。這位老師在他的祖國法國，就是高水準的老師，在日本更是無人能出其右。這是林作公司裏一名叫西園寺的男子打聽到的。西園寺的一位朋友已經年過五十，最近開始學鋼琴，他遇到西園寺時，提起這位老師，說雖然自己不敢請這麼好的老師，但應該適合這種有錢人家，所以，就把這位老師的經歷和地址都告訴了西園寺。這位法國老師辭去了上野音樂學校的教授職務，目前正在研究古代宮廷音樂。他是科爾特（譯注：Alfred-Denis Cortot，1877～1962年，法國著名鋼琴家）的前輩，是來自音樂世家的鋼琴家，名叫亞歷山大·都波，五十二歲。現在有三十三位學生，對方也希望可以再多收一位學生。他在聽到牟禮家的情況後，答應收藻羅爲徒。

林作欣喜若狂，親自去位在花園町的教授家中，決定從新學期開始，讓藻羅每星期三都去花園町練一次琴。

* * *

亞歷山大·都波像往常一樣，調整好旋轉移椅，輕輕地把藻羅抱上椅子，說：

「Allons commencer（好，開始吧）。」

每當藻羅黑褐色的齊眉短髮下，兩條臥蠶般的大眼睛看著亞歷山大，似乎想要瞭解對方到底是何方神聖時，亞歷山大都會從藻羅這雙朦朧、感性敏銳的雙眼中，看到一個很惹人喜愛的孩子。但與此同時，也覺得這個雖然個子不高，但身材十分勻稱、有著飽滿，圓潤的肩膀和雙腿，身穿式樣簡單的及膝白色法蘭絨洋裝，搭配黑色長襪的小女孩，有某種強烈吸引自己的東西。這個小女孩對此一無所知，她是純真無邪的。但她身上的確具有某種東西，就像是一種出其不意的驚喜。

那是林作第一次帶藻羅造訪時的事。林作和亞歷山大在交談時，藻羅時而用雙手抓著椅子的扶手，將上半身向後扭轉；時而瞥一眼亞歷山大，走近鋼琴，用纖細的手指掀開琴蓋，用力彈了幾下。不一會兒，又踮起腳尖，出神地看著蓋在鋼琴上的蕾絲。

亞歷山大在談話的時候，銳利的視線一直追隨著藻羅的一舉一動。

藻羅抓住林作坐的椅背上橫木，站在椅子後方，好像躲貓貓一樣不被亞歷山大看到。一下子將側臉靠在椅子上，好像隔著椅子將臉貼在林作的後背一樣，張大眼睛，翻起長長的睫毛定睛片刻後，又露出小臉，瞄了新老師一下，又回到自己的椅子上。當她準備走回自己的椅子，擠過林作身旁時，林作輕輕地撫摸了藻羅的腰際。林作這個不經意的動作充分表現出「這是我最心愛的寶貝女兒」的父愛，亞歷山大都看在眼裏。林作的手雖然是父親的手，但也有幾分情人的手的味道。

在目睹這一連串舉止之後，亞歷山大深深被這位剛滿八歲的小女孩吸引，對下一週就要開始爲這個小女孩上課，產生了一種不可思議的雀躍和激動。

亞歷山大．都波髮際後退的寬額上，修剪得短短的鬈髮還很黑，他的眉骨很高，目光銳利。搭配他那堅挺的鼻子、充滿意志力的薄唇和纖細的手，整體上，讓人感覺是個禁欲主義者。在他身上，似乎可以看到，他雖然是法國人，卻是個嚴肅的人，看起來似乎勉強自己靠著某種強烈的意志，一直貫徹著清教徒式的人生，現在仍然維持著這種生活方式，將來也會一直持續下去。但仔細觀察，就可以發現他並不是一個無懈可擊的、有著正常感覺的男人。他似乎有同性戀的傾向。從他一絲不苟的穿衣方式，就不難嗅出他是個禁欲主義者，他就像那些極端壓抑自我的男人一樣，令對方產生一種壓迫感。這個高瘦魁梧的男人身上甚至可以看到牧師的影子。即使從西裝外，仍然可以感受到他的健壯、挺拔的體格。雖然不再有年輕的感覺，但仍然保有二十年前精悍美男子的影子。

亞歷山大側著坐在藻羅旁邊的身體，繞過肩膀抱著她，仔細地糾正她放在鍵盤上、那雙透明的淡黃色肌膚中隱約露出青色靜脈的手的姿勢。

「對，就是這樣，保持這樣。do、re、me，然後把這根手指放在這裏，fa、so、ra、si、do……bian。再來一次，保持這個手形，do……」

從一旁大大開著的窗戶，可以感受到四月和煦的空氣。

藻羅已經對這種封閉的感覺感到厭倦。這是藻羅有生以來，第一次接受亞歷山大這種嚴格的、氣勢逼人的課程，讓她覺得心煩、鬱悶。

窗簾的圖案；有窗台的窗戶；窗旁的小桌子上，鋪著手工刺繡的桌巾，上面放著看起來像是外國的花瓶，插著造型新穎的花；貼著圖案壁紙的四方牆壁；以及放在鋼琴對面牆角下那張份量十足的沙發，還有亞歷山大灰色西裝的羊毛味道，其中混雜著外國男人的濃重味道。所有這一切，都像藻羅曾經隨林作一起造訪的外國商社中的接待室，或是德國人的家庭一樣，散發著一種沉悶的感覺，這令她感到渾身不自在。

好想去窗邊看一看。窗戶下面是哪裏？是玄關嗎？鋼琴課並不如想像得那麼快樂。不僅不好玩，比學校上課更嚴格、更無聊，她眞想要推開亞歷山大，奪門而逃。

窗戶雖然開著，卻沒有一絲風，房間裏十分悶熱。藻羅將紅通通的臉向後仰，甩了甩濃密的短髮，坐在椅子上輕輕轉動了一下身體。

「再練一次。」

「對。手掌要放平，保持這樣。……do、re、me。換手指。fa、so、ra、si、do。」

藻羅心想，亞歷山大可能發現我在偷懶，所以聲音會比剛才更嚴厲。

亞歷山大察覺到藻羅的心已經飛到了窗外，便說：

「小姐。如果不反覆練習，就不可能彈得好。Il taut répéter.（再來一次）」

當這一天的課程好不容易結束，藻羅從鋼琴前獲得解放時，便立刻跑去窗邊。然後，立刻轉過身，瞥了亞歷山大一眼，好像在察言觀色。這時，背靠著牆壁站著的亞歷山大的眼中一亮，微露白齒。但他並沒有笑，露出一種讓人害怕的表情。

「小姐，你剛才就想要到窗戶這裏。這樣不行喔。」

藻羅一臉被看穿的表情面對窗戶，背影露出了一絲害羞，扭著身體靠在窗簾上。藻羅的這種媚態往往出於無意識，卻同時讓人覺得她似乎是在不知情的情況下，刻意地施展媚態。

練習結束後，瑪德烈夫人一如慣例地端上茶盤。在畫著圖案、造型很奇特的奶油色茶盤上，放著三個日本陶瓷茶杯、砂糖壺、牛奶壺、銀湯匙和砂糖夾，還有西式餅乾。

「La chaise pour mademoiselle, ma chérie.（這椅子給你，親愛的。）」

夫人放好椅子，就開始喝茶。

這種時候，他們往往會聊起藻羅的父親林作最近在教她法語的事。當藻羅用法語結結巴巴地回答他們的問題時，亞歷山大和瑪德烈都會發出驚嘆，說她說的法語好可愛，然後兩人相視一笑。瑪德烈夫人會談起自己在巴黎的老家，還有亞歷山大的妹妹佳奈，她的老母親和姪女。有一天，還聊到陪伴她老母親的貓諾奈特。聊到諾奈特時，藻羅看到瑪德烈的眼中含著淚水。

「我媽媽和諾奈特都活不久了。」

瑪德烈這麼說。瑪德烈夫人褐色的頭髮中已經開始混雜了灰色，臉上是巴黎女人特有的妝，黑色居家洋裝外面，披著一件好像重新織過的紫灰色針織衫。她略顯老態的脖子上，始終掛著一條珍珠項鍊。夫人說，這條項鍊是訂婚時，丈夫送她的訂情物。然而，亞歷山大和夫人相視而笑時，藻羅看到亞歷山大的兩隻眼睛並沒有笑。這雙眼睛裏隱藏著某種可怕的東西。從瑪德烈夫人的眼中，可以看出她也知道這一點。這種時候，夫人的眼中充滿了一種對絕望已經逆來順受的母性溫柔，黯然地眨著眼睛。亞歷山大那對沒有笑的雙眼注視著藻羅，注視著藻羅自己也搞不清楚的、內心的某種東西。

——眞是個不可思議的女孩。她的一舉一動都具有美感，卻又極其自然。這個國家很難見到這樣的女孩。

亞歷山大知道，藻羅可以感受到自己對她的愛，卻對此漠不關心，甚至感到有點厭煩。他可以感受到，這個乳臭未乾的孩子，用一種難以想像的力量吸引著自己。她並不討厭自己，更令他感到她的可愛。然而，雖然她並不討厭自己，卻討厭自己的嚴格訓練，想要盡早擺脫鋼琴。因此，他在覺得她可愛的同時，也漸漸萌生了一種憎恨。

亞歷山大一邊幫藻羅練琴，一邊想道：這個女孩想要盡早結束課程，想要盡快回到她父親的身旁。當她回到家時，不知道會做什麼？亞歷山大看著藻羅，像被絨毛覆蓋的青果實般的臉頰，繼續想著。這個女孩一回到家，一定會緊緊抱住她父親，然後親吻著他。這個沒娘的孩子，就像渴求著乳香般親近那個有著豐富感性容貌的父親。這個女孩被她父親的西敏斯特味道所吸引，她會在西敏斯特的味道中，向她的父親撒嬌，就像抱著母親的乳房，用嘴拚命吸奶一樣。

亞歷山大根據日前目睹了林作父女親密的，或者該說是濃密的接觸開始幻想起來。於是，眼前出現了林作在暗色高級和服、沙沙作響的正式和服裙下黝黑結實身軀，和像三劍客的達太安（譯註：D'Artagnan，法國文豪大仲馬的著作《三劍客》中的主角）般迷人的微笑。亞歷山大覺得，包圍著林作和藻羅的西敏斯特的芳香，彷彿也飄散在他的眼前，他似乎也聞得到。

對亞歷山大而言，這幾近是一種痛苦，又充滿誘惑的鋼琴課每期週而復始地上演。如今，已經過了一年，藻羅九歲了。

亞歷山大不斷進行嚴格的音階訓練，抓著藻羅的手，不厭其煩地細心糾正她的姿勢，和訓練專業鋼琴學生的課程幾乎沒什麼兩樣。

他從藻羅的身後抱著她，越過她的肩膀，扶著她的手，孜孜不倦地糾正她的姿勢。

「手要保持這個姿勢，手背不要動。do。」

他的聲音中帶著一種威嚴。

亞歷山大發出的「do」、「re」的音中，帶有一種鞭子的聲音，讓人不寒而慄。這是他投身鋼琴教學二十五年來，在他的精神中所形成的一種東西。

然而，亞歷山大幫藻羅練琴時的鞭子中，卻包含著另一種東西。藻羅雖然不討厭亞歷山大，但也不喜歡他。經過了一年，藻羅從來不曾親近過亞歷山大。這是因爲亞歷山大把對藻羅的執著深藏在內心，拚命地壓抑在心頭，結果，就變成一種偏執的、壓抑的感情，讓藻羅有所察覺。另一方面，亞歷山大看到藻羅絲毫不與自己親近，便產生了一種憎恨，這種連他自己也察覺到的異常心態變成了一團火。亞歷山大每每都想要把他揮舞了多年的鞭子，更猛烈地呼嘯而下，也爲此感到一種無法盡情的痛楚。

藻羅九歲了，她的嘴唇至臉頰一帶，好像覆蓋了一層薄膜似地豐滿起來，那種果實成熟般甜甜的東西，雖然只像淡淡的影子一般，但已經漸漸成形。在酷暑的日子，她臉頰上的汗珠就像被雨滴淋濕的花瓣，讓人感覺只要用手輕輕碰觸，手就會被她吸走。這是亞歷山大從來不曾觸碰過的日本女人的皮膚。而且，藻羅的皮膚就像是剛綻放的花朵般新鮮欲滴。

亞歷山大心中交織著嫉妒、憎恨和欣賞的執著熱情，已經到了難以克制的地步，漸漸地流露出來，變成了更嚴格的練習和像鞭子般的厲聲。亞歷山大那種想要把藻羅多留一刻在自己身旁的欲望，變成了反覆而永無休止的練琴，令藻羅感到痛苦和厭煩。

平日在家時，藻羅的身體就像沒了骨頭一般，但一聽到亞歷山大那種鞭子般的聲音，就讓她渾身緊張得不知如何是好。然而，過了不久，她又開始無趣地東張西望。

這種時候，藻羅可以感受到自己脖子旁，亞歷山大那嚴格得讓人感到有幾分可怕的眼神。那種眼神中有她所不瞭解的某種可怕的東西，這種可怕東西的氣息，像一陣熱風般襲擊著藻羅的脖頸和臉頰一帶。

只要藻羅的手背一偏，亞歷山大就會從鋼琴上的小盒子裏，拿出裱覆光滑紙膜，印有藍色英文字母的卡片，放在她的手背上。

「你知道這是什麼嗎？」

亞歷山大探頭看著藻羅的臉。

「這個就放在我太太小學時最心愛的盒子裏。Bon point，好分數卡。如果你彈得好，就送你這個。」

他用這種方法取悅藻羅後，再度持續像鞭打般的練習。

有一天，亞歷山大進房間時比平時晚，他從側面看到坐在旋轉椅上的藻羅身穿深藍色鑲有白線的水手服，腳上穿黑色絲襪的樣子，頓時覺得上一次還穿著及膝白色法蘭絨短裙的藻羅一下子長大了，已經變成了亭亭玉立的少女。在林作的吩咐下，柴田把她的頭髮綁了起來，白色的絲帶像蝴蝶一樣停留在她的髮梢。

當亞歷山大輕輕地抱著藻羅，糾正她手的姿勢時，臉頰碰到了絲帶，聞到一陣淡淡的古龍水香味。這一天，藻羅起得比較晚，早晨的準備工作比平時晚了點，一準備好就出了門。

亞歷山大用比平時更嚴厲的鞭子對待藻羅，多練習了四、五次。

練習結束，藻羅站起來時，亞歷山大說：

「今天彈得很好。mes compliments，小姐……」

然後，他輕輕抓著藻羅的肩膀，親吻了她覆著額頭的頭髮。隔著薄薄的衣服，亞歷山大可以感受到藻羅稚嫩而僵硬的肩膀，感受著那光滑的肌膚和圓潤的觸感。

藻羅厭煩地縮著脖子，逃也似地掙脫了。

❧ ❧ ❧

在牟禮家馬伕房對面的花圃中，梅樹在六月的雨和陽光的滋潤下，已經結滿了青澀的果實。

兩、三個飽滿的果實躲在枝葉下，讓人感覺似乎會像汽球擠在一起時那樣，發出「吱、吱」的摩擦聲。在陰雨的天空中，果實的絨毛帶著水氣，顯得晶瑩剔透。

從浴室的窗戶可以看到這棵梅樹。浴室的天花板很高，檜木牆壁旁的檜木浴槽裝滿了水。藻羅慢慢地將身體沉入浴槽中，滿溢的熱水盪著像油一般大小不同的光影，擁向藻羅淡黃色的圓肩和胸前。柴田倒入帶有淡雅清香的浴鹽，隨著熱氣發出柔和的香味，藻羅拍打著水面，歡快揚起飛濺的白色水沫。

「不要動。」

柴田把黑色和服的袖子綁在背後，摺起裙襬，露出肌肉鬆弛的蘿蔔腿，用粗壯的手臂制止了藻羅。

柴田手拿鐵鏽色的海綿，抹了大量香皂，抓住故意撥弄水站起來的藻羅，從脖子開始洗了起來。

藻羅的身體圓嘟嘟的，帶著慵懶孩子氣的體型卻散發著一種婀娜、如同鞭子般的東西，掛著水滴，展現在柴田的眼前，充滿著妖豔，她扭著身體，慢慢地撥開了柴田的手。

柴田剛來時，藻羅的腰上還留著青色胎記，如今，只剩下隱約可見的痕跡。她的腰際勾勒出結實的曲線，散發著稚嫩的媚態，像一股氣息般地拂過柴田的感覺。

——眞的就像梅子一樣。好惹人討厭。

「不可以洗腳底。」

「站好不要動。」

藻羅用手臂勾著柴田的脖子，大聲叫著，扭轉著身體。

藻羅從水裏一走出來，便看到深紅色棉質的更紗圖案（譯註：源自印度的一種蠟染布，印有花鳥、動物和幾何圖案）居家服，這也是她最喜歡的衣服。

柴田一扣好背扣，藻羅面對著鏡中的自己，露出滿意的神色轉過頭看著柴田。

「野枝實來了沒？」

「應該還沒有，藻羅大小姐。」

藻羅走進飯廳時，剛好看到野枝實從露台那裏走了進來。

「野枝實，你看，這是新的，是向德國人買的布。」

野枝實身上穿的是和去年相同的格子布衣。今天早晨，律才幫她把下襬的內布放了下來，用熨斗燙了一下，但仍然可以看到摺痕。藻羅只是看到野枝實還穿著去年的衣服，便反射性地說了這句話，但野枝實以爲她看到了自己下襬的摺痕，慌忙扯開話題。

「你昨天沒有帶梅子來，今天有嗎？」

「有啊。我們去拿。」

兩人牽著手，從飯廳旁昏暗的小樓梯走了上去。

梅子一成熟，御包和柴田就會讓彌做梅酒，期待可以在夏天時享用。但常吉每年都會避開她們緊加防範的目光，用竹竿摘下兩、三個梅子送給藻羅她們。於是，藻羅就會偷偷地藏起來，帶一顆去學校送給野枝實。

「上次我對柴田說，你是個煩人的老太婆。我爸比也這麼說。」

「喔，那還眞暢快。」

「你家那個嚇人的老太婆在幹嘛？」

「在做梅酒，嘴裏一直生氣地唸著，梅子好貴，梅子好貴。藻羅，你家雖然有梅子，但都變成她們的了。」

「嗯，但我爸比不喝那種東西，我爸比都喝法國的利口酒。」

野枝實雖然不知道什麼是「利口酒」，卻覺得那一定是很棒的東西，她打量了一下，藻羅身上的深紅色更紗夏裝和一頭黑褐色的短髮。

她們走進藻羅的臥室，從平時不使用的空餛飩箱（譯註：餛飩箱是江戶時代，用來外送烏龍麵或蕎麥麵的箱子）深處拿出了梅子，相視一望後，爬上了床，在裙子上擦了擦，便咬了起來。雖然梅子酸得讓她們的臉都歪了，但有一種新鮮果實的芳香，漸漸的，就會散發出清新的香味。兩人並非喜歡梅子的味道，而是陶醉在祕密的歡樂中。林作嚴格禁止藻羅吃梅子，朔也也不准野枝實吃，偷吃禁果讓她們感到快樂無比。

然後，她們把椅子搬到窗戶下，像梅子般的腰靠在一起，將手撐在窗台上，看著下面的花圃。

這時，御包正從大門的方向走來，常吉剛好也從梅樹那裏走了過來。藻羅和野枝實不禁互望了一眼，屏氣凝神地看著。

——是不是又摘了梅子？

正如她們所猜的，常吉把兩個梅子放在口袋裏，看到彌正在玄關打掃，便準備拿過來給她。從樓上只能看到御包和常吉的頭，御包似乎上下打量了常吉一番，不知道說了些什麼。在擦身而過時，常吉用一副根本沒把對方放在眼裏的態度應了一句，便跨著大步，走向玄關的方向。藻羅和野枝實看了這一幕，立刻從椅子上跳了下來，倒在床上，在昏暗中對望著笑了起來。常吉對御包不屑一顧的態度大大滿足了這兩個魔女。

「野枝實，你的眼睛好可怕。」

「你的也是。」

「我的眼睛很漂亮。」

藻羅翻著白眼，斜眼看著野枝實，然後，突然起身下了床。

「我要去吃藥了，等一下就回來，你要等我嗎？」

「……」

野枝實一言不發地下了床，準備走出房間。

「那算了，你以後也不要來了。」

藻羅沿著走廊跑去林作的書房。當她站在門前時，看到野枝實嘟起的側臉消失在牆壁的彼端。

藻羅敲了敲門，裏面傳來了林作的聲音。

「藻羅嗎？進來吧。」

她走進書房，坐在皮沙發上的林作轉過頭來。林作身後的厚玻璃窗在夕陽的映照下，像燈光一樣紅通通的。

在昏暗的室內，林作膝蓋旁的矮桌反射出柔和的光，上面放著一個裝了半杯開水的乾淨杯子，和貼著寫滿了英文字的白色標籤的廣口藥瓶。

林作在家時，只要四點一到，藻羅就會來林作的書房。不小心忘記時，林作就會搖響搖鈴。四點是藻羅吃這種難吃的褐色藥丸的固定時間。藻羅雖然長得圓嘟嘟的，看起來很健康，其實，她的體質很弱，醫生說她屬於病弱體質。茶褐色的藥丸呈圓圓厚厚的扁平狀，表面很粗糙，有一種難以形容的怪味。這是用牛血精製成的，是林作特別請德國朋友帶來的補血劑。藻羅不太會吃藥，總是會把藥片咬碎。所以，每天一次的這個時間對藻羅來說，是林作規定的「痛苦時間」。只有在餵藻羅吃這種藥這件事上，林作不假他人之手。因爲，藻羅很可能強烈拒絕吃這種藥，傭人們根本沒辦法應付。而且，雖然他隨時可以見到藻羅，藻羅也常來找他，但包括星期天在內的三天，自己在家日子的固定時間，藻羅必定會來找他的這件事，也讓林作欣喜萬分。

「趕快吃藥吧，今天有杏仁餅乾喔。」

靠窗的書桌上有一個紙包。藻羅露出了那種特有的表情——嘴唇用力緊閉，嘴角出現了兩個小凹洞。這是藻羅藏著祕密時的表情。

吃完藥，從林作手上接過紙包後，藻羅並沒有立刻打開，而是放在桌子的一角。

「怎麼了？不舒服嗎？」

「……」

「我知道了，一定是剛才在下面吃了什麼。」

「……」

「一定是彌，對不對？」

藻羅瞪大的雙眼，似乎坦誠地招供了林作沒有猜錯。

林作用手指放在藻羅的下巴上，轉向自己的方向。

「藻羅，爸比並不是罵你。但你不能吃附近商店賣的那種點心，知道嗎？」

藻羅推開了他的手，倒在沙發上，抱著林作的膝蓋，臉龐在他的膝蓋上磨蹭。

「彌是個好人，爸比也很喜歡她。但彌是鄉下女人，身體很健壯，不管吃什麼都不會吃壞肚子。你的身體不一樣……以後不可以再吃了……知道嗎？」

「知道了。」

藻羅把頭枕在林作的膝蓋上，轉過身子躺了下來，林作輕輕地撫摸著她的頭髮。

時間靜靜地流逝。

天色更暗了。

這一陣子，藻羅的腦海裏常常會突然閃過亞歷山大的影子。想起他越過自己的肩膀，從後方抱著自己，糾正自己的手勢時，他胸部附近所發出的羊毛味道，以及故意碰觸自己頭髮和髮帶時的側臉，乾燥、冰冷的手指，以及周圍的，氣氛。

林作的膝蓋上，有一種和亞歷山大的羊毛味相似，卻又不同的味道，那是一種混雜了香菸芳香的、無限懷念的味道。爸比的味道。這是西敏斯特的芳香。

藻羅將臉頰放在林作的膝頭磨蹭，腦海裏又突然閃過亞歷山大越過自己肩頭時的味道。

「爸比。」

「嗯？」

藻羅仰起臉，看著林作。

「亞歷山大老師親我的額頭。」

「喔……」

林作說：「外國的老師會親學生的臉頰。有人要去遠方時，也會像爸比和藻羅那樣抱著親吻。老師一定覺得你是個可愛的孩子，但因爲你是日本小孩，所以才會親你的額頭。」

藻羅並沒有仔細聽，她又翻了個身，轉過臉去，繼續用臉頰磨著林作的膝蓋。

林作看過亞歷山大，認爲他是個可以信賴的人。在聊了三十分鐘後，他內心甚至覺得，如果連這個男人也無法信賴，這個世上便沒有人值得信賴了。但林作也大致推測到，是怎樣的生活讓亞歷山大產生那種禁欲的，令人感到壓抑的感覺，對他禁慾的生活狀況也有所察覺。林作快要離開時，剛巧遇到外出歸來，客氣地爲自己不得不外出一事道歉的瑪德烈，林作也察覺到，瑪德烈雖然是法國典型的優雅女人，但也是個除了過度端莊和母性以外，並無其他特色的女人。因此，他不需要費太多心思就可以推測，亞歷山大和妻子之間的戀愛，以及夫妻生活的情況。在第一次帶藻羅上門造訪時，林作便發現亞歷山大一看到藻羅，就已經深受吸引。

——這種事以後還會常常發生。但我並不認爲要把藻羅封閉起來，用日本傳統的方式來教育她。即使以後會發生什麼事，又有什麼關係。

林作思考著，他的手無意識地輕輕地撫摸著藻羅的肩膀。

——有朝一日，萬一藻羅有了情人該怎麼辦？或許，這一天已經不遠了。那時候，我或許會覺得藻羅是個背叛我的壞蛋。但是，這樣的藻羅……不也很可愛嗎？

林作撫摸藻羅肩膀的手滑到了她的背上，他的臉上掠過一絲像「淺影」般的微笑。

花園町亞歷山大的家，籠罩在一片細雨濛濛中。

自上次之後，梅子開花結果的季節又造訪了兩次，藻羅已經十一歲七個月了。

這天，藻羅讓常吉等在汽車裏，獨自上了樓梯。這幢建於明治中期，塗著油漆的歐式房子內，無論牆壁和樓梯都已經老舊，木板樓梯都已經有了裂縫，握著扶手時，也有一種潮濕的感覺，好像上面的亮光漆會黏到手上。

藻羅穿著一件淺藍色及膝水手服，方形領口和袖口都鑲著白邊，黑色棉質長襪，頭髮向後梳起，綁著一條寬寬的絲帶。

身後傳來一陣沉重的腳步聲，亞歷山大從後方緩緩走上樓梯，追上了停下腳步的藻羅。

「你今天眞早。」

亞歷山大用略帶沙啞的聲音說著，低頭看著藻羅，看著藻羅瀏海下的臉龐。亞歷山大發現，藻羅的臉龐和上週時已然不同，彷彿隨著一場溫暖的雨，在一夜之間長大了許多。藻羅臉頰染上一抹紅色如七月青桃一般，令人聯想到處子的臉龐。

「你爸爸還好嗎？」

藻羅抬起頭看著亞歷山大，默默地點了點頭。或許是因爲從樓梯間窗戶照入的光線較暗的關係，豐滿的下眼瞼所產生的陰影，爲藻羅處子般的臉龐更增添幾分嫵媚，令亞歷山大心潮澎湃。藻羅孩子氣的點頭方式，雖然和臉上的妖媚很不搭調，卻更強烈地吸引著亞歷山大。

——這是個備受寵愛的孩子，還沒有擺脫孩子的稚氣。不知道她父親是怎麼寵她的……

藻羅已經厭倦了亞歷山大的鋼琴課，但林作特地為她去橫濱買了一架兩千圓的鋼琴，很期待藻羅可以學會一首曲子彈給他聽。聽到亞歷山大常稱讚她的手指很靈活時，林作也為此感到自豪，所以，她才很不情願地聽從了林作「鋼琴課不能缺席，一定要好好練，才能彈得好」的安排。

一走進房間，藻羅便看到大花瓶裏插滿了淡玫瑰色的繡球花，花瓣上的紋路顯得特別滋潤。被細雨淋濕的戶外空氣，似乎也隨著花一起被帶入了房間。

藻羅驚訝地停下了腳步，她不知道有玫瑰色的繡球花。

「你喜歡嗎？」

亞歷山大像年輕人一樣欣喜地問道。

「我從院子裏摘來的，從玄關看不到，雖然因為下雨的關係，顏色變淡了，但這樣反而更漂亮。」

這天，瑪德烈出門了，要到傍晚才會回來。亞歷山大為了藻羅，特地在雨中摘了這些花來。隨著藻羅造訪的時間漸漸逼近，亞歷山大越來越坐立難安，最後只好去附近散散步。方才回來時，他看到了藻羅站在樓梯上，那雙穿著黑色長襪的美腿。

亞歷山大站在樓梯下，看到藻羅穿著黑色長襪的腿，彷彿年輕的小馬般，懶洋洋地走上樓梯時，他情不自禁地昏了頭，腦海裏竟然閃過「今天我絕不會讓你逃出我的手掌心」的奇怪念頭。

這天，亞歷山大突然決定要回法國。

藻羅走到花的旁邊，將臉壓在花上，她的臉頰和花瓣融為一體。

她站了一會兒，轉過頭來看著亞歷山大，自言自語地說：

「香味不會很強烈。」

──你就和花一樣！

「但畢竟是花，味道很不錯吧。」

藻羅坐在椅子上，看著亞歷山大從鋼琴上拿下來的Sonata（奏鳴曲）的琴譜，便開始感到煩悶，情不自禁地魂不守舍起來。

──常吉和照山他們不知道在聊些什麼？

「藻羅小姐，練琴時不可以分心。」

亞歷山大十分清楚，藻羅還沒有開始練琴，就已經想要離開椅子，他在一旁用銳利的眼神，看著藻羅坐立不安的腰部。

至今為止，整整三年的時間，藻羅絲毫不想和自己親近。她每次來到這裏，一坐上這張椅子，就一心想著逃脫，她就像是一隻羽翼豐厚的褐色小鳥，今天可不能就這麼輕易放她走。

亞歷山大微啓雙唇，露出潔白的牙齒，用銳利的眼神看著藻羅，一臉異常的嗜欲表情。然後，用不帶感情的聲音說：

「allons le gamme（來，音階）。」

一如往常那樣，不管藻羅是否坐在這張椅子上，亞歷山大都會產生一種亢奮和渾身的酥麻，於是藉由對藻羅反覆的嚴格練習，以不爲人知的方法責難藻羅，如今，他再度感受到這份嗜欲的緊張。

亞歷山大按捺住令人恐懼的、猶如低沉的心跳般的亢奮，像看著獵物一般盯著藻羅。

亞歷山大十分清楚，自己會對藻羅產生這種情愫，完全得歸咎於以往的生活。在他漫長的人生中，一直把自己禁錮在禁欲主義的生活規範中。在父親安德旺格外嚴格的教育下，亞歷山大一直認爲這樣的生活是天經地義的，他深信必須堅持這樣的原則。他從來不曾拈花惹草。他和婚前就像是母親般溫柔婉約的瑪德烈經過一場低調的戀愛後訂了婚。然後，舉行了簡單的婚禮，毫無過失地走到了今天。瑪德烈是個不可思議的女人，在生孩子前就有那種懷抱嬰兒的母親特質。亞歷山大喜歡她，就是因爲這讓他有一種愛上聖母般的喜悅。壯年時，他雖然曾對兩、三位少女產生過欲望，但來自清教徒思想的禁錮，讓他無法跨越柏拉圖的領域。雖然曾經數度遇見朝思暮想的對象，但他的熱情始終無法發洩，重重地壓抑在內心深處。在至今爲止的漫長人生中，亞歷山大的欲望一直壓抑在心頭，無處宣洩。讓學生聞之色變的嚴格練習，以及和瑪德烈之間，就像是感情和睦的兄妹般的夫妻生活，這兩件事成爲他生命的全部。

在亞歷山大的漫長生命中，一直積鬱在心頭，無處發洩的本能欲望和無處宣洩的肉欲，讓他所愛的少女們膽怯，離他而去，於是，內心的鬱悶變得更密緻、更牢固。他內心的鬱悶是如此緊密，再加上他笨拙的表達，更使他內心的鬱悶永遠無法宣洩，欲望也永遠被封閉在內心。

自幼的清教徒生活也表現在他的性格上，即使在夏天，他衣領緊扣的穿衣方式，往往讓人覺得喘不過氣來，甚至以爲他是牧師。亞歷山大的一生，是清教徒的一生。然而，就在這時，林作帶著藻羅出現了。

亞歷山大看到林作時，知道他是實業家，絕非等閒之輩，是個了不起的男人，但他同時也深深地被藻羅的可愛和肉體的魅力吸引。雖然他之前就聽說藻羅是個沒娘的孩子，但看到藻羅像情人一樣黏著林作，已經超越了沒娘的孩子和父親之間的親密。亞歷山大看著他們兩人濃密的感情時，內心有一種奇怪的、無法平靜的情緒──那是一種嫉妒的鬱悶。

隨著亞歷山大的出現，林作對自己擁有藻羅產生了更加發自內心的喜悅，也令他有了一種奇特的想法。那一天，林作感受到一種勝利者的歡愉，那是一種好像躺在柔軟的嶄新香草床上的甜蜜歡愉，是對自己掌握了只屬於自己和藻羅的甜蜜房間，充滿純潔而甜蜜的「甜蜜房間」的鑰匙所產生的勝利感。

林作第一次見到亞歷山大時，便認同他是個優秀的人才。同時，也看到了他身上還留著曾經是美男子的影子，這更加倍刺激了林作內心不爲人知的快感──擁有藻羅的快感。平時，林作和亞歷山大生活在不同的地方，隔著厚厚的空氣層，居住在不同的地區。即使隔著這個厚厚空氣層所包含的房子、樹木、空地、店面、隨風飄蕩的廣告旗、旗子、嘈雜的人群、石塊和狗的空間，林作仍然可以感受到，當亞歷山大看到藻羅時，是如何壓抑內心的激動；也感受著他窺探著自己和藻羅之間那間甜蜜的、不容外人入侵的房間祕密，卻不得不壓抑住內心無法進入的鬱悶，於是，更令他感到歡快。

林作偶爾會去造訪亞歷山大，聊十五分鐘左右就起身離開。亞歷山大也會來牟禮家登門拜訪。兩個男人彼此認同對方，彼此欣賞。但有時候，亞歷山大的眼中會出現一道微微的火光。當林作的眼睛，不，應該說是第六感一捕捉到這道火光，火光就立刻消失了。然後，只剩下爽朗的、銳利的眼神。這道火光就是亞歷山大的靈魂所拚命克制的內心風暴。林作十分瞭解，亞歷山大看到藻羅的那一剎那，眼中就會迸發出這種火光。藻羅是這兩個男人之間純潔的小兔子，是個有翅膀的小女孩，是個女天使，是個帶有靈性的天使。只要不是笨小孩，誰都會有所感覺。無論是哪個孩子，只有在兩、三歲以前，才是完全的純潔無瑕、天眞可愛。

這種時候，林作常會想起幫藻羅洗澡的樣子。那是和一絲不掛的天使共處的時光；是將青澀、飽滿、結實的果實，放在手心欣賞的時刻。青澀的果實在一次又一次地放入熱水中清洗後，以肉眼無法察覺的速度慢慢成熟。林作認爲，自己對女兒的這種想念雖然不值得引以爲傲，但也不是令人羞恥的東西。

林作認爲，世界上大部分的父親都有著和自己一樣的想法，只是大部分父親不會把這份想念在腦海中用語言加以整理而已。某些明確意識到這些意念的父親，會把「詩」誤當成是「污穢」。林作認為，父親對漂亮的女兒所產生的愛戀是天經地義的，擁有這種想法是人之常情。只要男人能夠用禁欲的思想壓抑這種感覺，而且，整體的生活能夠維持正常，旁人便無可置喙。有些男人無論談吐、寫文章都充滿道德，就像是「吐著道德絲的蜘蛛」般，他們的內心反而更加齷齪。林作最討厭那種戴著道德的假面具，誇示著空洞威嚴的男人。年幼的藻羅天生就認同自己的這種厭惡感，這也是他對藻羅愛之入骨的要素之一。

亞歷山大和林作在交談時，都會避免觸及對方的內心。

當藻羅從亞歷山大的說話態度中，感受到難得一見的嚴厲鞭子時，抬頭瞥了他一眼，然後，用略帶嫵媚的表情低下了頭，扭著身體。她似乎知道，只要做這個動作，就會被原諒；這個動作可以觸動某些東西。藻羅從來不曾對林作做過這種動作，因為，林作從來不會令藻羅感到害怕。藻羅或許可以體會到，在這一剎那，自己試圖利用這份「嫵媚」抓住空中的某些東西。

亞歷山大並沒有理會藻羅的嫵媚，厲聲說道：

「來，你彈看看。」

終於彈完音階後，開始練習 Sonata。

當藻羅漸漸厭倦，不時地停下手，或是在椅子上動來動去時，亞歷山大就再也無法克制住虐待狂似的偏執在內心漸漸高漲，一種虐待狂似的肉體欲望漸漸亢奮，卻因爲無法順利發洩，而不得不壓抑在心頭的東西，痛苦地在身體內部膨脹。

在一種不可思議的肉體魔力下漸漸長大的藻羅從大約十歲左右開始，就漸漸把亞歷山大逼入這種像聖人必須抵抗裸女誘惑的狀態，這種恍惚和痛苦的日子，每星期都會造訪一次。簡直像面對火的考驗。每逢星期三，亞歷山大從前一天開始，就抱著一份期待的心，等待藻羅的來臨。一看到藻羅，內心的激動就會高漲。無論藻羅在身旁或是不在的時候，他都爲藻羅絲毫不與自己親近感到不安，也爲此忿恨不已。於是，他就想要好好懲罰藻羅，就像懲罰罪人一樣。藻羅不和他親近這件事，成爲一個大問題，佔據了亞歷山大的心。

——這種小女孩……。簡直還是個小毛頭。有哪個男人會這麼認眞地探究這種小毛頭的心理？而且，自己就像是戀愛中的年輕人一樣。我是個比她父親更老的男人。……她父親林作應該四十七歲……陪她一起來的男人到底是誰？藻羅曾經告訴瑪德烈，她家裏有養馬，難道是馬伕？看起來有點像。他好像是斯拉夫血統的混血兒，是個心地善良的好男人，身體很強壯，長得也很帥。我眞想要取代那個男人的地位，我是認眞的。那個男人看起來不像只做一、兩年的臨時僱工。我也不想離開藻羅。……

瑪德烈的母親住在巴黎，和瑪德烈的姪女雪澤努住在同一棟公寓。日前，亞歷山大收到了雪澤努寄來的信，說瑪德烈母親的身體狀況每下愈況，希望瑪德烈可以趕快回國。瑪德烈在收到信後，就開始收拾東西了。上個週末，雪澤努又寄來一封航空信，密密麻麻地寫了一大堆，說自上次的信之後，瑪德烈的母親又罹患了重感冒，她很擔心。她已經向公司請了假，整天陪在一旁，但瑪德烈的母親看起來很寂寞。雖然醫生說會慢慢恢復，但她還是感到很不安。

亞歷山大心想，如果藻羅有十六、七歲，如果藻羅或多或少喜歡自己，自己或許會讓瑪德烈一個人回巴黎。不，自己一定會這麼做。亞歷山大看著瑪烈德蒼白著臉，整理自己的東西，或是把東西裝進行李箱時，獨自思忖著。

雖然目前正著手研究的宮廷音樂很吸引人，亞歷山大也無意放棄。但除此之外，亞歷山大更強烈地感受到，自己之所以如此鬱鬱寡歡，是因爲再也看不到藻羅了。

在亞歷山大內心深處的某個角落，十分憎恨瑪德烈。他夢想著瑪德烈可以從自己的生活中消失。很久以前他就有這種想法。他夢想著沒有瑪德烈，只有自己和藻羅獨處的時光。雖然無論瑪德烈在或不在，都對自己和藻羅之間的關係沒有影響。但如果瑪德烈不在的話，自己的心情就會自由，不會感受到沉重的壓力。不僅如此，如果瑪德烈不在，就可以和藻羅兩個人單獨喝茶、聊天。偶爾也可以帶她出去，兩人單獨享用晚餐，然後送她回家。以自己的立場，這些事並非天方夜譚。

亞歷山大想像著自己帶藻羅去餐廳，讓她坐在自己的對面，詢問她愛吃的料理，然後幫她點餐。然後，藻羅時而用叉子叉起自己喜歡的料理，送到玫瑰色的嘴裏，時而眺望窗外。……這種光景讓他內心雀躍不已，然後漸漸消失。亞歷山大越爲自己的幻想感到歡欣，就越對瑪德烈感到羞愧，於是，他就向上帝祈禱。他也對瑪德烈的母親感到羞愧。亞歷山大心裏很清楚，年邁的露諾奧夫人希望他也可以一起回去。於是，那一晚，亞歷山大抱著贖罪的心情，用不再年輕的臂膀，溫柔地擁瑪德烈入懷。

亞歷山大知道，人要變成惡魔是多麼輕而易舉。因爲，惡魔與神爲鄰。

——不，惡魔就在神的心中。

亞歷山大想著。

亞歷山大知道，自己的靈魂會成爲惡魔橫行的場所，是因爲年輕時過度束縛自己造成的，他爲此感到懊惱。與此同時，他也對已經去世的父親安德旺的教育產生了疑問。他還在巴黎的壯年時期，就已經產生了這種懷疑。

自從母親卡德麗努死後，沒有再婚的安德旺對亞歷山大實施了嚴格的管教。那是一種羅馬天主教式的，靠鞭打贖罪的嚴格、激烈的教育。在亞歷山大的印象中，安德旺總是用乾淨的手撕著麵包，用一種崇高的表情俯視著自己。

亞歷山大十九歲時，父親就死了，但在三十歲以前，都一直對禁欲主義的父親充滿尊敬，他打算和父親走相同的路。然而，不久之後，他就對這種自我封閉的，幾乎異常的生活方式產生了反感。他覺得自己的性格有一半是父親教育的結果，於是，父親冷酷的臉也漸漸變成了一張令人懼怕的圖像。

今天應該是自己最後一次教藻羅練琴。雖然下週並不是完全不行，但總不能讓瑪德烈張羅一切，自己袖手旁觀。

這天，亞歷山大的課比平時更嚴格、更偏執。

亞歷山大看到藻羅對自己內心充滿離別的痛苦一無所知，對自己的內心已經變成惡魔肆虐的場所，對自己靈魂聽任惡魔擺佈的苦悶一無所知，仍然懶洋洋地逃避練琴，想要早一刻逃離自己身邊，突然感到火冒三丈。雖然藻羅以為亞歷山大已經差不多該下課了，但亞歷山大仍然緊握著練習的鞭子，不肯鬆手。

藻羅剛才露出的嫵媚神情，對今天的亞歷山大而言，無異是火上澆油。

這種媚態如同在溫暖的雨中，不經意地衝破硬殼般的花萼，探出頭來的花蕾一般，然而，卻又毫不客氣地讓人深受吸引。再加上亞歷山大在樓梯上看到藻羅那雙像小馬一般的細嫩美腿。……那稚嫩媚態在亞歷山大五十五年的人生中，第一次深深打動他的心；緊緊抓住了亞歷山大，讓他無法動彈。

然而，這只是藻羅的無心之舉。當亞歷山大比平時更加嚴格相向，她只是想藉此矇混過關。藻羅知道自己心不在焉，她只是想藉由這個動作搪塞過去。當藻羅內心感到些許的害怕，想要設法化解亞歷山大的嚴格時，便不由自主地露出了這種媚態。她想要裝得可愛一點，順利化解眼前的窘境，她內心的確有這種狡猾的念頭。這種狡猾在亞歷山大眼中，顯得加倍可愛。當藻羅嫵媚地扭著身體時，亞歷山大感覺好像有什麼柔軟的東西，像小鳥羽毛般的東西輕輕撫過他的胸口。而且，女人的狡猾就隱藏在這柔軟的東西中。亞歷山大只接觸過瑪德烈這個善良的女人，他從來不知道，女人的狡猾可以隱身在溫柔的嫵媚中，會像玫瑰的刺一樣，刺進自己的內心，產生隱隱的痛楚。雖然藻羅的舉止更激發了亞歷山大的鍾情，但與此同時，也激發了亞歷山大內心更強烈的衝動——要更嚴加訓斥，要重複這種嚴格到幾近殘酷程度的練習。

——我的手在顫抖……

亞歷山大像平常那樣，用雙手輕輕抓著藻羅的手，糾正她的姿勢，然而，他無法控制自己不停顫抖的雙手。

細雨籠罩著整片天空，籠罩著四周的大地。這幢被濛濛雨氣包圍的房子比之前更加悶熱，藻羅小手的光滑皮膚上帶著一層濕氣，擾亂了亞歷山大的心。

亞歷山大糾正了藻羅的姿勢後，厲聲要求她保持這個掌形繼續彈下去。

「Allons, doigts（來，手指）。」

藻羅渾身懶洋洋的，心神不定地彈了起來，立刻看錯了樂譜。

藻羅討厭和自己相處。她剛才的嫵媚只是想要盡快離開這張椅子。

亞歷山大渾身的血都衝向腦門。

「藻羅小姐。……不要一心只想著早回家。méchante（你不乖喔）！這個地方如果沒有達到我的要求，今天我不會讓你回家。」

亞歷山大看藻羅兩手不動也不動，轉過的臉卻從耳根一直紅到了臉頰。她細小的喉嚨隨之發出了呑嚥的聲音。藻羅的腦子裏一定充滿了錯愕和恐懼。此時的她，頓時像小孩子般放聲大哭起來。

亞歷山大露出藻羅很懼怕的銳利眼神，嘴角浮現一絲微笑，露出了潔白的牙齒。亞歷山大一直看著藻羅，讓他頭腦發熱的憤怒，像退潮一樣漸漸消退，他感受到一種渾身輕飄飄的沉醉。這份沉醉，更激發了他想要乘勝追擊，讓藻羅更加放聲大哭的欲望，這份欲望更令他感到一陣腿軟酥麻。

然而，亞歷山大在緊要關頭克制了自己。

亞歷山大的理智爲眼前的狀況感到狼狽不堪。他會這麼失了方寸，全都是因爲瑪德烈不在家的關係。但亞歷山大也在內心玩味著，是上天的安排，上天讓他在瑪德烈外出的時候失去了控制。

亞歷山大冷靜下來後，終於恢復了理智。他用雙手輕輕放在藻羅的肩頭，探頭看著藻羅轉向一旁的臉。

「是老師不好，藻羅小姐。……今天練得比平時晚些，但因爲太投入了，老師沒有注意到。小姐，不要哭了，都是我不好。年輕的小姐，我太嚴格了。……小姐，請你不要生氣。請你原諒我……。」

亞歷山大的雙手深情地放在藻羅柔嫩的肩頭。然後，突然起身離去。隨後，他拿著一塊四周有刺繡的瑪德烈的手帕回來，抱著藻羅的肩膀，轉向自己，爲哭得抽抽答答的藻羅拭淚。

亞歷山大的斥責讓藻羅充滿了錯愕和驚恐，她拚命地哭，不讓亞歷山大的話進入自己的耳膜，當她發現亞歷山大正在向自己道歉時，便慢慢停止了哭泣。然而，當她看到亞歷山大像父親一樣爲自己擦著眼淚，而且是用瑪德烈柔軟的手帕時，悲傷又湧上心頭，她再度淚眼婆娑地哭了起來。她在爲自己擦著眼淚的亞歷山大手中哽咽著，然後，推開了亞歷山大的手，用自己的小手把手帕蓋在臉上，扯著嗓子大哭了起來。

亞歷山大的懊惱撕裂著他的心，他用一副無法按捺的喜悅靜靜地守候著藻羅。

——藻羅原諒我了。

他覺得自己冷酷的、細細尖尖的手好像掐住了小鳥的咽喉。他用顫抖的手指，輕輕地撫撥著藻羅被汗水和眼淚黏在耳邊的頭髮。當藻羅的傷心漸漸消失，喉嚨的嗚咽漸漸平息時，他發現藻羅的樣子越傷心，就越撩撥他心中那份痛苦的戀情。然而，當他發現這隻小鳥竟然對此毫無眷戀地飛離自己的掌心時，內心再度燃起了一把火，他想要把這隻小鳥留在身旁，折磨她，讓她哭泣。

亞歷山大最終還是克制了自己。

「你可以原諒我嗎？小姐？」

亞歷山大關上鋼琴蓋，把手放在琴蓋上，窺望著藻羅的臉。

藻羅一雙眼睛睜得大大的。淚水盈眶的大眼深處，隱藏著某種東西。藻羅的內心有一份小小的罪惡感。藻羅雖然知道亞歷山大喜歡自己，但也覺得很奇怪，既然亞歷山大喜歡自己，爲什麼會變得這麼囉嗦？她懷疑，亞歷山大一定是看透了自己的心思，所以才會嚴厲懲罰她。這種懷疑讓她感到害怕，至今仍然心有餘悸。隱藏內心的這份罪惡感變成一團小小的火焰，在藻羅的眼底閃爍。

藻羅這種自己無從瞭解其中含意的微妙表情深深地吸引了亞歷山大。

「你可以原諒我嗎？……」

藻羅眨了眨一雙大眼睛，看著亞歷山大。藻羅用似懂非懂的迷人眼神看著亞歷山大，輕輕地點了點頭。

亞歷山大感受到自己就像戀愛中的男人般怦然心動。亞歷山大蒼老削瘦的臉頰至耳根一帶，淡淡地泛起了紅暈。

「我想要寫封信給你爸爸，但一直太忙，沒時間寫。我馬上就要回法國，我岳母年紀大了，身體很不好，想要看看我們。雖然下個星期我們還在這裏，但因爲時間的關係，我可能沒辦法再教你了。所以，今天是最後一堂課，以後，我再也沒有機會教你了。我想要幫你找其他的老師，但一時之下，也找不到適當的人選。我可能永遠都沒有機會再看到你了。等你長大，變成一個漂亮的小姐後，要不要來法國？如果你來法國的話，請到我家來，來看看瑪德烈和我的姪女雪澤努。我會把地址留給你爸爸。你瞭解嗎？」

亞歷山大的話似乎讓藻羅產生了幾分感動。然而，對藻羅而言，亞歷山大只是個極囉嗦的人，有時候，甚至是個可怕的人。只是對聽說他說要回遙遠的法國這件事，以及他那憂鬱的語調產生了一絲的惆悵。

「如果我去的話……」藻羅輕聲地說。

像往常一樣，藻羅像小貴婦般，把手伸向送她至門口的亞歷山大面前，亞歷山大像爲瀕死的小鳥取暖一樣用雙手捧著她的手，搖了兩、三次。

「小姐，你要多保重。我會爲你的幸福祈禱。……我可以親你一下，作爲道別的吻嗎？」

亞歷山大抓著藻羅想要縮回去的手，看到她微微點頭時，便按住她的肩膀，彎下高大的身體，將臉靠近，在藻羅的臉上輕輕吻了一下。然後，就像要從藻羅冰涼的臉頰旁逃開一樣，抽離了放在她肩頭的雙手。對一貫維持禁欲式生活的亞歷山大而言，這完全超越了禮儀的規範。面對恐怕是造成他這輩子唯一過失的對象——藻羅時，他將原本應該親在額頭上的吻，親在了她的臉頰上。而且，這也成爲亞歷山大最後一次戀愛的吻。

這是亞歷山大有生以來，第一次來到充滿戀愛沉醉的房間，並且已經走到了房間的門口，卻過門而不入。這是多麼令人惆悵的時光。眼前的少女雖然稚嫩，卻有某種神奇的力量，讓他身不由己，讓他失控。亞歷山大感受到一陣錐心之痛，卻也同時發現，幾分鐘前藻羅眼中的憂鬱已經一掃而光。從她肩膀的扭動中，更可以發現，她只是在等待著這個吻快一點結束。

——她的心情變化也太快了。

亞歷山大好不容易維持著理智，對前一刻才因爲受到驚嚇而淚流滿面的藻羅發自內心地感到同情。

今天，幾乎抓狂的亞歷山大已經失去平時的理性，這是因爲他太多次壓抑了內心的風暴。他內心脫離常軌的風暴燃燒著他的身體，想要跨越理性的防線，想要給這個稚嫩的少女一個戀愛的親吻；他想要在藻羅的身上，留下他這份百般煎熬的苦澀愛情的記號。如果做不到，至少希望可以痛斥幼稚的藻羅，把她逼入死角，讓她泣不成聲。

藻羅在樓梯口回首望了一眼站在樓梯上的亞歷山大，藻羅的一雙大眼中，已經沒有了前一刻的罪惡感和恐懼的戰慄，卻有一種擄獲了亞歷山大情感的勝利。

亞歷山大站直了搖晃的雙腿，看著藻羅，他緊緊地凝視著這雙可愛的雙眼，似乎想要永遠地烙在自己的記憶中。

——我這輩子將再也無法看到這雙可愛的眼睛！

亞歷山大一直佇立著，聽著藻羅可愛的腳步聲漸漸遠去，然後，如夢初醒一般，蹣跚地回到了房間，坐在藻羅方才坐的椅子上，將雙肘支撐在琴蓋上，用雙手蒙住了自己的臉。

四周比剛才更暗，只有吸滿了雨霧的窗簾看起來亮亮的。

亞歷山大在心中沉吟著。

——我竟然對這麼可愛的、無辜的孩子……。我到底怎麼了？簡直就像聖思齊神父（vater Sergius）或是聖安東尼（Saint-Antoine）……我知道，這是因爲我對女人太缺乏經驗了，我雖然一大把年紀了，卻還很生澀，就像年輕小伙子一樣。那個女孩正適合我，我既不瞭解女人，也不瞭解男人。我生活在巴黎這個城市，比其他人更有男人味。瑪德烈就像是聖母瑪利亞，就像是母親一樣。如果我在年輕時，曾經和身邊那些輕佻的女人共享春色，或是和那些用眼神勾引我的輕浮人妻們暗通款曲，應該就不會有今天這種事發生了，沒錯，絕對不會發生今天這樣的情況。

亞歷山大「呼」地嘆了口氣。

——但是，藻羅的魔力到底是怎麼回事？我並不是看到所有漂亮的女孩子都會有這種舉動。我知道自己是禁欲主義者，我像虐待狂似的鋼琴課是學生和教授們眾所周知的。但我沒有特殊的癖好，那雙有著臥蠶的大眼睛什麼都不知道，沒有一絲污穢；那雙大眼天眞地看著這個世界，卻引人遐思。她雖然還是個小毛頭，卻好像什麼都瞭解。而且，她雖然不笨，動作卻特別緩慢。這些地方都特別逗人喜愛，那個小女孩到底有什麼魔力？那種魔力到底是哪裏產生的？那種魔力到底是怎麼來的？好像是那個叫牟禮林作的男人帶著一個奇怪的魔女，出現在我的眼前。好像命運一樣。我到了這把年紀，還會做夢。快樂而痛苦，卻又那麼短暫……。

亞歷山大在內心深處繼續低語著。

——……我愛藻羅。……我愛她那純潔無瑕，像淡紅色山楂般的嘴唇。……我愛她那帶著乾草味道的黑褐色頭髮；愛她圓潤而結實的肩膀。……她就像是釋放香味的果實一般地成長，我希望可以在一旁守護著她的成長過程。沒錯，這正是我所想的。但是……因爲藻羅絲毫不想和我親近，我開始恨她。很久以前，當我發現藻羅不願與我親近，我就想要好好教訓她，讓她哭泣。我知道，自己的立場可以做到。今天，我終於下了手。……我對她說出那麼嚴厲的話，簡直就像魔鬼一般，對著她還幼稚、嬌小的心靈張牙舞爪，讓她害怕，讓她泣不成聲了那麼久。……難道戀愛就會讓神和惡魔合爲一體嗎？難道我生病了嗎？難道我眞的是虐待狂嗎？

亞歷山大懶洋洋地站起身子，打開了電燈的開關，再度像之前一樣，倚靠在鋼琴上，將銳利的雙眼望著前方，他的眼底有一道光，眼中充滿著熱切，直到門口傳來瑪德烈疲憊的腳步聲。

六月即將進入尾聲，天氣十分酷熱。

藻羅站在林作的身旁，來爲亞歷山大送行。亞歷山大已經搭上前往神戶的快車，手提包、帽子等也都放在該放的位置。大件行李和旅行箱已經由車站的搬運小弟放在網架和座位底下。瑪德烈好像一下子蒼老了好幾歲，雙眼下有一大片黑眼圈，好像受到驚嚇的可憐動物一樣睜著，從這雙眼中，依稀可以看出往日的美麗，然而，反而更讓人感受到如今的蒼老。

藻羅身穿鑲著白邊的淡玫瑰色棉質夏裝，頭頂上的草帽垂著一條細細的黑天鵝絨帶子，今天的她，看起來比以往的任何時候都更美麗，這或許是亞歷山大最大的不幸。

在上上週的鋼琴課上，可以說是亞歷山大明確發出戀愛信息的那件事，似乎讓十一歲的藻羅成長了。藻羅依靠在林作身上，不時扭動著身體，身上散發著和以前不同的味道，讓亞歷山大的心產生了不可思議的顫慄。藻羅在出門前才發現草帽上的鬆緊帶太緊了，但又沒有時間調整好。所以，此時她用食指繞著下巴上的鬆緊帶向下扯，身體不時地擠著林作，似乎偷偷地在向林作抱怨緊勒的鬆緊帶造成的不適。

方才，亞歷山大站在月台上迎接林作父女的到來，和林作道別時，就看到了藻羅下巴上鬆緊帶造成的紅色勒痕，似乎還有一點發炎。當時，藻羅正出神地側頭看著什麼東西。

藻羅似乎感受到亞歷山大熱切的眼神，把頭轉了過來。

「藻羅小姐，如果找到新老師，一定要好好學。」

亞歷山大帶著微笑，用隱藏著某種寒意的一貫眼神，看著藻羅說道。他的聲音顫抖著，充滿溫柔。亞歷山大好想問「是不是鬆緊帶勒痛你了？」他更想要親自幫她調好。

「這麼長的時間，都麻煩你教這個不用心的孩子……」林作說道。

「沒什麼，像小姐這種年紀的都差不多，是我太嚴格了。我希望她可以找到一位更親切，而且技巧也很好的老師。」

林作並沒有強求正在一旁扭扭捏捏的藻羅向亞歷山大道謝。他只是將雙手輕輕按住藻羅的肩膀，露出一副「眞傷腦筋」、卻又充滿愛意的表情看著她。

亞歷山大對林作黝黑臉龐上浮現出的微笑淺影充滿嫉妒。那是令人羨慕的迷人微笑。他又用嫉妒的眼神看著林作的一身打扮——黑底碎白點花紋的上衣，搭配同色的薄紗羽織，就是像在「能」（譯註：指能劇，日本一種用舞蹈表現劇情的傳統藝術）舞台上常見的那種薄如蟬翼的薄紗羽織（譯註：羽織是披在和服外的一種短外套），下半身則穿著一件沙沙作響的深灰色裙褲。

亞歷山大他們第二天才會到達神戶，然後，要坐近四十天的船。到達馬賽後，還要再搭一晚的車才能到家。瑪德烈想到露諾奧夫人的感冒很嚴重，或許會有萬一的情況發生，就可能無法在母親臨終前見上最後一面，這兩、三天來，她已經有點精神衰弱。所以，她就以此爲藉口，在林作他們前來送行之前，就先坐上了車，把其他的事交由丈夫處理了。

上上星期，在藻羅鋼琴課那天的傍晚，瑪德烈帶著疲憊的身體回到家中，推開房門時所看到的情景，再度浮現在腦海。之後，那一幕便再也揮之不去。房間裏只點了一盞燈，雖然平時也都只點一盞燈，但那一天顯得特別淒涼。在昏暗房間中，亞歷山大的手托著頭，靠在鋼琴蓋上，他似乎已經在那裏坐了好久。當亞歷山大驚訝地抬頭，瑪德烈看到那雙充滿熱情的眼睛時，讓她不禁在門口停下了腳步，再也無法動彈。這輩子，他從來不曾用這種熱切的眼神看過自己，她的丈夫亞歷山大或是其他任何人，都不曾用這種眼光看過她，那是一雙熱切的、戀愛的眼睛。雖然丈夫試圖掩飾自己的慌亂，將雙手放在她的肩膀，說「瑪德烈，會不會累了？」時，瑪德烈從亞歷山大的聲音中發現了他的失魂落魄，更令她感受到一種無法言語的寂寞和空虛，好像一股冷風吹進了她的心。

當時，瑪德烈隔著丈夫的肩膀看著鋼琴，從那架鋼琴和椅子附近，感受到一陣濃密的空氣。她可以感受到某種氣氛，知道就在方才，在那裏上演了某個濃密的場面。一種從未體會過的、醜惡的、嫉妒的痛苦湧上了心頭，看到站在她面前張口結舌的亞歷山大，她不由地產生了憎恨，眞想要撕破他的嘴臉。

「Mon chéri（親愛的），發生什麼事了？」

瑪德烈的內心天人交戰了好一陣子，才能平靜地問出這句話。瑪德烈好不容易說出的這句話，只是一句無心的客套話。這是她生平第一次對亞歷山大說出這種言不由衷的話。

並不是瑪德烈不願意坦誠地向亞歷山大坦白自己的想法，而是因爲她辦不到。個性低調、溫順的她，無法發洩她的憎恨。憎恨埋藏在她的內心深處，像小蟲子一樣靜靜地啃蝕她的心。亞歷山大因爲藻羅離他而去的寂寞和莫名嫉妒，內心已經承受著痛苦的煎熬，又承受了瑪德烈一回來時的冷淡態度，再加上他對瑪德烈內心的傷痛感同身受，這一切，都交織在一起，重重地擊在他的心頭上。

人類在白天和黑夜似乎有著不同的神經。痛苦的兩人經過了一夜之後，內心似乎恢復了平靜，彼此也言歸於好。無論如何，藻羅對此絲毫不以爲意，她只是個十一歲又八個月大的孩子。她無法承受亞歷山大內心如此深沉的思念，和執拗地對她糾纏不清，拚命想要逃開，甚至害怕得哭了。對於亞歷山大這種單方面的感情，她只是抱著一種少女的好奇，像擄獲父親一樣，把亞歷山大抓在掌心。而且，他們即將離開這個女孩，將啓程回到遙遠的祖國。這個明確的現實像黏膠般填補了這對夫妻內心的鴻溝。即使這只是剛形成的薄膜，還很不牢固，卻還是將兩顆心維繫在一起。

「Fautpas machérie soi-calme（你放著就好，先休息吧。）」

當瑪德烈拿起小袋子交給丈夫時，亞歷山大小聲地說道。如今，瑪德烈也可以體會到丈夫的痛苦煎熬。瑪德烈也相信自己的丈夫，絕對不會有超乎禮儀的舉止，所以，她努力想要原諒丈夫。

——世界上有太多更惡劣的丈夫，我又不是沒聽說過。像我朋友塞麗梅或秀澤朵身上所發生的事，那才眞是可怕呢。

瑪德烈回想起以前閨中密友的談話。瑪德烈試圖藉由回想這些談話，分散自己的注意力，化解積壓在心頭的沉痛。然而，卻反而令她內心產生更大的反彈。

——憑什麼說，我的痛苦就不如她們？即使丈夫身上表現出的戀愛氣氛並沒有越軌，或是對方只是個孩子，身爲妻子，都是無法忍受的。那天，當我看到丈夫親自把庭院裏的繡球花插在花瓶裏時，我簡直心如刀割，我對他恨之入骨。那個花瓶，是我們在蜜月旅行時買的。他從來不曾爲我做過這種事……，但是，他卻爲了那個女孩子做了。

結果，好不容易漸漸平息的情緒，又再度燃燒起來。

剛才，瑪德烈就靜心聆聽丈夫和林作在窗下的談話。

亞歷山大對林作說的那句「太嚴格了」時，瑪德烈從這句話前後的感覺中聽出了言外之意。林作之後所說的那句話中，也帶有某種可以令人推敲的微妙含意。瑪德烈從他們的談話中，嗅到了祕密的味道。這句「太嚴格了」中纏綿的、微妙的情愫，不僅告訴了瑪德烈，亞歷山大和藻羅之間曾經出現過什麼場面，更充分證實了瑪德烈心中的疑問。當瑪德烈在收拾行李時，發現在自己放手帕的抽屜中，她最珍惜的一塊手帕不見了，她一直覺得很奇怪。那是露諾奧夫人親自爲她刺繡送給她的手帕。此刻，瑪德烈的所有疑問都找到了答案。瑪德烈終於知道，亞歷山大在爲藻羅上鋼琴課時，嚴格斥責她，要她反覆練習，把她弄哭了；瑪德烈也知道，亞歷山大拿了自己的手帕爲藻羅擦拭眼淚，事後，又把手帕藏了起來。從亞歷山大顫抖的聲音中，瑪德烈也猜到了他對藻羅說了些什麼。瑪德烈的眼前清楚地浮現出丈夫爲藻羅上最後一堂鋼琴課時，那個充滿愛的氣氛的場面，雖然是自己丈夫的單戀，但當這種情景再度浮現眼前時，已經平靜多日的內心深處，再度泛起痛苦的漣漪。然而，面對站在窗下的林作，瑪德烈依然保持鎭定。

這時，車窗的玻璃已經拉下，亞歷山大正坐在座位上，將上半身倚靠在窗邊，探出頭去。瑪德烈也模仿亞歷山大的樣子，靠在窗邊，探出了頭。

「藻羅小姐，要不要上來？」

林作微笑著，將藻羅推到自己的前面，輕輕按著她的肩膀，讓她靠近車窗的方向，面向著亞歷山大夫婦。

「不，時間應該差不多了吧。」

林作婉言拒絕了。

上上個星期，聽到藻羅從花園町回來後的訴說，林作就瞭解了大致的情況，看到亞歷山大的樣子，也不難推測出此刻的他必定像破壞了戒律的僧侶般懊惱不已。而且，林作也十分體諒瑪德烈的心情。

藻羅動了一下，下顎的鬆緊帶又彈了回去，她正用手把鬆緊帶向下拉時，就被林作推到了前面，可以清楚地看到亞歷山大和瑪德烈的位置。她突然不好意思起來，便彎起一隻手，繞到林作的身後，抓著他，努力掩飾著。

「夫人，請多保重身體。這一段比較辛苦，坐上船的話，就舒服多了。你母親一定會健康地在家等你。」

「萬分感謝，牟禮先生。我相信，上帝會保佑我媽媽。藻羅小姐，再見囉。或許，有一天我們會見面……」

瑪德烈凹陷的雙眼微笑著，寂寞地看著藻羅。

即使已經到了最後離別的時候，藻羅仍然露出一副不耐煩的樣子。亞歷山大看著藻羅，然後，將視線移向林作。

「如果幾年後，你有機會帶小姐來巴黎時，請務必賞光來家裏坐。我也希望有機會帶你們去看我家鄉，那裏有好多栗子樹。」

「謝謝，有機會一定會去拜訪。」

亞歷山大又瞥了一眼正倚靠在林作身上，早已心不在焉的藻羅。

——回家時，她父親不知道會帶她去哪裏。或是她正在想，要和那個馬伕聊天，騎馬去玩的事？聽說她開始學騎馬了，我眞想看看林作抱著她騎馬的樣子……

亞歷山大看了一眼手錶，向瑪德烈使了個眼色。瑪德烈點了點頭，從放在座位上的袋子裏拿出一個小紙包，遞給了藻羅。那個像小型書般大小的盒子，用好像是巴黎香水店的包裝紙包著，上面綁著絲帶。

「藻羅小姐，這是我們送你的紀念禮物，希望你會喜歡。」

「謝謝。」

藻羅慢慢地伸出手，雖然面露喜色，但她的動作還是像往常一樣緩慢。藻羅看到上面的絲帶綁得很鬆，所以想要自己打開，但打開到一半，立刻遞給了父親，用身體表示著「快一點幫我打開啦」。

林作打開了淡紫色的絲帶，拆開包裝紙，看到一個平坦的圓盒子。藻羅接了過來，慢條斯理地打開一看，發現裏面是一條銀色鏈子，垂著由七個磨成各種不同形狀的玫瑰色貝殼組成的鏈墜。

藻羅拿起項鏈，看著美麗的鏈墜出了神。

「好漂亮。」

藻羅用略帶沙啞的聲音歡呼著，突然回過神來，抬頭看著瑪德烈和亞歷山大，終於喃喃地說了句「merci（謝謝）」。

亞歷山大從剛才開始，眼神就不曾離開過藻羅的表情。

「這是我母親的項鏈，聽我母親說，是在巴黎聖母院旁的小店找到的。」

亞歷山大告訴林作後，再度用異樣的眼神看著藻羅。

「看來你很喜歡。」

瑪德烈說道。

「請爸爸幫你戴上吧。」

滿臉笑意的林作讓藻羅摘下草帽拿在手上，把項鏈繞在她纖細的脖子上，在她低垂的脖頸後方扣好。

藻羅用手指托起項鏈，將貝殼輕輕地握在手心，然後，又打開手掌，看著貝殼出了神。

「你收到這麼漂亮的禮物，只有一句merci嗎？」

「……Grande merci monsieur et dame（先生，夫人，萬分感謝）。」

「Pas de quoi（不客氣），小姐，這只是我們的心意。」

亞歷山大說著，眼神卻一刻也沒有離開藻羅，看到高興得想要跳起來歡呼的藻羅，他再也無法掩飾眼神中的滿足。瑪德烈始終用寂寞的雙眼注視著丈夫。

亞歷山大內心一直害怕的汽笛聲終於響了，列車劇烈地搖晃了一下。

亞歷山大站了起來，彎著背，站在窗前，瑪德烈也站了起來，在丈夫的身後探出了臉。

「再見了，多保重。」

「多注意身體。」

「au-revoir monsieur e mademoiselle……（再見，先生、小姐）」

藻羅第一次經歷這種感動的離別場面，不禁令她心頭一緊。她張大了雙眼看著亞歷山大，隨著車輪的轟隆聲，巨大的車體緩緩駛出，隨即就像鋼鐵的蛇一樣，扭曲著前進，亞歷山大的臉也漸漸遠去。藻羅看到亞歷山大瞇著雙眼，發出了銳利的光；也看到他露出潔白牙齒的嘴角至臉頰一帶，離別哀傷的表情。

亞歷山大在車窗細長的窗框後露出的異樣表情，深深地烙在藻羅的眼中。這個映像對藻羅的內心產生了某種激盪，對她之後的成長也產生了某些影響。雖然這些東西在藻羅的心中會逐漸淡化，然而，當林作看到眼前這一幕時，卻在他的心中留下了永遠的、深刻的，像傷痕般的東西。

之後，每當林作看到藻羅可愛的樣子，就會同時浮現出亞歷山大那一刻的表情。當林作在可愛的藻羅身後，隱約看到這張異樣的，像「能劇」的面具中代表悲傷的臉譜時，便從藻羅的可愛中，嗅到了某種罪惡的味道。

——可愛的，罪惡的味道。

於是，在這種時候，林作看藻羅的眼神，就會更充滿愛情。林作好像在迷霧中尋尋覓覓一樣，看著藻羅的一舉一動。堪稱歡場高手的林作，雙眼幾乎隨時帶著微笑。然而此時，他的眼中卻充滿了耽溺的影子，同時，泛著潤濕的水光。

林作看到貝殼的項鏈和藻羅當天的衣服很搭配，就讓她戴著，牽起她的手，說：

「今天，爸比要帶你去公司，晚上，我們要在海濱飯店吃晚餐。」

他用仍然殘留著幾分落寞的表情，窺望著藻羅的臉。藻羅為這個接踵而至的好消息歡呼，她穿著全新黑皮鞋的雙腳輕跳了一下，用力拉了拉林作的手，又稍微放開，然後，又用身體依偎在林作的身旁。

——眞是個壞東西。

林作牽著藻羅的手，大步地走著，在他略微低垂的臉頰旁，露出一絲愛情的微笑。

❧　❧　❧

花園町亞歷山大的居所已經人去樓空。經過山下的音樂學校門前，左側灰色昏暗的馬路向右轉的小路上，這扇油漆已經剝落的大門關上之後，又迎接了第二個夏天。

林作對花園町的房子頗為中意，這一年春天，在前往下谷的料理店的途中，他曾經停車走到這幢房子前看了看。果然不出所料，仍然無人入住，緊閉的百葉窗、板壁的外觀，都比以前更蒼白，在陰沉的天空下，整幢房子帶著一種特殊的表情聳立著。樓上那兩扇記憶猶新的窗戶，也像死掉的貝殼般緊閉著。這兩扇窗戶就像兩個眼睛，使整幢房子像極了亞歷山大離別時的表情。「這可不行」，林作回到車上時，反射性地想起了藻羅的肢體。

十三歲的藻羅剛好處於發育顛峰，個子長高了，但手臂和脖子卻反而顯得更纖細。當她一絲不掛時，脊椎至腰部的曲線，已經隱隱約約地出現了少女邁向女人最初過程的微妙變化，腰部至腿部已經出現了女人的初態。女人是從下半身開始發育的嗎？還是藻羅破壞了身體均衡發育，下半身特別發達？林作見過不少女人身體，他不禁在記憶中尋找起兩、三個女人的身體。

藻羅獨特的、看似沒有毛孔，好像難以呼吸的皮膚肌理，如今變得更加緻密。當她做出像小男生般的姿態時，看起來就像是向天空痛苦地伸展肢體的幼苗。她的臉部線條變得更加緊實，使她的臉頰看起來比較瘦，略帶藍色的雙瞳凝視他人的特徵，有意無意地吸引著對方。

林作十分瞭解，亞歷山大很希望能夠像父親、像兄長般地觀察藻羅身上這些微妙的變化；也希望可以像親人一樣，恣意地愛撫、親吻藻羅。然而，亞歷山大的感情中，帶有某種和自己不同的東西，這一點也是毋庸置疑的。林作從亞歷山大最後的表情中，瞭解到他的感情比自己想像得更熱切、更熾烈。

從藻羅還帶著乳臭，腰部留著胎記，像拉斐爾（譯註：Roffaello Sanri，1483～1520，義大利畫家、建築師）的天使時開始，林作就對她傾注了無限的溺愛，藻羅這陣子肢體的微妙蛻變，對林作的內心產生了極大的衝擊，他就像在欣賞、撫摸一個活生生的雕像一般，有一種純潔的，但又充滿熱切的沉醉。在這種沉醉中，隱藏著一種淡淡的、隱約的，好像稀釋過的酒精般的快樂。

——再過三年，藻羅的身體就會出現令我揪心的美麗蛻變！

林作想道。

自三十六歲成爲藻羅的父親後，在這十三年的摯愛和溺愛的歷史中，只有亞歷山大．都波的出現，才對藻羅和自己的愛情生活帶來了某種錯綜複雜的東西。

——這是她遇到的第一個男人。

林作在內心沉吟著。林作發現，雖然自己站在局外人的角度，觀察著亞歷山大對藻羅那份偏執的、陰森而又熾烈的熱情，但也因此促進了自己對藻羅的眷戀，或者說，在某種程度上，逼迫他不得不加深這份溺愛。

——這或許是一種催情劑。

林作身穿一件灰褐色、細小圖案的結城綢做的和服短衣，搭配同色的短外套。穿著灰色仙台平布料（譯註：一種和服布料，通常用來製作男性正式禮服的裙褲）的和服裙褲的膝蓋之間，放著一根黑檀木的枴杖。他雙手交抱，倚靠在座椅上，在他被太陽曬黑的臉頰上，刻著一道苦笑的縱紋，然而，又立刻浮現出一絲不容他人窺探的甜蜜微笑的淺影。

第二部

甜蜜の歡愉

藻羅很不情願地重重放下手中的大湯匙。

她意識到林作正隔著桌子看著自己，便扭著鵝黃色薄型棉質短袖襯衫下的手臂和胸部。這件棉質薄夏裝，在衣領、腰圍附近都打了許多橫襞，襞和襞之間用蕾絲綁起，透過衣服，可以隱約看到她身穿的同色系內衣。藻羅在衣服下若隱若現的淡黃色身體，雖然才剛沖過澡，已經微微地滲著汗水。

今天一大早，藻羅的心情就惡劣透頂。原因就是剛才，和柴田一起進入浴室沖澡前時所發生的事。

藻羅知道父親林作正用充滿愛情的甘甜表情看著自己，於是，她又扭動了一下身體，好像自己也茫然不知所措。

她的雙眼蒙上了一層煩悶的陰影，她再度誇張地扭動著肩膀，好像已經忍無可忍。然後，用孩子般按捺不住的聲音「哼」了一聲。

今天早上，彌看到幫藻羅洗完澡的管家柴田走進廚房時，一言不發地皺著眉頭的樣子，就察覺到藻羅一定心情惡劣。昨天晚上，雖然林作沒有特別吩咐，但彌已用牛肉和胡蘿蔔特別熬成藻羅最愛的肉湯，於是，剛才就把過濾好的肉湯冷卻到剛剛好的溫度端了出來。但現在湯已經涼了，浮在湯上切得極細的西洋芹也失去了新鮮的色澤。

「藻羅，怎麼了？」

藻羅稍微轉過了臉。黑褐色的瀏海下，兩道眉毛揚了起來，皺起低垂的眼瞼，充滿了憂愁，彷彿淚水馬上會奪眶而出。那是一種徹頭徹尾鬧彆扭的眼神，而且，那種眼神似乎在說，我鬧情緒是天經地義的，我可以對父親盡情撒嬌。她在無意識中，對此深信不疑；或者說，有人讓她對此深信不疑。

嚴格地說，這個幼稚的少女，有一種像君王般的自信。在她純潔無瑕的天眞中，充滿了這種自信。因爲她的情緒不佳，玫瑰色的嘴唇看起來好像腫腫的、熱熱的，難看地嘟了起來。和小時候快要哭出來的表情沒什麼兩樣。

她用這種眼神看著林作。

「魚。……我要吃魚。」

說完，藻羅又揚起了眉毛，一言不發，眼神中充滿憂愁。藻羅不喜歡吃魚，平時除了比目魚的生魚片以外，幾乎不吃魚。

我還是第一次看到她這麼憂鬱，林作心想。

剛才，柴田把裝著火腿配切細的清湯凍，點綴著水田芥的餐盤時端上來，發現在浴室向自己洩怒的藻羅，比之前更加任性了，而且，似乎正在生著悶氣。

早晨，在浴室裏，柴田發現藻羅乳暈飽滿的乳房日漸成熟，卻仍然像長著絨毛的梅子般堅挺，情不自禁地側目瞥了一眼。藻羅似乎發現了，立刻滿臉不悅地把肥皂泡抹在乳房上，並把肥皂泡慢慢地擦在苗條的身體上，以及帶著幾分豐腴、像成熟桃子般的腰上。沖水時，她生氣地說水太熱了。沖完水，柴田遞上毛巾時，她只摸了一下，就粗暴地說：

「毛巾太濕了，拿乾的來。而且，我不是說過，我討厭紅色的嗎？」

說完，她毫不留情地把毛巾丟在柴田的身上。在毛巾打到柴田的那一剎那，她似乎聞到一種像某種花的花蕊般的香味，那是一種慵懶的，令人沉醉的刺激。那種慵懶，就像站在碩果纍纍的梅子樹下所感受到的微風一般。但紅色毛巾是藻羅自己選的，是她喜歡的顏色。雖然在櫃子裏放了一天，但確實是已經曬乾的毛巾。

這種自以爲是君王的不悅，一直帶到了餐桌上，而且，根本就是在撒嬌，柴田在一旁幾乎看不下去。同時，想到自己的早餐不知道會拖到什麼時候，不禁也滿腹牢騷。

——老爺自己也樂在其中，自然不會說什麼，我可是再也受不了了。

於是，柴田帶著怨懟不滿的表情，回到自己位在浴室隔壁的房裏。家庭教師御包也察覺這場戲暫時收不了場，便也回房，關上了門。

彌的大胸脯好像是兩隻變胖的小貓一樣，她獨自擔心地站在廚房。

——眞希望老爺可以趕快讓小姐心情好起來……

飯廳裏的氣氛特別凝重，但藻羅還在鬧著彆扭。

藻羅的心裏不知道從哪裏飄來一片烏雲，這片不知來自何方的烏雲似乎暫時還無法消散，仍然瘀積在她的心頭。藻羅的意志、藻羅的一切都被包圍在這片灰暗的烏雲中。藻羅自己也不知如何是好。藻羅這個女孩子的性格實在很莫名其妙，常常讓人覺得她是個不懂得感激的人，她的心被包圍在朦朧的玻璃屋中，她的感情也永遠不夠明確。今天早上的這種氣氛，讓無論外人甚至藻羅自己，都無法瞭解她的性格。但藻羅清楚地知道一件事，自己是因爲受到這片烏雲的侵襲，才會變得這麼難纏、任性。那是一種強烈的欲望，想讓林作更關心自己；想要讓林作已經沉溺於自己的整個身心產生劇烈的震撼，那是一種她完全無法克制的撒嬌心態。

藻羅知道，林作正看著自己，一籌莫展的樣子。她也知道，林作正在擔心自己。但是，在他那張黝黑的、藻羅最愛的臉龐上，凝聚了一種複雜的、充滿甜蜜的表情——充滿了藻羅自幼熟悉的、像西敏斯特的煙霧般——愛的表情。在他的表情中，有一種看著小孩子時的微笑。藻羅剛才就已經發現了，這才讓她更加心煩不已。林作應該更嚴肅、更焦慮地看待自己目前這種莫名其妙地想要鬧彆扭的心情，否則，自己就無法收場。

林作察覺了藻羅的心思。所以，他的臉上才會露出深藏著愛情甜蜜的表情。

藻羅已經十五歲又六個月了，如今，又是後院梅樹的青葉和樹幹下結滿果實的六月。在御包和柴田的命令下，常吉十分盡忠職守。梅子的果實就像和藻羅胸前的果實、腰枝競爭一般，在天空和葉子之間，帶著絨毛，漸漸長大。

雖然只是六月初，但今天一大早，戶外就暑氣逼人。藻羅的皮膚肌理特別細緻，每年第一個酷暑的日子，就會讓她覺得喘不過氣來，渾身懶洋洋的，提不起精神。這也是造成她心情不暢快的原因之一。

國小六年級時的夏天，在學校上裁縫課時，來參觀的女導師和教裁縫的老師站在藻羅的旁邊，看到她笨拙的動作，兩人不知道在藻羅的頭上說了些什麼。這讓藻羅感到極大的自卑，進而發酵為一種幼稚的憤怒。藻羅把這件事告訴了林作，就在林作的縱容下，向女子師範學校辦理了休學，轉到了這所位在神田的教會學校——聖母學園。在這個學園內，一位名叫羅莎琳達的修女指導學生修身，但她替代了女子師範學校的裁縫老師，成為藻羅的敵人。她和家庭教師御包一樣，用虛僞的道德觀壓制藻羅。她那張好像擦了白粉似的白臉毫無光澤，堆滿了贅肉，她每次都垮著雙下巴，歪著嘴數落藻羅。羅莎琳達認為藻羅的懶惰和懶洋洋的肢體動作，都是不道德的象徵。

或許，她真的是明察秋毫，但她的敏銳觀察力發揮得似乎並不是時候。羅莎琳達喜歡瞇著一雙發出可怕眼神的眼睛，觀察著藻羅的一舉一動，命令藻羅坐姿一定要端正。有一天，羅莎琳達特地在上課時訓示，奢侈和懶惰是多麼罪孽深重，在訓示結束時，還特別看著藻羅強調，「對於這種人，我們會進行宗教審判」。藻羅下意識地覺得，前所未聞的「宗教審判」的字眼是很可怕的東西。她很害怕，情不自禁地瞪大了眼睛盯著羅莎琳達。藻羅的眼中充滿恐懼。當時，羅莎琳達露出滿意的神色，才將視線從藻羅身上移開了，但藻羅覺得羅莎琳達的樣子和御包如出一轍。由於林作捐贈了大筆捐款，而且，絲毫沒有傲慢自大的態度，在他溫柔的微笑中，始終帶著一份威嚴，所以，除了羅莎琳達以外，大部分老師都對他十分尊敬，自然對藻羅也疼愛有加。因此，藻羅眼看著不需要見到羅莎琳達的暑假即將來臨，卻仍然姍姍未到，不由地感到十分煩躁。

對藻羅來說，只要能和林作一起在家，就別無所求。所以，暑假簡直就像是天堂。其中有一個很大的原因，就是兩、三天前，柴田在協助藻羅洗澡時，用帶刺的方式透露出林作在外面有女人。當藻羅十四歲後，林作就不再幫藻羅洗澡了，此舉雖然消除了柴田內心卑劣的嫉妒，但柴田也必須每天幫藻羅的身體沖水，夏天酷暑的日子還需要每天兩次。她還必須幫藻羅洗背，以及當她在洗上半身時，幫她洗腳。再加上藻羅這個人不知道是慢性子，還是腦筋不靈光，每次都是邊玩邊洗，中途又停下來休息，或是兩腳動來動去，有時候拚命搓很多肥皂泡來玩。她把腳放在設計得較高的台階上，伸到柴田的面前讓她洗，但當她玩得高興時，會不停地叫柴田把腳再洗一遍；有時候，又突然推開柴田的手，自己用海綿拚命洗膝蓋。幫她洗一頭越來越濃密的頭髮，也是讓人手酸的工作。雖然藻羅汗毛密布的身體還殘留著幾分稚氣，但就像日漸成熟的果實一樣，散發出像植物香料般的香味。柴田結婚時，曾經在六月中旬，用剪刀剪下帶有深紅色的百合花，當時所感受到的慵懶香味，和在擦拭藻羅身體時，不經意地聞到的香味十分相似。那是一種植物性的，十分清爽的香味，卻有著一種十分執著的黏性，瀰漫在藻羅的皮膚上。不知道藻羅是天眞還是故意搗蛋，她總是把散發著紅色百合香味，有著嬰兒般皮膚的腳伸到柴田的眼前。當她走進浴池或站起來時，她的身體就像柔嫩的樹枝一樣，又像是時而蠕動，時而交錯的生物，呈現在柴田的眼前。柴田看著藻羅的身體時，漸漸有了一種新發現，每當她看到院子裏的橡樹被雨淋濕，帶著十足的水氣扭曲的樣子時，就讓她聯想到女人的雙腿。藻羅的發育並不僅止於胸部和腰部，滋潤欲滴的雙腿之間，也已然漸漸成熟，正結出另一種果實。雖然藻羅只是本能地出於禮貌將雙腿交錯，但柴田看到她如此自由而大膽的動作，便無法壓抑內心高漲的情緒。

藻羅雖然可以感受到，柴田看著自己身體時的嫉妒眼神，但她絲毫不以爲意，她只是喜歡洗澡而已。當她一次又一次地要求柴田把水調到適當的溫度後，使溫水像扭曲的繩子一般在她的皮膚上奔流，是父親的手在她背上輕撫時般的溫柔愛撫。有一天，藻羅告訴父親，自己喜歡水比自己的皮膚稍微高一點，她也告訴了父親，柴田有多笨。當時，林作的嘴邊浮起一個藻羅從來沒有看過的微笑，看著藻羅良久。然後，過了好一陣子，才說：

「你和爸爸一樣。」

藻羅洗完澡後，即使走進更衣間後，也一直不肯穿衣服，只包著一條毛巾在身上，每每讓柴田心浮氣燥。那是因爲藻羅喜歡毛巾的觸感。藻羅也喜歡脫下或穿上薄棉內衣時的感覺。當藻羅脫下內衣時，肩膀和手臂都會帶動身體扭轉起來，露出恍惚的表情。藻羅喜歡在既不冷又不熱的溫暖空氣中，脫得一絲不掛。藻羅的皮膚就像嬰兒一樣，她喜歡接觸柔軟的溫水、毛巾、薄棉的內衣和空氣。每當柴田看到藻羅扭著肩膀和手臂，神情恍惚地脫下內衣時，就會暫時忘記嫉妒，產生一種奇妙的感覺。柴田從年輕時，皮膚就很粗糙，也從來不曾穿過薄棉的內衣。她從小到大，只穿過那種用纖維不夠平整，手感粗糙的粗布做的和服內衣，只有在袖口的地方接上便宜的中國綢。自從二十七歲死了丈夫後，她的記憶中，就不曾與愛撫有關的東西有過任何接觸，因此，對她來說，這是一種難以理解的感覺。柴田的父親也從來沒有撫摸過她的身體，因此，她對林作雖然唯命是從，也隨時感受到他的威嚴，但看他對待藻羅的態度，覺得他簡直就像西洋電影中的下流男人。藻羅的身體日漸成熟，柴田雖然不是因爲嫉妒的疲勞加速了自己的色衰，但她自己也可以感受到肉體的衰退。她才四十二歲，身體上鬆弛的贅肉看起來卻好像快五十歲了，而且，身體上還出現了許多細微的斑點。在這逐漸衰退的肉體中，貯存著女人過了一枝花年齡所特有的活生生的、偏執的嫉妒。尤其在幫藻羅洗澡時所產生的嫉妒不斷壓抑在心頭，急著想要尋找出口爆發出來，所以，她才會把林作的事說了出來。這是對藻羅向自己展示裸體進行的報復。柴田雖然知道，藻羅並不是故意要用身體向她示威，但在柴田看來，藻羅在半無意識下做出的舉動，比故意的行爲更充滿誘惑的香味，是更可怕的刺激。藻羅那彷彿擦著蜜一樣的身體，似乎預示著她將有一個幸福的人生，這更讓柴田恨得牙癢癢的。有時候，她會突然在憎恨中體會到其他的情緒，在憎恨的同時，也感受到自己深受吸引。柴田沒有同性戀的傾向，也沒有御包的虐待狂傾向，所以，她對藻羅只感到既羨慕，又憎恨。藻羅十分清楚，父親愛自己勝於任何人，她本能地瞭解父親對她的愛有多深。因此，柴田的話對她造成的刺激雖然立刻淡化了，但由於柴田當時的表情和說話時充滿挖苦的味道，對她造成了傷害，也讓她留下了很大的不快。這也是今天早晨突然發作的原因之一。藻羅聽了柴田的話後，內心感到不悅，於是，這兩、三天之間，想要確認林作到底有多愛自己的欲望就特別強烈。這也是原因之一。

然而，當她確認之後，藻羅內心的貪婪就開始無限膨脹，想要進一步確認，想要讓父親愛自己到欲罷不能。她希望親手抓住自己確認的這份幸福，貪婪地品嘗。藻羅的欲望無限地膨脹著。

這是藻羅自幼便具有的一種肉食獸般的、片面的、殘忍的欲望，enfant gâté（被寵壞的孩子）突然變成了 fruit gâté（腐爛的水果，注：在法文中引延被寵壞的少女的意思）。

林作問：

「什麼魚？」

——我這麼一問的話，藻羅一定更得寸進尺。

果然不出所料，藻羅比剛才更大幅度地扭動著可愛的身體，卻什麼也沒說。藻羅根本不想吃什麼魚。她只是突然想到在林作的書房裏，看到一本外國雜誌上，用像叉子般的魚叉刺中，渾身毫無生氣的肥肥白白的美國魚。所以，才會突然說自己想吃魚。藻羅將身體扭向一旁，當她眨了一下眼睛時，淚珠擠在長長的睫毛上，流向下眼瞼。她又眨了一下眼睛，淚珠便順著臉頰滑了下來，滴落在嘴角的酒窩。

林作從披著紗製外套的短和服中拿出手帕，繞過桌子，按住了藻羅轉到一旁的臉，幫她擦拭著眼淚。林作從藻羅小時候，就已經摸慣了她臉頰的皮膚，簡直就像鞣過的羊皮般柔軟細膩，如今卻可憐地滲著汗。林作把手帕放在那裏後，又回到了座位。

——眞是拿她沒辦法。但到底是怎麼回事？這不太像平時的撒嬌，難道是成長過程中暫時的變調？……雖然很歇斯底里，但從來沒有女人像她那樣，可以靈活地運用歇斯底里向我撒嬌。她一定知道其中的訣竅。雷澤曼曾經告訴我，他認識的一位醫生，好像是精神科的醫生，他所記錄的臨床日記中有提到一個小女孩的故事，和藻羅今天的情況太相似了。當初，我在聽這件事的時候，就覺得這個小女孩太可愛了。那時，藻羅還沒有出生。一位小女孩因爲生病躺在床上，父親來探望她，父親站著時，她就叫父親坐下；當父親坐在椅子上，她又要父親站起來，同時，她也爲自己的任性急得直哭。她父親覺得女兒太可憐了，坐也不是，站也不是，最後，一個大男人只能站在那裏陪著哭。我似乎可以想像那位父親的樣子。那位父親好像是木匠之類的，能夠陪在生病的女兒身邊的時間很短暫。所以，那個小女孩希望能夠在短暫的時間內，親眼見識一下父親的愛，就像是一種愛的欲望的發作。藻羅心裏一定有她的想法……但當身體出現急速的變化時，人都會感到不安。她其實是在撒嬌。無論如何，她已經把我牢牢地抓在手掌心。如果她是我的情人，簡直太完美無缺了。這雖然是小孩子在無意識下的舉動，卻是道道地地的撒嬌。不過，最近這段日子，她的撒嬌已經不再是無意識下的舉動。十二、三歲時，雖然她還純粹是個孩子，就已經把亞歷山大玩弄於股掌，從她的成長過程來看，並不難想像她會有今天的舉動。當時，藻羅和亞歷山大之間的戀愛故事，的確在我懷著對藻羅無限愛情貪戀的內心深處，激發出一種帶有苦澀的祕密微笑。當時，我對自己在亞歷山大和藻羅之間所扮演的角色，抱著極大的興趣。藻羅這種完美的可愛雖然是與生俱來，但就像是我內心深處的祕密戀情……我內心的感情，正是戀愛感情。在我的內心深處，也的確希望可以助長藻羅那種貪婪地吸吮愛情甘蜜的欲望。……但她到底要我沉溺得多深？

林作抬頭一看，剛好看到藻羅剛才低垂的大眼睛正看著自己。那是一雙女人的眼睛，一雙相信自己魔力的女人的眼睛，此刻，正在觀察他的反應。

——這小女人。

「那你想吃什麼魚，嗯？」

林作瞪大眼睛看著藻羅的表情中，隱藏著揶揄的微笑，但他故意保持嚴肅的語調。

藻羅毫不退縮，皺著眉頭，做出一臉爲難的表情，然後，眼神茫然地移開了視線。

「……海裏的，大大的，白色的，用魚叉叉起來的……」

藻羅說道。

「你這麼說，彌怎麼聽得懂？」

「不行，爸比，我不管。」

藻羅終於表達抗議，有著像大溪地或其他地方的女人般皮膚、微微滲著汗的手臂扭來扭去，拿起湯匙在桌布上刮個不停，都快要把桌子刮壞了。

——嗯，可能她正處在一種莫名其妙的不悅中，不喜歡別人勉強把她從這種情緒中拉出來吧。

林作發現自己的湯變溫了，飄著西洋芹的湯變得很清澈。

林作用刀子輕輕敲打著桌子，示意彌過來，然後，吩咐她拿一些碎冰來放在湯裏。剛才在喝湯時，林作就覺得湯太濃了，但他並沒有告訴彌。

「不要。」

彌龐大的背影一走出門口，藻羅立刻說道。

「不要，我不要爸比去公司。」

她就像小時候一樣，下眼瞼好像積滿淚水般飽滿的雙眼睜得大大的，撐起了兩排濕潤的睫毛，她的憤怒、撒嬌和哀怨都混在了一起，對著林作發作。她玫瑰色的嘴唇色澤好像越來越深，越來越熱，扭曲成奇怪的形狀。一滴淚水滴落，隨後，又是一滴。當這雙眼睛看到林作的心被自己打動，完全被自己佔據時，便掛著兩行淚水，凝視著林作。這次很顯然是刻意給林作看的表情，隱藏著像蜜一般甘甜的哀戚表情。

——這雙眼睛太美了……

彌帶著裝有碎冰的玻璃小碗和湯匙走了進來，放在林作面前，一臉擔心地看著藻羅。彌回到廚房準備碎冰時，才赫然發現林作沒有叫她把湯重新拿去冷卻，而要她拿碎冰，是因爲湯的味道太濃了。於是，她難爲情地漲紅了下巴寬大的臉。彌的一雙揚起的小眼睛就像是忠實的看門狗，她緊盯著藻羅被淚水沾濕的臉，問道：

「藻羅大小姐，要不要我幫你做一些其他的東西？」

藻羅露出心虛的表情，靜靜地搖了搖頭。

「……」

「藻羅想要吃大大的白魚。」

「啊？」

「沒有，我在開玩笑。你先去幫另外兩個人準備早餐吧，不用擔心，你也先吃吧。」

「是。」

彌壓低的聲音中充滿了感謝。

「老爺，那我就先下去了。」

「藻羅，爸比今天會留在家裏，你喝一口湯看看，雖然有點濃，但很好喝。等一下，去爸比房間鋪張床，你稍微躺一下吧。吃一點爸比房間裏宵夜的罐頭，再叫彌帶麵包來，好不好？」

藻羅看著林作，一言不發，她並沒有表示反對。讓林作傷腦筋，以及讓林作決定不去公司這兩件事，令她感到滿足，也平息了她內心那個不可思議的怪獸。

林作素有男人的冷靜，他很慶幸自己沒有遇到像藻羅那樣，簡直像肉食獸般的女人。林作天生愛女人，他也喜歡像藻羅這一型的女人。但藻羅是他第一個遇到的這類型的女人。

——雖然她是我女兒，但這種女孩子出現在我面前，這是第一個，也是最後一個吧。

林作思忖道。他在三十六歲時成為藻羅的父親，今年已經五十二歲，但他身上還沒有出現衰老的跡象。此刻的林作看著十五歲又六個月的藻羅，心裏想道。

——從今往後，無論任何女人出現在我面前，我都會無動於衷。因爲，藻羅把我內心爲女人所留的位置都佔滿了。人們常說，獨生女是父親最後的戀人，我也曾看過這樣的例子。但對我來說，藻羅是我最初的戀人，也是最後的戀人。

藻羅不情願地拿起湯匙，攪動著林作爲她加了碎冰的湯，用湯匙盛了一小口，放進嘴裏。牛肉湯雖然有點濃，但眞的很好喝。藻羅突然覺得肚子餓了起來，但她對彌拿去重新冰過後又端上來的火腿不屑一顧。

最後，她讓彌把爲傭人準備的熱飯端了上來，淋上彌的母親帶來、放在冰箱裏的雞蛋蛋黃，吃了兩碗飯。

林作看著藻羅帶著淡黃色、像玫瑰般的嘴唇，一口一口地用銀湯匙吃著拌了蛋汁的飯。

——雖然她還是個孩子，但眞的變漂亮了。圓圓的臉拉長了，下巴變尖了。鼻子也漸漸有形了。只要不這麼任性地撒嬌，眞的是一張美麗兼具氣質的臉孔。她的身體也幾乎是大人的身體了。她的皮膚具有一種肉感，對年輕男人來說，是一種危險，甚至有毒。雖然她還在發育，但藻羅同時具備了高雅和性感，是一種異樣的美麗。除了撒嬌的時候，藻羅的臉蛋和成熟女人無異，只有那張嘴，還是和小時候一樣；只有嘴唇還殘留著幼稚的影子。以西洋雕刻的標準來說，屬於略爲豐厚的、肉感的嘴唇。她已經成熟的臉蛋和幼稚的嘴唇，似乎有著某種不協調，形成了一種有趣的對比。從她小時候開始，我就持續鑑賞著她的嘴唇。不，坦白說，與其說是鑑賞，更應該說是品嘗。我曾經無數次接受她可愛嘴唇的親吻；也不知道有多少次，望著沉睡的藻羅那天眞無邪的、微張的嘴唇出了神。每當我親吻藻羅稚嫩的臉頰時，都會對她的嘴唇產生強烈的意識。我似乎應該慶幸，我不曾結交過像藻羅那樣的女人。如果我的情人有這樣的嘴唇，這樣的嘴唇又背叛我，接受其他男人的親吻時，我該怎麼辦？如果被我看到這樣的場景，我該怎麼辦？我能夠保持平靜嗎？我指的不是表面的平靜，而是內心的平靜。我做不到。藻羅是我的女兒，所以，我才能這麼平靜地看著她的嘴唇。即使藻羅的嘴唇變成了背叛我的形狀，或者她的背叛出現在我的面前，我應該可以接受吧。就好像看自己喜歡的女演員在演戀愛戲碼一樣，我或許會在嘴角露出一絲微笑。雖然，這個微笑中帶有些許苦澀的味道。……這種苦澀的味道或許就是嫉妒的滋味，但應該不是戀愛的嫉妒，那種錐心泣血的痛苦。因爲我知道，我和藻羅之間經由漫長歲月所培養的微妙親密，不可能因而遭到破壞。

藻羅的嘴唇又輕輕地張開，含著銀湯匙，把蛋汁飯送進嘴裏。

林作停下拿著叉子的手，看著藻羅一心一意地吸著銀湯匙的玫瑰色嘴唇出了神。

「好吃嗎？」

「嗯。」

藻羅仍然側著臉，裝做不高興的樣子回答。

林作黝黑臉頰的內側含著笑，用略帶好色的眼神，看著藻羅淚水已乾，卻仍然帶著餘慍的臉龐。

對藻羅來說，林作一直是她「喜歡的爸比」，也是「撒嬌的對象」，但在藻羅十三歲後，林作在藻羅的心中，已經逐漸變成尊敬和甜蜜的對象。

那是兩年前的十二月二日。那天，藻羅從學校放學回家，走到浴室門口的後樓梯時，剛好遇到兩、三個看起來像是師傅的男人。樓梯上有許多稻草屑和碎布片。從浴室裏走出來的彌在藻羅身後叫道：

「藻羅大小姐，你的漂亮床舖做好了。」

當彌看到柴田跟著男人們身後下來時，立刻躲進了浴室。一位看起來像是工頭的師傅瞥了一眼彌，和其他兩位師傅一起向藻羅點頭打招呼，消失在玄關後，柴田走了下來，用一種察覺彌就在一旁的聲音說道：

「老爺在等您。床舖做好了。」

原來，林作背著藻羅做了一個床舖，想讓她有一個意外驚喜。那天，剛好是藻羅的生日，從這天開始，藻羅的臥室將搬到母親生前的起居室兼臥室，也就是林作書房對面的房間。藻羅一走進房間，就看到寬敞房間的正中央，放著一張小型櫸木雙人床，格子形的四方設計，每一格上，都雕刻著蜿蜒的樹木、鳥和裸體的女人。

藻羅微微張著嘴，停下了腳步，臉頰到耳根漸漸泛起紅潮。她的眼睛濕潤著，嘴邊掛著嬰兒般的笑容。正站在牆邊說著話的林作和常吉同時回過頭來，看著藻羅。

「藻羅，你過來這裏看看。差不多這麼高吧。」

林作穿著外出服，把手放在穿著薩摩絣（譯註：一種藍底白紋圖案的高級棉）和服搭配鹽瀨平織絹外套的胸口附近，後面一句話是對常吉說的。林作想要配合藻羅的身高，把以前在柏林爲繁世購買的橢圓形鏡子重新調整懸掛的位置，所以，他找來常吉幫忙。當時，林作站在那裏，黝黑的臉頰，帶著一絲甜蜜的微笑正看著藻羅；常吉低調地站在林作身旁，暗淡的額頭下，用平靜中帶著一絲痛苦的眼神看著她。這幅畫面清晰地、永久地刻在了藻羅的記憶中。

藻羅穿著一件開著小領口、毫無裝飾的直筒形上衣，雖然是紅色的，但樣式卻很成熟。只要一轉身，就可以感受到她略微隆起的乳房，她的腰枝也豐腴起來，已經可以一探少女身體日漸成熟的氣息。這令常吉感到十分痛苦，從那時候開始，他的額頭上就不時出現暗淡之色。藻羅收起了笑容，輕輕地扭著身體，用對愛情無限貪婪的雙眼，像嬰兒貪婪地吸吮母親的乳房一樣吸吮著林作，她的表情中有著無論再怎麼舔，也永遠舔不夠的甜蜜。當她將視線移向常吉時，常吉已經轉過身去，手上戴著林作送他的柔軟皮革手套，正在將鏡子拿下來。林作雖然發現了常吉對藻羅的感情，但他在和常吉相處時，依然保持著自然的態度。

常吉雖然沒有將內心對藻羅的感情流露出來，但十三歲的藻羅已經感受到常吉的變化。藻羅憑著自幼與林作之間的愛情歷史，以及經歷了鋼琴老師亞歷山大那段不可思議的經驗，已經習慣了自己與周遭男人之間的戀愛感情。藻羅似乎覺得這一切都是理所當然。她覺得自己又征服了一個俘虜，便帶著一種肉食獸的歡悅，偷偷地觀察著常吉。常吉已經感受到藻羅內心這個可愛的小惡魔。每當藻羅像小時候那樣，拉著常吉的手，一邊走去馬房看馬，一邊說著什麼，抬頭看他時，他就感到內心湧起一陣熱浪。他不清楚那是不是愛情，他只知道他必須拚命克制這種痛苦的、不知道是不是愛情的熱浪。常吉知道，自己內心不時湧起的這種苦悶的、痛苦的熱浪，是一種可怕的東西。他也知道，不能讓這種東西在自己的內心滋長。常吉知道，無論如何，他都必須克制住內心這種痛苦。藻羅只是個還不到十四歲的少女。而且，對常吉來說，藻羅是對自己恩重如山的恩人的千金。當林作告訴他有關父親伊瓦諾夫的事時，他對自己的父親充滿驕傲。日俄戰爭中，林作的父親大作以軍醫的身分遠征時，在戰場上遇到的羅曼諾夫將軍特別照顧的父親伊瓦諾夫，常吉爲父親誠實、勇敢的性格感到驕傲。而且，常吉希望自己可以成爲一個讓自己引以爲傲的人。常吉從少年時代開始，就發誓「我一定要做一個優秀的男人」。雖然身爲馬伕，但常吉決心要像伊瓦諾夫一樣，一輩子做一個誠實、有勇氣的馬伕。於是，他也在心中發誓，要克制自己對藻羅痛苦的愛戀。

常吉變了。以前，常吉基於對林作的忠誠和敬畏，總是表現得十分謙恭、低調，但仍然可以感受到他那奔放和粗獷的男人味。在他的襯衫和厚質卡其色長褲下，是一個活生生的、情緒高漲的男兒身。然而，漸漸地，他收起了他的男人味，漸漸洗去了男人的腥味。除非發生了天大的事，讓他違背節制的誓言，否則，他決心不讓那種活生生的東西在體內高漲。林作把這一切看在眼裏，也更加深了他對常吉的疼愛和信賴。

林作的心意，也表現在從藻羅十四歲生日的第二天開始，他就決定在家裏時，改稱常吉爲多米多里這件事上。雖然在戶籍上沒有記載，但常吉的父親伊瓦諾夫除了爲常吉取了這個名字以外，還另外取了「多米多里」這個俄國名字。多米多里這個名字，是伊瓦諾夫在婚前就請主人羅曼諾夫爲自己心愛的兒子所取的。當時，日本人對俄國仍懷有仇恨，所以很忌諱取俄國名字。伊瓦諾夫曾把這件事告訴大作，大作又告訴了林作。在藻羅的新床搬進臥室的那一天，常吉壓抑在內心的感情折磨，和林作對常吉的愛，這兩種感情的互動，反映在他們站在牆邊的身影上。當藻羅看到那兩個男人站在那裏，轉過頭來望著自己時，那幅景象深深地刻在藻羅的心中。

對藻羅來說，黝黑的臉龐露出甜蜜微笑注視著自己的林作，和額頭上露出暗淡之色，臉頰上刻著愛情寂寞，露出白色牙齒，用緊咬牙關的嘴形微笑的常吉，就像是兩個溫柔的情人。常吉微笑時的嘴唇，就像在用牙齒咬碎核桃時的樣子。

以前，藻羅經常和林作一起，帶著常吉，開車行駛在厚木街道上，去林作在那裏發現的，一個像森林一樣的樹林中玩耍。當常吉用牙齒咬碎帶去的核桃殼時，藻羅發現他的嘴形就和他平時笑的時候一模一樣。回家後，藻羅把這個發現告訴了林作，林作也笑著表示同意。林作說，這個樹林很像德國的樹林，所以，經常帶藻羅去那裏。藻羅也很喜歡樹林裏混雜了枯葉的味道，以及嫩葉和嫩芽香味的森林的味道。林作和藻羅經常帶著常吉同行，有時候，也會帶彌一同前往那個樹林。有時候，藻羅會和常吉一起走在樹林中伐木工人走的林道上；有時候，林作會鋪著毛毯看書，度過一個愉快的午後。彌也同行時，就用酒精燈加熱裝在瓶子裏的奶油湯或肉湯。當德國森林的遊戲結束時，常吉和彌就會齊力將東西收拾乾淨，把食物殘渣、竹子皮等殘骸燒掉，這時，玩累的藻羅就會躺在林作鋪著的毛毯上睡覺。然而，自從常吉的感情發生變化後，林作便停止了森林遊戲。因為，帶著內心煩惱不已的常吉一起去樹林玩，顯然很不恰當；但如果突然不帶常吉，又對常吉造成傷害。因此，林作和常吉這兩個戀人的微笑中，都帶有一種像林作的朋友帶來的優質巧克力的苦味。

藻羅幼稚的頭腦，可以體會到林作和常吉之間，以自己為中心所進行的互動，這也成為她尊敬林作的契機。從一無所知的幼年時候開始，藻羅就對林作的表情、說話態度以及林作所有的一舉一動，產生了某種憧憬。尤其當林作靠在車子的座椅或沙發上時的悠然姿態，藻羅覺得無人能和他相比。而且，對藻羅來說，吃藥的時間和回到臥室前，靠在林作的膝蓋上，看外國書的插圖，聽他說話，都是充滿期待的時光。有一天，當林作看到一位四、五世紀前的國王正盡情地享用奢侈的料理，和另一張在裝飾豪華的浴池裏泡澡的畫像時，對藻羅說：

「這是一位偉大的國王畫像。你看，偉大的國王不會自以為是，也不會表現得強悍。他們往往是美食家，或是喜歡欣賞像你這樣漂亮的女孩跳舞。」

當時，林作看了一眼藻羅，笑著說：

「藻羅，你也是小小的國王，但最近不太偉大，是個壞國王。」

藻羅一頭濃密而富有光澤的褐色短髮下，張著一雙大眼，出神地聽著。然後，抬頭仰視著林作，露出滿意的表情。但聽到林作的後半句話時，亮晶晶的大眼中立刻露出不滿的神情，嘟起了小嘴。林作愉快地看著藻羅眼中的喜悅、倦怠、幼稚的狡猾、不滿、不悅等不同表情的變化，這似乎也成爲他生命的意義。當林作從藻羅的眼中看到小動物生氣時的不滿神色時，立刻把手放在藻羅小小的下巴上，把她的臉抬起來，似乎想要更清楚地欣賞她的表情。但藻羅以爲林作的這個動作是在使壞，便更怒目相向地看著林作。這時，林作被藻羅玫瑰色的嘴唇深深地吸引。上唇中央微微突起，像柔軟的花瓣似的嘴唇，在無意識中充滿嫵媚，氣鼓鼓地嘟著。

從那天以後，藻羅就自以爲是偉大的國王。對御包、柴田、經常造訪的鴨田等，表現出不可一世的優越感。她認爲因爲自己是國王，才會有不懂得忍耐、毫無止境的任性；像蛇一樣不喜歡活動身體的怠惰；隨時想要吃東西的嘴饞，以及隨時想要倚靠在什麼東西上的不規矩等等的缺點。在林作的眼中，這樣的藻羅顯得越發可愛。於是，藻羅就像是一個小小的國王般驕傲，而且是不斷需要攝取愛情飼餌的小猛獸，林作就變成了飼養這頭小猛獸的聰明馴獸師。

藻羅從小就知道，自己美麗的臉龐、身體和皮膚，以及一雙可愛的大眼睛，是令周圍的人喜歡自己，爲自己癡狂的原因。她十分清楚，父親林作對自己的溺愛、亞歷山大偏執的、虐待狂似的愛情，或者應該說是瘋狂，以及像熱水般流入心田的常吉愛情，他們之所以爲自己癡狂，原因就在於自己充滿魅力。藻羅也發現到，那些表面上雖然與這些愛的情感完全相反的憎恨——例如御包虐待狂似的憎恨、柴田醜惡的嫉妒，以及鴨田的眼神和濕答答的說話態度，雖然藻羅不知道什麼是下流，卻讓她感到極度不舒服——自己會遇到這些事情，都和自己的魅力有關。現在，這種自信變得更強大，更具有份量。

林作的甜蜜愛情越來越濃烈，帶著一種誘惑，融化了藻羅的身心，讓藻羅變成了甘蜜。藻羅知道，林作的愛情就像一個巨大的蜜罐一樣，無論再怎麼舔，也永遠舔不完。藻羅雖然知道林作的愛情甘蜜取之不盡，但又受到一種強烈的誘惑驅使，常常藉由耍性子和讓林作爲難，想要瞭解林作的愛到底有多深。如今，修女羅莎琳達也取代了那些憎恨、嫉妒和用下流方式對待她的御包和柴田等人。藻羅雖然早就已經不把御包和柴田放在眼裏，但仍然很害怕羅莎琳達緊盯著自己的眼神。羅莎琳達每次在談到修身的話題時，就上下打量著藻羅的身體和動作。羅莎琳達一旦發現到什麼狀況，她嘴角下垂的嘴唇就變得鬆弛，兩眼發出遲鈍的光，緊盯著藻羅充滿害怕的臉。然後，這雙眼睛會移向藻羅夏天穿的無袖衣的肩膀上。藻羅每次都瞪大了一雙無神的大眼，向開車來接自己的常吉無言地訴說著。於是，常吉像帶著罪孽的男人一樣，用充滿痛苦的眼神迎接藻羅。然後，默默地問：

——藻羅大小姐，發生什麼事了？

藻羅在車上拚命訴說著羅莎琳達有多可怕。從藻羅自幼被御包和柴田欺侮開始，常吉就對藻羅充滿同情，他就像守護一隻受傷的小鳥一樣保護著藻羅。每次，他都會適度地安慰她。然後，藻羅又會向林作訴說。雖然藻羅在向林作或常吉訴說時，可以暫時忘卻內心的恐懼，但羅莎琳達卻緊追著她不放，她甚至追進了藻羅的夢中。藻羅夢見羅莎琳達那張巨大浮腫的臉，嚇得魂飛魄散。

當藻羅對自己產生了具有份量的、不可動搖的自信後，似乎也隨之產生了某種魔力。藻羅的雙眼漸漸發出了朦朧的光芒，這雙眼睛對常吉而言，就像是考驗的火焰；卻將林作的心帶入更深沉的愛的境界。

❧ ❧ ❧

林作想要帶藻羅去吃飯而早歸的日子，在等藻羅放學的時候，經常會倚靠在書房的太師椅上，指間夾著抽到一半的西敏斯特菸，眼睛輕閉代替午睡時，就不禁想起六月初的星期一，藻羅怪異的樣子。

「那是我無法應付藻羅的最初徵兆。」林作想道。

那天早晨，藻羅情緒突然變得十分惡劣，林作自始至終都在取悅藻羅，最後，還如藻羅所願，沒有去公司，陪伴了她一整天，直到她心情好起來。當時，藻羅對此備感滿足。之後，只要一有什麼小事，她就會陷入這種惡劣的情緒中。但林作認爲，這並不是藻羅想要向自己撒嬌而故意這麼做的。從小，藻羅盯著某樣東西看時，就會有一種莫名其妙的鬱悶，雖然還不至於情緒惡劣，但總有一種無法開懷的感覺。在十五歲又六個月的某個早晨，當她陷入了惡劣的情緒後，藻羅心情的傾斜面變得更光滑順暢了，於是，就更容易陷入這種惡劣的情緒中。

藻羅的情緒惡劣很奇妙，很像是那種沒有風的炎炎夏日的潮濕、悶熱天氣，空氣文風不動。樹梢微微的顫動，反而帶來一陣令人煩悶的酷熱。這種悶熱天氣所感受到特有的沉重空氣，突然出現在藻羅的內心，然後，漸漸擴散開來。這種心情和藻羅好像沒有毛細孔的、緻密的、像是擦了蜜般的皮膚有幾分相似；也和折斷六月盛開的紅色百合時，花莖所散發出令人無法抗拒的，如同藻羅皮膚的薰香有幾分相似。讓人不禁懷疑，這種皮膚和百合的香味，是否來自藻羅憂鬱的心情。當藻羅感受到這種情緒時，就會愈發感到鬱悶，當她漸漸長大，她的鬧情緒也變成一種聚集的濕氣，就像是一種沉重的、夠份量的情欲。從中所散發的東西更魅惑了林作。當藻羅任性地發洩內心憂鬱時，她分明知道該如何運用自己的任性，但林作覺得其中還有一種不明確；那是一種忘我的，就像是歇斯底里般的東西。

剛開始，林作還以爲是小孩子轉變成大人時期的過渡而已，但到了最近，他漸漸覺得，藻羅這種不時發作的情緒性的東西，是來自於藻羅的天性，一直像含苞待放一樣，只是在六月某個星期一的早晨，突然開花了。林作認爲，這絕不是暫時性的，而是藻羅的某種性格已經漸漸成形。

最主要的是，林作本身被那樣的藻羅深深地打動了，深陷得無法自拔，林作看著這樣的藻羅，不斷地向她傾注愛情。對林作而言，看著這樣的藻羅，本身就是一種甜美、甘蜜的歡愉。

藻羅即將邁向成熟，林作不禁推測著，藻羅這朵紅百合，蕊心的花蜜，將有多麼美麗和豐饒。

林作在一種無法言語的微妙中，感受到藻羅這朵美麗花朵的存在，他對藻羅所傾注的愛情微笑，也更加充滿了甜蜜的、無法形容的複雜。

林作已經年過五十，他覺得自己彷彿走進一條到處盛開著鮮花的樹林、連周圍的空氣都充滿芳香的小徑。

——但是，這並不是現實的花。這些都是夢幻的桃李，不需要正冠……

林作在內心喃喃沉吟著。林作閉著眼睛，像古代武士般端正的臉龐上，隱隱露出的微笑，散發著花的芳香。

藻羅已經漸漸有幾分女人的魔力，經常會無意識地將拳頭放在嘴邊，或是將身體靠在沙發上，用分不清是什麼表情的魔力雙眼注視著林作。有第三者在場時，她更是常常如此；尤其是在林作和其他女人相處時。有時候，藻羅也會翻著白眼，斜眼看著林作。例如，當藻羅和來家裏玩的野枝實一起坐在林作書房的沙發上，對面的林作正在對野枝實說話時，就是如此。林作對野枝實說話時，看到藻羅身體稍微偏離野枝實，將雙腿交疊在一起，手放在膝蓋上，斜眼看著野枝實，再看著林作。

藻羅雖然幾乎是在無意識的情況下做出這些舉動，但表達的意志卻是十分強烈。在她茫然的眼神中，充滿了「我是比野枝實更有魅力的女生。我比任何一個女生更可愛」的自信。這種自信，就像是雲層後面的月光一樣，揮之不去。藻羅根本不把正在和林作說話的野枝實放在眼裏，一味地需索著林作的愛情。林作的內心深處湧起了一股無法克制的溺愛之情，於是，令他產生了一種錯覺，以爲自己正在和兩個女人遊戲。

「野枝實，你和爸爸都聊些什麼？」

聽到林作這麼一問，野枝實和藻羅有幾分神似的眼睛愣了一下，沒有說話。

這時，藻羅調皮地從後面窺望著野枝實。

「爸爸在和野枝實說話時，不可以這個樣子。」

當林作收起笑容，用嚴厲的眼神看著藻羅時，藻羅便停了下來，然後，將穿著黑色皮鞋的一條腿屈了起來，伸出另一條腿，靠在沙發後面，側目看著他們兩人。林作覺得野枝實的樣子有點不太對勁，所以在野枝實回家後詢問了藻羅。這天，林作才第一次聽說野枝實的境遇。他把藻羅斷斷續續的，令人費解的話拼湊起來後發現，野枝實的祖母不夠溫柔，野枝實簡直就像是在沒有母親的家庭中自力長大的。野枝實的父親幾乎不在家，等於沒有發言權。野枝實想要買什麼衣服時，雖然父親會向祖母要求，但似乎並沒有用。當林作得知這種情況，不禁覺得野枝實實在太可憐了，更覺得藻羅不應該這麼對待野枝實。他必須告訴藻羅這一點。想到這裏，林作輕輕地撫摸著靠在自己膝蓋上藻羅那一頭富有光澤的頭髮，說：

「野枝實和藻羅一樣，都沒有媽媽。但是，野枝實的爸比很累，是野枝實和藻羅無法想像的。所以，無法像爸比陪你一樣整天陪著野枝實，疼愛野枝實。你瞭解嗎？而且，她家裏還有一個可怕的祖母。剛才，爸比在問野枝實爸比的事時，你那樣調皮地嘲笑野枝實是不對的。」

藻羅撒嬌似地搖了搖頭，推開了林作的手，像平時一樣，將臉在林作的膝蓋上磨來磨去。林作用雙手放在藻羅的臉上，讓她看著自己。藻羅一直把林作的話當成催眠曲般陶醉地聽著，當她發現林作放在自己臉上的指尖充滿了從未有過的力道時，不禁感到一陣錯愕，同時，也從林作看自己的眼神中，看到了從未有過的嚴厲。藻羅眨了兩、三次眼睛，似乎可以聽到長長的睫毛發出聲音，嘴唇扭曲著，一副快要哭出來的樣子，她出神地看著林作的眼睛，似乎在確認自己到底有沒有看錯。那種眼神，就像是用鼻子在母狗的肚子上尋找乳頭的小狗所露出的眼神。林作竭力克制自己的悲傷，努力維持嚴厲的神色。但藻羅對此並不知情，她用微微滲汗的手推開了林作的手，帶著錯愕站了起來，淚水在她因爲莫名亢奮而泛紅的臉上滑落。她站在那裏停了一下，用快要放聲大哭的表情看了林作一眼，隨即轉過身，衝出了房間。林作發現藻羅最後看自己時，那張孩子氣的哭喪表情，充滿了疑惑和像被主人鞭打的小狗般悲傷，不禁感受到一種超乎他想像的寂寞。他覺得好像有某種寶貴的東西從他手上溜走了。林作好不容易才克制自己想要起身去追藻羅的衝動。他好想追出去，原諒藻羅，說盡甜言蜜語，緊緊地擁抱藻羅，但他克制住這種像戀愛熱情般的愚蠢心態，將手伸向西敏斯特的菸罐。

藻羅衝出了玄關，跑向常吉的馬伕房。

「多米多里。」

常吉正在幫那匹棕馬釘蹄鐵，看到一臉淚水跑向自己的藻羅，不禁大驚失色地停下了手，但他又立刻手腳俐落地將敲到一半的蹄鐵釘子敲好，從棕馬的腿下走了出來，用巨大的手掌拍了拍牠的脖子，愛撫了幾下，便走到藻羅的身旁。

「藻羅大小姐，發生了什麼事？」

常吉從藻羅泣不成聲的訴說中，只聽到「爸比」這幾個字。於是，他立刻在狹小的清洗台前洗了手，進了房間，拿出一條白手帕，輕輕地爲藻羅擦拭淚水。常吉看到藻羅傷心痛苦的樣子，起初還以爲和御包或柴田有關呢。但聽到藻羅的嘴裏吐出「爸比」時，覺得一定是林作糾正了藻羅的某些行爲，這或許也是藻羅有生以來第一次這麼驚訝吧。想到這裏，常吉十分疼惜地輕輕按住藻羅的肩膀，讓她坐在房門口，自己蹲在一旁，等待藻羅慢慢停止哭泣。藻羅的內心似乎湧起了無限心酸，就像小孩子一樣號啕大哭。她的眼睛，好像在訴說什麼似地，一直看著常吉充滿愛憐的雙眼。紅通通的臉上沾滿了淚水，睫毛上閃亮的淚珠都可愛得難以形容。常吉自從來到牟禮家後，常常擔任守護藻羅的角色，但在漫長的歲月中，這是藻羅第一次看著自己的眼睛哭泣。他看著藻羅，內心激起了一陣暖流，他感到自己全身發熱。他拚命地克制著令自己全身沸騰的情感，在一旁等待藻羅平靜下來。

藻羅的哭泣漸漸平息後，開始斷斷續續地說著事情的原委。她看著常吉的一雙大眼睛，也似乎在熱切地傾訴著什麼。藻羅含著淚水的大眼睛上，有兩排長長的睫毛，似乎對常吉訴說著，在這個世界上，你是我唯一的依靠。她似乎堅信，常吉會給她同情的麵包，她在他身上尋找著安慰的甘蜜。常吉心潮澎湃地看著藻羅，感受到渾身的愛情都匯聚在寬闊、結實的胸膛，他拚命克制著這種沸騰的情緒，看著藻羅。

常吉按著藻羅的肩膀，似乎想要把內心那份熱烈、潤濕的憐惜，用自己的眼睛傳達到藻羅的眼裏。

「藻羅大小姐，你應該知道，老爺有多麼愛你。……所以，當老爺看到藻羅大小姐做了不對的事，會要求你改正，希望你可以成爲一個了不起的人。你是不是因爲老爺太嚴厲了，讓你感到受不了？你是不是擔心老爺再也不疼愛你了？這是你誤會了，你瞭解嗎？……老爺永遠都會疼愛你……。」

常吉在說「疼愛你」這幾個字時，聲音忍不住顫抖著。常吉吐出了內心的熱氣後，把手從藻羅的肩上移開，表情痛苦地輕輕撫摸著藻羅一頭富有光澤的頭髮。

藻羅的內心似乎充分感受到了常吉的熱切話語。

藻羅正視著常吉的眼睛，沉默了片刻。然後，好像突然想起來什麼似地抽泣了一下。

常吉看著藻羅的眼睛，再度克制著內心熱切的激動。

藻羅看著常吉，突然站了起來，倒退了兩、三步，似乎想要回去找父親。

「多米多里，你眞是個好人。」

藻羅自幼感受到常吉的一片熱忱。在滿足的心情中，在安心的、熱切的氣氛中，卻又掠過一絲不安。但藻羅在感受到這份不安的同時，從常吉身上感受到比以往更熱烈、像濃烈的甘蜜般的愛情。這是一份沉重的、深埋在內心的愛情。常吉的愛很沉重，很熱切。和常吉相處的這個場面，在藻羅的記憶中逗留了很久。很久以後，藻羅回想道：

——當時，多米多里想要和我接吻。

常吉站了起來，低頭看著只到自己胸口的藻羅。然後，痛苦地微笑著。內心湧起的熱切，在他多肉的臉上刻下了深深的愛情痕跡。他露出潔白的牙齒，就像用牙齒咬碎核桃的表情般無聲地笑著。那是一種寂寞的微笑。常吉不喜歡穿那種會黏在身上的薄襯衫，即使盛夏季節，他也穿著厚實的棉質衣服。林作認爲這種衣服更能夠襯托他的身材，這也是他與生俱來的審美觀。常吉穿著厚質的棉襯衫和厚質的長褲，外出時，再配上珍藏著的高級皮帶。林作送給他的這條深褐色的皮帶是常吉的最愛。當他穿著厚質襯衫時，更可以襯托他的魁梧。他那誠實而溫馨——不，應該說是熱忱更貼切——的心情，深埋在他厚質棉襯衫所露出的厚實胸膛裏。

藻羅站了很久，似乎不願意離去，她用帶著魔力的雙眼注視著常吉，突然，將發燙的、因爲哭泣而略微腫起的嘴角輕輕向上揚起，展露了淡淡的微笑，再度看了看常吉的眼睛，然後，轉過身，跑了回去。

常吉看著身穿白色麻質夏裝的藻羅消失後，坐在房門口，他突然覺得好累。無意識中，飄來一陣甜蜜的花香，好像燃燒的火焰，向常吉襲來。常吉的手肘放在膝蓋上，低下了頭，一動也不動。然後，抬起暗淡的額頭，緊閉雙唇地站了起來，走向棕馬。

這件小事點燃了常吉內心的熱情，擾亂了他好不容易平靜的內心。對常吉而言，這個充滿強烈刺激、充滿誘惑陷阱的場面就像夢幻一樣，在當天晚上、第二天、往後的日子，都不時出現在他面前，令常吉痛苦了很久，但是，常吉還是克制住了。

雖然這件事對藻羅而言，不過是她生活中發生的小插曲，但對常吉而言，卻是危機四伏的考驗。不久之後，這件事便深深地沉澱在常吉的心中，變成常吉內心一顆十分珍貴的寶石。對此，林作在聽了藻羅簡單的闡述後，也很明確地感受到了這一點。

林作嘗試教導藻羅什麼是同情這件事，在那之後看起來似乎發揮了些許的效果，但藻羅的態度只是在當下稍稍改變，之後，便在曖昧不清中無疾而終。藻羅天生就是個滿腦子只想到自己的人。

當藻羅看到林作用嚴肅的眼神看著自己時，雖然讓她那份與生俱來的自信——不管自己做什麼，林作都會原諒自己——的自信產生了動搖，令她感到錯愕。但就在同一天內，也讓她產生了比以前更強烈的自信。藻羅在那一段時間內，只有在林作面前時，才會稍微改變一下自己的態度。雖然林作也發現了這一點，卻仍然不可自拔地越陷越深。藻羅知道，林作愛自己，包括了自己的這種狡猾。藻羅覺得，與其說，林作愛她，包括了她的狡猾，倒不如說，狡猾的她反而更讓林作更加溺愛不已。

❧ ❧ ❧

藻羅在七歲時罹患了百日咳，併發了腎臟病後，便留下了腎臟病的後遺症。軍醫稻本雖然定期幫她看診，但在百日咳恢復後一年左右，終於診斷出腎臟病已經變成慢性病，不可能在短時間內治好。稻本在百日咳恢復後就知道無法立刻治好，但從藻羅還是個嬰兒開始，他就開始幫藻羅看診，雖然明知道可能沒有效果，仍然嘗試了各種方法醫治，花了將近一年的時間，才不得不宣告失敗。

由於藻羅的腳不能碰冷水，所以，每年林作在八月初休假一星期，去位於上總石沼的別墅時，也禁止藻羅去海裏玩。藻羅記得年幼時，林作曾經帶她去海裏，對大海的可怕和魔鬼般的魅力也記憶猶新。當林作雙手抱著她進入大海時，大海好像有生命一般吼著。幾天後，藻羅仍然相信大海是有生命的。藻羅雖然很怕大海，但內心卻很想要再去，感受一下大海的魔力。她一直堅持，如果不能去海裏玩，她就不去別墅，所以，已經很久沒有去石沼了。今年，當藻羅和彌一起上街時，看上一件很漂亮的泳裝，那是一件偏紫的深紅葡萄酒色泳裝。藻羅說，非要買這件泳裝不可，林作看過確認顏色後，便買了送她。所以，藻羅堅持這次要去海邊玩。林作拗不過藻羅，終於決定要帶她去海邊玩。在稻本的許可下，同意她每天在海邊玩一下。而且，林作還請稻本來石沼住一晚，爲藻羅看診。林作取得休假後的第二天，便帶著藻羅和彌一起出發了。

出發的那天早晨，御包和柴田努力掩飾著內心的不滿，裝得若無其事，整齊地排在玄關口送行。但從她們臉頰和嘴唇旁的皺紋上，就可以看出她們正努力克制內心的陰險，且對藻羅的幸福充滿嫉妒，林作在向她們點頭示意時，臉上掠過一絲難以察覺的不悅。林作覺得，御包簡直太過分了。自從某一天，御包在餐廳的門後偷聽到藻羅向林作訴說羅莎琳達的事後，她對藻羅那種偏執狂似的憎恨，或者說是一種變態的憎恨更變本加厲。幫藻羅復習功課的方式，比以前更充滿虐待狂的色彩。藻羅雖然告訴了林作，但林作希望在一年後，能夠以平和的方式解約，所以，才沒有立刻將她開除。御包雖然以前當過老師，但她的教學已經落伍，連爲藻羅復習學校所教的內容，也顯得有點力不從心。藻羅已經知道了林作的打算，她一開始就不曾對御包產生過尊敬的念頭，相反的，她根本看不起御包。所以，即使現在御包用可怕的眼神盯著她，雖然當下會令她恐懼，但她已經不再把御包放在眼裏。現在，藻羅只怕羅莎琳達。

雖然藻羅提出要帶常吉一起去，但因爲必須有人看家，再加上林作知道常吉已經成長爲一個了不起的男人，家裏那些壞心眼的傢伙也不敢隨便欺侮他，自己已不需要再像以前那麼細心關照他了，所以，這次並沒有帶他同行。彌正襟危坐地坐在司機旁，常吉把行李放在彌的腳下、後車廂的架子上以及藻羅的腳下，也像往常一樣，畢恭畢敬地站在那裏送行。藻羅從後車窗看著常吉，常吉低低地揮著手，用好像在咬核桃時的嘴形，露出一口白牙微笑著，厚實的臉龐上露出一個很深的酒窩。隨著車子壓過石子路的聲音，藻羅從這張臉上看到了深沉的愛情，和努力掩飾著這份愛情的暗淡。

林作討厭擁擠的海灘，石沼是他好不容易在外房州發現的海岸。林作在這裏買了一幢別墅。這幢房子是由和牟禮商會毫無關係的德國人建造的。雖然上下共五個臥房的別墅的確大了點，但林作很中意。

站在一樓鋪著紅磚色石頭的平台上，可以看到茂密的櫟樹上，橄欖色樹葉背面是褐色的。登上種滿一整排櫟樹的沙丘，眼前是一片像沙漠般的沙灘，遠處傳來大海咆哮的聲音。這是個風不平，浪不靜的海岸。林作開始去石沼度假的兩年後，所謂「物以類聚，人以群分」，附近又建了一幢外國人的別墅，就位在林作別墅的右側。以前的屋主將砂丘推平後，變成一條蜿蜒向海邊的坡道，就在坡道對面大約二十公尺，建了一幢上下共三個臥房的小房子，整個兒都塗成了深綠色。有時候可以看到一對夫婦帶著頂著一頭棕色像雕塑般髮型的少年出入。由於他們是俄國人，和附近的人相處得並不融洽。林作今天出門時，還想到這戶人家，想起了那有著一頭像雕塑般頭髮的少年。在藻羅出生前兩、三年，這個少年就已經有七、八歲了，現在應該已經二十四、五歲了吧。當車子壓著大門內的石子咯吱作響，隨即發出碾碎石子般的聲音加速前進時，林作突然產生了一種預感。因爲林作回想到，一位高高瘦瘦、長相俊俏的少年曾經和自己在坡道上擦肩而過，想必就是那位少年。

彌在藻羅的吩咐下，手上拿著裝有泳衣的皮包，抱著熱水瓶和花了好多心思製作的便當，以便到達目的地後可以立刻開動。藻羅看了一眼彌綁著和服腰帶的龐大背影，便懶洋洋地靠在林作的肩上。她並不是累了，而是想要撒嬌。

——好久沒有去海邊了，再加上有新泳衣的關係，她的心情很激動吧。今天一大早就起來了，雖然還有睡意，但腦袋已經清醒了。

林作從臆想中回過神來。他稍微側了側上半身，看了看藻羅一頭耀眼長髮披散著的肩膀。

「睡得著嗎？」

藻羅完全不使用任何香料清洗過的頭髮，和倚靠過來的身體，都散發出一種用微妙的溫度加熱過的植物性香味，就像是用酒精燈加熱的花香。

——雖然她還是個孩子，但和多米多里的告別方式卻很成熟。

林作心裏想著，看了一下藻羅的臉，正想要說什麼，卻又立刻轉頭看著前方，將身體靠在座椅上，讓藻羅的頭倚靠在自己的肩膀。車子行駛在從追分即將到達農大前的本鄉大道上，早晨的陽光下，林作瞇起了充滿愛意的眼睛。

八點從兩國出發，中午過後才到達石沼。看管別墅的四十八和他的兒子四方吉站在門口迎接，三個人將行李交給了他們，沿著冒著熱氣的沙地走向別墅。藻羅小時候見過四十八他們，至今已經好久不見了。變成清秀佳人的藻羅因爲怕流汗，所以穿著一件很孩子氣的粉紅色棉質夏裝，但看起來依然楚楚動人。林作滿足地看著藻羅。最近，藻羅已經把前面的瀏海留長，自然地撥向兩側。齊肩的頭髮也已經留到肩膀以下了，在林作的建議下，將兩側的頭髮鬆鬆地梳向後方，用黑色的寬絲帶綁起。從前面看，黑色的絲帶剛好從兩側露出來，看起來很像是都德（譯註：Alphonse Daudet，十九世紀的法國作家，著有《小東西》等作品）筆下的「阿蕾潔娜」。林作年輕時，就曾希望能夠遇見像「阿蕾潔娜」這樣的女人。如今，他在父親和女兒的關係中遇到了。

到了別墅後，林作叫藻羅一定要休息一下，硬帶著她去了二樓的臥室。彌目送著連背影中的黑色絲帶都好像在鬧彆扭的藻羅，立刻開始整理行李。當她想要拿蘋果給樓上的兩位主人吃時，才發現那蘋果是向千疋屋特別訂購的印度蘋果。她用已經有相當歷史的銀盤端著淡綠和暗紅色的蘋果，附上刀叉上了二樓。剛好四方吉拿冰塊來，她就讓他把冰塊放進冰箱，又拿了裝在熱水瓶裏的冰麥茶上了樓。

藻羅穿著開著小領口的白色薄紗內衣躺在床上，張著一雙大眼。她皺著眉頭，一雙眼睛往下看，嘟著嘴巴，一副小孩子鬧情緒的不滿表情。林作從躺椅上坐了起來，看到蘋果，又躺了回去。

「來吃東西吧。藻羅，你要不要吃？」

「爸比，你幫我削。」

藻羅仍然嘟著嘴，說道。

「彌，等我洗完澡後，你也去洗一下吧。是不是很熱？藻羅先睡一下，她等一下再洗。……彌，那兩個壞心眼的不在，眞好。」

彌仍然拿著托盤站著，她戰戰兢兢地低著頭，說：

「對。如果多米多里兄也在的話，那就更好了。」

「對啊……」

林作聽到彌用不帶有絲毫女人味的口氣說完，露出溫柔的笑容，用深情的眼神看著彌。

「彌，這個蘋果像冬天的一樣甜。」

藻羅邊說著，邊站了起來，她啃著切片的蘋果，從面向通往海邊坡道的窗戶俯視著窗外。

這時，藻羅看到一個年輕人從海邊走來。身材魁梧，個子高大，感覺有點發育過頭了。這位美男子看起來像是意志堅強，卻帶著一臉寂寞。他只穿了一件黑色泳褲，手上和腳上都沾滿了沙子。當那位年輕人經過窗下時，抬頭看了一眼藻羅所在的小窗戶。那像是一個很偶然的動作，可能是平時就很注意這幢外國式的建築，只是習慣性地抬頭看一下。年輕人一直看著藻羅，情不自禁地笑了，但藻羅用那雙獨特的朦朧雙眼看著那位年輕人。不知道爲什麼，這個年輕人和林作在某些地方十分相似，讓藻羅產生了想要撒嬌的感覺。他和聖母學園的同學們整天在討論的那些年輕人完全不同，是一個特立獨行的年輕人。這是藻羅第一次看到其他男人時，覺得對方是和自己有某種關聯的朋友。因爲他在看藻羅時充滿了自信，他認爲自己有資格把藻羅佔爲己有。這個年輕人的自信擄獲了藻羅。以前，藻羅對年輕男人毫無興趣，因爲，從來沒有年輕男人充滿自信地看她。藻羅不知不覺地深受這位年輕人的吸引，用帶有魔力的眼睛看了一眼年輕人，她的目光只在年輕人身上停留了一剎那。

剎那間，年輕人也發現，藻羅雖然沒有笑，但並不討厭自己。因為他知道，大部分少女都會憑著本能吊男人的胃口，讓自己顯得更有價值。藻羅轉了個身，離開窗邊，然後，又躺在床上。

林作和從床腳拿起藻羅脫下的衣服準備離去的彌都發現，藻羅臉上的不悅已經消失無蹤了。

藻羅將咬了一口的蘋果放在盤子上，神情慵懶地看著林作。那是想要吞噬愛情的肉食獸的眼神，也是每每讓林作神魂顛倒的眼神。不知道為什麼，藻羅內心想要向林作撒嬌的念頭，突然變得更加強烈。在慵懶中充滿了魔力。藻羅體內的惡魔漸漸長大，讓藻羅全身都變成了「撒嬌」的聚集體。前一刻的滿心不悅突然變成了難纏的撒嬌，連藻羅自己也對此無所適從。

林作知道藻羅在窗旁看到了什麼，所以並沒有問她。他滿心歡喜地看著藻羅貪婪的眼神，當知道藻羅等待著他的親吻時，便起身走近床邊。

「怎麼了？」

藻羅一言不發地轉過了臉，抬眼看著床架。林作在藻羅的臉頰上親了一下。

「想睡的話就睡一下。等爸比洗完澡，會叫彌上來看你一下。」

林作說完，便在一陣和服的沙沙聲中走出了房間。林作發現，當自己親吻藻羅時，藻羅嘴唇正中央，也就是被林作稱為「嘴唇之子」小小突起部分的上唇，會微微地翹著。林作也發現，每當藻羅沉醉的時候，嘴巴就會微微地張著。

——我或許看到了年輕美麗的半獸神。

林作在內心低語著。林作再度想起了隔壁那位應該已經二十四、五歲的年輕男子。平時藻羅休息時，自己都會親她的額頭，但今天情不自禁地親了她的臉頰，其中的理由，林作當然也知道。藻羅雖然預感自己美麗的、有著花香的身體，和剛才看到的年輕男子充滿熱情的表情，有著某種關聯，但卻沒有明確的意識。這種感覺反而像強烈的香味一般，像花蜜一般，在藻羅的體內發酵。林作十分清楚這是怎麼回事，因此更深受藻羅的吸引。這種香味對林作體內的男性部分產生了強烈的誘惑。

——如果連我也變成半獸神的話，就傷腦筋了。

林作一邊走下樓梯，一邊喃喃自語著，走向彌已經準備好的浴室。

藻羅仍然處在一片慵懶的情緒中。她扭著身體，好想向某個人撒嬌。她的體內不知道怎樣才能讓自己滿足的情緒，慢慢地，慢慢地發酵。

藻羅望著半空，玫瑰色的嘴唇兩端擠出了兩個小酒窩，露出帶著祕密的微笑，似乎在回應剛才那個年輕人的微笑。但藻羅的微笑中，充滿魔鬼的味道。

藻羅又扭著身體面向牆壁。藻羅的內心深處有一種朦朧的滿足感。

——那是隔壁俄國人的兒子。他已經是我的俘虜了。

但是，這種意識漸漸在恍恍惚惚中淡化，藻羅不知不覺進入了夢鄉。她睡著的時候，玫瑰色的嘴唇微微張著。在她熟睡的臉龐中，同時存在著惡魔和小孩子兩個靈魂。這兩個靈魂就像是母子獸一樣，親密無間地嬉戲著。惡魔和小孩子，或者說，是惡魔進入了小孩子的靈魂。雖然人的誕生之地應爲聖潔，但現實中，卻是充滿污穢的室內——在母親子宮內、不爲人知的夢中完全甦醒的孩子，或許會在誕生的同時，靠著本能生存在溫熱羊水時代的獸性，帶入不知來自何方的精神世界中，像影子一樣殘留著。

石沼的浴室仍然保留著之前的主人留下來的舊洋燈，和釘在板壁上的燈台一起，維持著原來的風貌。林作泡入浴池，看著飽受風沙摧殘而變得粗糙的燈台，陷入了沉思。以前的主人似乎很喜歡泡澡，所以，放了一個很大的浴池，於是，林作就請人訂做了一個大浴桶，剛好放在原來的位置。

——藻羅的體內同時住著小孩子和惡魔，這就是她可愛的根源。甩著尾巴的惡魔和小孩子，像小狗一樣相互嬉戲著，很難分出勝負。其實，每個孩子原本都是這樣，但平凡的父母會扼殺小孩子惡魔的部分，也會扼殺小孩子的部分，卻因爲無法徹底扼殺，所以，無論小孩子或惡魔的部分都變得十分醜陋、愚蠢，殘留在孩子的身上。長大以後，就變成只會動壞腦筋的大人，或是墨守成規的人。日本人中，很少有人能夠在長大以後，仍然保持著與生俱來的小孩子和惡魔的天性。如果天生就沒有惡魔部分的人，不需要勉強將這部分加諸在他身上，像多米多里就是這種人。而且，即使想要強加在這種人身上，他們也未必學得來。

林作浸泡著的浴桶是在藻羅出生前三年，在買這幢別墅的同時訂購的，雖然很少使用，但已經有相當的歷史。林作在購買這幢房子的第六年，曾經抱著滿三歲的藻羅一起泡在這個浴桶裏，幫她洗澡，當時的情景，仍然栩栩如生地浮現在林作的腦海裏。

——那時候，她就有著一身讓人陶醉的惡魔皮膚了……

當林作把藻羅沾著沙子的腳放在熱水裏沖洗時，藻羅怕癢地躲著，用力抱住林作的脖子。帶她去海裏的那天晚上，藻羅不停地說著「海，好可怕。海，好可怕」，一臉驚恐的樣子。然後，像戀人般，把身體緊緊地貼在林作的胸前，將小巧的、肥嘟嘟的手臂和雙腿纏繞在林作身上。林作忍不住將當時的藻羅和現在正在樓上睡覺，渾身展現出魔女般美麗的藻羅做了一番比較。

——現在，如果我叫藻羅和我一起泡澡，她一定會立刻進來。我們已經有一年半左右沒有一起泡澡，現在也已經沒有一起泡澡的習慣了。但藻羅不會有其他日本女人那種廉價的羞澀，這是我的教育使然。然而，伊甸園的蛇認爲需要隱藏的惡魔果實，已經在她的胸部和腰枝上漸漸成熟。有些父母把孩子體內的惡魔趕盡殺絕，這種女孩子，即使一絲不掛，也感受不到她像個女人，但也不是男人。這種女孩只能算是普通的女孩，但藻羅可就不一樣了。即使她穿著衣服，我也很清楚這一點。我無論如何都不得不克制這種苦行僧的痛苦和煩惱。多米多里正陷入這種苦行僧的煩惱中。藻羅雖然是在折磨多米多里，但她是因爲感到親切，才會向他撒嬌。但是……

這時，林作苦笑了一下。

——但是，成爲藻羅撒嬌的對象，簡直是一種災難。最後，即使能夠成功地和她建立戀愛關係，這個人也無法逃脫苦行僧的命運。因爲，藻羅只愛她自己。連我也是藻羅的飼餌。藻羅是一個可愛的肉食獸，只要一刻不吃活生生的肉，她就不肯安靜下來。所以，面對她，只能把自己當作飼餌乖乖地奉上。但她眞是個天眞爛漫的孩子，動不動就要哭，隨時都在肆無忌憚地撒嬌，這個可愛的肉食獸到底什麼時候才會長大成人？她早就已經看穿了我內心深處對她的耽溺，把我想要教育她的雙手都綁得緊緊的。

午後淡黃色的光從窗戶斜斜地灑了進來，林作沉入浴池中，臉上浮現出像上帝般的父親微笑，以及背後所隱藏的一絲若隱若現、身爲男人的惡魔般微笑，兩者維持著美麗的均衡。

剛才走過窗下的年輕男子正如林作所想，是隔壁別墅那戶人家的兒子，他的名字叫彼特。彼特被藻羅幼稚中帶著一份魔性的容貌吸引了，他一直期待著和藻羅再度相見。那天晚上，彼特將心愛的深綠色毛毯對折後，把身體包了起來，趴在狹窄的床上，一個人在心裏低喃著。

——我想要再看看那個女孩子。她手上好像拿著什麼吃的東西。……那扇窗戶的那個房間裏，到底是怎樣的情景？……她簡直就是惡魔和小孩子的混血兒。她翹著像嬰兒般可愛的上唇，一開始的表情很不高興，但她一直看著我。她還很小，而且還是個處子，卻可以輕易地看透別人的心。從來沒有人可以看透我的心思，但她卻輕而易舉地帶走了我內心的熱情，然後就轉過頭去。到底怎麼回事？以前從來沒有發生過這種事。我好想抓著她的臉，猛烈地親吻她，要讓她無法呼吸。那雙朦朧的、對一切都不感興趣的眼睛向我索求著親吻，但她自己並不知情。那孩子氣的嘴唇，激發了我內心虐待狂的特質。我完全沒有想到，自己內心竟然隱藏著這種虐待狂般的熱情。那對朦朧的眼睛和可愛的嘴唇，讓我內心的虐待狂露出了尖爪。

彼特把下巴放在枕頭上，用力咬著下唇，發亮的眼睛看著牆壁，好久好久，都沒有動彈。

同一時刻，藻羅只穿著一件深紅色的泳衣，在林作的微笑眼神追隨下，繞過桌子，走上飯廳旁的樓梯。

藻羅在飯前沖了澡，在彌的協助下，試穿了泳衣，想到自己可能在海邊，遇見剛才在窗下一直看著自己的年輕男子，內心便湧起一陣前所未有的、不可思議的喜悅。這也使她穿上泳衣時的歡喜倍增。當她在浴室外的鏡子前，看到自己穿著泳衣的樣子十分漂亮，便執意不肯把泳衣脫下來，讓彌嚇了一大跳。於是，她就穿著泳衣坐在晚餐的桌前。她的肩膀小小、圓圓的，像男孩子一樣堅挺、像堅硬果實般的乳房挺立在兩側，將深紅色泳衣的胸前托起，顯得特別嬌媚。林作看著她從桌旁走過去，發現她稚嫩單薄的身體，已擁有像西方女人般的往上提、帶肉感的曲線，下半身已經可見十七歲的豐腴。

——眞是個怪胎。

林作在心裏喃喃道，他將略帶好色的微笑收在眼底，目送著藻羅像小孩子般自然、大膽地從他面前走過。

林作已經好久沒有看到藻羅的裸體了，但林作從平時任憑自己欣賞的部分──帶著曲線的頸項、如同塗著蜂蜜般的肩膀和手臂，和從衣服外看到時，會讓林作突然嚇一跳的腰部，以及當藻羅穿著開襟的內衣，無意中看到的，通往兩側乳房的堅挺坡度──等等，都可以察覺到藻羅的成長，但當看到只穿著一件泳衣的藻羅時，令林作產生了一種不可思議的心動。

──那個小藻羅……

林作不禁在心裏嘆道。

彼特等待的機會，在第二天太陽快下山時來臨。

藻羅和彌一起去海邊玩，在彌趕回去做晚餐後，她獨自留在海邊，跑到大浪翻騰的海裏嬉戲著。她看到林作拿著書去了二樓，她知道林作一定會叫彌回來叫她，所以，她只玩了兩、三次。正當她依依不捨地踩著浪花走向岸邊時，看到昨天的年輕男子走了過來。

年輕男子只穿著一件黑色泳褲，在身後一片寬敞的灰色沙灘襯托下，看起來就像是西洋畫中常見的裸體士兵。他的手臂十分粗壯，被太陽曬得紅紅的，如果不小心被他揍的話，一定會連骨頭都感到痛。年輕男子不疾不徐地直直走來。當他走到可以看清他表情的距離時，發現他的臉上露出親切的微笑。和昨天一樣的笑容。年輕人在距離藻羅有一小段距離的岩石上坐了下來，看著藻羅。笑容從他的臉上消失，溫柔的雙眼發出淡淡的光。那雙眼睛中，有某種藻羅從未見過的可怕東西。藻羅站在那裏，直視著年輕男子的眼睛。

「你幾歲？」

「……十五歲零八個月。」

藻羅的眼睛注視著年輕男子的眼睛說道，她用腳搓著腳上的沙子，身體不自覺地扭著。

「叫什麼名字？」

藻羅眨了眨眼，然後，張大了有著兩排長長睫毛的眼睛，看著他。她看到年輕人暗淡的額頭，以及緊密的雙唇中充滿了熱情。藻羅察覺到正在迷戀自己的男人體內的熱情。但是，她覺得害怕。

「藻羅。」

她仍注視著年輕男子的眼睛說道。她剛才就覺得自己已經變成了對方的獵物，那種害怕的感覺無法消失。方才，年輕男子走過來時，藻羅腦海裏就浮現出老鷹看準了獵物後，漸漸向獵物逼近的樣子。她以前曾在照片上看過，遠離陸地的海洋上的大鳥，穿著羽毛褲的腳筆直地向下垂著，張牙舞爪地從天而降。但年輕男子並沒有把自己壓在他的爪子下。……她覺得這種恐懼似乎來自自己身體的內部。然而，肉食獸藻羅感受到年輕男子對自己的愛情，她無法抵抗想要貪婪地品嚐這種愛情的誘惑。彼特克制了內心燃起的火。

——就是這個眼神。

這兩隻眼睛中，充滿了掠奪男人愛情的傲慢。現在，這雙眼睛中還帶著小鳥般的恐懼。

彼特站了起來，像追逐獵物般，向藻羅靠近了兩、三步，用一副好像要把她吞下去的樣子，看著把手放在身後、仍然盯著自己眼睛的藻羅。隨後，便交抱著雙手，笑著問：

「你會在這裏住多久？」

「我不知道。……我爸比請了一星期的假。」

「要不要來我家玩？你知道我家在哪裏吧？」

彼特深藍色的眼睛看到藻羅輕輕地點了點頭。這時，藻羅往沙丘的方向看去。彼特也轉身一看，發現遠處有一個高大的、像是傭人般的女人跑了過來。

「我去問我爸比看看。」

藻羅說完，便朝彌的方向跑去。

「你不想知道我的名字嗎？」

藻羅停下腳步，轉過頭來。

「我叫彼特·奧爾羅夫。」

藻羅的嘴角露出兩個酒窩，露出帶有祕密的微笑。然後，邊跑邊大叫著：

「彌。」

藻羅一回頭，看到年輕男子高舉著手。藻羅又注視了片刻，然後，頭也不回地向前跑，像是女傭的女人抱著肩膀，走了回去。那個女人在遠處用緊張的眼神看著彼特，但看起來似乎已經消除了警戒。彼特看到藻羅的身影漸漸走遠，用力地跳入海中，隨著海浪奮力游著，激起了點點浪花。

彼特有一種快到嘴邊的甘美果實，被人硬生生奪走的感覺。對彼特來說，藻羅是富含蜜汁的甘美果實。

不知道是上帝，或是大自然創造了名為藻羅的水果。至今為止，在彼特靠近之前，從來不曾被任何人啄食過，充滿了甘蜜，在不為人知的密林中，悄悄地釋放著香味。彼特以蝶泳的方式在海浪中若隱若現，游了近一百公尺後，仰躺在水面上，凝望著因為夕陽餘暉而帶著幾分紅色的灰色天空。

——這個小魔女，從她在窗戶看到我的時候，就知道我掉進了她的陷阱。……但她卻帶著一份朦朧，一份孩子氣。

——那雙眼睛太高深莫測了。朦朦朧朧的，好像奇怪的玻璃一般，那雙眼睛定定地注視著，既沒有要把那擦了蜜般的身體奉獻給別人的意思，也沒有不給別人的意識。這就是魔鬼。為什麼會有那種眼睛？為什麼會結出這樣的果實？我為什麼會遇見這個魔女？一切都太不可思議了。為什麼？為什麼我會變成虐待狂？今天，當我在遠處看到那女孩盡情戲水的那一剎那，我就已經產生了虐待狂的情念。那個女孩也敏銳地感受到了。那個女孩的身體，就像憑著第六感感受到老鷹騰空而下的小兔子一樣，一動也不動，她的肢體點燃了我。不知道在哪裏看過Je l'ai allume（我爲他點燃了心火）這句法語。是莫泊桑。對我而言，應該是elle m'a allume（那女孩點燃了我的情欲）。還有她的嘴唇，近距離看時，比從窗戶時看到的更豐滿。就像是嬰兒渴求著母乳的嘴唇。……爲了那張嘴，爲了得到她的雙唇，爲了佔有她的雙唇，我不知道會做出什麼？……不行。今天的我，不，從我抬頭看到那窗戶裏的魔鬼的日子開始，我就已經不再是我了。

彼特突然加快了游泳的速度，他想要盡快回到自己的房間。他要回到自己的巢裏好好地思考，思考到底要充分享受這種情欲，還是必須加以克制。彼特無論在東京的家中，還是在別墅，或是住在朋友家時，不管在任何地方，都需要自己的房間，和自己睡的床。彼特告訴每個人，如果沒有躺在自己房間的床上，就無法做眞正的自己。而且，他的床和軍營的一樣，是狹窄、堅硬的單人床。自己房間內，三面牆邊都放著書架，床就放在沿著書架的牆角，深綠色的毛毯對折，包住了床鋪，他稱這張床鋪爲「彼特之城」。在床頭的位置，放了一個小爐子，他常坐在床鋪上，探出身子，用深褐色琺瑯長柄平底鍋煮奶油湯或肉湯。彼特和父親塞爾格的感情很好，也很愛母親塔瑪拉，但他很喜歡像這樣獨自生活。他常常一邊煮東西，一邊看攤在枕頭上的小說。彼特從帝國大學醫學院畢業後，暫時在東京一家賣進口書的書店打工，因爲他想要寫小說。他寬以待人，嚴以律己，好像在遵守某種戒律。所以，以前的同學都叫他「彼特牧師」或「神父」。他從來不曾把心裏話告訴別人。深愛彼特的人，只有仔細觀察，才能猜測他到底在想什麼。心思被別人猜透時，彼特就會露出一副不知所措，和一點不悅的表情。如果對方是他喜歡的人，他的嘴角就會露出微笑，在不知所措中，似乎也有點高興。

彼特迫不及待地想要趕回自己的巢。

他從海裏走上岸時，沙子還殘留著白天的熾熱。整片沙灘的沙子深處，都貯藏著太陽的火熱，正藉由彼特的腳向他襲來。

——即使我已經不是我，又有什麼關係。人生難免會有瘋狂的季節。我一定要得到她的唇。我一定要把那令我癡狂的，紅色的森林果實奪過來。我是第一位獵人，我要用這雙手抓住她那擦滿蜜的肩膀，要把她推倒，然後，讓她動彈不得。

距離大海越遠，沙子的餘火更熱。彼特看了一眼藻羅家的別墅，突然停下了腳步，然後，低下了頭。即使在昏暗的天空下，四處籠罩在一片黃昏中，仍然不難發現憂鬱爬上了他的額頭。

彼特低著頭，慢慢地走回深綠色的家。

雖然彼特發現，自己遇到那個曾在窗子裏看到的女孩在海邊嬉戲，並不是什麼僥倖的事，但他覺得這是一件極不可思議的事，甚至認爲這是一個奇蹟。彼特在窗戶的那驚鴻一瞥，以及在海邊近距離聊了一、兩句話後，就已經感受到藻羅這個女孩子身上的某種特質。這種特質已經進入了彼特的深處，已經纏繞在包括彼特這個年輕人的靈魂、肉體的深處，以一種磨人的方式糾纏著。雖然藻羅還是個孩子，在問她問題時，她的回答也很孩子氣。但是，很明顯地，這個女孩全身充滿了少女的恐懼。在他們見面的時候，那種可憐的、小動物般的恐懼自始至終糾纏著藻羅。這不斷地刺激著彼特體內的男性本能。然而，身處這份恐懼中的女孩，卻也同時身爲一個女人，感受到「這個人已經拜倒在我的石榴裙下」。這種備感滿足的、祕密的歡喜。不可思議的是，她對這種「拜倒在我的石榴裙下」的歡喜似乎並不陌生，這種邪惡的喜悅並不是她的初體驗。那份歡喜中，甚至摻雜了某種殘酷，就像孩子抓過好幾隻蟲子經驗特有的殘酷。沒錯，彼特強烈地感受到了這一點。她的眼神中充滿處子般的恐懼，一直注視著彼特，她似乎相信，一旦她移開視線，自己就會受到侵犯。彼特對這個女孩濕淋淋的雙肩難以忘懷。那濕淋淋的雙肩，已經有女人肩膀的表徵，她扭動身體的那一剎那，簡直充滿了誘惑，讓彼特情不自禁地想要親手抓住她，然後親吻她的唇。那兩個乳房將深紅色泳衣的胸部托起，在兩側飽滿、堅挺地隆起，令彼特聯想起在書上看過的「處子的埋葬」或是「聖母的誕生」之類的希臘雕塑。順著略顯纖弱的胴體來到腰部，便立刻感受到充滿成熟的氣息。腹部至大腿的部位，像極了以前彼特在某張照片上看到的，肥美、帶有腰身的魚；當她轉身跑回去時，不到十六歲的女孩少有的成熟腰枝，更具備了讓彼特目不轉睛的吸引力。

——我一定要把她弄到手。

當時，彼特在心裏自言自語著。

彼特把十年來，或是更長時間以來一直心愛的，不，應該說是陪伴他一路走來的深綠色毛毯折疊、鋪好後，躺在床上，思考著藻羅這個女孩子的魔力。

——那女孩有某種不可思議的東西。看著她，就可以發現她好像有點不悅，是某種讓人覺得她在不高興的東西。某種朦朦朧朧的，厚實的東西籠罩著那個女孩的表情、動作，籠罩著那個叫藻羅的女孩的一切。就像海藻一樣；那朦朧的雙眼，緩慢的動作，就像海藻一樣。那個女孩無論看什麼，都有一層像玻璃般不透明的東西。那是感情的不透明，就像海藻一樣。她還是個孩子，對世事一無所知，只會盡情撒嬌。我一看就知道了。但她身上有某種不可思議的東西，好像那種在「性」方面閱歷豐富的女人般恣意地挑逗著我。對了，就是她的身體，已經成熟的身體。她的肉體就像是仍然長在樹上，吸收樹的養分的果實。我渴望著親吻她的肩膀、胸部和腹部，她的雙腿和她的腰枝，以及當她思考時、害怕時，那微張的嘴唇。那個女孩在無意識的情況下，賣弄著自己成熟的身體。當我靠近時，雖然令她感到害怕，但她發出了某種無法形容的東西挑逗著我。她尚未經驗的、剛成熟的身體露出倦怠之色，不僅是對男人，而是對空氣中的某種東西充滿恐懼。她的身體散發出一種聽任擺佈的味道，又在不知不覺地搔首弄姿。這一切都點燃了我，讓我的手臂、胸膛和腰都著了火，迫使我拿起薩德侯爵（譯註：十九世紀充滿爭議性的法國色情作家，他的名字Sadism也成爲「虐待狂」的語源）的鞭子。這就是海藻。她用那雙充滿朦朧的眼睛看著我，但那雙眼睛從一開始就在挑逗我。藻羅身上某種像海藻般的東西在挑逗著我。在鷹爪張牙舞爪地朝向獵物逼近時，一動也不動地裝死的小動物突然開始反撲。那是一種讓人無法抗拒的媚態。

彼特趴在深綠色的毛毯上，分析著藻羅，托著下巴的右手大拇指用力壓著下唇，留下了深深的指甲印。彼特的臉上露出虐待狂似的、年輕神父般的表情，隨即變成了啄食獵物的禿鷹。藻羅的雙眼令他記憶猶新，他凝視著記憶中的這對眼睛。然後，回味著在這雙眼睛的誘導下，藻羅身體的每一個誘惑片斷。每一個片斷都露出感官的利牙。藻羅的每個片斷出現在已經鬆開壓抑束縛的彼特眼前，顯得如此栩栩如生，跳進了彼特的意念中。朋友們口中的「彼特牧師」如今已經變成了一隻凶猛的禿鷹。

瘋狂過後，彼特漸漸發現，藻羅擄獲他時，她對那份可愛的歡喜似乎並不陌生。

——我並不是第一個迷上那個小惡魔的人。這裏是日本，那個女孩還不到十六歲。聽說她父親是實業家，把她教得潔身自愛。所以，即使曾經發生過什麼，也只是停留在精神層面。

彼特在內心想道。然而，即使羅列出幾個可以讓他安心的理由，仍然無法消除他內心沉澱的疙瘩。

——這個世上不可能有徹底的精神戀愛。尤其是那個女孩……即使不曾有人侵犯她的身體，那在我面前，好像在張牙舞爪的鷹爪之下，不敢動彈的小兔子般感到害怕，卻無意識地顯露媚態挑逗我，日漸成熟的身體，是否曾經有人欣賞過？欣賞了幾分鐘？幾小時？是否曾經有別人凝視過藻羅那雙可愛的、充滿魔力般的眼睛？是否曾經感覺自己彷彿被這雙眼睛吸進去？或許，已經有人佔有過她那兩片在恐懼下微張的淡紅色雙唇。……

彼特立刻意識到，剛才在沙灘上向他襲來的太陽餘火，仍然殘留在他的腳上。

對於彼特的疑問，連藻羅自己也不知道答案。即使她父親林作，也無法知道所有的答案。林作和藻羅所知道的，只有馬伕常吉對藻羅的那份壓抑在內心，從來不曾表露的熱情；以及已經成為過去式的，亞歷山大的瘋狂而已。除此之外，就是在常吉的房間，蹲在牆角的倉太——常吉的朋友——看到藻羅時，突然充滿異常的欲望，用凶暴眼神注射藻羅的小事件。當常吉發現後，立刻帶著藻羅走了出去，逃離了那雙眼睛。之後，倉太離開了常吉的房間，這種小事就不曾發生過第二次，這也成為藻羅和常吉之間的祕密。倉太只是對藻羅產生了異常的情欲而已，如果倉太對藻羅行為不軌，常吉就會主動向林作報告。當初，倉太雖然來投靠常吉，但因為境遇不佳，再加上他的個性凶暴，所以，林作只能給了他點錢，把他送回了老家。常吉是同情倉太的遭遇，才請藻羅不要把這件事告訴林作。當時，藻羅只有七歲，因為常吉說要保密，所以她就沒有張揚。況且，藻羅並不清楚倉太的強烈欲望，只是隱隱約約知道。那可以說，是藻羅的第一次經驗。另外，家庭教師御包和管家柴田因為性壓抑而產生異常憎恨和虐待狂的舉止，以及以聖母學園羅莎琳達為首，披著道德的外衣，圍繞在藻羅周圍，對藻羅抱有根深柢固的虐待欲求，陰魂不散的可怕女人們，雖然無法說因此令藻羅受益無窮，但也讓藻羅學到了不少，因此，這些也都可以納入藻羅的經驗中。

這些女人們被欲望扭曲的醜陋行為，就像是暗夜中醜陋的亡靈。況且，藻羅還有著和父親林作相伴的歷史。在和林作的相處中，雖然不曾有過瘋狂，但彼此的感情最深厚。藻羅雖然沒有把倉太這件事告訴林作，但林作可以猜到這類的事情。林作對於藻羅周圍所發生的事，或是甚至稱不上是豔遇的微妙氣氛，都可以憑著精準的推測加以掌握。他可以憑直覺感受到那些在藻羅周圍出現的男人心理的微妙變化，這種時候，林作就像是飼養鸕鷀捕魚的聰明漁夫。

如果彼特寄宿在藻羅家，從小就看著藻羅長大，一定可以清楚地掌握這些很難說是豔遇的事件。然而，現在這一切都發生在彼特的視線範圍之外，對已經深受藻羅吸引的彼特而言，這些不夠清晰的角色的存在，反而成爲將他拉進藻羅魔力的強大力量。即使彼特知道所有這些人和事，或許反而會成爲一種更強烈的刺激。然而，現在的彼特受到肉眼看不到的東西威脅，徹底地被擊垮了。

第二天早晨，彼特見到了藻羅的其中一個獵物。天色未亮時，彼特就去海裏游了一陣子，當他順著坡道回家時，看到藻羅和看起來像是她父親的男人迎面走來。這個五十多歲的男人身穿白底細條紋的單層和服，一路上和藻羅說說笑笑。林作和服上的灰色和黑色細條紋，有點像是小魚骨頭或是溫度計刻度線，彼特認爲十分漂亮。

這個看起來像是藻羅父親的男人似乎早就知道彼特是何許人，而且也立刻發現了彼特，但他絲毫不以爲意。一路上，他熱切的視線一直放在藻羅身上，直到快走近彼特時，像是父親的男人才面帶笑容地看了看彼特，停下了腳步。在早晨的陽光中，藻羅的眼睛看起來更帶有魔力的色彩，她張大了眼睛看著彼特，微微地扭著肩膀，依偎在父親身旁。彼特看到後，立刻知道藻羅的父親也是藻羅的俘虜之一。藻羅的肩膀隱藏在淡黃色的麻質衣服下。林作輕輕地摟著藻羅的肩膀說：

「你好，聽說藻羅昨天和你說了話。」

彼特還來不及收起眼中的熱切，便抬眼看著林作。當他發現林作黝黑的臉龐露齒微笑的表情充滿善意時，也露出了微笑以對。林作的臉上的確充滿了善意，或者說是親切，讓彼特覺得似曾相識，好像自己小時候曾經看過這張臉。彼特承認，這並非不可能。但也不排除眼前這個特別富有魅力的男人，只要不是面對敵人，都會露出這種親切的微笑。彼特看到林作像是日本武士的臉上的瀟灑表情後，立刻產生了尊敬和親切，但也升起了一種無法形容的嫉妒。

彼特和林作父女一起散步了三十分鐘左右後分道揚鑣，臨別時，林作邀請他「來家裏玩吧」，卻絲毫沒有讓他有幸福的感覺。因爲，彼特對邀請藻羅到他的「彼特之城」來作客，充滿了令他血脈賁張的欲望，這只是他唯一的感受。彼特覺得自己以男朋友的身分出現在藻羅家，簡直是愚蠢和無聊得令人提不起勁來。他相信，這不是自己的作風，藻羅也不適合這樣的場面。彼特認爲，自己應該是一個優秀的戀人，而不是什麼優秀的未婚夫。然而，他無法克制想要搶奪藻羅的欲望，彼特相信，藻羅天生就是要被人搶奪的。把藻羅搶過來之後，要怎麼辦？彼特想要把藻羅關在「彼特之城」，不讓她逃跑，讓她老實交代以前曾經迷惑過的男人名字；要她老實交代什麼時候，在哪裏，以爲什麼方式迷倒對方；要讓她交代對方和她到底是什麼關係；要讓她把這些人和自己比一比，她到底愛誰？誰才是她眞正的戀人？要她一一交代清楚。但彼特也意識到，在現實中，當藻羅眞的來到自己的城堡，自己或許只會默默地看著她。然而，彼特此刻的幻想充滿陰濕和偏執。

彼特希望把藻羅永遠地佔爲己有。他知道其中的原因，因爲，他希望好好地伺候藻羅。他想要把他看過的書告訴藻羅；也想要教導藻羅；更想要愛撫藻羅那貓一樣富有光澤的身體。彼特用一顆熱切的心繼續想道：無論藻羅想要什麼，我赴湯蹈火也在所不惜。但如果她背叛了我，我就一刀殺死她。這次，換我變成抓蟲子的孩子，把藻羅一刀刺死，就像做成標本的蝴蝶一樣。

彼特對林作備感嫉妒。在彼特看來，今天藻羅穿上那件淡檸檬色的衣服，一定是林作不讓自己看到藻羅的身體而故意讓藻羅穿的。今天林作會和藻羅一起出現，也是林作刻意安排的。當林作用手輕輕摟著藻羅在淡檸檬色的麻料衣服下的肩膀時，更讓彼特心浮氣躁。

其實，這天藻羅會穿上檸檬色的衣服，是因爲前一天在海裏泡太久了，所以林作禁止藻羅在那天穿泳衣。林作會陪藻羅一起出現，是因爲林作想到，當藻羅脫掉襪子說要下海時，彌可能無力阻止，所以，就在早晨散步時帶藻羅同行。林作一見到彼特，就大致瞭解了彼特內心期望的戀愛種類和型態。更何況在林作遙遠的記憶中，記得曾經看過彼特的父親，那是一個帶有高加索味道的男人。

當林作看到那個看起來像是彼特父親的男人，出入深綠色的房子時，也看到了他身穿軍隊的褲子。有一天，在天色漸暗時，當林作在別墅旁的坡道上，與他們一家三口擦身而過時，看到他穿著黑色毛料的長褲，就知道他是俄國軍人。穿著黑色長褲、白襯衫的父親，具有書中所看到的哥薩克（譯註：Cossack，哥薩克人，前蘇聯南部的民族，以騎術優秀著稱於世）隊長的風範。彼特兩眼間距很窄，但他父親有著一雙眼距更短的藍色大眼睛，濃密鬍子下的嘴唇很厚。男人手上拿著菸，慢條斯理地走著。走在父親旁的母親，威嚴也絲毫不比父親遜色，走在兩人身後的少年，臉上的落寞神情顯然並不是因爲天色的關係。讓人感覺到這個流亡的軍人家庭很團結。認爲他們是哥薩克人，或許只是出自愛看小說的林作的想像，但流亡軍人卻是千眞萬確的事。那是藻羅出生那一年，所以剛好是十五年前的事。在黃昏昏暗的天色下看到的彼特一家人，在林作的腦海裏留下了那樣的印象。對彼特的印象，也覺得他很像唱著〈愉快的哥薩克人〉或是〈暖爐〉，喝著伏特加的哥薩克士兵。從他身上可以看到哥薩克士兵兒子的強烈特質。無論是彼特或是其他的誰出現，林作並不會胡亂地擔心藻羅在戀愛方面會出什麼差錯，他覺得，只要不留下「愛的產物」（Accidents d'amour）就好。他是這麼教導藻羅的。如果缺少了自由，藻羅就不會幸福，即使藻羅被別人搶走，他雖然不會感到高興，但也覺得這是無可奈何的事。當藻羅還是個孩子的時候，他就是這麼想的。林作不覺得自己是個傷腦筋的人。他對自己一手帶大的藻羅充滿自信。即使他對藻羅放手，也完全不需要擔心，因爲，藻羅不可能輕易把自己交給男人。

林作十分清楚地看到，藻羅的內心充滿了擄獲彼特這個年輕人的歡喜，像是小孩子的邪惡般。林作也同時感應到藻羅無法抵抗想要讓這個年輕人越陷越深的誘惑，即將陷入常見的不悅氣氛前的那種甜美心情，所以，林作並不想要阻礙彼特接近藻羅。如果藻羅和彼特之間發生了什麼，就會對林作產生罪惡感。但那只是做了壞事的小孩怕被父親知道而產生的擔心。林作和藻羅父女的愛情本質到底是什麼？林作認爲是人類的自然本能。林作只是遵從這種自然本能行事，就像世上所有的父親那樣，只不過他不會特別誇示那些所謂的道德。林作不認爲自己的戀愛會因爲彼特的出現而有什麼改變，即使彼特和藻羅之間發生了什麼，他也不認爲是發生了失誤。在林作的字典裏，沒有「失誤」這兩個字。彼特並不知道林作的這些想法。在彼特從窗戶看到藻羅的那一天，彼特的父親塞爾格和母親塔瑪拉出發去了東京，要在那裏住三天。機會就這麼一天、兩天地錯失了。彼特的內心燃起莫名的怒火，他不知道該如何克制。他帶著這份怒火，回到了深綠色的家，推開木門，走進「彼特之城」。

林作和藻羅與彼特分手後，回到家時，彌正手拿著電報等著他們。是公司打來的，說是德國的客戶已經到了，在飯店和公司取得了聯絡。德國客人原本應該是一個月以後才會來的，對方似乎臨時改變了計畫。於是，林作帶著彌上二樓。

藻羅也立刻跟著上去，但在黑漆漆的樓梯上走到一半時，在黑暗中，卻看到彼特注視自己的眼睛。接著，彼特家的深綠色房子和彼特的眼睛重疊在一起。樓梯似乎比剛才更暗了，空氣也變得更加沉重。這是藻羅的預感。當她想到林作可能會離開時，便看到了彼特的眼睛和深綠色的房子。不知道為什麼，藻羅覺得她和彼特見面時，一定要像昨天那樣在海邊見面，而且一定要單獨見面。藻羅暗自覺得，他們兩個人見面是只屬於他們兩個人的祕密。

藻羅突然感到一種莫名的恐懼，急忙跑上樓，迅速地跑過沉重、潮濕的走廊。進入書房時，看到檯燈開著，彌把巨大肥胖的身軀彎在桌上，手拿著一張紙，看得很認眞。坐在沙發上的林作正用鉛筆指著紙上寫的字。

「這裏只要寫，今晚，出發，就可以了。要記得空一格。然後，下面是，林作，回東京，不在此，速來。也要記得空一格，瞭解嗎？」

「是。那我先去了。」

藻羅一直凝神看著他們。

彌急急離去後，林作靠在沙發背上，看著藻羅。

「藻羅，你可以乖乖看家嗎？」

藻羅看著在檯燈燈光下注視自己的林作，撲向他的肩膀。

「爸比，樓梯和走廊上都好黑喲。」

藻羅用力抱緊林作，將自己的臉貼在他的脖子上，看著窗外灰暗的天空。林作用手輕輕地拍著藻羅的肩膀。

「你什麼時候走？」

「什麼時候回來？」

藻羅像往常一樣，靠在林作的膝蓋上，用充滿祕密的眼神抬眼看著林作。

藻羅並沒有明確地計畫，等林作離去後要去見彼特。在藻羅的內心深處，有一個對愛情貪得無厭的肉食獸，只要看到愛自己的人，就想品嚐他的愛情。看到彼特時，就勾起了她的這種欲望。當她知道收到了電報，父親可能離開時，腦海裏就有一種模糊的預感。在樓梯的黑暗中看到彼特的眼睛和深綠色房子，正代表了藻羅的這種預感。

藻羅想要再次看到被自己擄獲的彼特。只要自己去海邊，就可以看到彼特。彼特的家和藻羅的家只相距二十公尺，在藻羅第一次看到彼特的窗戶對面，剛好可以看到彼特家也有一個小窗戶。藻羅發現這個窗戶後，就知道自己一個人在海邊的那一天，彼特就是在那裏看到了她，所以才會走出來。但藻羅在面對自己的欲望時，也同時懷著恐懼。藻羅知道，彼特和林作或常吉不同，也隱隱約約可以感受到是怎樣的不同。

林作面帶笑容看著藻羅，似乎看穿了藻羅頭腦中的運作。那是林作獨特的、即使不是在特殊場合也會發出的充滿性感的微笑。林作也知道彼特的窗戶和藻羅臥室的小窗遙遙相對。

「今晚出發，後天就回來。晚上有沒有關係？如果怕寂寞的話，就讓彌睡在你的床下。」

藻羅仍然將臉頰壓在林作的膝蓋上，點了點頭。在撒嬌中，似乎還有隱瞞林作的祕密。

林作將手放在藻羅的肩上，像她小時候一樣，輕輕地撫向她的背部。這時候，林作的臉上露出一種十分微妙的表情。在面帶溫柔微笑的表情中，臉頰至嘴角一帶露出了一絲苦澀。身爲父親，似乎顯得太過濃密的愛情甘蜜，破壞了帶著笑容的臉龐和緊閉雙唇之間的表情，顯得很不協調。在帶著蜜意的微笑中，有一抹淡淡的苦澀影子。就像是男人發現了純眞無瑕的情人，正準備背叛自己時的表情。

林作在收到電報，發現車子已離開東京的家時，心中隱約預感更強烈、更生動地甦醒了。在長久沒有撫摸藻羅後背的這段期間，她的背脊上似乎已經凹窪，在這凹窪中，有著緻密的豐饒。在阿姆斯特丹教堂摸過聖經羊皮封面的觸感，突然在林作的手上甦醒。林作在微微接觸到的豐饒中，感受到某種被隔絕的——不是厤紗的布料隔絕——微妙情色。

有一點空虛，也有一點豐饒。

藻羅父女和彼特分手時，天色已經變暗，空氣中帶著沉重的濕氣，這天晚上特別悶熱，天空下起了雨。這場雨打濕了外房州的整個沙灘，一直下個不停。

和前一天晚上一樣，彼特仍然爲藻羅的事煩惱著。這一夜，漫長而酷熱，有一刻，他甚至感覺自己在燃燒，就好像吃著熱帶地區豔陽下，剛曬好的胡椒和咖哩時舌頭的感覺。

同樣的夜晚，藻羅在床上，再度陷入了常見的潮濕而惡劣的情緒中。這天晚上，是藻羅有生以來第一次和林作分隔兩地睡覺。即使現在，在心情不好的日子、空氣悶熱，或是可能打雷的夜晚，她都睡在林作臥室的沙發床上。藻羅爲自己找不到發洩對象感到煩躁，已經翻來覆去了好久。如果林作在一旁的話，就會去把他叫起來，說自己想要喝檸檬汽水，或是想要冰塊。即使不需要藻羅要求，林作也會等到藻羅睡著後才睡。然而林作卻突然去了好幾公里以外，這件事讓藻羅無所適從。在林作離開後，一直到藻羅上床以前，她都不覺得這件事有多嚴重。林作告訴她，要和十分重要的客戶見面，這是公司很重要的工作，所以，藻羅就不想要爲難林作。但現在一個人走進臥室，躺在床上後，就再也無法忍受林作不在身旁的感覺。而且，天氣悶熱，雨又下個不停，天空、大海、房子和沙灘似乎都籠罩在這片雨中。藻羅按鈴找來了彌，叫她倒了一杯加有冰塊的檸檬汽水，但對彌發脾氣一點也不好玩。林作不在身旁，她連撒嬌的情緒都沒有了，也就不想喝什麼檸檬汽水了。彌雖然很想安撫藻羅，但藻羅對她說「沒事了」，讓她退了下去。藻羅一直看著檸檬汽水的冰塊溶解，一點都不想喝。然後，又繼續翻來覆去，把白色的毛巾被踢到一旁，如果林作在的話，一定會一直幫她蓋好。藻羅不耐煩地扭著白色睡衣下的身體，在彌調暗的燈光下，蜂蜜色的腳踝滲著汗，發出難以形容的光澤。

第二天早晨，氣溫驟然下降，籠罩著大海和沙灘的冷冷空氣，充滿了彼特的房間和藻羅的臥室。彼特渾身無力地熟睡著，雖然中間曾經醒過幾次，但一直到下午才清醒。一看時鐘，已經超過兩點半了。稍稍冷靜下來的彼特下了床。

——去游一下泳吧，去投入溫柔大海的懷抱吧。平靜的大海是母親，就像是兒提時代的Maminka媽媽。

彼特想道。

他衝進浴室，沖了個澡後，看著鏡子中露出幾分疲態，卻仍然無法掩飾火光的眼睛，擦乾頭髮，穿著一件繫了白皮帶的短褲衝向大海。每天就獲得一次新生的大海充滿力量，散發著新鮮的味道，像脈搏跳動般發出巨大的咆哮聲。

彼特以蝶泳的方式游到了海的中央，然後，當他再慢慢地游回來時，看到遠處，藻羅站在坡道上的小小身影。她獨自一人。彼特揮了揮手向她示意，她就跑了過來。彼特頓時就像全身吸收了大海力量的男人。藻羅慢慢地跑了過來，在距離海浪還有好一段距離的地方停下來。彼特從海裏走出來，一步、一步地走向藻羅。他把手放在腰上，低頭看著藻羅。藻羅又用像海藻般妖魅糾纏的眼神看著彼特。那眼神似乎在說「我已經纏住了他」。但這並不是基於她明確的意志，而是在本能的驅使。然而，這反而讓對方無路可逃。彼特的手情不自禁地搭在藻羅的肩上，藻羅凝視著彼特的眼睛，舉起婀娜的手，試圖撥開彼特。她的動作好慢。雖然明知道她使盡了全力，卻絲毫感受不到任何力量。這種無力的抵抗和濕潤的手指更令彼特著迷，她因用力而嘟起的嘴唇，更點燃了彼特的心火。

——但時機還未到，而且，女傭說不定會過來。

彼特克制住想要一親藻羅芳澤的衝動，說：

「我不會對你做什麼。今天應該可以比上次留得久一點吧？」

藻羅的眼睛和嘴角露出了微笑的影子。她是在哪裏學會這種高明的笑容？她一旦感覺到危機解除，又再度露出像小動物本能般的誘惑眼神。

「你爸爸呢？」

「爸比的公司打電報來，他去東京了，不在家。……」

「所以，你可以來我家玩，對不對？」

彼特一邊擔心著會有人來，一邊克制著搶奪的興奮問道。

藻羅似乎從彼特的眼中看透了他的心思，兩個肩膀露出了嬌媚的姿態，彼特放在藻羅肩上的手對此深有感受。

彼特默默地推著藻羅的肩膀，讓她轉過身去，用手摟著她的肩膀，兩人一起走向深綠色的木屋。

彌發現藻羅外出時十分驚訝，兩個大乳房的厚實胸膛充滿了不安，但她顧及到藻羅的心情，並沒有追去海邊。藻羅知道彌不會干涉自己，但是，之前她聽到林作吩咐彌去拍的電報，所以知道常吉也會來這裏。藻羅很害怕常吉到了這裏後，發現自己外出這件事。

——多米多里一定會生氣，而且，一定不會原諒我。

藻羅心裏想道。彌不會主動告訴常吉，但最後一定會在常吉的逼問下說出來。而且，即使彌不說，常吉也會知道。藻羅並不擔心林作，即使林作突然回來了，藻羅也不會感到害怕。但是，藻羅十分清楚，常吉心中的愛情和彼特的屬於相同的性質。

在走向深綠色房子的途中，彼特拉起了藻羅的手。兩人牽著手走著，藻羅兩次回頭看了自己的家。

「藻羅，你知道『彼特之城』嗎？」

「什麼？」

「就是我的房間，我現在就帶你去看。」

推開深綠色房子的門，小小的樓梯間旁，有一個很陡的樓梯向上延伸。走上樓梯，彼特推開一扇很大的門，隨即摟著藻羅的肩膀走了進去。

走進房間，右側角落的牆邊，放著一張老舊的小桌子，整張桌子只有一個像桌子那麼大的抽屜，附著一個很古典的把手。這張桌子似乎是爲了這個抽屜而設計的。桌子上沒有任何裝飾，只放著一盞年代久遠的燈，上方的牆壁上，掛著一幅和桌子大小相當的畫——森林中，有一條小徑通往畫面的深處。上方是用窄木板釘的架子，放著乾裂的泥土長了青苔的小盆栽，以及看起來像是怪魚形狀的白色貝殼，那裏也放著一盞燈。釘畫框用的是黑色鋼釘，掛畫的是暗茶色繩子，這個房間的一切都很灰暗，很單調。和藻羅以前生活的世界大不相同。布置在這個房間內的道具是藻羅從來不曾見過的，讓藻羅感到格外嚴肅。藻羅停下腳步，抬頭看著彼特。

「你沒看過這樣的房間吧？」

藻羅在彼特房間的嚴肅中，聯想到學園的修女房間或是佛殿，有一種肅殺的氣氛。藻羅又看了看彼特，再度好奇地四處張望。

彼特的房間裏，除了靠海那一側有窗戶的牆壁和入口以外，三面牆壁都放著書架，左側牆底放著一張狹窄的單人床，用折起的深綠色毛毯包了起來。枕邊的小爐子上放著一個水壺。左側的牆角放著一張鋪著格子桌巾的桌子和兩張椅子。桌上放著一個深藍色的茶壺和純白的紅茶杯，還有一小盆觀葉植物。

房間的中央，在彎曲的鐵條下，吊著一個看起來像是歐洲鄉村風味的燈，他似乎都是用床邊的檯燈在看書。在右側角落的大型厚板桌上，放著一個厚質的藍色玻璃瓶，裏面插著藻羅從未看過、有著細密皺襞的橘黃色花，以及看起來像是蒲穗般深茶色的植物，但都已經乾枯得像貝殼。花瓶的旁邊放著白馬脖子玩具，藻羅走近那張桌子。

藻羅知道，彼特正注視著自己只穿著泳衣的背影，但她並不以爲意，穿著泳衣的身體依然舉止自若。

對彼特而言，藻羅的身體，好像房間冷空氣中綻放的純潔、卻富刺激的花香般令他心蕩神馳。

——她到底有多少魔力？

藻羅走過去一看，發現馬脖子是陶瓷的，有一種似曾相識的感覺。

藻羅轉過身，抬頭注視著隨後走來的彼特。那種眼神可以把被注視者的靈魂帶走；也可以把對方心中的愛情奪走。

彼特緊閉的雙唇至臉頰周圍，有一個示弱的，或者說是帶著苦笑的凹渦，那是無可自拔地被引誘的男人，無法抵擋眼前可愛美人兒所露出的苦澀表情。彼特知道，藻羅把自己的表情都看在眼裏。

「這傢伙。」彼特在心裏沉吟道。

「這是西洋棋的馬，你知道嗎？就是可以把國王和軍隊挪來挪去玩的西洋棋。」

「我看過爸比的書上有。」

藻羅看著桌子上方的牆壁，面露懼色地看著彼特。

彼特溫柔地將雙手放在藻羅的肩上，靜靜地看著掛著的那幅畫。那是波克林（譯注：Arnold Bocklin，瑞士畫家，以高格調的色彩和寫實的筆法表現夢幻的世界）的〈死之島〉。

黑色而又透明的海上，在地平線附近，漂浮著白色的島嶼。一葉正駛向岸邊的白色小舟上，佇立著一個石像般的男人，在島嶼右側陡峭的石壁上，有一扇黑暗的門，好像墳墓的入口。

「這是〈死之島〉，是叫波克林的畫家畫的，很可怕，對不對？」

藻羅喜歡聽人解釋畫作，藻羅扭轉著肩膀，轉身用像對林作或常吉流露的信賴和嫵媚眼神看著彼特。那一刻，彼特的眼中亮起了平靜的光芒，似乎看到了永恆，但他放在藻羅肩上的手心感觸，將他拉回到肉欲的世界。當彼特感受到藻羅的肩膀輕輕顫動，似乎在訴說著內心的害怕時，他情不自禁地用了力。

「你會害怕嗎？」

彼特從後面窺望著藻羅的臉，他的手滑過藻羅的手臂。正當彼特燃起了熱情的欲望，將手插進藻羅的腋下，想要抱住她的胸部時，藻羅似乎早已預料到似的，用力甩開了彼特的手，逃到了窗邊。

彼特抱著雙手，斜眼看著藻羅，眼神中帶著苦笑，用力抿著嘴唇。

藻羅雖然心存害怕，但仍然張大眼睛看著自己的獵物，挑逗著彼特。

彼特把原本放在門口附近的籐椅拉到床鋪對面，摟著藻羅的肩膀，讓她坐下，自己在她對面的床上坐了下來。他將身體探向籐椅，和藻羅促膝相望時，更強烈地感受到藻羅性感的身體。藻羅穿著紅色泳衣的身體，似乎正在遠離她意志的地方挑逗著彼特。彼特的胸口湧起一股無法克制的衝動。藻羅雖然身爲處子，卻讓人感覺迷倒過不少男人。彼特再也無法克制自己想要一探究竟的欲望。

彼特想要瞭解至今爲止，藻羅到底擄獲過哪些男人的欲望，而本能的、虐待狂似的衝動，在他的胸中合爲一體，熊熊燃燒著。

「藻羅，妳喜歡妳爸爸嗎?」

藻羅突然站了起來，站在窗邊背對著彼特，卻又故意地轉向彼特的方向。藻羅從彼特的話語中，感受到質問的口氣和嫉妒。

藻羅閃躲的樣子再度刺激著彼特。

「喜歡嗎?你說說看啊。」

藻羅輕輕地扭著身體，並沒有回答。藻羅聽到彼特嚴厲的問題後，才第一次清晰地意識到林作和自己之間的深厚感情。

彼特和藻羅都不曾預期的危險空氣，在兩人之間膨脹，房間內充滿了令人窒息的氣氛。

藻羅瞞著彌，一大早就穿著泳衣來找彼特，讓彼特爲她燃燒。然而，即使藻羅穿著衣服，應該也會有相同的結果。

彼特雖然努力克制自我，卻再也無法平靜下來。

彼特掩飾著眼底之火，看著藻羅。

兩人之間產生了一種微妙的氣氛。藻羅情不自禁地呼吸急促起來，身體變得十分僵硬。她時左時右地轉過臉去，想要逃避彼特的眼神，但彼特的雙眼卻敏捷地追逐著，無論藻羅逃到哪裏，他都追隨而至。藻羅終於仰起頭，眼神在空中閃爍，好像天花板上有她的救護神一般。

彼特頭腦像著火般發熱，他注視著藻羅，好像她是供神的祭品一樣。

過了幾秒鐘。

「說啊，你說說看，說你爸是你的情人。」

藻羅把眼睛向上翻地看著彼特，幾乎只看到她的眼白。那是一種做了壞事卻又想要隱瞞的、幼稚中帶著可怕魔力的眼神，在她看著彼特的眼神中，帶著一種本能的恐懼。

彼特站起來走近藻羅，抓住了藻羅的肩膀。藻羅半張著嘴，一動也不動，卻完全沒有想要逃開。這更令彼特如火般燃燒。

彼特看著藻羅淡玫瑰色的嘴唇。豐滿的玫瑰色嘴唇就像剛綻開的花朵一樣，而且，正毫無防備地半張著。

彼特抓住藻羅肩膀的手更加用力，他的呼吸變得急促，低頭看著藻羅片刻，猛然抱住藻羅的脖子，用手托住她的下巴，將她的頭抬起，藻羅還來不及掙扎，彼特就像精悍的老鷹一般，將嘴唇蓋在她的臉上。當彼特站在藻羅身後時，她那清爽的、像紅百合般慵懶的芳香挑逗著他。

藻羅在夢中接受了彼特熾烈的吻，在夢中接受了這個事實，彼特的一隻手摟緊了她的脖子，另一隻手用力地摟著她的背，她可以感受到彼特的手在她的腰部像火一般滾燙。

藻羅好像突然驚醒似地劇烈掙扎著，用指甲抓著彼特的手，想要掙脫彼特。但彼特絲毫沒有動彈。在一個漫長的、熾烈的吻後，彼特將身體失去平衡而搖晃的藻羅抱到床上。當藻羅在混亂中發現彼特為自己突然的激烈行為感到懊惱，想要溫柔地安慰她時，露出餘悸猶存的表情，茫然地看著彼特。她的大腦卻想著另一件事。

——多米多里應該已經到了吧？

她的心裏有一種漠然的害怕。她產生了一種錯覺，似乎已經過了好長的時間。

——可能已經來了。

藻羅的視線移開了彼特的臉，就像之前一樣，她的眼珠子快要翻到上眼瞼了，露出了求助的眼神。藻羅膽怯的眼神再度讓彼特激動起來。而且，當彼特將藻羅放在床上時，驚訝地發現她下唇上有一個小小的瘀血痕跡，他以為藻羅流血了。這使彼特又興奮起來，原本只是想讓藻羅休息一下，自己在一旁看著她。但此刻的他，再度變成了一團火。彼特對藻羅半張的、已經受了傷的嘴唇，再度展開了攻擊。過了片刻，熱情的吻更加激烈，彼特的手不知不覺地鬆開了藻羅泳衣肩膀上的鈕子。留在林作記憶中的乳房微微隆起，還保留著尚未完全成熟前的堅挺，上面頂著玫瑰色的乳頭，圓圓的、高高的、覆盆子般的乳頭。這兩個小丘散發出一種香味，像在剝開果實的瞬間飄散的刺激花香，讓彼特情不自禁地為之瘋狂。彼特的腦子一下子變得空白。彼特已經有過接觸女人身體的經驗，當藻羅因為受驚嚇而毫無抗拒地將身體呈現在他面前時，彼特像濕烏鴉般生嫩的身體並不需要太多時間，就把藻羅的身體壓在底下。

終於，彼特內心湧起一陣同情，藻羅的身體令他爲之瘋狂，讓他像飢餓的鳥拚命啄食樹葉下的果實。然而，當他看到此刻被他帶入無盡黑暗中的藻羅一絲不掛，露出成熟的下半身，還茫然不知地躺在那裏，以及或許是因爲疼痛而緊皺著眉頭時，他不禁跪倒在藻羅腳旁的床下，用力抱緊藻羅滲著汗像小鳥般的腳，將臉貼上去。

——藻羅的眼睛讓我變成了這樣，然而，藻羅自己也不知道，在她身體裏還有另一個「魔鬼」。這個魔鬼趁藻羅不備，在她身上擦了魔鬼的誘餌。眞是個可怕的魔鬼……她細膩的皮膚和花香更增加了她的魔性。她的皮膚簡直就像我去佩特洛格拉多的教堂時，摸到的大理石聖母像的觸感。

藻羅的小腳滲著汗，紅百合花蕊般的香味在她升高的體溫中融化，散發出來。彼特用自己的臉廝磨著藻羅的腳，親吻著，克制住再度湧起的激情。這時，藻羅輕輕地掙扎著，舉起了手，似乎想要遮住自己的眼睛。彼特發現藻羅腳上的汗珠變冷了，立刻從柱子上抓過一條毛巾，幫她擦了身體，藻羅翻了個身。藻羅的每一個動作都帶著幼稚的羞澀。彼特看著藻羅裸露的腰部，雖然已經結出果實，但仍然從樹枝吸收著樹的養分。彼特幫她擦拭著，但感受到毛巾下一種堅定而強烈的抵抗。

擦完後，彼特幫她蓋上了毛毯，然後，自己並排躺下。彼特不時地撫摸著她，安慰她，在一旁陪著她。他的臉上始終充滿了愛憐、渴望，和掙扎。無論在他低垂的眼瞼周圍，或是嘴唇的影子中，都露出了男人拚命克制自我的痛苦。

彼特的臉，變成了他的朋友所謂的「牧師彼特的臉」，又不時流露出苦行僧的表情。

過了一會兒，彼特拉開毛毯，幫藻羅穿上了泳衣。藻羅一穿上泳衣，便仰起下巴，扭動身體似乎在說「好累」。她受到的驚嚇似乎已經完全平息了。

當藻羅意識到危機已經解除時，她體內對愛情無限貪婪的肉食獸又甦醒了過來。藻羅知道，現在自己不僅是靠可愛的臉蛋和漂亮的身體外表，更是藉由自己富光澤、優美、散發出像花香的身體俘虜了彼特。但藻羅並不是清楚地意識到彼特和自己的肉體關係。但在第一天，當彼特走到窗下，帶著可怕的表情抬頭看自己的那一刹那，她便已經隱隱約約地產生了預感。藻羅知道，當自己來到彼特房間時，那份預感立刻變成了怒濤向自己襲來。

藻羅露出可愛魔鬼般的眼神看著彼特。

——那是女人看著自己獵物時的表情。

彼特在心裏說道。

彼特的父親塞爾格曾經告訴他，某種非常嚴格宗教的修道士，必須根據教規鞭打自己，修道士們必須裸露著背，圍成一圈，相互鞭打。剛才，彼特就覺得自己正處於這種修道士的境遇。

「會不會冷？」彼特問道。

藻羅默默地搖了搖頭。

「我幫你泡杯熱茶。」

彼特站了起來，走到角落的餐桌旁泡茶。

藻羅躺在床上，眼光追隨著彼特的一舉一動，看到彼特端來冒著熱氣的茶杯時，便準備起身。彼特抱著藻羅坐了起來，讓她靠在自己的手臂上，將茶杯遞給了她，然後，在一旁看著藻羅就著茶杯的邊緣一口一口地啜飲著。

彼特將茶杯拿去樓下，回來的時候，手上拿了一件淡紫色的襯衫。他自己穿了一條格子襯衫。

彼特幫藻羅穿好後，說：

「你穿很好看。這件衣服可以送你。」

藻羅抬著頭，不停地摸著領子和釦子，顯出滿心喜歡的樣子，她想要把這件淡紫色襯衫帶回家。但她一想起空無一人的家，立刻心如懸旌。

「我要回家了。」

「爲什麼？」

彼特情不自禁地連同襯衫一起抱起藻羅，而她摸著釦子，抬起頭。彼特的手略微抬起藻羅的下巴，再度激烈地吻著，但藻羅卻緊閉起雙唇。藻羅對隱隱的疼痛感到有點驚訝，試圖脫逃，卻被困在彼特的強烈意志下。彼特的臉顯得特別暗淡，但並不完全是陰影的關係。他的臉中有一個深奧的世界，在這個世界中，可以感受到誘惑的氣息。藻羅幼稚的頭腦拚命思考著。

——如果他知道多米多里的事，一定又會像剛才那樣問個不停。

彼特的嘴唇離開時，藻羅說：

「爸比叫了馬伕過來，爸比不在的時候，由他來照顧。我的腎臟不好，他會過來看住我，不讓我去海裏……」

彼特頓了一下，說：

「是嗎？那你走吧。」

彼特再度抱緊藻羅，蒼白的臉注視著藻羅的眼睛，又將視線移向她的嘴唇，然後，又在她已經出現瘀血痕跡的嘴唇上，獻上一個短暫而激烈的吻。彼特已經大致知道藻羅會做出那種擄獲男人表情的原因了。

——她父親和馬伕都已經變成她的俘虜。

彼特在心裏喃喃道。

彼特坐在床上，看著正在脫襯衫的藻羅。

「我有東西要送給你，你等一下。」

說完，彼特站了起來，從放著檯燈的桌子抽屜裏，拿出一枚銀色戒指。他拉過藻羅的手，把戒指戴到她的中指上。看起來是一只俄國古典設計的戒指，有兩片銀色的葉子，圍著琥珀般淡黃色蛋白石做成的蘋果。藻羅的不安頓時煙消雲散，用看著獵物的眼神凝視著彼特。然後，垂下雙眼，出神地看著戒指，好像靈魂都被美麗的戒指吸走了。

「這是我媽的，她傳給了我。我覺得你戴最適合。」

彼特覺得自己做的事很不像自己。前一刻恐懼風暴的餘波仍殘留在彼特的內心，正在他的體內亂竄。

藻羅的嘴角露出兩個小渦，露出快樂的微笑，親吻著發出淡黃色光的蘋果。

彼特用自己的大手，輕輕愛撫般地拍著藻羅的臉，看了看藻羅那對敏銳得讓人有點害怕的大眼，痛苦地微笑著。

彼特的理智命令他不能再讓年幼的藻羅受驚嚇了，不能再讓她感到累了，必須放她回家。但另一個彼特卻對彼特吶喊著——即使再佔有藻羅一次，又有什麼錯，我的激情沒有絲毫的污穢。我是藻羅的上帝。

彼特問：

「你可以站起來嗎？」

彼特扶著藻羅下了床，自己率先下樓，手扶著藻羅，來到靠近大門的樓梯口時，彼特摟住藻羅的肩膀，在她額頭上親了一下，便推開了門。

藻羅再度用讓彼特神魂顛倒的眼神看了他一眼，便轉身跑了回去。

彼特跨著大步走上樓梯，打開位在正面深處和左側書架之間的小窗戶。彼特不時從這扇只有藻羅和林作發現的小窗戶中，觀察著藻羅的一舉一動。

彼特和藻羅都看到，遠處，常吉正站在小庭院的門口。

藻羅只能這麼繼續跑回去。藻羅一回到門口，渾身不安的常吉立刻抓住了藻羅的手腕。藻羅通體僵硬，使出全力想要掙脫。常吉粗壯的手臂用力抓住藻羅的手腕，幾乎要抓出痕跡了，他的誠實變成一種可怕的氣魄，凝聚在他前庭飽滿的額頭上。藻羅第一次注意到常吉額頭的輪廓。常吉的思緒像電流般傳達到膽怯地抬頭的藻羅心中。常吉無聲地問道：

——是不是發生了什麼事？

常吉並沒有說話。他因憤怒而張開的鼻翼和緊咬的嘴唇，並不是針對藻羅的憤怒，而是充滿了不安和對藻羅下手的人的憤怒。藻羅被常吉的態度嚇到了，一句話也說不出來，好像被當頭澆了一盆冷水的藻羅，只能用充滿恐懼的眼神看著常吉。常吉似乎這時才回過神來，稍稍放鬆了手上的力量，但仍然將怒吼般的疑問投向藻羅的臉。或許是常吉對藻羅產生了惻隱之心，他漸漸地放鬆了臉上的表情，這時，不幸的常吉看到了藻羅因爲恐懼而微張的嘴唇上，有一個小小的瘀血痕跡。常吉放開了藻羅的手，無力地抬起頭，一言不發地離開藻羅，向後門的方向走去。

藻羅慌慌張張用手握住另一隻戴著戒指的手，把戒指遮起來，然後，立刻跑進家裏，躲進床去。

彼特在遠處目不轉睛地看著那個看起來像是馬佚的男人抓住藻羅，藻羅拚命想要逃脫的景象，也立刻猜到了男人和藻羅之間的某種關係。但他也發現馬佚爲無法說出口的戀愛承受著苦惱。他發現這個馬伕看起來像是外國人，或是混血兒，而且好像是自己的同胞，即使在遠處，也可以察覺到他那質樸卻不容小覷的魅力和剛毅，令彼特的胸中再度燃起嫉妒之火。

彼特看到藻羅用另一手按住戴著戒指的手，跑進了家裏。他目送著藻羅的背影消失，彷彿眼前是永遠無法重現的幻影。然後，他痛苦地嘆息著。

當彼特睜大眼睛看著藻羅和像是馬伕的男人爭執時，發現自己忘了一件重要的事。如果藻羅一家明天就離開的話，那他將永遠無法知道藻羅身在何處。彼特不知道藻羅住在哪裏。彼特陷入了絕望。沒有任何人可以保證，藻羅的父親回來後，他們一家還會在這裏住上四、五天，自己還有機會和藻羅單獨相處。或許有機會在海邊看到藻羅，但沒有人保證一定有這樣的機會。彼特很清楚，即使自己向這一帶的人打聽藻羅在東京的住址，石沼附近的漁夫們對自己一家人並沒有好感。他們對彼特一家人只有偏見和厭惡。

——我的體內還殘留著戀愛的餘火，我想要再度擁有藻羅。我想要再度壓倒她，想要再度佔有她。在羅登巴赫（譯註：Rodenbach，詩人，著有《禁錮的生活》和《墳墓》等詩集）的緊要關頭仍不失尊貴的吻，那才是我的風格。我自認爲自己既不愚蠢，也不卑劣。我克制了自己，因爲，我必須克制自己。像今天這樣強人所難，做出殘酷的舉動，不是我的作風。我應該不是這種偏執的人。那個幼稚少女的體內，住著一個令人難以抵抗的魔鬼……

彼特在心裏低沉地嘆息著。

第二天早晨十一點，藻羅一醒來，立刻從枕頭下拿出蘋果戒指，百看不厭地欣賞著。林作和藻羅約定，要在她結婚時，送她一枚鑽戒。林作還說：「一定要最好的。」便四處託朋友尋找優質鑽石，所以，藻羅還沒有任何鑲著寶石的戒指。藻羅把戒指戴在右手中指上，將手放在從窗戶透進來的陽光下，穿著白色長睡衣的身體愉快地翻了個身。

昨天，她的身體還在預感中扭動，如今，已經增添了幾分媚態。那是一種像蜜般的甘美媚態。那是昨天彼特壓在動也不動地裸身橫躺的藻羅身上時，所看到的身體。彼特不想對藻羅太殘酷，他數度壓抑著內心湧起的熱情。他在痛苦中，看到了藻羅不可思議的變化。

這天，藻羅整天都躺在床上。吃飯時，也讓彌用小桌子搬上來吃。她騙彌說自己感冒了，其實只是在晚上覺得有點冷。藻羅雖然知道彌和常吉都對自己充滿體諒和疼惜，他們會比昨天發生那件事以前更加對自己全心奉獻，但是，對於他們將昨天的事視爲一個錯誤，藻羅感到很不愉快。如果說，昨天的事是一個錯誤，那就代表藻羅是個幼稚、愚蠢的孩子。藻羅隱隱約約可以感受到這一點。藻羅並不認爲彼特傷害了自己；也不認爲自己做錯了什麼。她說不出什麼道理，但她不覺得那是什麼不好的事。藻羅雖然不擅言辭，但她相信自己。雖然那或許只是一種不可靠、無意識的自信，但藻羅就是如此長大的。如果認爲彼特是胡作非爲，那麼，藻羅就和彼特一樣，是個胡作非爲的女孩。藻羅在精神上還是半個幼兒，對常吉的眼神感到極度恐懼。但彌就沒有問題，她對藻羅是絕對的言聽計從。

彌曾經看過彼特一次，對彼特的瞭解比常吉多，即使在發生昨天的事後，彌也無法相信彼特是不良的傢伙。但是，昨天的事，讓她覺得彼特就是那種不可貌相的人，也令她陷入絕望。第二天晚上，彌終於下定決心，告訴常吉，其實自己對彼特的印象並不壞。雖然彌把常吉的苦惱想得很單純，但她不忍心看到常吉垂頭喪氣的樣子。而且，她也想要爲藻羅辯護。

翌日晚餐前的六點左右，因爲生氣而累得睡著的藻羅聽到樓下嘈雜聲而睜開眼睛時，林作走了進來。

「怎麼了？」

當藻羅看到林作對一切都了然於心，仍然露出完全包容的笑容時，在彼特家發生、有生以來第一次遇到的事；回家後，莫名其妙的不愉快；以及內心的難過，都被這雙帶著陰影，卻又充滿甜蜜的雙眼吸了進去。

由於林作這三、四天都要去公司，必須提前離開石沼，所以，他坐車回到這裏。當他看到在樓下迎接他的常吉和彌的樣子時，就大致知道發生了什麼事。林作雖然承受了相當的打擊，但其實一切都在他的意料之中，只是沒有想到會這麼突然，這麼巨大。林作走進藻羅的臥室，走近床，用平素充滿愛情的眼神迎接一雙大眼看著自己的藻羅。

林作在燈光下，看著藻羅可愛嘴唇上的紅紫色瘀痕。藻羅經歷了身爲處子的異常體驗，此刻正瞪大了眼睛，凝視著林作像看著小孩子般的眼神。

或許是因爲燈光的關係，藻羅眼中那種帶有魔力的朦朧似乎比以往更強烈了。而且，藻羅身上出現了微妙的變化，有一種兩天前還沒有的濃烈、嫵媚的甜蜜。林作看著藻羅時，內心湧起一種好像看到受傷野獸時所產生的同情，但也同時感受到自己正墜入一個以前也曾數次見識過的世界，一個不知將把自己帶到何方的黑暗世界。林作覺得，藻羅凝視自己的雙眼中，隱藏著幾分罪惡感。就好像玩火的孩子受了意想不到的傷害時所流露的眼神。當然，那也是堅信自己會被原諒的眼神。

「聽說你感冒了。」

林作將手放在藻羅的額頭上。

「沒有發燒，今天晚上就在這裏用酒精加熱水擦身體吧。聽說你昨晚一個人用溫水沖澡了，一定是那時著了涼。」

林作的手充滿愛憐，把藻羅推到胸口之下的被子拉起來蓋好，當林作輕輕地撫摸藻羅的臉頰時，藻羅發現自己臉頰皮膚的感覺比以前更加敏銳。藻羅體內的肉食獸因爲重新俘虜了林作，確實地俘虜了林作而歡欣鼓舞。藻羅體內的肉食獸在一陣酥麻的幸福中，盡情地伸展手腳，扭著身體，咕嚕咕嚕地吞下林作體內滿溢的愛情甘蜜。

藻羅將肉食獸的魔性隱藏在眼底深處，出神地看著林作。

林作看著藻羅的舉止，再也無法克制心中的愛情。

在褐色木板牆壁包圍下的藻羅臥室，在不知不覺中，變成了林作曾經看過的某個世界。就像是裝滿了甘蜜的壺般的兩人世界。藻羅只是抓住了林作的這個世界。

藻羅從石沼回來後，就整天窩在臥室內。回到東京後的三天期間，林作一處理完公司的事，便繼續請了休假，幾乎所有的時間都在陪她，陪著比以前更會撒嬌的藻羅說說話，或是解釋字典上的插圖給她聽。三餐也端到臥室來吃。林作告訴藻羅，在她嘴唇上的瘀血消失以前，必須一直留在臥室，他禁止藻羅外出或下樓。

當藻羅整天窩在臥室的期間，她外祖父鄉田重臣前來造訪。林作雖然有點爲難，但也不能不讓重臣見藻羅。

那天，重臣看到剛好來到玄關向自己打招呼的常吉，和跑來玄關接過枴杖的彌的樣子，就覺得有點不太對勁。重臣像往常一樣，問道：

「老爺在嗎？」

之後，又繼續問：

「藻羅呢？」

彌可憐地扭曲著那張雖不美麗，卻很誠實的臉，很不機靈地回答：

「在二樓。」

彌退下去後，林作出來迎接。重臣從林作的樣子中，一眼就可以發現他有事隱瞞。重臣以前就對林作的教育方法頗有微詞，由於藻羅出生的同時就失去了母親，格外惹人憐愛，所以，當藻羅還是個嬰兒時，他和林作就好像在競賽似地寵愛藻羅。但在藻羅到了上小學的年齡時，林作仍然像照顧幼兒般地過度溺愛藻羅，讓重臣對林作的做法產生了強烈的不滿。林作雖然有時間可以在家，卻因爲「不想要求藻羅做不想做的事」這種荒唐的理由，把教育藻羅的事全都交給御包這種女人，爲此，更令重臣感到極度不滿。在御包來這個家之後，重臣漸漸就不再露面了。但有關藻羅的事，他也都一一聽人向他匯報，所以，重臣也知道今年藻羅去了石沼。和林作一樣，重臣很擔心藻羅的腎臟病情況，他原本正打算打電報去石沼詢問稻本是否已經去過了，兩、三天前，突然接到林作的電話，說是回來東京辦一點公事，然後就去石沼把藻羅他們接回來，所以，他今天特地來看好久不見的藻羅。

重臣來到藻羅的臥房，一看到藻羅，就直覺曾經發生過什麼事。重臣撫摸著藻羅的頭髮，內心對林作充滿憤慨。他和藻羅聊了一會兒，把自己帶來的東洋軒牛肉馬鈴薯沙拉的盒子直接放在藻羅的床邊，故意不拿給林作。然後，踢著裙褲，走出了房間。然後，對出來送行的林作狠狠地撂下一句：

「難道這就是你的自由教育嗎？如果藻羅因此墮落或不幸的話，你要怎麼辦？」

說完，掉頭就走了。

發生了這件事後，林作和藻羅的「甜蜜房間」終於變成了一個祕密而孤立的世界，就像一對戀人的世界，那是一個誰都無法入侵的、永恆的甜蜜房間。

當林作他們不在的時候，常吉的態度毅然，根本不把御包和柴田放在眼裏，這兩個女人對此感到怒火中燒。御包知道，自己的存在已經毫無價值，等到藻羅畢業的同時，林作就會解雇自己。她推測，常吉可能聽林作說了什麼，才會不把自己放在眼裏。如果御包走了，柴田也沒有勇氣繼續留在牟禮家。雖然柴田在牟禮家還可以發揮作用，但因爲她一直跟著御包狐假虎威，連善良的彌和常吉也對她十分冷淡。因此，這兩個女人已經團結成統一戰線，虛張聲勢，對任何事都採取一副裝模作樣的態度。她們在常吉對藻羅初萌好感時，就立刻嗅到了，一直摩拳擦掌地想要找機會嘲笑他一番。但最近林作越來越信任常吉，不知道爲什麼，甚至開始稱常吉爲多米多里，這個名字無疑代表著常吉在牟禮家地位的提升。這兩個人表面上裝得人模人樣，骨子裏卻是怠惰到極點，當林作和電報幾乎同時到家，出其不意地闖入這兩個人的生活時，看到了她們連打掃都荒廢的生活情景，讓柴田的顏面盡失。在林作回家後，常吉慌忙前往石沼，她們看到林作，會在家裏停留兩天時，頓時慌了手腳，根本無暇在滿臉不悅的林作面前重整旗鼓。原本林作計畫停留三天，最後卻只住了一天就又去了石沼，第二天，又帶著所有人打道回府。這段期間，林作除了吩咐她們做事以外，幾乎不和她們說話，吃飯也是在公司或外面解決，連司機照山也悶聲不響，根本不告訴她們林作的行蹤。御包和柴田都快沉不住氣了，彼此也漸漸看不順眼起來。而且，她們很明顯地感受到大家回來之後，氣氛很不尋常。她們覺得林作一個人回來時，讓她們受了窩囊氣，為了報一箭之仇，兩個人像狗一樣發揮敏銳的嗅覺。彌那副事態嚴重、完全沉默不語的樣子，已經讓她們感到很不可思議了，但常吉平時就籠罩著一層陰霾的臉，如今變得更加嚴重，眉頭緊鎖，表情變得很僵硬，好像隱藏了什麼苦惱一樣。這是彌和常吉表現出來的不尋常。林作雖然和平時沒什麼兩樣，但藻羅卻變得格外漂亮，那張像白癡般愛撒嬌的臉變得很有成熟的味道。她似乎在沿途的車上，和林作相談甚歡，當她伸出一雙明豔動人、令人意亂情迷的腿，像往常一樣旁若無人地下車時，只瞥了她們兩人一眼，就把頭轉了過去，逃也似地搶在林作之前上了二樓。

御包和柴田閃著異樣的眼神互看了一下。之後，藻羅就一直關在臥室裏，不曾再露過面，三餐也讓彌端上去給她吃。林作休假時，也讓彌把飯菜端上去吃，林作也幾乎都關在藻羅的臥室裏，帶一些書進去看。有一次，柴田故意不顧彌的阻擋，硬是把端飯菜的盤子搶了過來，把水果端了上去。當她看到林作坐在床邊的椅子上，比去石沼以前更寵藻羅的樣子，不由得氣得跳腳。雖然她只瞥了一眼藻羅，但發現藻羅比以前更有魅力了。當林作起身接水果盤時，雖然房間因為拉起了窗簾，顯得有點昏暗，但柴田還是眼尖地看到了藻羅嘴上的瘀血痕跡。藻羅出神地聽著林作說話，雖然慌忙閉起了嘴巴，但還是沒逃過柴田的眼睛。林作若無其事地繼續向藻羅說明著畫作，但柴田知道自己看到了藻羅的戀愛傷痕。那天晚上，御包和柴田都被藻羅嘴唇的幻影折磨得無法入睡。尤其是柴田，她親眼看到了藻羅的嘴唇，藻羅玫瑰色的嘴唇帶著略微發黑的紫紅色傷痕，就像楚楚動人的花朵在她眼前盛開一樣，漸漸吐露出顏色較深的內側。不僅這個充滿魅惑的幻影在柴田的眼前揮之不去，她甚至幻想著藻羅產生這個傷痕時的狀態。於是，她們終於瞭解常吉滿臉陰沉、表情僵硬的原因了。尤其是曾經因爲說了不得體的話，而被常吉羞辱過一次的柴田，不禁在心中奏起了凱歌。

常吉一如往常，規規矩矩地生活在宅第後方馬廄旁的自己房間內，雖然他還年輕，穩重的姿態以及誠實的生活態度，依然如故，但他額頭附近的陰霾似乎更深了，已經很難再看到他以前開朗的笑容。常吉拚命克制著內心對藻羅的熱情，竭力安撫、哄騙自己，他在心中點起了與生俱來的溫柔，就像點燃平靜的燈火一般。彼特的出現擾亂了他內心的平靜，將他好不容易壓抑在心底的熱情變成一種痛苦，幾乎再也無法克制了，雖然彼特已經從藻羅的生活中消失了，但常吉的內心卻再也無法保持平靜。在彼特出現以前，藻羅是他最珍貴的東西，在自己的內心佔據了重要的位置。沒想到藻羅卻在如此短的時間內，就成了彼特這個男人的犧牲品，這讓常吉恨得牙癢癢的。常吉十七歲時來到牟禮家，那時候藻羅才四歲。今年已經二十八歲的常吉，他的故鄉和彼特屬於同一個地方，有著相同的祖先，在他容易瘋狂的厚實胸腔中，一直把藻羅當成自己的妹妹，強烈地希望她永遠保持純潔；但在同時，也有著不爲人知的滿腔熱情。在他謙恭的內心裏，雖然拚命壓抑自己的欲望，但仍然抱著一個微不足道的夢想。常吉希望自己這輩子只要有一次就好，可以讓他跪在藻羅的腳邊，至少可以抱一抱藻羅的腳。他想抱著藻羅的小腳，把臉放在藻羅那雙會發出花一般芳香的小腳上。他根本不奢望可以一親藻羅的芳澤。然而，即使是這麼微乎其微的願望，他也深埋在心中，完全沒有表露出來。他曾經聽林作說過，自己的父親伊瓦諾夫曾經拉著繮繩，制服了受驚狂奔的拉琴。常吉無法忍受彼特像半路殺出的程咬金，破壞了他如此珍貴的願望。而且，這件事讓藻羅天生的、像是本能般的嫵媚突然變得更濃密，更甜美，這使常吉更加忍無可忍。這一定是受到了那次短暫時間發生的事的影響，常吉心裏這麼認定。那肯定是一場令人眼花撩亂的戀愛饗宴，常吉用力閉上了幻想的眼睛。然而，他的眼睛卻隨時追隨著藻羅的變化。變化後的藻羅挑起了常吉內心無法克制的欲望。對常吉而言，藻羅去了彼特的房間這件事，無疑是最大的惡魔日。在那天之後，常吉對藻羅的願望也發生了變化。常吉對藻羅的幻想場面，也比以前有了些許的進展。如今，他的幻想已經進展到「可以跪在藻羅的面前，抱住她的腰，將自己的臉貼在她的腰上」的地步了。他希望可以將藻羅的小手——像觀音佛像般的小手——放在自己的手掌中，可以的話，他希望可以像騎士一樣，親吻她的手。這個吻或許會超越騎士的吻的範疇，但這點小犯規應該可以得到原諒。只要這樣，我就心滿意足了，常吉想道。這是在那個惡魔日之後才發生的改變。看到藻羅時，常吉對主人一家的溫馨感情，和鋼鐵般的誠實消失了。在此以前，常吉覺得藻羅可愛至極了，甚至就像自己的孩子一樣。如今，藻羅卻變成了一個充滿魅惑的小動物；變成他一定要抓到手，一親芳澤的小動物。雖然把藻羅抱在自己胸前，會令常吉產生侵犯幼女的罪惡，這令謙恭的常吉感到不寒而慄，但他仍然希望有朝一日，可以不管三七二十一地激情親吻藻羅。而且，常吉甚至不敢輕視彼特，他甚至無法輕視或無視這個可能侵犯了自己女神的傢伙。常吉看到了彼特。在藻羅關在石沼房子的二樓時，常吉看到彼特去海邊後，就偷偷地跟在後面。當彼特從海上回來時，常吉蹲在沙堆上，假裝自己在沉思，用尖尖的貝殼在沙子上寫著字。不知道彼特是不是看到了他寫的Moila（藻羅）這幾個字，總之，彼特停下了腳步，兩個人在那時候互看了一眼。

彼特很優秀，很討人喜歡，常吉覺得可以向他自我介紹，然後和他交朋友。甚至覺得可以把他當成年輕的主人，爲他效忠。但是，彼特和林作不同，常吉對林作抱有極大的尊敬。林作曾經救過自己的父親伊瓦諾夫，是父親的恩人；自己從十七歲開始就追隨林作，備受寵愛。彼特和林作不能相提並論，彼特是和自己年齡相仿的競爭對手，而且是個英俊的年輕人。彼特在看自己的眼底深處隱藏著嫉妒。常吉知道，看了彼特，只會增加自己的痛苦。

那天之後，常吉的額頭就像被來自黑暗大海、帶走了光的魔鬼附身一樣，大部分的時候，都被黑暗的海藻糾纏著。

藻羅發現了常吉額頭的痛苦陰霾，她偷偷地觀察著常吉的表情。這種時候，在她叫「多米多里」的聲音中，帶有一種特別的音調。那是專橫的、極度任性的聲音。無論我說什麼，這個馬伕都會聽我的。假設現在仍然在石沼，我要他去深綠色的房子把彼特找來，無論多米多里多麼不願意，多麼痛苦，他都會去把彼特叫來。藻羅叫「多米多里」時的聲音對此深信不疑，那是藻羅的心聲。每當聽到藻羅的叫聲，常吉就看著藻羅，額頭上帶著陰霾，露出慣有的咬核桃時的嘴形，露齒微笑。於是，藻羅就會凝視常吉的臉，嘴角就會擠出兩個酒窩，露出一絲微笑。藻羅喜歡看到常吉這種咬牙微笑的表情，喜歡的程度僅次於林作的笑容。可以說，藻羅是在林作和常吉的笑容中長大的。孩子的成長需要愛的笑容，在藻羅的成長過程中，愛的笑容似乎過剩了。那時候，在藻羅深愛的常吉咬核桃般的笑容中，隱藏著對她無限的深情，隱藏著常吉的愛情痛苦。愛的痛苦是藻羅的活餌。當藻羅的嘴角擠出兩個小酒窩，露出微笑的表情時，常吉的表情就嚴肅起來。是在承受愛的痛苦？還是在生氣自己太壞心眼了？藻羅的嘴角仍然擠出小酒窩，但收起了微笑的影子，藏起滿足的表情，佇立在常吉的面前片刻，好像忘記了自己來找常吉的目的。在她的臉上，是施行絕對的專橫政治暴君般的表情，也是林作曾經見識過的表情。雖然在她穿著只有肩膀上有一塊裝飾布、沒有腰帶，時而是玫瑰色、紅色，時而是格子布的居家服下面，胸部和腰線越來越引人注目。然而，在她的身影中，未成熟的、充滿稚氣的神態表露無疑，在她如同君王般的表情背後，還是一個娃娃臉。常吉發現，在石沼時，當藻羅被自己抓住手腕那一刻，她像幼兒一樣露出懼怕的表情，好像做了壞事被父親或兄長抓包時的小女生。但現在她似乎已經忘得一乾二淨，如今，她又露出像君王般的驕傲，魔眼四射的樣子，而這一切，更令常吉愛到欲罷不能。每當這種時候，常吉就覺得自己神經的某個部分一陣麻痺。

藻羅內心產生了想要再見彼特一面的願望。因爲，藻羅想要再靠近彼特，好好品嘗他爲自己大量貯藏的愛情甘蜜；她想要更貪婪地開懷大吃，在她的內心深處，對此願望帶有濃厚興趣。她想要再度走進彼特的房間，貪婪地享用和父親林作的愛情十分相似的、彼特的愛情甘蜜。藻羅因爲害怕常吉，只能追憶著想要再度品嘗的彼特的甘蜜，就像是野獸想要回到還沒吃完的生肉一樣。那時的驚訝與恐懼已經淡忘。在彼特的房間內，第一次遇到彼特的可怕嫉妒時，曾令藻羅感到極度恐懼，如今回想起來，反而更充滿誘惑。

藻羅對彼特的願望，其實就像是幼兒想要玩危險玩具的願望一樣。雖然在這種欲望中，摻雜了幾分本能，但本能的含量卻微乎其微。如同林作早已洞察到的那樣，藻羅的肉體幾乎還沒有甦醒。和彼特之間的小插曲，根本稱不上是性愛，充其量只能算是彼特單方面的性愛，因此，藻羅肉體內部還沒有破殼。藻羅的願望中好奇心佔了大部分，如果說，藻羅有著強烈的願望，只因爲她對愛情的貪婪實在太強烈了。

※ ※ ※

在彼特對藻羅的欲望之火熊熊燃燒的狀態下，海邊的房子已經漸漸感受到了秋天的腳步。

彼特的父親塞爾格和母親塔瑪拉如彼特所願，離開了石沼，只留下他一個人。彼特希望，如果可以的話，他不想見到父親塞爾格和母親塔瑪拉的臉。塞爾格和塔瑪拉察覺到彼特發生了什麼事。雖然他們不知道，石沼海濱的居民兼漁夫們之間流傳的閒言閒語，但只要看彼特的樣子，就知道是關於戀愛的問題。他們也知道對方是誰。在石沼這一帶，能夠成爲彼特對象的，就只有另一幢別墅裏的女兒。塞爾格和塔瑪拉沒有看過這女孩，所以，也更令他們充滿不安和不幸。他們回到石沼當天的夜晚，當只剩下兩人時，他們默默地相互點了點頭。片刻後，父親說道：

「戀愛的瘋狂。」

母親默默地點了點頭。這是在他們離開的前一天晚上。塞爾格平時都不會干涉彼特，這天，他來到從未進去過的彼特房間，抽了一支菸，又回到了樓下。彼特知道，父親是想對他說一句安慰的話。彼特坐在床上，把一條腿抬到胸前的位置，正在穿鞋子，瞥了一眼塞爾格後，就垂下了眼睛，穿完鞋子站了起來，從書架上抽出一本厚重的書，再度坐在床上，翻開了夾著某樣東西的那一頁。雖然他的動作很不自然，但他低頭的側臉和抿緊嘴角、托著下巴的樣子透露出他的不尋常，充滿了寂寥，讓他父親於心不忍。「你看的是什麼書？」塞爾格很想問，但最後只將菸放進了半張的嘴上。不管是什麼書都無所謂，彼特只是不想讓別人看到自己的臉。塞爾格說道：

「我們一起吃晚餐，你下來吧。」

然後，就下了樓。母親塔瑪拉內心充滿不安，因爲她什麼都不能做，什麼都不能說。每天早晨問早安和晚上道晚安時，她只是緊緊地抱住兒子，這對彼特是極大的負擔。如果可以的話，這正是彼特最想要逃避的。

塞爾格和塔瑪拉啓程那一天，彼特去車站送行，他握著父親和母親的手，只說了一句：

「我很快就會好起來，我馬上會回家。」

塞格爾在好奇的眾人面前，從車窗探出龐大的上半身，抓住了兒子的肩膀。

「多看書吧，看一些你喜歡的。然後，去大海游到筋疲力竭，上帝一定會帶給我們好日子。」

塔瑪拉含著淚光凝視著彼特，然後，就像抱著年幼的孩子一樣，把兒子抱在自己胸前，用像男人般的大手疼惜地撫摸著彼特的臉。那些張大了嘴、眼神充滿好奇和侮蔑地在一旁圍觀的人群中，有些人似乎對傳言知之甚詳，他們正點著頭，竊竊私語著。

村民中，除了四十八和他太太，以及他的兒子四方吉三個人以外，無人不談論著別墅的閒話。對他們而言，這是一件驚天動地的大事。當林作父女和彼特一起散步時，在海邊遇到他們的漁夫就已經把這件事傳開了。傳言當然都袒護林作父女。當彼特向曾經買過兩、三次魚的漁夫，打聽有關林作家的消息時，這位漁夫雖然不知道林作在東京的地址，但他連林作的名字、職業都沒有告訴彼特。這不僅是因爲平時就沒有太多的交情，而是因爲他們不習慣外國人，尤其對俄國人更是充滿警戒心。只因爲對方知道是出入那幢藍色歐式房子的人，就不想和他們說話。

塞爾格在停車場說的話，和彼特想的精神療法不謀而合。彼特相信自己，對默默離開的父母充滿感謝。彼特整天都關在房間裏看書。很不幸的是，他看的書剛好是皮埃爾．盧維（Pierre Louÿs）的《婦人和傀儡》（*La femme et le pantin*）。這是一本以一個男人瑪提奧的書信爲體裁的小說，瑪提奧寫信把玩弄自己的一個女人的魔力，告訴另一個同樣被這個女人迷倒的巴黎男人。他剖析了自己被玩弄於股掌之間的來龍去脈，雖然自己被玩弄了兩年，但現在已經漸漸逃離了女人的魔爪。他寫信警告巴黎的男人，最好不要接近那個女人。巴黎的男人收到了這封信，有一天，當他在女人的房間等待女人時，把男僕手上的紙條搶過來一看，發現上面寫著：「我隨時在家裏等你。瑪提奧。」故事就在這裏結束了。小說是描寫一個叫歌琪達的塞爾維亞女人，經常莫名其妙地消失無蹤，好不容易找到了她，以爲可以和她廝守，卻連身體都沒碰到，就又被拋棄了。《婦人和傀儡》這本小說把彼特壓抑在心頭的熱情揪了出來，再度點燃。彼特彷彿看到在西班牙的熱沙和白色房子中，歌琪達從圍著鐵格子的窗戶，向窗下的男人伸出手。瑪提奧吻著女人的手，心中吶喊著：「這就是歌琪達的肉，這是肉的香味。」彼特要求自己在清晨和傍晚天色暗了以後都要跳進海裏游到渾身疲憊，他屬於比較冷靜的人，但和藻羅之間像火一樣的短暫記憶，卻常常不經意地向他襲來。

藻羅漸漸成熟的身體，和從自己雙唇滑過的胸前兩個甜蜜的果實，……以及發出甘蜜光澤的皮膚。在自己的雙唇下，好像死了一樣一動也不動的、塗了甘蜜的肩膀、手臂和胴體。這些有關藻羅的片斷，雖然還殘留著幾許青澀，卻反而更引人遐思。細緻皮膚覆蓋下的腹部、腰部，以及兩腿從內側隆起的、肉質飽滿得看起來不像是未滿十六歲的陰部。彼特在殘留著前一晚雨露的房間內，沉醉於在躺在深綠色毛毯的神聖床上的處女身體饗宴。彼特瘋狂地吻遍藻羅全身，就像是一隻蜜蜂在紅百合的慵懶香氣中，埋沒在如同花瓣的皮膚裏，而渾身沾滿了魔力的花粉。而藻羅因爲驚訝和恐懼而腦子一片空白，她毫無抵抗地聽任擺佈時，身體散發出一種成熟女人的媚態。彼特在享受令人眼花撩亂的處女身體饗宴後，抗拒著藻羅無心的媚態，數度克制了體內燃燒的熱情。這爲彼特的心火記憶更增添了一份痛苦。

彼特的精神和身體都因充滿花香和甘蜜的追憶而燃燒著，他用充滿獸性的眼睛凝視著，發出了一聲痛苦的嘆息。

——……處女的饗宴。……神明祭壇祭桌上的活祭品。用甘蜜代替香油擦滿全身的處女活祭品……

欲火焚身的彼特走出了戶外。天空陰沉沉的，天空和沙灘都很昏暗，彼特疾奔在這個沉重的空間中。彼特至今仍然記得藻羅畏懼著自己靠近，卻又用看著獵物的眼神盯著自己時所站的位置。彼特在這個位置停下了腳步，面向大海站著。

天空昏暗，好像蒙上了一層灰，整片天空都籠罩著淡淡的白雲，保持著奔湧的形狀，卻文風不動。大海在天空下費力地起伏著。黑漆漆的海更點燃了彼特的心火。那個蹲在沙灘上，應該是馬佚的男人浮現在彼特的腦海裏。那魁梧的體格，和蹲著的身體所充滿的愛火和悲傷……。然後，他腦海裏又浮現出藻羅父親的臉。他們一起散步，藻羅的父親看著彼特時，臉上有一種不可思議的笑容。

——你就是俘虜了這個男人吧。

他似乎在笑容中如此說著，他的笑容中，也混雜了對藻羅的甜蜜愛情和揶揄。在這笑容的深處，甚至可以看到殘酷和情色的影子，那是一個充滿蜜意的笑容。無論彼特再怎麼努力想要忘記，這兩個黑色的記憶，始終縈繞在他和藻羅相處時痛苦而又甜美的記憶中。如今，這兩個男人在某個地方，和藻羅共同生活在一個屋簷下。藻羅會用那雙魔眼凝視著這兩個男人，向他們盡情撒嬌。她應該還會抱著她的父親吧。彼特的內心湧起一陣模糊的不悅幻覺。

——那絕對不是正常的父女，小姐和馬伕之間也不應該有那樣的關係。……

彼特幾乎失去了理智，他的理性已經被塵封在某個地方，無法清醒過來。彼特在不知不覺中，被捲入了藻羅的家庭，以及林作所醞釀的氣氛。彼特對林作和常吉產生了強烈的嫉妒。

彼特的父親塞爾格和母親塔瑪拉知道，在那一、兩天內，兩個戀人只相處了短暫的時光，但對於在如此短暫的時光內，一個女孩子可以讓他們的兒子完全變樣感到難以置信。塞爾格和塔瑪拉只希望時間可以慢慢冷卻兒子的熱情。塔瑪拉認爲自己和兒子之間，存在著某種生理維繫，所以，塔瑪拉的難以置信和憤怒也更加強烈。彼特知道，在塔瑪拉那對宛如佛像的雙眼皮眼中，隱藏著激烈的怒火。當彼特不經意地回頭時，看到母親強忍著激烈的憤怒，嘆息、啜泣著。

藻羅的甘蜜，讓彼特向來引以爲傲的理智變得模糊。

彼特站在黑漆漆的海邊，感到自己已經無可救藥。

藻羅嘴唇上的瘀血消退，恢復純潔少女的玫瑰色嘴唇後，她的生活充滿了撒嬌、奢侈和惡魔的滿足。當然，這並不包括在聖母學園開業式當天所發生的那件事。

那天因爲要舉行開業式，藻羅在林作的指示下，穿了一件蕾絲比較少的簡單白色衣服，由常吉陪同，搭車去了學園。

校園靠近教室入口附近，有一根纏繞著藤蔓薔薇的圓形石柱。藻羅好久沒有看到這根圓柱了，就走到圓蓋形教室入口附近，想要摸一摸那根圓柱。這時，她看到羅莎琳達正從入口右側，像洞窟一樣張開黑色大口般的迴廊柱子間朝這裏走來，藻羅向來跑不快，這時已經躲不掉了，於是，就在入口附近和羅莎琳達迎面碰上。

羅莎琳達淡黃色病態的臉，出現在身後的黑暗中，她看著藻羅，兩人相互看了一下。藻羅從羅莎琳達的臉上看到了意想不到的異常東西，羅莎琳達幾乎也同時發現了藻羅身上透露出她已經歷了某種經驗。藻羅張大眼睛，露出許多眼白看著羅莎琳達，羅莎琳達發現藻羅的眼睛帶著一層朦朧的光，好像整個人都凝聚在這對眼睛上。藻羅的眼神充滿不安，不知道又會被數落什麼。

羅莎琳達向來浮腫的臉部皮膚噁心地鬆弛著，眼睛下方垂著兩個大眼袋。她抬起下巴，俯視著藻羅。她的鼻子向上翻起，嘴角不滿地下垂。倒掛的眉毛下，一對俯視的眼睛發出遲鈍而泛黃的光，直逼向藻羅。

「……Bonjour, ma soeur（日安，姊妹）。」

「藻羅，怎麼沒有打招呼？」

「暑假去了哪裏？」

「石沼。」

「哪裏？」

「……」

「你家在那裏有別墅吧。」

在羅莎琳達的注視下，藻羅的雙眼一動也不敢動。羅莎琳達發現藻羅的嘴唇線條看起來比暑假前更柔和。

這時，藻羅的腦海裏好像閃過一道電光，她擔心羅莎琳達會發現彼特的事。

「有沒有交到新朋友？」

兩秒、三秒，恐懼從藻羅的眼中閃過，她眨了一下眼睛。

羅莎琳達的眼中出現了某種滿足的神情，歪斜的嘴唇露出一絲微笑。

「你一直在那裏嗎？一定又助長了你的懶惰吧。」

羅莎琳達說完這句話，便轉身離去了。藻羅茫然地站在那裏，羅莎琳達腰間垂掛的念珠晃動的聲音和堅硬的、嚴肅的腳步聲，可怕地在她耳邊迴響。

那天，當引頸企盼的林作一回到家，藻羅就跟著上了二樓。

林作坐在沙發上，聽著藻羅把頭靠在他肩上傾訴後，把藻羅的頭輕輕推到自己的胸口附近，撫摸著她一頭披肩的頭髮，說道：

「有時候，那些修女看到年輕的女孩子，會說一些欺侮人的話，她們生了這種病。就像你遇到的那樣。只有今天吧？她不會再說這種話了，別擔心。如果你心情不好的話，不妨休息兩、三天，等心情好了以後再去吧。就說是身體不舒服，向學校請假吧。好不好？」

藻羅用力地點了點頭，抬起頭看著林作，然後，將圍著花卉圖案蕾絲的肩膀靠在林作的胸口。

林作突然覺得，無論是藻羅的母親繁世，還是卡夫曼靠在他身上時，都無法令他產生這種甜蜜的歡愉。林作低垂著頭，看著藻羅的眼中充滿了甜蜜，他幾乎是在恍惚中，輕輕地拍了拍藻羅的肩膀。

在這樣的日子中，藻羅就像她走路速度般緩慢地成長著。每天好幾次遇到常吉，感受到他那厚棉衫的胸膛中隱藏著熱情時，藻羅就想要激發他心中的熱情，於是，就吩咐常吉幫她擦去腳上鞋子的灰塵。常吉拚命克制內心對藻羅燃起的激烈情欲，露出帶著苦澀的笑容，憐愛地低頭看著藻羅。藻羅則抿起嘴，露出一絲歡愉的微笑。那是確認了常吉熱烈的愛情像往常一樣，在胸中熊熊燃燒時所產生的微笑。藻羅和常吉就是藉由這種方式進行著戀愛的對話。

藻羅的眼睛說：

——多米多里。不管你隱藏得再好，我還是知道你愛我。

然後，常吉的眼睛說：

——藻羅大小姐，你又在折磨我，藻羅小姐眞的很壞。

有時候，藻羅會躺在床上，回味著彼特像火一樣的雙眼看著自己嘴唇的情景。她知道，彼特此刻正在東京的某個地方。但每次想著彼特時，藻羅的腦海裏就會想起石沼的大海，那洶湧的、沉重的，不停地擠出白泡，向裸體的自己席捲而來的大海。藻羅的腳上仍然可以感受到含著大量海水的沙子露出貝殼，以及浪花在腳上冒出白沫漸漸退去的感覺。當西沉的夕陽淡淡地灑在沙灘上時，彼特慢慢地向自己走來。彼特的愛情就像新鮮的果實一樣，那張會說話的臉、那雙大手和像鉗子一樣從胸前抱緊自己的有力手臂，所有的畫面都在藻羅記憶中甦醒。還有，包著深綠色毛毯的床鋪——彼特之城。那一段像在翅膀閃著黑光的鳥突然襲來的恐懼和驚訝中，什麼都聽不到、什麼都看不到的時光。像夢幻般的熱烈風暴。在風暴中，彼特的吻時而像熱情的花，時而像鳥嘴一般落在自己的肩膀和胸前，令人感到悶熱而喘不過氣來。

藻羅和常吉之間的心靈交流；在彼特房間內的記憶；以及彼特帶著可怕嫉妒的質問，都讓她第一次清晰意識到自己和林作之間愛情的深厚，愛情的黑暗。林作的愛情和愛撫都是淡淡的，輕柔的，卻令人感受到其中的深奧。藻羅在無意識中，看到了林作的愛情，是黑不見底的深淵。當然，還有羅莎琳達異常的偏執。

所有這一切，都存在於藻羅的周圍，包圍著藻羅，這些東西彼此以一種不可思議的方式糾纏著，促進著藻羅成長。就像是有一大群不可思議的，像雲霞般的蛾或蝴蝶彼此拍打著翅膀，糾纏在一起，擠在藻羅的周圍，不留一絲空隙地飛舞著，促進著藻羅的孵化。藻羅的成長，就是藻羅心中的藻羅魔的成長。藻羅魔從藻羅周圍的這些東西中吸取養分，漸漸長大。就像是藉由母親的臍帶，拚命吸收養分的巨大而強壯的嬰兒一樣，藻羅體內的魔鬼從藻羅周圍的一切中吸取養分。於是，藻羅魔就隨著藻羅的胸部和腰部的發育，在藻羅體內慢慢長大。

雖然藻羅魔好像是在某個不爲人知的地方，不可思議地成長，但藻羅自己卻對此並不陌生。林作看著藻羅令人嚮往的美麗果實日夜成長，但也同時發現了藻羅魔的成長，也感受到自己深受吸引。林作發現了藻羅和常吉之間的殘酷對話。俘虜自己身旁的男人，會讓藻羅產生一種邪惡的歡愉。藻羅對這種不知道在上帝，還是惡魔推動下產生的陶醉歡愉，已經漸漸習以爲常。藻羅在某種力量的驅使下，不知不覺地微笑，不知不覺地用魔眼看著對方。藻羅魔常常把藻羅原本對常吉的信賴和愛情，以及對彌的體諒都拋在腦後。雖然彼特那場像火一樣的風暴成爲導火線，讓原本還很小、很可愛的藻羅魔迅速成長，但藻羅周圍的人或事物，都像惡魔一樣簇擁著，讓藻羅魔慢慢成長。

林作雖然總是放任地在一旁看著藻羅的所作所爲，但從另一個角度來說，他也很擔心藻羅會和像彼特那種經濟條件不理想的年輕人深入交往。不管是不是藻羅魔的傑作，只要藻羅沒有產生想要和彼特結婚的念頭，林作希望盡可能避免讓彼特和藻羅深入交往。如果不是在經濟闊綽的家庭，藻羅根本一天甚至是一小時，也無法生活。這就是林作培養的藻羅。即使藻羅和彼特結婚，這段婚姻也維持不了多久，離婚是不可避免的事。林作認爲，如果可以的話，婚只要結一次就好。否則，周圍的人一定會認爲藻羅犯了一個大錯，藻羅自己也會受到打擊。所以，林作認爲，藻羅的結婚對象至少必須和自己的財力相當。幸好，藻羅只是對彼特的熱愛有著濃厚的興趣而已。而且，彼特犯了一個天大的錯誤，他沒有問藻羅住在哪裏，就放她回家了。不幸的彼特，在和藻羅相見時，數度克制了內心燃燒的烈火，然後就讓藻羅回家。這是一個可怕的考驗，讓彼特從還沒有完全擁有藻羅的戀愛顛峰墜入了絕望中。這一切，林作都猜到了。因爲，他從藻羅口中知道，藻羅並沒有把家裏的地址告訴彼特。過了幾天後，林作看到彼特始終沒有造訪東京這裏的家，也沒有寄信來，便根本不把彼特的事放在心上。如今已經十一月了，對於「愛的產物」的問題，應該也可以放心了。藻羅除了有自己，還有常吉和彌。已經過世的妻子繁世娘家的父親重臣在緊要關頭，也會助藻羅一臂之力。姑且不論對錯，最後還可以用錢來解決問題。所以，即使藻羅懷孕了，也可以在不爲人知的情況下進行處置。但是，林作極度害怕藻羅會失去處女所特有的美麗。

在距離藻羅十六歲還有一個月的十一月某個早晨，因爲天氣太冷了，藻羅不太想在早晨洗澡，但看到柴田一副要去向林作告狀的樣子，只好不情願地走進了浴室。藻羅知道，林作絕對不允許她在盥洗時任性。藻羅像往常一樣，不停地找柴田的碴，及壞心眼地數落中，洗完了澡，換上白底深灰色、橄欖色和深鮭魚色的大格子法蘭絨居家服走進了飯廳。林作早已經在那裏一邊等藻羅，一邊看報紙。

「藻羅，怎麼這麼晚，一定又調皮了。」

「我才沒有呢。」

飯廳裏剛點的瓦斯暖爐發出像笛子般的聲音，餐桌上，彌精心烹調的清湯正冒著熱氣，那是帶著濃濃胡蘿蔔味道的雞湯。除了加紅酒的奶油小牛肉燉蔬菜以外，彌還把石沼村民送給她後，一直貯藏在廚房屋簷下的南瓜做成奶油煎南瓜。在沒有南瓜的季節，藻羅喜歡吃馬鈴薯泥，或是用馬鈴薯泥包絞肉後做成的可樂餅。彌隨時都會向附近的蔬果店訂購上等的馬鈴薯。林作雖然喝白蘭地或威士忌，但在家裏吃飯時，最多只喝啤酒或葡萄酒而已，有時候，也會多要一份魚，在料理方面，和藻羅的口味大致相同，所以，彌做飯也比較輕鬆。

藻羅正看著桌上的料理，林作說：

「藻羅，今天要去銀座。鑽戒已經做好了。一星期前，終於找到了一顆很完美的鑽石，戒指今天可以做好。你知道我怎麼曉得你手指的尺寸嗎？」

藻羅的眼中發出異樣的光芒，目不轉睛地看著林作，然後，默默地搖了搖頭。

林作出神地看著藻羅眼中的光芒，他那雙帶著微笑的眼睛彷彿快被吸進去了。

「是趁你睡覺時，讓彌用線去量的。」

藻羅覺得，彼特的戒指頓時失去了光芒。

林作感受著藻羅貪婪的眼神，就像用力吸奶的小動物一樣，拚命吸吮著自己的臉頰，繼續說道：

「那顆鑽石帶有一點綠色。是俄國產的優質鑽石，已經轉過好幾手了，最後落到了銀座的米蘭珠寶店。……怎麼樣，你高不高興？」

藻羅笑了。她的兩頰、玫瑰色的嘴唇輕啓，露出了內側的深色，雖然是沒有聲音的笑容，但就像舔著甘蜜的孩子一樣燦爛。

林作的雙眼百看不厭地追隨著藻羅雖然天眞，卻像魔鬼般吸引自己的笑容。

「吃完飯後，去穿上次帶來的那件白色羊毛衣服，一定要穿黑色絲襪。爸比會叫彌把那雙黑色橫扣的皮鞋拿出來。」

藻羅的臉頰到耳根都因爲興奮而泛紅，眼眶好像泛著淚水，她睜著一雙濕潤的雙眼呆了片刻。昨天晚上因爲鬧情緒，晚餐只吃了一點就上床睡覺了，此時，她突然感到肚子餓了，便立刻把湯匙放進了清湯。

「藻羅，不可以把戒指的事告訴野枝實。知道嗎？也絕對不可以拿給她看，瞭解了嗎？」

藻羅瞪著一對茫然而濕潤的大眼睛看著林作。當她似乎領會了林作的意思後，一對魔眼中帶著幾分不滿，但還是乖乖地點了點頭。

第三部

再度来到甜蜜の房间

藻羅覺得，在自己所有的東西中，林作在米蘭珠寶店訂做的鑽石戒指是最棒的，而且，她也最珍惜這枚戒指。

林作說，戒指不能使用現代風格的設計，所以，就採用了一八〇〇年代的款式，白金的台子圓圓、粗粗的，嵌住鑽石的爪子也很大，凸出戒面。藻羅把這枚戒指和德國製的小鏡子，一起放在繁世留下來的手提包中。那是一個去看歌劇時使用的束口型手提包，表面是黑色，襯裏是白色，兩者都是波紋綢的料子，銀色的扣環上有精緻的雕刻。手提包裏有一個和襯裏相同布料做的錢包。藻羅就把戒指放在這個錢包裏，讓戒指受到雙重保護，但她仍然不放心，又把這個手提包塞進了白貂皮的手筒。藻羅小時候用的這個白色皮手筒和圍巾是一組的，毛色十分細膩、柔順。新的時候，就像是瑞士乳酪般的顏色，和里各（Hyacinthe Rigaud，譯註：一六五九～一七四三，法國畫家）所畫的路易十五即位時穿著的長袍襯裏一模一樣。現在，毛已經變得十分稀疏，扣子處和襯裏都破了。

藻羅心無旁騖地用豐滿的手臂將手提包塞進手筒時，低垂的雙眼好像快融化了一般，嘴唇像熟睡的嬰兒般輕輕張著。她豐滿的手臂呈深小麥色，在夜晚的燈光下，看起來是溫暖的暗橘色，和燈光的顏色很像。撫摸她的皮膚時，仍然和去年夏天彼特有初次體驗時一樣，可以感覺到手和皮膚之間好像有一層東西，但現在觸摸她的皮膚，可以感覺到手掌和皮膚之間，隱隱約約有一層薄而光滑的東西，好像擦了一層特殊的、透明的東西。用手指稍稍用力撫摸時，就會令人產生激情。

天上守安第一次摸到如今已滿十六歲的藻羅皮膚時，不禁在心裏說：

「天鵝絨都無法和她的皮膚相提並論，簡直比鞣過的山羊皮更柔順。這是世界上獨一無二的特殊皮膚。」

於是，天上守安成爲藻羅的丈夫後，就變成這不可思議皮膚的俘虜，成爲藻羅身體的可憐守護者，避免被這種皮膚覆蓋的藻羅身體被其他男人奪走。

藻羅珍惜的白貂手筒看起來就像是有點弄髒的白兔屁股。這個有點髒的白兔屁股平時都滾在藻羅的床舖上。在淺嘉町的家裏時，柴田每次幫她整理床舖，都爲此煩惱不已。當藻羅起床後，這團微髒的白色東西就在扭亂的床單和被子之間露出臉來，有時候也會和脫下的內衣或襪子一起，帶著一身硬硬的毛，倔強地蹲在帶有褶邊的金褐色被子上。柴田每次看到這個有點髒的白色東西，就感到心浮氣躁。雖然有時候裏面會放著柴田一輩子都沒有機會摸到的寶石，但在柴田眼中，這團白色的東西就是藻羅的化身。這個白兔屁股討厭得讓人不想看，卻又是那麼可愛，簡直就是藻羅的分身，在那裏無言地嘲笑柴田。藻羅起床後，幫她整理床舖當然要觸摸她的床單和被子，這些布料的纖維都充分吸收了藻羅的體香，每每刺激著柴田。即使從洗衣店拿回來後，這些香味仍然纏綿地殘留在纖維中。不僅如此，那一團彷彿是藻羅化身的白色物體，又在不同的地方出沒，嘲笑著柴田。柴田從藻羅小時候就幫她洗澡，即使藻羅長大後，她也看遍了藻羅身體的每個角落。當柴田摸著這團圓滾滾的白色物體時，都覺得和不經意摸到的藻羅身體某部分觸感十分相似，當然，兩者間的毛有疏密的差異。

自從柴田遇到藻羅，協助她洗澡之前，她對自己身體的那部分或是對因爲偶然陪同某個女性朋友動手術時，看到那位朋友身體的那部分，都絲毫不感興趣。柴田一直認爲，那只是爲生理需要而存在的部分，而且，她認爲那是女人身上醜惡的附屬品，是人類繁衍所不可欠缺的。然而，藻羅身體的那部位，就和白貂皮手筒的感觸十分相似，和柴田本身的，或是柴田朋友的那個部分完全不同。柴田的私處又硬又瘦，猶如躲在粗俗男人嘴上噁心的鬍鬚般的陰毛中，但藻羅的私處隱藏在柔順稀疏的陰毛中，在柔軟的小丘上開始綻開，在豐滿的雙腿間微微隆起。帶著淡紅色的皮膚，就像是不可思議的淡紅色果實，在小丘的正中央綻裂。至於胸前兩堆隆起的部分，柴田覺得，自己的胸形十分難看，好像被壓扁了。柴田一直認爲，這兩坨肉堆的唯一作用，就是用來區別男人和女人的不同。即使她曾經在報紙連載的小說上看過男人會深受女人胸部的吸引，爲女人的胸部癡狂。但她看著自己胸前那兩坨貧瘠的肉堆時，實在難以想像那到底是一個怎樣的世界。柴田根本不認爲男人會被自己的胸部吸引，爲之陶醉；她從不認爲自己的身體是男人欲望的對象。在短暫的婚姻生涯中，這一點也得到了明確的證實。初夜時，她自己也不曾抱著期待，當她丈夫的手一搓揉到她的胸前，就毫無興趣地摸向背後，直接進入了不爲其他目的，只爲達到生殖作用的性行爲。在短暫的婚姻生活中，她一次也沒有從她丈夫的這些動作中獲得人們所說的那種愉悅。在她遇到藻羅後，必須每天早晨用加有古龍水的清水幫藻羅擦身體，或是幫藻羅洗澡。在她近距離地觀察藻羅身體的成長後，完全改變了她對女人身體的認識。她從藻羅的皮膚上看到像帶著濕氣的花瓣般的光澤，聞到了藻羅皮膚下滲出、令人沉醉的香味。在聞到這種香味時，她的腦子處於一片空白，好像有一股慵懶的東西襲來，讓人的精神和身體都化爲烏有。這種香味似乎來自藻羅身體上某種透明的、散發出宜人香氣的體垢。隨著藻羅身體的發育，她的胸部變成了由厚實花瓣般的皮膚，和幽幽散發的香氣聚集而成的小丘。小丘周圍的皮膚特別滋潤，散發出高密度的香氣，兩個小丘的下方經常擦著香氣濃烈、像奶油般的東西。乳頭上聚集著滋潤的顆粒，比柴田到了牟禮家後，第一次看到的覆盆子罐頭標籤上的紅色果實顆粒更細。當柴田手拿著毛巾快要觸碰到那裏時，藻羅總會把她的手推開。洗完澡後，藻羅胸部的香氣最爲強烈。有一天，柴田用堅硬而粗糙的手再度鋪整已經整理好的床後，抓起了放在林作經常坐的枕邊椅子上的白色毛團，丟到地上，柔軟的絨毛毫無彈性的觸感更讓她心煩意亂，她只好又恨恨地撿了起來，放在了枕邊。

如今，藻羅已經滿十六歲，這個白色貂皮團隨意亂丟或是露出半個屁股的地方，已經轉移到天上守安爲藻羅特別訂製的箱形床上了。

天上看過林作在藻羅十四歲生日時送她的胡桃木床，也知道這張床令藻羅滿心歡喜。爲了討藻羅的歡心，他特別訂製了這張床。這張床如今放在天上家二樓，剛好位於樓下飯廳正上方的藻羅臥室內，在靠門左側的位置。這是天上請熟識的家具商，根據外國雜誌上十五世紀的設計款式特別訂製的。這張床的床頭板很寬，可以放下普通尺寸的書，和林作訂製的那張床一樣，都採用了胡桃木；沒有上蠟的胡桃木上，雕刻著和凱撒的長袍邊上相同的連續方形渦卷圖案。床的側面和床腳，都用厚實的木板圍了起來，整張床看起來就像是一艘方舟，將人圍在中間。藻羅一看到這張床，便欣喜萬分。藻羅躺在鋪著厚厚墊被的厚實床框中，整個人好像埋了進去，她對此十分滿意，即使白天時，也整天窩在床上。藻羅天生就喜歡把自己塞在箱形的東西裏。曾經有一次，林作半開玩笑地解釋說：「這種人對在母體胎內的記憶很深刻。」藻羅把這句話牢記在心裏，當她翻轉在這個牢固的木框中時，突然想起了林作當時說的那句話，更增加了她的喜悅。藻羅想像著自己在狹小的子宮中，浸泡在溫暖羊水中的情景。

這個像中世紀童話中常見的木箱大床包容了藻羅，讓藻羅獲得了充分的自由。藻羅在這張木床上，可以隨心所欲地偷懶，可以天馬行空地思考，讓她擁有了自己獨立的空間。這個鋪滿白色柔軟墊被的厚質木箱床，讓藻羅度過了許多放肆的、忘乎所以的時光。藻羅在這個可以讓她在幻想中自由遨遊的厚質木箱中，度過了自由而甜蜜的時光，像甜蜜又滋潤的水果般的時光。藻羅貪婪地享用著甜蜜時光的果實。天上守安送她的這個胡桃木床鋪，成爲讓藻羅可以在其中恣意翻滾的、厚實的、舒適的木箱。

藻羅在這個舒適的木箱中，從手筒中拿出戒指，時而握在手心，或是攤開手心，讓戒指在手上滾來滾去；時而戴在手上，伸向陽光的方向，不停地欣賞。這個舒適的木箱，也成爲她在茫然的狀態下，進行各種幼稚卻頑強的想像場所；這個木箱床更是她讓這些想像漸漸成形，變成殘酷的計畫，或是思考壞主意把守安逼入懊惱中的場所。木箱成爲藻羅體內怠惰之獸的飼餌，使之漸漸長大，讓藻羅身處各種幻想中。爲藻羅在不知不覺中產生的念頭加溫，發出強烈香味的溫床，這個厚實的木箱變成一個溫暖的不良場所。就像藻羅的皮膚內側散發的香味，漸漸擴散在空氣中，使周圍都籠罩在一片香氣中一樣，那些不知道是來自藻羅的身體，或是藻羅精神的念頭在這個木箱中漸漸變得更加強烈、順暢。無論藻羅出神地看著戒指，或是專注於某個念頭時，藻羅都在這個木箱中像懶惰的蛇一樣蠕動著。從短袖的袖口附近、胸口附近散發出的香味，在床上進一步發酵、加溫，藻羅本身也受到這種慵懶香味的誘惑。那是一種令人意識渙散的香味。雖然不知道藻羅的香味、藻羅的想法來自何方，卻是在溫暖的木箱床中產生的。藻羅在這個木箱床中，在自己身體發出的香味和妄想中，在茫然地睜著大眼中，讓時間慢慢流逝。

藻羅回去淺嘉町的林作家時，像往常一樣倚在林作的膝頭，告訴他厚質木箱床的事。藻羅像小孩子一樣，一口氣描述著床的形狀、躺在其中時的安心感，以及自己的喜悅。林作聽著藻羅熱心地詳細說明，看著藻羅的表情，覺得藻羅離開學校後的怠惰生活，彷彿就出現在自己的眼前，同時，他也準確地猜到了藻羅和木箱床的關係。當藻羅談論著自己在床上的快樂時光時，林作從她朦朧的眼中看到了一種微妙的東西。一種魔力。這種時候，藻羅的嘴角雖然還沒有到微笑的程度，但總會微微向上翹起。林作想起來，自己曾在別人家的書中，看到過類似這張木床的床。想到自己在床的問題上輸給了天上，不禁在內心輕輕浮起一絲微笑。林作想像著藻羅在木箱床內自由而甜蜜的時光，也對藻羅那些天馬行空的念頭產生了興趣，但這種興趣中，帶有些許的不安。

自從在日常生活中失去藻羅後，林作經常會不知不覺地產生一些超越常識的念頭。他希望可以在某種機緣下，讓藻羅回到和自己在一起的兩人世界。希望可以回到自己和藻羅那段有限時光中的甜蜜世界，以林作的年齡來說，那當然算是一段短暫的時光。他想要回到那封閉的，自己和藻羅的甜蜜的房間；想要回到只要藻羅在身旁，就會存在的那個世界；和藻羅共處的場所，會立刻變成一個帶著不可思議影子的世界。……這陣子，藻羅又向魔力的世界邁進了一步，雖然她自己對此並不自知。不知道是因爲她踏入了魔力的世界，還是在某個地方吸收了魔鬼精氣的關係，她身上散發出某些不尋常的東西。如今，自己已經無法在一旁看著藻羅那對發出昏暗光芒的眼睛。每天每天，這種理所當然的想法會數度出現在林作的腦海裏，每每令他懊惱不該這麼早把藻羅嫁出去。他覺得自己對藻羅的結婚時期、出嫁的對象的問題思慮過度了。對藻羅這樣的女孩子來說，適時地嫁給像天上那種老成的青年，嫁入那樣的家庭是唯一的選擇。這種想法成爲一種不可動搖的障礙，阻礙了他的妄想，也讓他放棄了愚蠢的想望。

這時，林作就會瞇起眼睛，想像著藻羅在那張木箱般的床上，從白貂手筒中把戒指拿進拿出的樣子，或是她正在動什麼壞念頭的樣子，彷彿藻羅就在自己的身邊。

❧　❧　❧

天上守安是在帶著比自己年長許多的堂姐磯子的女兒瑪麗去練習騎馬時，巧遇滿十五歲的藻羅去代代木的教練場上馬術課。瑪麗雖然比藻羅早兩、三個星期開始學騎馬，但因爲她生性膽小，而且，從小就沒有看過馬，對騎馬有著強烈的恐懼。所以，她和藻羅的水準幾乎不相上下。由於教練場只有一匹絕對不會傷害騎手的溫馴馬匹，因此，這兩個女孩子只能輪流騎那一匹馬。

除了星期天以外，林作都讓馬伕多米多里（常吉）陪藻羅一同前往。天上和林作一樣，自己經營一家公司，所以，平時都由後來才知道是園丁的小個子男人陪瑪麗來上課。多米多里有著一張曬得黝黑的臉，不僅是因爲他日夜與馬爲伍，更因爲他那硬梆梆的水灰色棉襯衫下的胸膛，令人聯想到黑馬。相較之下，名叫介田伊作的園丁就顯得短小精幹，瘦巴巴的身體上穿著一件深灰色格子襯衫，和看起來不是那麼新的緊身黑色西裝，讓他看起來比實際瘦了一圈。伊作將日漸稀疏的額頭上的一束頭髮斜梳，長長的鬢角像西班牙或是美國南部的男人一樣，梳向後方的頭髮又黑又密，十分服貼。他常常在不經意中向下撫摸他的八字眉，低垂的雙眼更增加了他的孤獨感。他的長相很像歐洲飯店的侍從，或是餐廳的調酒師。事實上，除非面對他眞心喜歡的人，否則，他通常都很沉默寡言。雖然多米多里的笑容和咬核桃時的表情很相像，他的臉在白人混血兒中也算是偏黑的，再加上他內心深埋著一份對藻羅那份永遠無法修成正果的戀愛苦惱，讓他的額頭上始終帶著一層陰霾。即使如此，和伊作相較之下，多米多里仍然顯得是個開朗、豪爽的男人。他們兩人在某些方面具有共同點——一眼就可以看出他們帶有禁欲主義的性格、矜持、清潔，他們懂得眞正的品味，不會輕易和別人熟絡。林作和多米多里之間感情深厚，天上和伊作有著親密無間的主僕關係，因此，多米多里和伊作都受到主人厚愛這一點也完全相同。雖然他們彼此有許多共同點，但這兩個人只要一見面，就會產生敵視。這種反感先源自於伊作，進而傳染到多米多里。林作雖然很清楚，伊作那雙白多於瞳孔的伶俐眼中露出的反彈神情，似乎和天上看藻羅時的熱切眼神有很大的關係。但無論多米多里或林作都不可能知道，其實天上已有未婚妻，伊作很擔心藻羅會擊敗那位未婚妻，取代她的位置。那位未婚妻的身心都很聖潔，伊作相信，只要她嫁入天上家，天上和伊作，以及五位下人美滿的幸福生活將一直持續到天上去世為止。伊作認為，藻羅的出現破壞了他的平靜和心安，於是，內心的不悅就表現在他的態度上。林作認為，天上看藻羅時，眼睛中出現的那種來自他內斂性格的微光雖然的確稍微脫離了常軌，但一個受寵的下人不可能只因為內心的不安，就露骨地表現出那種異常的態度，因此，他猜測這一定和天上的情人有關。然而，林作絲毫沒有把這件事放在心上。伊作的白眼主要投向多米多里，對他產生敵對意識，這是因為他們兩人的地位相等，彼此都對主人十分忠誠。

天上只有在星期日才會見到林作，於是，就在不知不覺中相互打招呼。天上在和林作攀談一、兩句的過程中，主動告訴林作，自己在成城（譯註：東京的高級地段）有土地，以及他帶來的孩子是他唯一的親人——和他年齡相差一大截的堂姐礒子高齡產下的女兒等等。林作當然很清楚，他是用這種自然的方式透露自己有資格向藻羅求婚。

天上守安一表人才，雖然年近三十歲，但他比實際年齡更加老成，這些條件都符合林作為藻羅的另一半訂下的標準。他的外貌像英國人般英俊瀟灑。星期天以外，只要一有時間，他就會去訓練場，用充滿愛意的眼神，熱心地看藻羅練習。與其說他寡言，不如說他幾乎很少說話更正確，但他很注意藻羅的一舉一動。尤其當教練扶著藻羅上馬時，他露出一副「如果可以的話，眞想由自己代勞」的神情。林作曾經聽多米多里報告過這些情況。受到藻羅有一半是刻意的撒嬌和誘惑的影響後，天上看藻羅的溫柔表情中的陰影也急速增加，這一切，林作和多米多里都看在眼裏。從此之後，天上表情中的陰影便不曾從他的臉上消失過。

天上第一次看到藻羅，就被藻羅那種難以馴服的、目空一切的美貌所吸引。他強烈地意識到，藻羅的美貌不可思議地削弱了自己的意識，試圖擄獲自己。有一天，藻羅從馬上下來，跑向剛好來接她的林作而從天上的身旁擦身而過時，他聞到一種植物性的，卻很強烈的香味，他從來不曾在人的身體上聞到這種香味。那一刹那，他就決心要把藻羅佔爲己有，幾天之後，他便堅定了自己的決心。

——我好像在哪一種植物上聞過這種香味……

他一邊在記憶中搜尋，一邊看著藻羅倚在林作身旁，將臉頰貼在林作胸前的樣子。

「爸比。」

「現在不會害怕了吧？你的背要挺得更直才行。」

林作一邊說著，一邊輕輕撫摸著身旁藻羅的背。這個突如其來的愛情畫面，令天上的胸口發悶，身體完全無法動彈。正當他覺得應該打聲招呼時，就突然對林作說出了這句話：

「令千金叫什麼名字？」

林作保持著低頭看著藻羅時的微笑，看著天上，說：

「藻羅這個名字剛好和這個孩子的感覺很吻合。這原本是英國一個舞者的名字，當初，我岳丈極力反對我取這個名字。他說，這個名字聽起來就像是個壞孩子。不過，最近她倒眞的是變壞了……。」

說完，林作依舊沒有鬆開放在藻羅背上凹處的手，又笑著窺望著藻羅的臉。天上無法看到靠在林作胸前的藻羅表情，但他看出了其中的習以爲常和意味深長。

「令千金眞的給人這樣的感覺，這個名字和牟禮的姓也很相襯。」

藻羅從林作的胸前抬起頭，注視著天上，然後，再度將頭埋在父親胸前。藻羅故意做出這樣的動作，因爲，她知道對方會有什麼反應。藻羅的樣子令天上更加心慌意亂，他的激動久久無法平靜下來。藻羅站著時，從不好好站著，總是習慣倚靠在其他東西上。但藻羅靠在她父親身上時，身體頓時變得柔若無骨。

——伊作種的百合在折斷花莖時，會有獨特的香味。就是那種帶著紅色斑點的……

雖然天上曾經在書上看過有女人身上帶有花香，但在他以往的經驗中，從來沒有遇見過這樣的女人。那是一種濃郁的香味，這種誘惑的香味憑著份量，排除了周圍的空氣。就像是擠壓紅色百合的莖，用某種方法萃取其中具有揮發性的芳香成分，然後放入容器中加熱時所散發出的香味。天上在兩分鐘不到的時間內所見識到的光景，在天上結束他並不算長的生命之前，一直鮮明地烙在他的內心深處。雖然天上一開始就被藻羅強烈地吸引，但這種吸引也同時帶有某種凶兆，某種不祥的預感。

——這個女孩身上有某種強烈的東西。眞是個不可思議的女孩子，但她還那麼無知幼稚。不，她並不無知……但很幼稚。她根本就是個孩子。

天上知道方才奪走了自己的心的香味，還牢牢抓著自己的靈魂，他在心中自言自語著。

——她只看了我一眼，就已經帶走了我的心。在她掀開厚重眼瞼的眼中，有一種無意識的自信。那是一種絕對可以抓住對方的自信。應該說，是發自她內心的頑強意志。不僅如此，她就像那些十分清楚自己身體魅力的女人，盡情地展露自己。在這個無知的小女孩身上……

在經歷彼特的事後，藻羅的眼神就變得更有分量。藻羅從小就知道，自己毫無意識地看對方一眼，對方就會拜倒在自己的石榴裙下。而且，她在隱隱約約中也知道，對方願意臣服於自己這件事，根本無法令自己產生任何感動，這反而更加吸引對方。藻羅沉重的眼瞼、漠無表情地嘟起的嘴，藻羅的臉本身就是她的獵網。她眼白的部分好像因爲黑褐色的瞳孔散開的關係，變得有點灰暗。那是一雙沉重的眼睛。藻羅這雙沉重的眼睛牢牢地抓住了天上。林作看到天上已經掉入了藻羅的獵網，便覺得終於爲藻羅找到了一個合適的對象而鬆了一口氣，但也爲十六歲的藻羅的魔力變得如此奇妙而感到十分有趣。那種心態，就像是男人看著自己的女人成長一樣。

在天上成爲藻羅俘虜的決定性日子的第十天，他受林作之邀來到位於淺嘉町的家。在這十天中，天上的生活發生了巨大的改變。按照天上日常的生活習慣，每天八點早餐前，都會寫兩、三張並不想發表的隨筆之類的文章，如果前一晚沒寫日記就上床睡覺，他就會在這個時候補寫。八點離家，去位在橫濱的商社上班。下班後，他會繞到銀座，前往位在日比谷大道旁小巷內的「梅屋」喝咖啡。有時候，也會隨著公司同事一起在銀座喝酒，或是去附近飯店地下的酒吧時，和順便晃來銀座的羽鳥相約一起喝酒。羽鳥是他的國中同學，曾經參加過海軍，和他一起喝酒並不痛快，但他是天上唯一的酒友。回到家後，除了夏季以外，他都習慣先吃飯，再洗澡。洗完澡後，立刻回到二樓的書房喝威士忌、抽菸。在忠實的伊作和五位下人的服侍下，天上每天過著按部就班的生活。自從他在代代木的教練場看到藻羅後，便不曾再去外面喝過酒。因爲，回味藻羅的種種表情和動作，豎起耳朵，讓耳邊重新迴響起藻羅說過的話，比去外面喝酒更令他感到快樂。藻羅很少說話，從第一天在教練場看到她後，她所說的話屈指可數。但這些爲數不多的話，或者根本不成句的話，而是斷斷續續的話音，似乎只有她父親和馬伕聽得懂。但當她微腫著雙眼，用不悅的表情說出這些話音時，更讓人覺得魅力十足。藻羅的寡言、藻羅不耐煩地說話的樣子，正是她的特長之一。她的聲音就像在水中聽到時那麼含糊，是一種很難捕捉的聲音。對藻羅的印象、芳香，以及嚴格來說，並不能稱之爲媚態的東西，卻是一種超越普通女人媚態的媚態，所有這些東西對天上造成的衝擊，都變成了鮮明的記憶把他的生活塞得滿滿的。除了和別人相處的時間以外，藻羅的樣子和聲音塡滿了天上生活中每一個縫隙。他一靜下來，有關藻羅活生生的記憶就會縈繞著他，彷彿藻羅就在他的身邊。天上無法忘懷那像折斷百合莖時的香味，他想像著藻羅的皮膚。雖然他只看過藻羅的皮膚，但可以想像出她皮膚的觸感，於是，天上產生了瘋狂的幻想，他想要抓住藻羅的肩膀，把她按倒，把她壓在自己的胸膛下。天上看起來十分老成，帶著禁欲主義的色彩，他似乎覺得逝去的青春再度絢麗燦爛地席捲而來。

這時，天上的眼睛突然望向窗外，他的目光停留在黃楊灌木叢中露出的伊作遮陽帽上，然後，天上內心產生了不小的痛苦。雖然伊作深深地低著頭，無法看到他在遮陽帽下的表情，但天上即使不看，也已經了然於胸。天上十分瞭解伊作的想法，因爲，這也是自己半個月之前的想法。在相親後，天上和國文學者片山基次郎的遺孤獨生女園子訂了婚，他愛上了她。如果和園子結婚，就代表伊作和其他下人將永遠持續這份寧靜的幸福。對於此事，伊作和天上有著完全相同的想法，就像流入同一個低窪處的水一樣。然而，如今天上卻希望藻羅闖進自己邁向寧靜晚年的路，把這一份寧靜幸福破壞得蕩然無存。天上在這種放蕩的欲望面前徹底敗下陣來。那天，在藻羅下馬跑向父親身邊時，天上聞到了藻羅身上散發出那種濃郁而甜蜜、具揮發性的，像是液體的香味的那一剎那，天上便已經失去了自我。天上是個嚴以律己的男人，當他第一眼看到藻羅，便知道她不是當妻子的適當人選。如今，他卻再也無法克制自己想要娶她爲妻的欲望，也無法再繼續維持和片山園子的婚約。

藻羅身上那種像帶有紅色斑點百合般的香味，奪走了天上的意志力。與其說，這是香味的作用，倒不如說是藻羅身上發出了某種吸引對方的意志。即使藻羅什麼都不做，就可以滲入對方的內心；只要她看對方一眼，某種帶有黏性的東西，就可以藉由藻羅的眼睛吸引對方，那就是「藻羅之蜜」。天上在藻羅之蜜前敗北。天上知道，自己解除了和片山園子的婚約，準備迎娶藻羅一事，會讓唯一的親人磯子多麼傷心；也知道這將會無情地踐踏和磯子一樣，爲自己幸福著想的伊作的心。然而，天上仍然排除了這一切困難，決心迎娶藻羅。

在天上受林作之邀，拜訪牟禮家的那一天，臨別之際，他突然但很平靜地提出了求婚。林作拜會了鄉田重臣，在和多米多里、彌商量後，接受了天上的求婚。大家毫無異議地認爲，天上家具備了無懈可擊的條件，足以迎娶藻羅。林作和藻羅談起此事時，正如原本所預期的那樣，藻羅完全沒有任何意見。藻羅唯一感興趣的，就是天上像發瘋似地愛上了自己，僅此而已。就和在石沼海邊跟著彼特回家時的情況完全一樣。而且，天上又是個有錢人。藻羅自己也很清楚，自己必須嫁到家裏有傭人的有錢人家庭，而且，結婚對象必須是能夠允許她任性的人。

❧ ❧ ❧

天上從電話中得知林作答應了他的求婚後，立刻造訪了堂姐磯子的家，向她報告，之前和她提到的和藻羅的婚事已經敲定了。回家後，他又把伊作叫來客廳，把同樣的話告訴了伊作。但他和伊作說這件事時，並不能算是報告，而是希望他能夠瞭解這樣的狀況。無論是正在說話的天上，還是一旁聆聽的伊作，都無可避免地承受著痛苦。他們兩人都知道，這一天終於來了。

「恭喜您的婚事定下來。」

伊作說完，便像蓋上蓋子一樣垂下了眼睛。天上全都看在眼裏。

伊作身穿灰色的襯衣，深灰色的工作服，戴著一條洗得很乾淨，卻顯得有點舊，而且也不夠服貼的黑色領帶，領結打得特別緊。他在守安前面表現得很恭敬有禮，但他用張開的大拇指和食指用力掐著自己的大腿。他抬起了頭，嚴肅的臉上，兩隻眼睛發出貝殼一樣的光，哀傷地看著守安。在這張臉上，可以看到懷念刻在他臉頰的皺紋裏。

「牟禮家的小姐還是個孩子。……來這裏後，過一陣子就可以成爲一位好太太。不過，與其說她完美無缺，不如說是放任驕縱更貼切。」

「是，那當然。」

這兩個人對藻羅已經有所瞭解，他們的談話雖然圍繞著藻羅，但聊的都是一些無關痛癢的事，就像打不中靶心的玩具球一樣。然後，兩人都陷入了沉默。

爲了消除這煩悶的沉默，天上開始問起伊作他最近開始種的岩桔梗。岩桔梗是一種在岩石旁爭奇鬥豔的花朵，十幾天前，伊作請假回到故鄉，撿了一些合適的岩石回來。一談到花的事，伊作一掃眼中的憂鬱，一對慧黠的眼睛閃閃發亮。天上很喜歡伊作這種充滿智慧的表情。

「我以前在家裏種過這種花，開出的花會很漂亮。我已經把土壤都準備好了。」

伊作咧著嘴，充滿自信地笑了起來。

在前任園丁萬吉得了肺病請辭後，天上在報上刊登了徵人啓事。在十五個前來應徵的人中，介田伊作因爲行爲舉止得體和一臉聰明相而雀屛中選。受雇後不久，伊作就徵得了天上的同意，去附近的店買了花種、葦竿、麻繩和眼前暫時要用的現成肥料等，開始動手種花。伊作的種花技術一流，他以前曾在自家狹小的後院種過高山植物等珍奇花卉。在陽台上，也放著空啤酒箱，裏面種著西洋花，以及他喜歡用來觀賞的蘆筍。在粗糙的圓形岩石縫隙中生長的白色岩桔梗，更讓每位造訪者爲之驚豔。這一陣子，他也開始在這裏種植他拿手的岩桔梗了。他看那些植物書上的照片，知道最好選用帶有小洞的石頭，就特地去找來這些石頭。天上認爲，雖然伊作不是專業園藝家，卻是園藝方面的天才。

藻羅來到天上家時，第一個見到的就是園丁介田伊作。第一次造訪的時候。藻羅倚在天上的胸前走進大門，對天上放在自己肩膀上的手露出了些許厭倦的表情。正當她一邊向前走，一邊看著延伸到玄關的花台時，在右側花田深處，看到一棟和多米多里房間很像的小屋，介田手拿著遮陽帽，像迎接將校的士兵般站在那裏。雖然天上並沒有特別的指示，但介田認爲自己是園丁，在那裏迎接最合適。其他的下人們都在玄關集合。伊作看著天上的視線移向了藻羅，他的眼中立刻閃過一陣厭惡的表情。藻羅清楚地看到，伊作在看天上時的寂寞眼神像魚鱗般地剝落，眼中只剩下銳利。

那天，當伊作看到藻羅以明確而正式的未婚妻身分出現在自己面前時，讓他產生了一種莫名而又強烈的不悅。

——這個女人要進這個家了。對老爺來說，這個女人進這個家絕不會有好事。

伊作在心裏想道。那是一種不可思議的確信，他看到了藻羅身上不幸的鳥，胸口感到一陣抽痛。伊作這種男人，只愛花、鳥、動物和賢淑溫柔的女人。藻羅身上那種吸引男人的特質正是伊作厭惡之至的。不僅如此，即使是溫柔賢淑的女人，伊作也不會想要娶她爲妻。在他的觀念中，當自己從人類變成動物時，女人可以把自己變回人類。片山園子的身體很奇特，即使她穿著衣服，也可以明確感受到她的謙恭，即使在她的維納斯之丘附近，感受到的是她的母性，而不是女人的身體。她有一顆溫柔的心，可以發自內心地愛每一個人。相較之下，藻羅的身體美豔，只要看男人一眼，就可以摧毀男人的精神；她具有一種肉欲的意念，可以一絲不掛地入侵男人的靈魂。而且，她自己對此並不自知。伊作在教練場第一次看到藻羅時，就極度厭惡她。藻羅雖然知道伊作在教練場時就討厭自己，但她絲毫不爲所動，她以漠然的眼神看了看伊作。天上親眼看到了藻羅和伊作之間眼神交會時的閃電。當時，藻羅的嘴不悅地噘了起來。天上凝視著藻羅靠在自己肩上，抬頭看著自己。

——怎麼還停在這裏呢？

他從藻羅的眼神中看到了她的催促，便重新邁出腳步。伊作看著他們的背影，不禁在內心想道：今天以前，我每天早晨爲飯廳桌上的花瓶和書房插一朵鮮花，祝福天天幸福的平靜日子已經結束了。他垂著頭，走回小屋。藻羅看伊作的眼神雖然幼稚而漠然，卻像滑膩柔軟的生物一樣，糾纏著伊作的心。在這種滑膩中，有一種漠然的厭惡。

在總管本間良的帶領下，管家石田梅、廚師李芳順和司機木村利夫和廚房傭人山口友惠等五個人在玄關迎接天上和藻羅。當看到藻羅在天上的攙扶下走進來，花了好長時間才笨拙地脫下鞋子進門時，所有下人們都有一種異樣的感覺。藻羅幼稚得簡直就像是幼兒，卻又顯得極其嫵媚。雖然他們從來不曾看過國王或是想像過國王的樣子，但不知道爲什麼，他們在藻羅身上看到了王者般的尊貴。雖然藻羅身上看不到刻意蔑視下人的樣子，但她的態度就是那麼傲慢。她對任何事都漠不關心，似乎無視周圍的一切。總管本間良不禁在心裏想道：

「這女孩可不容易應付。」

然後，她又繼續想道：

「不知道要費多少工夫去照顧她。她看起來就像是個孩子，不然就是白癡，但事情才沒有這麼簡單，白癡怎麼可能把老爺迷得神魂顛倒。其中一定有什麼玄機，老爺怎麼就這麼輕易掉入了女人的陷阱。雖然我之前就察覺到了，在陪瑪麗小姐去教練場那天，老爺回來的樣子就不太對勁。介田那個怪胎雖然什麼都不說，我也不知道到底發生了什麼事，但就是在那以後，老爺才慢慢地……」

石田梅的著眼點也和本間良完全一致，當藻羅脫好鞋子走進家門時，兩人迅速交換了頗有同感的眼色。雖然不知道爲什麼，但是藻羅身上有一種十六歲的女人不可能有的壓迫感和某種份量，深深地吸引了天上。只要觀察天上看著藻羅的神情，就會發現兩人之間，有一種莫名的悶熱空氣，讓人懷疑他們之間是不是發生了什麼。不僅本間良和石田梅發現了，站在那裏的所有下人都感受到了。

山口友惠縮著脖子，瞥了一眼本間良和石田梅，廚師李靜靜地看了一眼藻羅，立刻垂下了眼睛。只有司機木村毫不在意。他只是個忠實而正直的男人。

「這是牟禮藻羅，是我的未婚妻。」

天上說完，又向藻羅介紹：

「這兩位是本間良和石田梅，是管家。這是廚師李芳順，對面的是在廚房工作的山口友惠。」

藻羅一言不發地看著他們，只微微地點了一下頭。然後，又倚靠在天上的肩膀，本間良他們覺得藻羅的身體好像一下子變得柔若無骨，依附在天上的身上。然後，藻羅用眼神說：

「可以去那裏了嗎？」

天上用似乎要把藻羅雙眼吸進去一般的眼神望著她，眨了一下睫毛。傭人們用輕蔑的眼神看著天上那副耽溺在愛中的可憐身影。

天上猶豫了一下，隨即抱著藻羅的肩膀，從不知所措的下人面前走了過去。

天上還不曾直接摸過藻羅裸露的肩膀，此刻，他的手正從她的白色薄紗夏裝外，偷偷地感受著她肩上結實的肌肉，令人聯想到中國古代皇帝，在手上把玩著昂貴的玉石，享受著美妙觸感的樣子。這時，天上蒼白的臉色，和臉色極不協調的紅唇背叛了他禁欲主義的，甚至看起來有宗教色彩的容貌。藻羅經由彼特那件事後，已經瞭解了男人想要擁有自己身體的強烈願望，但她也隱約感受到天上內心的欲望和彼特的並不相同，她對天上的欲望感到煩心和譏諷。

五月第一個悶熱的初夜，藻羅在門窗緊閉的二樓起居室，被關在木箱床中時，突然墜入一個被像爬蟲類舌頭般柔軟東西狂吻，一個想逃也無法逃脫的陷阱。這陣悶熱和恐懼持續了好久，在一雙像蛇一樣粗壯強韌的手臂纏繞下，她感受到再次經歷的夏夜痛楚，把這段永恆恐怖時間帶到極限。藻羅的身體因爲拚命掙扎而疲累得連下巴也抬不起來，靜靜地躺在天上的視線下。自那天晚上之後，天上一到晚上就陰魂不散地現身，讓藻羅再度陷入極度的疲憊中。

這種索然無味的夜晚讓藻羅原本的幾分興趣也蕩然無存。藻羅的內心開始對讓自己處於這種無聊和倦怠中的天上產生了反抗。天上整天用充滿悲傷的愛的眼神追隨自己的一舉一動，只要一出現在自己身旁，他就會摟著自己的肩膀，將臉貼近自己。即使在下人面前，藻羅也毫不掩飾她對天上的厭煩。

藻羅對伊作的厭惡和對天上的反抗在心中與日俱增，她漸漸產生了想要讓他們好看的念頭，但藻羅還有另外一個厭惡的標的。那就是藻羅在天上的陪同下，第一次去伊作房間時，在伊作房間的桌上所看到的那隻肥白鴿。她立刻知道那就是天上以前向她提過的那隻鴿子，但那是藻羅第一次知道天上有多愛那隻鴿子；也是第一次知道那隻鴿子還有個名字，叫艾美。當然，那也是她第一次知道伊作多麼悉心照料著天上交給他的艾美。

早在藻羅對天上還沒有任何感覺的時候，就因爲伊作那些討人厭的舉止觸發了她對伊作的厭惡。從那天開始，藻羅對艾美的敵意便和對伊作的厭惡融爲一體。藻羅並不是嫉妒天上愛艾美這件事，而是對自己自從和天上結婚以來，整天被關在家裏，讓她身處在一個和以前完全不同的氣氛產生了排斥。天上在和自己結婚後，把自己當作一個可以讓他爲所欲爲的生物，封閉在這個家裏，讓自己整天生活在窮極無聊中。藻羅除了對此深感憤怒以外，更加上了對艾美的反感。藻羅原本就討厭鳥類。有一次，藻羅在林作的朋友家中，看到那位朋友養的雞，沒來由地感到渾身不舒服。當藻羅注視著那隻雞時，發現雞的兩隻髒髒的黃色雞腳上，有著和蛇一樣的花紋。雞腳表面是蛇背的圖案，背面有著和蛇腹相同的橫條紋，雞腳就像甲殼般的堅硬，這一點也和蛇如出一轍。藻羅毛骨悚然地一直盯著雞腳看。從那天以後，藻羅便開始討厭所有的鳥類。當她把這件事告訴林作時，才知道林作也爲相同的理由討厭鳥類。而且，林作的另一位朋友認識一位名叫河西鵝堂的鳥類學者，當這位朋友隨口向河西提及這件事時，才知道鳥類在太古時代曾經是蛇，曾經住在水裏。天上沒有把自己很疼愛艾美這件事告訴藻羅，雖然是一件小事，但仍然讓藻羅有一種被欺騙的感覺。而且，當藻羅看到伊作對艾美呵護備至的情景，對她更是一大刺激。

於是，藻羅對天上的憤怒就轉嫁到了艾美身上，就從天上在結婚後，第一次帶藻羅造訪伊作的小屋那一天開始。當藻羅背對著庭院的陽光站著時，身後的那一片陰影，預示著艾美坎坷命運的開始。那一天，天氣十分晴朗，五彩繽紛的花和葉子都在地上投下了清晰的陰影。

* * *

一年中，第一個酷暑的日子又來了，藻羅好像渾身皮膚的毛細孔都被阻塞了一樣，悶熱得苦不堪言。這是藻羅來到天上家後第一個六月。到了晚上，氣溫更加上升了。十一點過後，藻羅在天上百般糾纏的愛撫和悶熱中嬌喘著，像平時一樣，正當她爲天上的極度執拗而難過得左右逃避時，藻羅突然發出了一聲輕輕的叫聲。藻羅拚命把天上推開，體內有一種像熱水般異樣的感覺慢慢擴散。在她身體深處，感受到一種像發高燒嬰兒嘴唇上的痙攣。天上發現後，用緩慢的動作將藻羅壓在自己的身體下，在強烈、慵懶的香味中，將藻羅封閉在那可怕的感覺中。然後，天上用一種從未有過的柔情看著一雙朦朧大眼，把臉轉向一旁的藻羅。充滿柔情的天上彷彿恢復了白天的樣子。此刻的他，覺得今晚，當藻羅進入了一個新境界的同時，夜晚的庭院中，似乎也有某種花綻放了。那種花和藻羅在相同的時刻綻放。……在此之前，天上對女人有一種厭惡感。一旦他離開女人的身體，便對女人毫無眷戀，進而產生一種厭惡。他認爲，自己接近女人只是爲了可以讓自己進入那種境界。在此之前，天上都是和不特定的女人維持這種關係。天上在和片山園子訂婚後，雖然曾經遠離那些女人，但仍然夢想著回到那溫柔的花園，對此也抱有一絲小小的期待。正在這個時候，天上被藻羅深深地吸引。只要看她一眼就會被吸引，只要觸碰到她的身體，就會掉入萬丈深淵。在和藻羅相處的日子中，天上已經完全失去了思考能力。對藻羅而言，即使在身體抽離後，也沒有這種索然無味的甦醒。然而，在這一天晚上，藻羅甦醒了。天上一直把自己當成是藻羅身體的可憐守護人，從這天晚上開始，他就不得不把這種覺醒中所蘊藏的，像不定時炸彈似的危險品抱在懷裏。他變成了一個甜蜜果實的守護人，隨時抱著一個極度危險的不定時炸彈，整天提心吊膽地生活，生怕被其他男人奪走。天上喪失了冷靜，溫柔地按著藻羅肩膀的手漸漸帶著邪惡的力量，將睜著一雙朦朧的眼睛，憤怒地抵抗的藻羅扳了過來。

在訂製木箱床時，天上的腦海中想像著從古老童話書的插圖上看到樵夫家的床，他從其他書中找到了外形相似，但設計更精巧的木箱床圖案，便毫不猶豫地做出了決定。當他第一次看到做好的床鋪時，立刻想像著自己和藻羅的初夜。他這才發現，這張床充滿情色的氣氛。他也同時爲自己竟然一直都沒有發現，童話中樵夫家的那張床其實是他單身女兒的床感到驚訝。他也覺得，對年幼的、一味想要逃脫的藻羅來說，這個木箱床的形狀未免太殘酷了。彌雖然沒有注意到這件事，但彌不在家的時候，本間良曾經走進放著這張床的房間。本間良和淺嘉町的柴田一樣，雖然經歷過短暫的婚姻生活，卻缺乏美好的性經驗。然而，以一個四十歲女人的第六感，她覺得自己發現了這張木床的祕密。本間良覺得天上是刻意設計這種形狀的床。當天晚上，良就在晚餐後，把這件事偷偷地告訴了石田梅。她趁彌稍微離席時，很簡短快速地說了這件事，當時，山口友惠雖然裝做事不關己，卻伸長了耳朵。其實她只是故意裝做不知道，但她紅著臉、興趣盎然地在偷聽的事，卻被她那雙愚蠢的眼睛出賣了，被另外兩個女人發現了，正當她們看著友惠發出下流的笑聲時，彌回了座。彌雖然不知道發生了什麼事，但立刻感受到那裏有一種不舒服的氣氛。幾天後，當本間良聽彌說，伊作費盡心思新種的白玫瑰開花時，便來到院子裏。她走近伊作的遮陽帽，假裝欣賞花的樣子和伊作搭訕，告訴他藻羅起居室裏的床鋪樣式很奇特。伊作裝做沒聽到的樣子將頭偏向一邊，但臉上露出了難以察覺的不悅。良發現這一點後，在心裏奏起了凱歌，便轉身離去。彌知道良去了院子，由於她的這個舉動很不尋常，便猜想她是去找伊作。因爲，她想起了幾天前，良和梅臉上那種令人不舒服的神情，她很清楚，她們一定是在說藻羅的壞話，這令彌心如刀割。當天晚上，當彌獨自一人時，突然好想見到林作和多米多里，想要告訴他們，但她又怕他們聽了以後也會難過。

——但老爺應該不會在意這種事吧。

彌在心中喃喃自語道。

在藻羅經歷那個不可思議的驚恐之夜後的第五天早晨，她懶洋洋地起了床。她叫來彌，擦了身體、梳了頭，喝了半杯彌端來的檸檬汽水，換上一件洗了多次，已經有點褪色的棉質居家服。她很喜歡這件在四方形的領口、袖口和下襬都鑲著白色寬幅緄邊的衣服。這件夏裝是請熟識的裁縫店按照藻羅在三歲時，林作爲她從柏林買回來以暗綠和藍爲主調的格子布料上，鑲著猩紅色緄邊的冬裝款式訂做的。藻羅經常穿這一件，已經洗得有點褪色了，但穿起來時，感覺反而比新的時候更好看。

天上在黎明時才離開藻羅，推開藻羅起居室牆上的門，回到了隔壁房間後，藻羅睡得很熟。藻羅醒來時，一看鐘，已經十點了。天上早已出門了，不在家。

藻羅從彌爲她打開的窗戶向下望去，剛好看到多米多里走了進來。她看到他腋下挾著一個眼熟的茶褐色布包著的小包裹。多米多里突然放慢了腳步，抬頭看著藻羅的窗戶，看到了藻羅。隨後，便和從小屋附近花田中起身，摘下遮陽帽的伊作客氣地打招呼。伊作不知道說了什麼，多米多里便走近伊作，然後，跟著他走進了小屋。多米多里曾多次造訪天上家，他很清楚藻羅和伊作之間稱得上水火不容。多米多里雖然很瞭解藻羅的目中無人，但介田伊作對藻羅的態度讓他感到更不舒服，令他燃起了年輕而激烈的怒火。然而，爲了大局著想，即使不需要看林作對伊作的態度，他也知道即使自己心裏再怎麼不愉快，也要維持表面的客套。

過了一陣子，多米多里就從後門走進位於玄關大廳後方的廚房，將包裹交給廚師李，向正好在廚房的彌傳達了林作的安慰話語，接受了彌和友惠爲他泡的紅茶。不久，在被召喚鈴找去的彌的引導下，來到數度造訪過藻羅的起居室。

多米多里從明亮的戶外走進昏暗的起居室，看到在床鋪和靠右側牆壁的衣櫃間，放著一張大型黑色皮椅。在凹陷的地方，縫製著相同皮革的釦子，藻羅正無力地靠在椅子上。多米多里立刻發現了藻羅眼底發出光芒的雙眼中，出現了前所未有的變化。

「爸比呢？」

多米多里那灰暗、深藏著愛情的雙眼微笑地看著藻羅。那雙眼中，充分傳達了林作對藻羅的日思夜想，以及林作和多米多里談論藻羅的每一天。藻羅一直看著多米多里，從她的眼神中，無法知道她到底有沒有汲取到多米多里眼神所傳達的意境。藻羅說道：

「那頂像安第斯山的女帽般的遮陽帽是守安給他的。伊作房間裏的那張椅子也……」

多米多里暗淡的臉上又浮起了笑容。那是一種愛得無法克制，卻又十分痛苦的微笑。

藻羅凝視著多米多里臉上的表情，兩隻眼睛在昏暗中發出朦朧的光芒。

——這是名叫藻羅的寶石。

多米多里在心裏低語著。

多米多里看著藻羅，心裏十分清楚，自己那雙眼睛埋葬和隱藏著永遠無法實現的熱情，卻又發出熊熊火光十分異樣。同時，他也知道這會爲藻羅的肉食獸帶來歡愉，然而，他就是無法讓視線離開藻羅的雙眼。有一層霧從他頭的後方籠罩而來。紅百合莖的香味讓多米多里固定在膠著的狀態。這時，藻羅略微豐滿的雙唇滿足地鬆弛著，雙腿微微張開。但是，女人張腿一點都不會顯得卑賤，這只是代表藻羅處於腦筋一片空白的狀態。藻羅確認了多米多里用充滿壓抑的愛的眼神看著自己，並沒有責備自己說出那句絕對不值得稱讚、卑鄙又損人的話。十六歲、名爲藻羅的愛的肉食獸，隨時都確實用自己的雙手，把握住可以令自己舌頭滿足的獵物——最近幾乎很少有機會看到的林作，正在遠方一如往常靜靜地守候著自己和愛撫著自己的愛情；已經塵封在遙遠過去，海邊房子裏彼特的熱情之火；白天全心全意地傾注所有的愛，一到晚上，就以另一張可怕的臉出現折磨藻羅的天上的癡狂愛情——否則，就無法令她感到滿足。多米多里在那裏看到了她那準確地抓住獵物的鷹爪。

「多米多里，我有東西要給你看。」

藻羅說完，便起身打開了衣櫃。樟腦的香味頓時刺激了多米多里的眼睛，但他瞠目結舌地看著衣櫃裏不計其數的洋裝和大衣。

藻羅伸手抓了一件掛在衣架上的栗褐色毛皮大衣。那毛皮摸起來像柔順的貓，卻有一定的硬度，不知道這樣的形容是否貼切。反正，那種豔麗的光澤，即使不用親手去摸，也可以體會到。然後，藻羅把手伸進衣架下方那一格，拿出一頂和大衣配成一套的土耳其式帽子。藻羅穿上大衣後，一雙美腿一搖一搖地走著，看在多米多里的眼裏，簡直就像是一頭肥碩、光豔動人的豹。

俄國產的棕狐帽子發出濕潤的光，看起來鬆鬆軟軟的，就像是帶著體溫的動物一樣，多米多里好不容易才克制住自己想要伸手觸摸的衝動。深栗褐色的毛皮帽蜿蜒著寬寬的帽簷，從帽簷垂下兩根長長的緞帶，可以綁在下巴的下方。有一件猩紅的洋裝可以搭配這頂帽子。當藻羅一一展示她的行頭時，都會轉過身來看著多米多里。

——你看到了嗎？

藻羅的眼神像是在確認，充滿了天眞而毫無戒心的撒嬌。在她那雙眼睛下方，在薄棉居家服下，比以前更富曲線的肩膀、胸部，以及向來都很豐滿的腰部若隱若現，顯得更加嬌豔欲滴。她一舉手，一投足，都會散發出令頭皮發麻的濃郁香味。多米多里的額頭上帶著陰霾，看起來像是不高興似地緊抿著嘴。當藻羅把洋裝放在下巴下方，挑著眼睛看著他時，他微微地露出白齒一笑，但額頭和臉頰上卻依舊帶著陰霾。他的笑容很甜蜜，他低垂的雙眼像被磨過般銳利而痛苦。然而，陰霾很快又爬回他的臉上。藻羅又打開了枕邊的珠寶盒，從一堆亂丟的珠寶中，拿出細細的白金項鍊，上面掛著一個兩面切割得十分完美的一克拉七十分左右的鑽石，另外，還拿出一個四個角呈方形，就像古代皇冠上常見形狀的紅寶石戒指，然後，從以前放梅子和小鏡子的白兔手筒中拿出林作送她的鑽石戒指給多米多里看。多米多里握緊著拳頭，伸出大拇指用力撐在嘴角至下巴一帶。那是愛憐和苦戀混雜在一起的表情。

「其他的下次再給你看。」

說完，藻羅又坐回了椅子，看著仍然站在衣櫃前的多米多里。她的兩隻眼睛正在想別的事。多米多里把支撐著下巴的手拿開，微微地低了低頭，說：

「老爺可能快回家了，我先告辭了。」

藻羅用眼瞳快要黏到上眼皮的眼神瞥著多米多里，然後，注視著他說：

「介田房間正中央有一張椅子，當遮陽帽放在椅子上時，就代表介田不在家。多米多里，你看到那隻白色的鴿子了嗎？」

藻羅的盤算在多米多里的心裏映出一副模糊的壞景象。多米多里剛才看到介田把自己動手做的板條式隔板放在木籬笆兩側的支架上，並把鳥籠放在上面，用蓮蓬頭清洗著。因爲連續兩天都是大晴天，介田也相信天氣預報所預告的，明天將會是個好天氣，就把艾美的鳥籠拿出來，放在陽光下清洗。當多米多里知道，藻羅的眼瞳黏到上眼皮的異樣眼神，就是因爲她在打這個壞主意後，額頭上的陰霾更深了。他走到門口，在打開門前回過頭來，雖然沒有露出牙齒，但展露了一個已經無法承受這份愛的痛苦微笑。

今天，藻羅又躺在木箱床中。伊作的房間像放大了一樣，每個角落都浮現在她的腦海裏。帶著寂寞影子的木椅位在房間的正中央，上面放著安第斯的遮陽帽。

伊作只有去買菸，或是購買種花用的蘆葦或麻繩，再不就是去買鴿子的飼料時，才會離開他的小屋。位於方形房間角落的桌子上，擺著守安擱在他那裏的金錢出納簿和日記簿子、兩本有關園藝的厚書，以及在白石海邊撿來的有孔石。抽屜裏放著火柴、將花草綁在蘆葦上時用的繩子、釘子，和天上送給他用來裝菸草的束口型皮革菸草袋，以及細細的菸斗，他在晚間獨自放鬆時，都會抽菸斗。然後，還有乾洗店的收據、一枝短鉛筆、肥後守（譯註：折疊刀的品牌）的折疊刀和水果刀。

除了桌子以外，就只有椅子。左側的牆上掛著裱在細木框裏的畫，是守安轉送給他的梵谷吊橋素描；在這幅畫對面的右側牆上，是林作送給他的魯東（譯註：Odilon Redon，法國畫家，一八四〇～一九一六年）上了水彩顏色的蝴蝶素描，這幅畫裱在淡青竹色的細木框裏。伊作只有晚上和每年有一、兩次去他弟弟家時才會換上外出服時，才會把灰色的工作服掛在牆上。這就是他房間裏所有的東西，和多米多里的房間一樣簡樸，但伊作性格中的孤獨和極端的禁欲主義散播在這個房間的每個角落，使它本身拒絕著配偶和同居人。藻羅每次看到這個房間，就可以感受到他頑強的孤獨。這個靜得出奇的房間、花田旁擠滿野木瓜和南五味子葉的低圍牆、房間後的木籬笆、和多米多里房間相同，在天花板附近的採光天窗，以及在木籬笆上，伊作爲了放艾美的鳥籠而釘起的支架木條，這些東西都隨著鳥翅的味道和伊作所抽的金蝙蝠（Gold Bat）菸味，一起浮現在藻羅的面前。

——讓艾美逃走，再怪罪到伊作頭上就好了。這可能做不到……不過，只要艾美跑了，守安和伊作就會傷心吧……

藻羅在心中說道。

藻羅的雙眼水汪汪的，發出陶醉的光澤。這是她在打壞主意時，感受到一種奇妙的、甜蜜的歡愉。藻羅準備今天攻擊艾美，這個計畫中隱藏著對彼特的情欲，只是藻羅並沒有明確地意識到這一點。藻羅對嬰兒嘴唇的痙攣仍然心懷恐懼。但從痙攣感侵襲而來的那一剎那起，這種感覺就和彼特維繫在一起。對艾美下手的計畫只是對彼特那份被埋葬的欲望的前哨戰，一種不自覺的小試身手。

藻羅難受地扭動著身體，環顧四周。兩隻眼睛更加水汪汪，她的眼底發出了光芒，好像包了一層透明薄膜。她懶洋洋地伸出滲汗的手臂和雙腿，過了一會兒，又慢慢地站了起來。她從窗戶看小屋的方向，看到燦爛的陽光下，艾美的箱子正放在圍牆上。她叫來彌，吩咐她做好洗澡的準備。不等彌上來報告，她就迫不及待地下了樓。她在玄關大廳看到本間良正從廚房走來。藻羅翻著眼睛注視著她的眼睛。走進位於廚房隔壁的浴室，看到彌已經準備好了毛巾和肥皀，便說：

「我自己洗就好了，你先下去吧。」

支開了彌，她沒有沖水就直接把身體浸入浴池。貼著白色磁磚的四方形浴池雖然不大，卻很有深度。浴室的牆壁和地上都鋪著白色磁磚，由於房子已經老舊，每個角落和地面的格子形接縫處都變成了偏紫的黑，但只有浴池因爲經常刷洗的關係，仍然發出乳白色光澤。在天花板附近，有一個白色框架的窗戶，浴池的正上方裝了淋浴用的蓮蓬頭。藻羅發出很大的聲音從浴池裏站了起來，用不靈巧的動作拿起鐵鏽色的海綿，擦洗著胸部、手臂和雙腿，在天花板模糊的電燈和熱水蒸氣中，藻羅的乳房、腹部和雙腿在身體上灑下陰影，整個身體發出了收斂的光澤。藻羅立刻丟下海綿，再度沉入浴池中。

——良的眼睛好像察覺了什麼……不過，她怎麼可能知道？

本間良在和藻羅擦身而過時，忿忿地瞪了她一眼。

——那雙眼睛到底該怎麼說，眞的是深不可測。她的眼睛雖然看起來像是寶石，但那是野獸的眼睛。好像在打什麼主意，到底在打什麼主意？

本間良心裏這麼想道，便走進了位在飯廳和客廳旁的樓梯後方的起居室。她每天都有午睡的習慣。藻羅走出浴室，躡手躡腳地穿著室內鞋，走到了門外。

——今天不能有香味，所以，我才沒有用古龍水。

藻羅走在花叢中，故意不經意地走過伊作房間門口。房間裏的那張椅子上，放著遮陽帽，一片寂靜。由於連續兩天的好天氣，把每塊榻榻米都照得很明亮。

「他不在。」

藻羅低語著，費力地拿起放在小屋旁花苗用的空箱子，躲在繡球花的後面，靠近了鴿籠。

——一定要趁現在。

藻羅把花苗箱放在圍牆下，站在上面踮起腳尖，心跳不已地輕聲打開了鴿籠的門。豔陽下，伊作在圍牆上種的西洋常春藤和灑下的陰影，以及木籬笆上木紋的裂痕，都清晰地映在藻羅的眼中，讓她不禁有一種罪惡感。

艾美好像預知有危險似地膽怯著，一動也不動，藻羅回頭看了一下小屋的方向，更用力地搖著鴿籠。艾美充滿恐懼似地僵硬著身體。藻羅把鴿籠門打開，將踏腳板放回原來的位置，再度躲在繡球花後，便穿過花圃中的小路，走進了玄關，悄聲地上樓回了房間。

——也可能在我離開後……

藻羅隱約聽到艾美拍打翅膀的聲音，她跑向窗邊，發現艾美正在距離鴿籠一公尺上空的位置。不知道是不是因爲害怕，牠的腳爪像鉤子一樣彎曲著，尾翅無力地下垂著。但抱在胸前的翅膀立刻像扇子一樣張開，緩緩地舞向天空。在飛舞的途中，牠張開兩腳，似乎想要站在空中。

（牠在害怕。）

當牠翻轉身體，背朝著藻羅時，就飛舞得更加有力了。過了一陣子，才將翅膀保持平行，用輕鬆的姿勢飛翔起來。藻羅看到艾美展翅的樣子，突然感到一陣恐懼，立刻躲進木箱床，蓋上了棉被。終於下手的滿足感和忐忑糾結在一起，在微溫的床上包圍著藻羅。

不久，伊作回來了，他發現了鴿去籠空的鴿籠，仰頭一看，只看到艾美的身影已經變成了一個小灰點。伊作瞇著眼，注視著變成小點的艾美。艾美突然橫向飛去，好像迷路一般地茫然地飛著，不久，便消失在雲端。伊作仍然仰望著天空片刻，終於垂頭喪氣地走進了房間。

——牠應該會回來吧。到了晚上，天空變冷了，牠就會回到我爲牠做的籠子裏。

伊作想道。他坐在椅子上，一動也不動。然後，伸手把菸灰缸拉到桌角，從衣服口袋裏摸出香菸，點了火。從艾美最初在院子裏不知所措的樣子，可以判斷出牠是一隻家鴿，所以，應該不會長時間在戶外亂飛。但伊作也擔心牠會在迷路之際消耗體力，陷入凶多吉少的命運。當伊作看到圍牆下，被空箱子壓過的痕跡，以及偏離了原來位置的花苗箱時，內心不禁大爲憤慨，忍不住想要破口大罵。天上即使失去艾美後，只要把藻羅抱在寂寞的胸膛上，就會在對藻羅的溺愛中，忘記艾美的悲慘命運，忘記片山園子的不幸。伊作在藻羅的身上看到了「惡」。他無法理解為什麼會有男人愛上片山園子以外的女人。他有嚴重的潔癖，他根本不屑讓女人進自己的家門。女人嘛，只要在需要時花錢買就有了。但他從來沒有把這種想法告訴別人，因為他相信，一旦他告訴別人，就會被認為是過度的潔癖引起的病態。

藻羅想道。

——艾美可能會回來……如果遇到了森林，艾美也不會住在森林裏。牠一定會停在哪一戶人家院子的樹上，或是從天上掉下來，迷路而死。

——但如果牠停在哪一戶人家的樹上，附近的人可能會找到這裏來……

想到這裏，藻羅坐了起來，靠著床頭，用雙手墊在脖頸的後方，挺起胸部，注視著前方。向上翻起的眼睛似乎發出了濃郁的香氣。當她想到守安和伊作將齊心協力地處理命運悲慘的艾美，心裏就很不高興。雖然她既不愛天上，更不愛伊作，但她不喜歡看到他們兩人親密的樣子。突然，藻羅露出狡猾的眼神，嘴角輕輕上揚，露出藻羅式的笑容。因為她想到，守安和伊作都會為這件事驚慌不安，而且感到難過。這樣就夠了。藻羅下了床，從窗戶看著伊作的小屋。放在圍牆上的艾美的鴿籠已經不見了。繡球花叢和伊作的小屋都一片寂靜。突然，伊作從小屋走了出來，抬頭看著藻羅。看到小屋周圍恢復平靜後，沉浸在一片不幸中，藻羅內心產生了些許的恐懼，被伊作這麼一看，藻羅不免有點退縮，但仍然目不轉睛地看著遠處那張眼睛、鼻子輪廓變得模糊，看起來極其慘白的臉。

伊作回到房間，然後又走了出來，繞到了後院。伊作要從後院那裏出去。

——他要去找艾美了。

寂靜的小屋，和伊作略微前傾、耿直瘦小的身體繞到後院的身影，都顯得格外落寞。藻羅從多米多里的額頭、肩膀和背上也可以看到落寞。她也在彼特的眼中看到過落寞，但他們的落寞和伊作的完全不同。伊作的是一種令人生厭的落寞。從伊作背影透露的落寞中，藻羅知道自己的惡作劇比原先預想得更嚴重，這種落寞的影子穿過包圍著藻羅心靈的毛玻璃，使藻羅的內心產生了不舒服的情緒。藻羅按了召喚鈴叫來彌，告訴她艾美的事。彌從藻羅發出淡光的眼睛中，看到了撒嬌的影子。彌強忍住驚訝，激動地說：

「你要向老爺道歉，我也會鄭重地道歉……」

藻羅轉過身去，冷冷地說：

「你可以走了。」

彌的浴衣腰帶綁得高高的，垂頭喪氣地走了出去。藻羅即使不用看，也可以想像得出來彌的樣子。

「彌什麼事都大驚小怪的。」

藻羅回到床上，取出壓在肩膀下的手筒，拿出戒指，又放了回去。然後，又下了床，從床頭櫃的水果盆上拿了一個柳丁，連同薄皮一起剝掉後，就直接放進嘴裏咬了起來。她突然覺得口乾舌躁。藻羅知道，天上並不會眞的生她的氣。但她剛才突然發現了一件事，在結婚的初夜，天上好像知道了她和彼特之間曾經發生過什麼，這件事讓藻羅原本已經沉重的心又增加了一小匙的份量。其實，天上認爲，林作在和藻羅的共同生活中，雖然是父親和女兒的關係，但也以很自然的方式，融入了男人的情感。而且，天上也見識過林作和藻羅之間的親密動作，見識過藻羅像歐美的女孩子一樣和父親相處的可愛樣子，他覺得關於初夜的事，不需要讓藻羅想太多，順其自然即可。所以，他一直沒有提這些事。況且，藻羅的舉止也很像是初體驗的女孩子，天上內心產生幾乎沒有對此產生什麼疑問，天上的半信半疑重重地偏向了「信」的方向。但藻羅對此一無所知。

——守安知道艾美的事後，一定會來找我。伊作聽到車子的聲音就會跑出去。

藻羅放棄了每天的午睡，躺在床上想著。

天上進來時，還沒開燈的房間顯得十分昏暗。昏暗中，藻羅的兩眼發亮。

「怎麼沒開燈？」

天上走近藻羅的身旁看著她，耽溺於藻羅的煩惱在他的鬢角、臉頰上產生了陰霾，但陰霾中帶著幾分激動。他坐在椅子上，溫柔地摸著藻羅的頭。藻羅一直沒有移開注視天上的視線，只是輕輕地搖了搖頭。天上臉頰上的煩惱陰影更深了。

伊作原以爲至少可以爭取到半天的時間，甚至可能的話，在天上造訪自己的房間前，不要讓他知道艾美的不幸。然而，天上這天在下車後，突然想去伊作的房間看看。於是，就看到了艾美的空鴿籠。當他將視線移到伊作臉上時，看到了伊作眼中的落寞。

「都怪我太不小心了。……我雖然馬上去一些種了很多樹的房子找過……」

說完，他揚起眉根，在額頭上擠出了很深的皺紋，露出極度哀戚的眼神。雖然他沒有說出口，但他的眼神卻在說，都是藻羅幹的好事。

「雖然沒有修剪牠的翅膀，但牠來這裏以前，就飼養在籠子裏，所以，牠飛不遠，會自己飛回來吧……」

天上說完，陷入了沉默。過了片刻，天上說了句「不用太擔心，因爲擔心也沒有用」，便走出了房間。

「我不是叫你乖乖的嗎？」

天上的手在藻羅的臉頰上滑動，藻羅縮著下巴，抬著眼睛看著他，他用手托住了藻羅的下巴抬了起來。在藻羅略顯激動的眼中，出現了不耐煩的反抗。

「艾美逃走了。應該不會回來了。你討厭艾美嗎？既然你討厭牠，爲什麼不告訴我？我可以把牠送去磯子那裏。」

天上沒有想到藻羅這麼討厭艾美。天上當然不可能知道，藻羅放艾美走，是因爲覺得天上的愛情太煩人、太無聊了，那是一種沒有理由的反感。但是關於伊作，天上曾聽說伊作以前住的房子只有一間房間，至今仍然空著，所以，他也曾想過要讓他回老家。即使自己不和伊作住在同一個屋簷下，只要能夠偶爾串串門子就好了。但問題是只有伊作能夠讓花圃的花維持目前的狀態，這也是天上遲遲無法做出決定的原因。

藻羅聽著天上這番能夠充分滿足自己肉食獸欲望的話，突然好像做夢一樣，手腳的肌肉都放鬆了起來。藻羅在被子下，慵懶地伸直了無力的雙腿。但這種狀態只維持了一眨眼的工夫，來自天上的沉重氣壓又向她襲來，她不禁在心裏嘆道：

「又要沒完沒了了。」

天上看到藻羅對自己體貼的讓步也無動於衷，不禁感到一陣心寒，同時，他很在意彌在玄關迎接自己時的神情。藻羅看到天上的這副樣子，心裏更感到無聊和反感。雖然那一天，其他下人們並不知道艾美的事，但第二天便都知道了。這件事無疑增加了他們內心對藻羅的責難，也令天上感到極度煩惱。接二連三的事，都令生性憂鬱的天上煩憂不已。天上結婚後，磯子的女兒瑪麗只來過家裏一次，這件事更讓他的憂心雪上加霜。天上一直很疼愛瑪麗，以前，瑪麗每個月都會來家裏一次，天上陪她打桌球。瑪麗也很喜歡在伊作的陪同下欣賞院子裏的花。在迎娶藻羅時，他把桌球台和球拍放進貯藏室時，原以爲只是暫放一下，但至今都還沒有拿出來過。雖然藻羅並不是故意表現冷淡，但她面對不感興趣的人時，根本不會開口說話，只會一直盯著對方看。她這種態度嚇到了瑪麗。

彌認爲藻羅一定會把艾美的事告訴林作，所以，她決定對這件事守口如瓶。即使在發生這件事以前，整天縮著肥胖的身體幹活的彌就已經遭到了其他人的排斥。

「我是爲了淺嘉町的老爺，是爲了藻羅大小姐。」

彌每每都這麼想道。

「藻羅大小姐可能已經告訴多米多里兄了。」

彌又想道。從上次多米多里臨別時的神情，似乎可以看出一點端倪。

藻羅感受到了彌的痛苦，便決定遵從彌曾經要她「向老爺道歉」的意思。藻羅張大了眼睛凝視著天上，說：

「我下次不會了。」

說完，她眼神空洞地將臉側躺在枕頭上。天上的臉上泛起了紅潮，出神地看著藻羅汗涔涔的脖頸。天上在憂心的同時，也十分清楚，藻羅不會像自己所期望的那樣愛自己。所以，他相信，藻羅今天做的事是發自對自己的嫉妒，雖然只是微乎其微的嫉妒。這是天上極其短暫的幸福時光。在艾美事件後，藻羅更一步一步地將天上逼入絕境。如今，天上並不知道，他所站的位置正通向不幸的懸崖，斜面的坡度慢慢變陡，天上一旦下坡，踏上這條不幸之路，就無法再回到原位。天上將墜入一個四周都是岩石的冰冷世界。天上已經向通往懸崖之路跨出了第一步，然而，就連藻羅也不知道。

天上平時對藻羅的不滿頓時煙消雲散。他為自己不可自拔地迷戀藻羅產生了某種危機意識，卻因為藻羅散發的魅惑而忘乎所以，他情不自禁地拉開藻羅胸前的被子。

❧　❧　❧

艾美並沒有回來。

艾美事件之後，天上的耽溺更變本加厲。伊作的態度在表面上並沒有改變，但他心裏比以前更痛恨藻羅，他只是極力保持面不改色，裝得若無其事。從天上說的那句「早知道就把艾美送去磯子那裏」的話，以及看他之後的表現，藻羅便知道，其實天上心裏也想把伊作送走。雖然這種想法並不像對艾美那句話那麼強烈。但即使這樣，也不能減少藻羅的憂鬱。天上相信，藻羅那一天所做的事，是出於對艾美的嫉妒，所以，在經歷艾美事件後，反而對藻羅越陷越深。然而，在天上家中，卻沒有人發現這其實是一個很滑稽的誤解。連伊作也不例外。伊作雖然在種花技術方面堪稱為天才，在園藝以外的問題上，也有著像蛇一樣的慧黠。然而，唯有在戀愛方面，他卻是徹底的無知。反而是不在這個家的林作和多米多里發現到這個滑稽的誤解。以前在彌位於辻堂的娘家幫忙的女傭，名叫滿，剛好和彌的名字十分相似，如今她正在林作家幫傭，和林作、多米多里展開三人生活。林作每天三點的下午茶時間和晚上入浴後的放鬆時間，都會把多米多里找到自己的書房，晚上時，兩人一邊喝著小酒，會聊上好一陣子。聊天時，林作曾聽多米多里提到過藻羅的壞主意。這兩個男人心裏都很清楚，藻羅的壞主意是她對天上厭煩心情的反撲。

❧ ❧ ❧

藻羅從玄關穿過飯廳，走進了只隔著一道推門的客廳。

那天是六月底的一個涼爽日子。她一走進客廳，便看到一位女客背對著門口僵硬地坐著。這位女客就是藻羅進門之前，曾經和天上訂過婚的片山園子。天上在第二次拜訪林作時，就向林作坦承了片山園子的事，所以，當彌遵命端茶奉客時，也立刻意識到這位女客的身分。在天上的吩咐下，彌懷著一顆忐忑不安的心情去叫藻羅，卻驚訝地發現藻羅絲毫不為所動。於是，她暗自思忖：

——可見藻羅大小姐對自己充滿自信，她才不會像我一天到晚大驚小怪的。

她細心地幫藻羅梳完頭，正想要拿衣服給藻羅換時，藻羅卻說：

「穿這樣就可以了。」

然後，她穿著那件四方領、只遮住肩膀的短袖居家服下了樓。

片山園子一頭烏黑的頭髮中分，穿著一件領口附近打著細褶，身體部分鬆開的長袖蓬裙。雖然她只有二十二歲，卻顯得很拘謹，看起來比實際年齡還要年長兩、三歲。一對細長而聰明的眼睛配兩道一字眉，鼻子和嘴都很小，屬於一般的乾性皮膚，她面對較她年長的天上時，也發揮著母性的溫柔。她把搭配金色釦子的白色皮包規規矩矩地放在桌角。天上一直看著窗外，這時緩緩地移動視線，他看著藻羅走到園子身後，背對著窗，站在他和園子之間。藻羅將輕輕握拳的右手放在嘴唇上，好像要將手指放進嘴裏的感覺，她一直站在那裏，看著園子。藻羅只微微地動了一下脖子，代替了打招呼，眼睛始終目不轉睛地看著園子。藻羅的內心湧起一股知道自己受到寵愛的自信，佔據了她的整個身心，她似乎根本沒把眼前的女人放在眼裏。但這種意識似有若無，並不會十分強烈。她對這個隨處可見的無聊女人，只存在淡然的興趣。那眼神就好像小孩子一邊吃著東西，一邊看著身旁和自己不太一樣的同伴。藻羅自己也搞不清楚究竟是什麼狀況，看起來有幾分浮腫的臉充滿了自信，斜眼看著對方。因爲前一年冬天發生了腎臟病的關係，至今嘴唇和臉都有幾分浮腫，卻反而讓她顯得格外美麗。天上的視線忘我地追隨著藻羅。園子也看著這個美得有點可怕的女人，甚至無暇覺得她「眞無禮」。那是一種像小猛獸般的美麗。在她的臉上，寫著優越感、輕蔑和壞心眼，那不是女人的臉。如果硬要形容的話，應該算是一張惡童的臉。雖然很稚嫩，卻是小猛獸的臉，用咧到耳邊的大嘴緊咬著對方四處炫耀的小猛獸。那雙眼睛毫不掩飾她內心的不在乎，似乎在低語著：

「哼，就是她嗎？」

園子被藻羅的氣勢震懾住了，根本無法從容地觀察對方。只是意識到時間如此漫長的那一刻，產生了這樣的感覺。

園子就像一隻被強勁對手壓倒在地的弱獸般無力地低下了頭，她湧起一種羞愧得無地自容的屈辱感。

「坐吧。」

天上說道，但藻羅仍然站著，說：

「我叫藻羅。」

藻羅看了天上一眼，才在椅子上坐了下來。藻羅無視於天上和園子散發出的僵硬空氣，她是自由的。園子低著頭也可以感受到天上用迷戀眼神看著藻羅，彷彿重新發現了藻羅的魅力。藻羅則一臉理所當然的表情，將視線從園子身上移開，看著門把。

彌拿出蜂蜜蛋糕和冰紅茶，分別放在三個人的面前。彌的動作不太自然，顯得有點緊張。

「我剛才吃過了，現在不想吃。」

藻羅說完，靠在椅背上。當天上和園子面對面時，他們之間流動著一種特別靜謐的氛圍。那並不是冷場的氣氛，而是一種無可救藥的以前曾經擁有過，現在仍然殘留著餘韻的靜謐。藻羅一走進房間，就已經感受到了。藻羅探究著這個自己無法進入的寧靜世界，想像著天上、園子和介田他們在這個家裏生活的樣子，不禁隱約產生一種厭惡感。雖然她覺得那種家裏的空氣很悲哀、淒慘，但更爲自己無法融入這種靜謐感到不悅。

「藻羅的父親從小很寵她，所以她現在連打招呼都不太會打。請你原諒她的失禮。」

天上說完，請園子品嚐點心。藻羅充滿煩悶的眼睛又看著園子。

園子感到坐立難安，好像吞下了黃連苦膽。雖然天上也爲此感到十分痛苦，卻又無能爲力。

園子實在無法理解自己和天上之間的親密交往為什麼突然中斷了？也無法理解天上為什麼突然拒自己於千里之外。媒人舟越夫人繞著圈子轉達解除婚約的消息時，態度十分曖昧。雖然園子聽到傳聞說天上結婚了，但她對溫柔體貼、一直期待和自己結婚的天上那份愛情，以及天上的堂姐磯子的慈愛仍然記憶猶新。她和天上家的傭人們也相處得很好，尤其無法忘懷介田充滿善意的態度。園子想要再見天上一面，她想要親眼確認一下不可能從天上的眼中消失的愛情，哪怕只剩下殘火餘燼。所以，她沒有告訴母親、媒人舟越夫人，以及和她最親密的兄長俊夫。俊夫在舟越夫人造訪後，便陷入了極度沉默。園子擅自決定了今天的造訪。她覺得其他人可能知道些什麼，她也知道，只要自己問兄長，俊夫就會告訴她，但她沒有勇氣問。園子想要親眼看一看天上雙眼中曾經有過的東西。然而園子發現，這已經變成了過去式，如今，天上眼中曾經有過的愛變成了憐憫，而且，完全褪了色。正在這時，藻羅出現了。天上對自己毫無眷戀，言不由衷的安慰只會讓園子更加悲哀。灰心，就像水一樣浸透了園子全身。

園子好不容易才端起紅茶喝了一口，完全沒有碰蜂蜜蛋糕，說了句：

「那，我就告辭了……」

便站起來。

天上像得救般地鬆了口氣，也從椅子上站了起來。

「請妳多保重身體……請代我問候……您母親大人……不，這樣好像反而更失禮……」

園子覺得，曾是自己戀人的天上和這個名叫藻羅的女人之間存在的深厚愛欲是自己完全無法想像的，她完全被充滿這種愛欲的氣氛打敗了，她很敏銳地感受到自己的屈辱。她知道自己站起來時慌張的醜態，雖然天氣很涼爽，但她的脖頸到背部，以及腋下都流滿冷汗。

天上雖然很想叫藻羅先回起居室，他覺得至少應該獨自送園子離開，但他還是克制住了。最後，他和藻羅兩人一起送她到玄關。因爲他發現藻羅有那麼一點點不悅。他雖然不太清楚藻羅不悅的理由，但還是可以略知一二。今天，園子進門時，天上剛好從窗戶看向院子，所以一個人出來迎接。想到當園子離開時，如果讓一大堆傭人在門口送行，反而會使園子難堪。所以，他帶園子走進客廳後，就等在走廊上，等彌端茶來時，就吩咐她，等一下園子回家時，就由彌一個人把她送到大門。當天上走出房間時，園子就瞭解了天上的用心。她雖然很感謝天上的細心，但就連他的這份細心，也讓她感覺像是痛打落水狗的鞭子。

園子在彌的陪同下，走在花圃之間漸漸遠去。她剛才進門時，正在小屋附近的花圃工作的介田眼尖地看到了園子，充滿哀傷的眼神看了園子一眼，縮著肩膀行了一禮。現在，他好像已經回房間了。

——那時候，我明明就已經察覺到了，爲什麼沒有掉頭就走呢……

園子意識到天上和藻羅正注視著自己的背影，她感覺到身上的汗很不舒服地縮回了毛孔，步履蹣跚地走了出去。

天上看到園子的身影消失，並沒有露出奏起凱歌的表情。藻羅的視線一直注視著園子身影消失在大門附近。天上握著拳，用一根手指的指腹放在藻羅的下巴上，將她的臉抬了起來。他出神地看著她，彷彿發現了一個全新的藻羅。藻羅很清楚，今天她再度俘虜了天上，她翻著黑眼珠回望著天上。然後，推開了天上的手，率先走進了飯廳。由於天氣很涼爽，面向院子的玻璃窗拉起了月桂樹葉包圍著玫瑰花的白色薄窗簾，只有淡淡的光灑進屋裏。進入玄關靠左側的牆壁，有一個放著餐巾、桌布、客用刀叉等物品的丹麥式整理櫃，上面放的也是丹麥產的花瓶。正如伊作預感到的那樣，他精心種植的鮮花插在白天飯廳裏，散發出宜人香味的寧靜感已經一去不復返了。廚師李將藻羅特別吩咐的蔬菜清湯端到了門口，由彌接了過去。從廚師李接二連三地端來加有大量青豆的絞肉料理、點綴著西洋芹的馬鈴薯沙拉的樣子，不難察覺到傭人們的氣氛。無論天上和藻羅都知道，這是因爲片山園子的造訪，以及藻羅的出現對園子造成了不必要的打擊。本間良在廚房就發現彌好像有什麼祕密，於是，就偷看到彌送園子出去的情景。天上基於對藻羅身分的尊重，也基於對藻羅的感情，他認爲應該邀藻羅出席。藻羅對園子造成的打擊，並不是藻羅出現在客廳，想要展示自己的魅力，而是藻羅天生的那份不可思議的魅力。但傭人們卻覺得天上太不厚道。司機木村等男僕們雖然不會刻意去談論這種事，但那些女人會把今天園子臨走時備受打擊的樣子傳進了伊作的耳朵裏。彌很慶幸平時都由自己負責飯廳的事，今天也只有自己進了客廳，但即使不需要任何人傳話，伊作也可以想像藻羅當時的樣子。彌必須獨自承受傭人之間的這種氣氛。當彌作爲貼身傭人跟著藻羅來到天上家時，林作從繁世的衣物中，挑了繁世年輕時用過的一條素色花紋的淡茶色布底上，用暗紅和銀織出露芝花紋（譯註：露芝是一種和服布料圖案的名字）的和服腰帶送給她。此時，藻羅注視著彌端正地高繫著這條腰帶的龐大背影遠去。即使是劣根性很強的本間良，面對雖然誠實，卻完全不透露一點風聲的彌，也是束手無策，其他人更不用說了。彌獨自煩惱著。彌覺得藻羅的專橫、放肆都是因爲藻羅從小在優渥的環境中長大的幼稚個性使然。藻羅對她的蠻橫態度或是突然不理她的樣子，也是因爲藻羅還沒有長大的關係。藻羅與生俱來的目中無人，會讓人懷疑在這個嬌嫩欲滴的年輕女人體內，住著一個神經大條的傲慢男人，彌在心裏覺得「老爺在公司做事時，應該也是那麼目中無人吧，藻羅大小姐也繼承了老爺的這種個性。」同時，彌又覺得「在千葉的別墅時，和隔壁鄰居所犯的錯，以及得到現在老爺的百般疼愛，都是因爲藻羅大小姐的臉蛋和身體太迷人了，連身爲女人的我也忍不住被她吸引。這並不是藻羅大小姐的錯。任何一個女人，如果生得像藻羅大小姐那樣，無論做任何事，都會無所畏懼。」彌常私下覺得「藻羅大小姐眞了不起，十三、四歲時，就會叫多米多里兒幫她摘梅子，藏在櫃子裏。雖然她一副孩子氣，也常常賴著不去上學，但一直到畢業，讀書成績都很好，可見她有多聰明」。彌在豐滿的、曾經讓年幼的藻羅覺得熱氣逼人的胸膛內發誓，爲了藻羅，更爲了自己尊敬的林作，無論自己承受多大的痛苦，都不能認爲自己是在吃苦。

「彌眞好。我這裏沒有像你這樣的女人，我很慶幸你和藻羅一起過來。」

天上曾經用充滿憐惜的表情對彌說過這樣的話。彌對這句話深有感觸，但她對林作的赤膽忠心讓她堅定地追隨林作和藻羅。彌和天上一樣，對於伊作和藻羅之間的不和感到憂心。

「彌，多虧你對藻羅在食衣住行方面都細心照料，她眞的很任性。」

當天上看到彌端來藻羅不喜歡的醬菜盤子，放到自己面前時，這麼對彌說。

「不，老爺，這沒什麼……我只是努力盡我的本份。」

「嗯。藻羅也很瞭解你。」

天上說完，將米糠醃製過的剛上市的茄子、花胡瓜和葉菜挾進小盤子，他的臉上流露出的不是寂寞，而是一種痛苦。彌在一旁看在眼裏。

──如果藻羅大小姐可以稍微喜歡守安老爺的話……

彌經常在心裏默默地想。然而，即使在這麼想的同時，彌也漸漸可以理解藻羅牢牢地抓住迷戀自己的男人的心，佔爲己有時感到無限滿足的心情。

──藻羅大小姐也是沒辦法。

她這麼認爲。

仍然心存不悅的藻羅默默地吃著飯。門打開了，當藻羅看到李端來的盆子上，各放了五顆草莓時，才滿足地舔著嘴角，瞪大了眼睛。

「已經上市了嗎？眞漂亮。」

藻羅喜歡在草莓上淋牛奶，天上一邊說著，一邊拿起牛奶壺幫藻羅淋上牛奶，自己則拿起了奶精壺。

* * *

藻羅認為，自己在這個家裏，就是天上守安夢寐以求的幸福。天上當然也知道這一點。天上雖然已經擁有藻羅，但他幾乎沒有一刻認為，藻羅真正屬於自己。而且，他也不可能沒有發現，自己在擁有藻羅的同時，也背負著身邊所有人對他的憐憫和輕蔑，除了藻羅的父親林作，以及多米多里、伊作、彌這三位下人以外，雙方所有下人都對他懷著憐憫和輕蔑。唯一的差別，就是有些人是善意的輕蔑，有些人是非善意的輕蔑而已。林作對守安並不會有那種輕浮的輕蔑。但就和藻羅的鋼琴老師亞歷山大，以及成為藻羅的第一位對象的彼特一樣，對林作而言，守安只是一個獵物而已。毋寧說他只是一個可以讓林作反覆確認連結藻羅與自己的某種東西——兩人的甜蜜房間；以及藏著愛蜜的壺的觸感——藉此帶來私竊喜悅的獵物而已。對此，天上不可能不知道。然而，天上實在無法抵抗藻羅精神和肉體結合出那無窮無盡的甘美果實。那不是女人肉體的果實，而是藻羅的精神和肉體合為一體後所產生的果實，是藻羅在不知不覺中所散發的，令對方精神麻痺的力量，是「藻羅之蜜」的力量。除了這種甘蜜以外，還有從藻羅的皮膚內部隱隱散發的紅百合莖的香味，這些都令天上墜入了耽溺的深淵。

天上的堂姐磯子對天上不知不覺中深陷的境遇，產生了極大的同情。由於磯子目前仍然住在曾和亡夫一起生活過的，位在橫濱的房子，再加上她是個不喜歡外出的女人，所以，自從天上結婚至今，她除了不時寫一封長信給天上以外，每三個月才固定造訪一次。但她是天上唯一的親人，更是隨時在遠方守護天上的唯一知己。由於他們的父輩都早逝，天上和磯子在成長過程中一直相互扶持，也使天上和伊作建立了親密的主從關係。天上雖然嘴上沒說，但他漸漸覺得在磯子死後，自己可以和只有一個弟弟的伊作相互依靠。不久之後，他也希望可以迎娶一位溫柔的賢妻，度過適合自己的平靜生活，他對這樣的生活抱著極大的喜悅。因此，對天上而言，藻羅的出現無疑是一種隱藏著不幸的歡樂。從拜倒在藻羅石榴裙下的那一刻開始，天上希望每天和藻羅生活在愛情中，同時也擔心自己和藻羅的生活並不是眞正的幸福，藻羅甚至會破壞自己的幸福。雖然比林作晚了一步，但天上也已經預感到，曾經博取藻羅歡心的木箱床更激發了藻羅的怠惰，爲藻羅的胡思亂想加溫、發酵，漸漸把藻羅帶往邪惡的方向。當然，磯子也有這種預感。磯子認爲，守安是個自律的人，而且，個性也比實際年齡更成熟，她覺得守安應該可以解決藻羅的問題。她一直懷抱著這樣的希望，對藻羅也發揮了自己特有的慈愛。磯子雖然不認爲藻羅是個可愛的女孩子，但她多少可以瞭解藻羅的內在。藻羅雖然以前也和磯子親近過，但在看到片山園子後，發現磯子和園子屬於同一類型，就不難推測磯子和園子曾有多熱絡。當她想像著這兩個女人相處的場景，發現那裏也有伊作、天上和園子周圍籠罩的那份靜謐，也令藻羅不悅。林作也曾拜訪過磯子，一看到她時，便察覺了磯子和藻羅不悅之間的關係。然而，林作除了關心自己和藻羅和周遭的關係，以及顧及天上、磯子和伊作的同時，更認爲藻羅這種的特質很有趣，很可愛。當他想到藻羅是自己培養出來的傑作，就感到喜不勝收。他覺得藻羅就是藻羅，藻羅只能做她自己，這令他感到十分有趣。然而，他在內心浮起一個耽溺的笑容，玩味著耽溺的味道。

片山園子造訪後，藻羅對天上沒來由的反抗與日俱增。磯子在片山園子造訪三天後的星期日突然造訪，也是天上的不幸。磯子來東京買東西，剛好有時間，就突然想順便過來串個門子。她很少這樣突如其來地上門。當守安上前迎接磯子時，雖然像往常一樣，露出了十年如一日的依戀表情，但磯子還是察覺到他的表情和平時不太一樣。磯子猜想可能是他和藻羅之間發生了什麼事，因此，對自己事先沒有先打個電話感到十分懊惱。天上雖然已經寫信告知片山園子造訪的事，但磯子還沒有收到這封信，所以，並不知道園子曾經來此造訪過。那天的天氣也和園子來的那天一樣陰沉沉的，氣溫很低，藻羅在起居室裏開著燈，一臉不悅地躺在木箱床上。

這時，彌通報磯子來了。

在樓下天上的書房內，磯子坐在天上對面的沙發上。因爲天氣涼爽，她穿著一件黑色平織布洋裝。這件沒有任何裝飾的衣服頗有品味，但已經是七、八年前的老樣式，穿在她身上一點都不覺得好看，反而令她像是經常向慈善事業捐款的虔誠信徒。磯子和天上都屬於老成的人，雖然只有三十多歲，皺紋已經爬上了她的眼尾和臉頰，但她那雙圓圓的眼睛中，仍然可以看到少女鴿子般的可愛眼神。磯子停下和天上的交談，轉過頭來，臉上浮現出靜謐的笑容。藻羅一直注視著她的笑容，代替了打招呼，然後，走到正坐在旋轉椅上、將手肘放在書桌上的天上身後，撒嬌似地靠在他身上。

（即使妳和片山園子一樣不喜歡我，但守安喜歡的是我，而且其實我根本不在乎。）

藻羅注視著磯子的眼神這麼說道。

藻羅很少在客人面前這樣對待天上。天上有一種受傷的感覺，他顯得十分在意。

「藻羅，這個你喜歡嗎？」

磯子從亡夫小野亮三在倫敦買的淺褐色皮包中，拿出一條四周縫著蕾絲的亞麻手帕。

磯子同時對守安說：

「上次，我在整理儲藏室裏的舊櫃子時，找到兩條這樣的手帕。雖然已經放了幾年了，但反而變得更漂亮了。這是比利時產的。所以，我就在想，可以送給瑪麗和藻羅……」

「是tout faie à la main（手工製的）。眞的很漂亮。」

藻羅立刻接了過來，轉臉抬頭看著天上，嘴角露出一絲笑容，又看著磯子。

「怎麼沒有說謝謝？」

「謝謝……」

藻羅摺起手帕後，握在手上走出了房間。

「只要是她喜歡的東西，就會立刻去收好。」

天上臉上掠過一種好像在介紹小動物習性時的甜蜜笑容。

「幸虧她喜歡。我今天好像是搞壞藻羅心情的壞天使……」

磯子剛才已經聽說了片山園子造訪一事。

「藻羅才是壞天使。」

「雖然藻羅並不是故意裝出孩子氣，其實，她很多地方還是很有大人的樣子，但她自己應該沒有意識到吧。」

「對，她可不是省油的燈。但只是最近才成熟了點。」

磯子想起藻羅之前去她家時的那雙眼睛。

「我很善待任何人，因爲我覺得，每個人都應該得到幸福，都必須得到幸福。」

那天，當磯子說完這句話時，藻羅一言不發地凝視著她，此刻，她想起了藻羅那時刻的眼神。

當時，藻羅的眼神似乎在說：

「爲什麼要善待別人？」

在藻羅的眼中所存在的雖然不是所謂的惡魔主義，卻是某種自我中心的想法。這種想法經由藻羅那雙朦朧的眼睛，得到了進一步的強調。而且，藻羅幾乎在無意識的情況下，增加了咄咄逼人的氣勢。磯子體會到，藻羅的這種想法或許比自己這些人道主義的話更能夠打動人心，她情不自禁地在內心感到幾分退縮。對磯子而言，這是一種可怕的想法，但她也知道，在這個世界上，這或許是受到某些人肯定的眞理。

「牟禮先生很了不起，是個處事圓融，彬彬有禮的人。我很尊敬和佩服他，但他有某些地方很像歐洲的男人。」

「沒錯。藻羅繼承了她父親的這種特色。在這個可愛的小女孩身上。……」

「她是個可愛的魔鬼。」

守安說完，用壓抑著痛苦的溫柔眼神望著磯子，磯子默默地回望著他。守安看著她那雙從少女時代就被認為像聖母身旁的天使一樣謙恭而溫柔的眼睛。

然後，磯子好像突然改變了心情，開始聊起伊作種花的事，感情和睦的堂姐弟之間再度恢復了開朗、靜謐的時光。在藻羅剛來這個家沒多久時，磯子和林作曾在這個客廳見面，見識過林作和藻羅相處的情形，也感受到林作和藻羅之間的感情。雖然她是個謙恭、心地善良的女人，在戀愛路上，也只有在入口附近遊走過，但她還是具備了女人的第六感。有時候，天上甚至覺得，自己是靠著磯子和伊作聰明眼神中不時流露的溫柔體貼，才得以活下去。他可以感受到自己日漸脆弱的心。在彌和多米多里的眼中，也有這種溫柔體貼。但他們眼中的體貼反而讓天上覺得很受傷。雖然這兩個人眼中的體貼和伊作、磯子相同，但他們也同時有著追隨林作的忠心，他們在天上面前表現出來的體貼很淡泊、很消極。他們愛的是藻羅，他們極度體貼的是藻羅。

藻羅不喜歡天上、伊作、磯子這些人周圍的靜謐。不知道為什麼，這些心地善良的人周圍的靜謐有一種陰森的感覺。藻羅不想再走進那個寂靜得令人厭惡的房間。林作、彼特和多米多里也有一種靜謐氣氛，但他們的靜謐讓藻羅像小狗一樣感到安心。他們的靜謐就像溫暖的水一樣，包容了許多不純的微生物，讓藻羅在其中生龍活虎地暢游，讓藻羅在他們的靜謐中生存。藻羅決定晚餐之前不再下去，她把手帕收進放內衣、襪子的小櫃子後，又鑽回了床上。厚實的白棉被鋪得十分柔軟、溫暖，藻羅趴在棉被上，不知道想到了什麼，可愛的臉上浮起了一絲冷笑。因爲她想起天上曾經對她說，磯子就像天使一樣。

——哪有這種討厭的天使。這些人都像是怪里怪氣的聖人……

藻羅舉起一隻手，遮住了因爲忍俊不住而不斷抽動的嘴角，她用臉搓著被子，拚命扭著身體。

磯子上門作客後不久的某一天，彌來到藻羅的房間傳話說，天上要她下樓。

「藻羅大小姐，有一個和您差不多年紀的小姐來家裏。」

「怎樣的人？」

「是外國人。穿著洋裝，和您長得有點像。您要不要換衣服？」

藻羅沒聽說過天上還有其他類似片山園子的人。

——他幫我帶朋友來了。

藻羅直覺地想道。

「就穿這件衣服。」

藻羅一走進客廳，一個十八、九歲、眼睛大得出奇的女孩子從椅子上站了起來。她的眼睛一直盯著藻羅。

「藻羅，這是愛莎．嘉赫奈小姐，打聲招呼吧。」

藻羅和愛莎都站著端詳著對方，最後藻羅做出一副「眞拿你沒辦法」的表情，坐在愛莎對面的椅子上。藻羅看到愛莎的那一刻，就想帶她去自己的起居室。

「藻羅，你沒有朋友，所以，我想愛莎應該可以和你做朋友。」

天上說完，又對愛莎說：

「你也看到了，我的妻子就是這麼任性。」

「藻羅．天上，我讀女子學校，是日本的學校。橫濱的聖路加學院是一所教會學校。但我爸爸以前就在天上先生的公司工作。我讀完小學就開始學日語。」

愛莎眼睛微微發亮地說。

藻羅用深邃的眼神看著愛莎。

「我讀的是聖母學園。」

「我聽天上先生說了。我很想聽那所學校的事。」

「你怕不怕修女？」

「修女的思想很嚴格，但對我很好。」

藻羅有點感冒，有一分的熱度，她歪著有點腫的嘴唇，嘴角露出了微笑，那並不是她心情愉悅的笑容。

不管愛莎嘴上怎麼回答，她是個徹底的宗教學校學生，她具備了包容藻羅這種看透一切的人的資質。當藻羅發現這一點時，立刻心想，終於有人可以代替野原野枝實了。野枝實奉祖母之命，嫁給一個自己不喜歡的人，之後，她們就不再來往了。藻羅站了起來，俯視著愛莎：

「我們去二樓吧。」

「藻羅，彌去拿點心了，再坐一下吧。」

「叔叔，沒關係，可以在樓上吃。」

愛莎站了起來，伸出纖細的手，輕輕地阻止了天上。

「在哪裏？」

藻羅走在前面，穿著淺黃色衣服和白色衣服的兩個年輕女孩穿過玄關大廳，上了樓梯。

藻羅叫彌去樓下搬了一張和放在床與衣櫃間，天上坐的那張黑色皮椅相同的椅子，將兩張椅子分別放在枕邊小桌子的兩旁，藻羅把身體埋在背靠窗戶的椅子上。愛莎的身體虛弱，經常臥床不起，但她看到藻羅的床時，不僅驚訝於床的形狀，更發現藻羅好像才剛起床，就知道看起來很健康的藻羅整天都躺在床上。藻羅又叫來彌，吩咐她去拿哈密瓜來吃。

「是，藻羅大小姐。」

彌知道藻羅交到了女性朋友，爲此感到很高興，於是，立刻連聲稱是地退了下去。藻羅的樣子雖然和平常沒什麼兩樣，但彌看得出來，藻羅發自內心地感到高興。彌的態度又博得了藻羅的歡心。愛莎也感受到了。雖然愛莎第一次造訪天上的家，她已經感受到天上的悲哀，但她並沒有單純地認爲這一切都是藻羅的錯。

藻羅第一眼看到愛莎時，就已經發現了愛莎兩個黑眼球特別大，看起來有點可怕的眼睛具有看透一切的聰慧。

——野枝實的眼睛也像魔鬼一樣，但沒有眼前這個人聰明。還是這個人比較好。

藻羅心想道。藻羅並不笨，但任何事在她的眼中都是興趣本位。藻羅自己也隱隱約約瞭解這一點，她並沒有想要改變。愛莎一開始就對藻羅具有魔力般的魅力感到驚愕。藻羅用帶幾分狡猾的魔眼看著愛莎。愛莎已經發現，藻羅對驅使自己的這種魔力樂此不彼。

「愛莎，你的眼睛也很大。」

愛莎有著一頭自然鬈的黑髮，梳著從兩側向中間高高捲起的髮型，瀏海的正中央凹了一塊，好像被皇冠壓扁了一樣。一對眼睛在架在脖子上的小臉上顯得特別大，胸部、腰部都很纖瘦的身體穿著一件絲質的薄夏裝，她優雅地坐在椅子上，腰身看起來特別細。藻羅看到愛莎時，立刻聯想到曾在林作一本很厚的書中看到羅曼諾夫皇帝（譯註：俄國帝制最後一代王朝，自十七世紀起統治俄國三百年，十月革命時被推翻）家族中的公主。愛莎有一種與眾不同的感覺，很有宗教的味道，和現實中隨處可見的女人有一線之隔。這種特長和天上十分相似，連天上自己也注意到了，但藻羅並沒有發現，或者說，她根本懶得去發現。

——這個人和守安一樣喜歡上帝，但她和守安不一樣，她會像爸比一樣包容我。

藻羅一看到愛莎時，就立刻產生了這樣的念頭。對藻羅而言，天上不僅比她大十歲，更因爲他很老成，所以，他對藻羅的愛中帶有父性，和林作一樣，可以成全她所有的願望。但藻羅不喜歡天上的這種宗教感覺，以及那份奇怪的寧靜。不久，當林作聽到藻羅談起愛莎的事，便感受到了天上和藻羅之間的疏離。

愛莎的薄唇微笑著。

「對，無論是小時候，還是讀小學的時候，大家都說我像寧芙（譯註：住在山林和水澤中半人半神的少女），也有人說我像魔法師。」

「我以前有一個朋友叫野枝實。」

「她的眼睛也很大嗎？」

「對。……她祖母是個討厭的人，她聽了祖母的話，嫁給一個貧窮的公司職員，從來沒有來過我家。她以前就很窮。現在……一定也很窮。」

「眞可憐。貧窮很辛苦。我的親戚中，也有人很窮。有些人一窮，心地也會變壞。」

「嗯……」

藻羅露出無趣的眼神，黑褐色的眼睛在沉重的眼瞼下毫無意義地動來動去。

藻羅興致勃勃地吃了一陣子彌拿來的冰哈密瓜，突然說：

「我們去花圃吧。」

看到藻羅這麼快就厭倦了坐著聊天，想要做其他的事時，愛莎不知道為什麼，竟然覺得藻羅無論做什麼事都很可愛。

「好，真的好漂亮。是那位園丁種的吧？」

藻羅沒有回答，站了起來。

「昨天，我看到有一朵玫瑰的苞蕾已經很大了，那種玫瑰叫Confidence。要不要去看看有沒有開花？」

「哇，我從來沒看過那種玫瑰。」

「還有我要求種的粉紅色繡球花。」

兩人結伴下了樓梯，來到庭院。雖然只是如此而已，但藻羅卻興奮不已。愛莎也很高興。兩個人都感受到著這份愉快的心情。

太陽已經快下山了，但院子裏還很熱。藻羅讓彌拿出兩頂在大太陽時戴的草帽，讓愛莎戴上其中一頂，走在幾乎看不到小徑的花圃裏。聒噪的蟬聲好像在兩人的耳朵裏高鳴。正在書房裏看書的天上從窗戶看著他們兩人，感受到一份平靜，同時卻也感到淒涼。

藻羅走出玄關時，就看到伊作戴著遮陽帽，正在整理葉子還很綠的雁來紅，但她視若無睹地從他身旁走了過去。伊作起身，摘下遮陽帽，彎了彎腰，鞠了一躬，但既不是對藻羅，也不是對愛莎。愛莎微微點了點頭走了過去，但對藻羅的態度感到十分詫異。

——藻羅．天上討厭那個園丁。那個園丁也對藻羅……

愛莎在心裏想道。她也發現了介田對藻羅的視而不見。這天，在和藻羅道別的回家路上，愛莎想起藻羅和園丁水火不相容的關係。在思考造成這種情況的原因時，她覺得可能是園丁比藻羅更早來到這個家，個性又耿直，看到天上被藻羅的魔力迷得神魂顛倒，很不滿意。園丁眼中努力掩飾的那份異樣的憎恨，也留在愛莎的心中。這令愛莎感到極度不安，她覺得藻羅和園丁之間的情形一定比她想像得更嚴重。

「這種玫瑰就叫Confidence，那裏的是粉紅色的繡球花。」

「哇！！眞是漂亮。這些花瓣的肌理就和你的皮膚一樣細膩……我喜歡水藍色的繡球花。因爲這種花帶有一種美麗的哀愁。」

「我不喜歡。但這種花寄託著我的一些回憶。」

之後，愛莎常常來找藻羅，她們也常常一起聊天。在半個月後的某一天，藻羅像往常一樣懶洋洋地把身體沉在黑色皮椅上，突然問了這麼一句，好像一不小心說出了心裏話。

「愛莎，你有情人嗎？」

「現在沒有。」

「我有……」

「什麼？」

「但我不會見他。」

藻羅的眼睛發亮，嘴角浮現狡猾的笑容。

愛莎一言不發地看著藻羅。

愛莎第一次遇見藻羅時，就已經聞到了藻羅在特定時刻會散發的香味，植物性卻十分性感的香味。剛才，她感受到這種香味特別強烈，她產生了一種奇怪的想法——藻羅無論做什麼，都是個很難約束、無可救藥的人。感到害怕的同時，她也產生了一種感覺，藻羅所說的這個情人是她已經見過的，或是在不久的將來將會見到的男人。藻羅知道愛莎在想什麼。

好一陣子，愛莎默不作聲。藻羅也一句話不說，看著眼前這個新結交、無論任何時候都可以心電感應的女人。藻羅的白色內衣在淡黃色衣服下若隱若現，身體微微滲著汗。

放在兩人中間的檸檬蘇打水中的冰塊幾乎都融化了，電風扇發出輕細的呻吟。不可思議的是，藻羅在這個朋友面前可以十分坦誠，毫不隱瞞。藻羅的魔力越發散發著香味。天上去公司了。那些無法適應藻羅，不，應該說是對藻羅抱著反感的傭人們也很喜歡愛莎。此刻，可以感受到那些傭人在遠離這個起居室的房間裏，正精神愉快地保持著平靜。就連伊作在自己的房間裏，也覺得天上不在時，家裏的氣氛反而比較好。在這片寧靜中，藻羅和愛莎可以感受到這一切。

藻羅像往常一樣，將輕握的右手放在嘴唇上，輕輕地含著，眼神充滿陶醉，就像酩酊大醉的男人一樣靠在椅子上。

「藻羅，你眞的很漂亮，而且，眞的無可救藥。」

藻羅的眼神依然陶醉，整個人都陷進了椅子。

「所以，我不會見他……」

然而，藻羅看著愛莎的眼睛充滿了絕對的自信，愛莎瞭解我，是我眞正的盟友。

於是，愛莎知道，藻羅的眼神所說的話，並不是發自藻羅身體的某一部分，而是虛無縹緲的。

時序進入八月後，連續好幾天都是酷暑的天氣，藻羅整天覺得渾身無力。

有一天，林作來天上家作客。當藻羅從彌那裏聽到多米多里打電話來問，天上什麼時候比較方便時，便問：

「爸比嗎？」

她的聲音中帶有平時少見的興奮。

現在，藻羅正探尋著只屬於林作和自己的愛情密室，甜蜜的房間。藻羅和林作之間，是一種父親和女兒之間的親密，不可能存在任何危險。然而，在這種關係中，又有某種不可思議的東西。這種不可思議的東西在他們父女的親密感情中，添加了些微危險的苦澀。這些微的苦澀，在不知道到底有或無的混沌中，是一種陶醉。那是意識的角落認知現實中不可能有的危險或許存在時，才會產生的陶醉。藻羅無法像林作知道得那麼清楚、透徹。但藻羅正探尋著用林作和自己的親密封存的甘蜜之壺，並覺得自己碰觸到了這個壺。當她問彌：「是爸比嗎？」的時候，彌從她的眼中看到了異樣的濕潤。彌心裏的仰慕、懷念之情也在心靈深處敲響。天上吩咐準備晚餐，並關照菜色要以林作的口味爲主，連飯後的水果也細心叮嚀。自從藻羅結婚後，爲了讓藻羅可以早日融入天上家的生活，林作只上門過一次。天上對林作的這種用心深表感謝。雖然藻羅會用房間的電話和林作聊天，但似乎也不會聊很久。彌不停地在客廳裏忙進忙出，一下打開電風扇，一下換上新桌布。連伊作也對林作十分尊敬。其他傭人也都很喜歡林作威柔共濟的作風。本間良雖然討厭藻羅，但也覺得林作是個令人敬畏的男人。

林作今年五十四歲，他穿著曾經招來亞歷山大．都波嫉妒眼光的淺茶色薄紗的夏季羽織和夏季裙褲清涼現身天上家。

關於艾美的事，林作之前已經寫信來鄭重道歉了，天上似乎並沒有放在心上。他們聊了一陣天氣後，聊起了今年伊作種的「Confidence」已經開了花，又聊到多米多里在牟禮家種的牽牛花。

「他對種花一竅不通……但那些花每天早晨都會開。多米多里常說，家裏的花和花種包裝上圖案的花色不一樣。」

說完，林作愉快地笑了。

藻羅離家後，林作和安奈特．卡夫曼見面的次數並沒有增加。因爲安奈特除了可以滿足林作的需求以外，並沒有其他吸引林作的地方。以前安奈特一直以爲林作是因爲家裏有個沒娘的女兒，無法經常見面，因此，對現狀感到不滿。差不多一個月前，林作和安奈特開始一星期見三次面。多米多里爲了安慰林作，開始播種種花，如今，看到牽牛花開花，總會讓林作有一種說不出來的喜悅。天上也爲他感到高興，附和著一起笑。

「最近，我每天早晨都是看了牽牛花才出門。以前，雖說是女兒，但也算是看了年輕女人的臉才出門，現在好像突然過起隱居生活來了。」

天上會英文，林作則因爲去過德國和法國，所以，他們兩人經常看外國文學，也會聊相關的話題。林作知道天上經常讀艾略特（譯註：Thomas Stearns Eliot，一八八八～一九六五，美國出生的英國詩人）、華滋華斯（註：William Wordsworth，一七七〇～一八五〇，英國浪漫派詩人）和濟慈（註：John Keats，一七九五～一八二一，著名的英國浪漫派詩人）的詩，也知道他偏愛紀行文和散文。林作對看書很挑剔：看小說只看精華的小說，對那些不懂得什麼是精華的作者，他根本不屑一顧。天上喜歡高雅的浪漫主義，很愛看森鷗外的《舞姬》。他們兩個人都偏愛文章格調高雅、清新的作品。兩人在聊天時，都很顧及對方的心情，突然聊到藻羅正在看福爾摩斯，便聊起了福爾摩斯。之前林作曾對藻羅說：

「你要看書，可以看任何你覺得有趣的書。只要你看書，爸比會送你禮物，你想要馬也可以，可以和天上商量一下，看想要什麼禮物。」

於是，藻羅就隨手從天上的書架上抽了一本看起來比較簡單的書，正好拿到了福爾摩斯，她產生了濃厚的興趣。她在木床上看書時，總是看福爾摩斯。林作知道藻羅從小就對犯罪、殺人之類的事有異常的興趣；小時候，和她說到福爾摩斯時，也曾經提到皮埃爾·羅提（譯註：Pierre Loti，一八五〇～一九二三，法國作家）的《阿爾及利亞紀行》，裏頭寫到羅提寫信給都德（Alphonse Daudet）的事。年幼的藻羅經常躺在林作的膝蓋上，翻開有插圖的小說或是外國的大字典，要求林作解釋給她聽。林作發現一件很有趣的事，幼小的藻羅只要一看到可怕的畫面，就央求林作解釋。於是，林作就像把肉丟給央求肉塊的小動物一樣，不厭其煩地應藻羅的要求，向她解釋這些小說的內容和圖片，連同自己的愛情肉塊也一起丟給她。天上並沒有看過羅提的紀行，但他們又聊到了李文斯頓（譯註：David Livingston，十九世紀英國傳教士、探險家）的探險記，由於兩人都對探險作品有志一同，彼此相談甚歡。彌端來了冰紅茶，可愛的豐滿胸膛也覺得格外安慰。藻羅穿著她喜歡的淡紅色棉質居家服，一進來就叫著「爸比」，衝到正坐在沙發椅上的林作背後，抱緊了他的肩膀。此舉無疑讓天上感受到一種難以忍受的嫉妒，但除此以外，他衷心歡迎林作的到訪。當藻羅從背後抱住林作時，林作低頭微笑著，將手繞到肩上，輕輕地拍了拍藻羅的手。這些動作都很有分寸，就連對這對父女充滿嫉妒的天上，也不得不認爲這是多麼純潔的畫面。雖然林作的樣子帶著幾分戀人的味道，但父女之間愉快的親密景象如此純潔，連天上也爲自己的嫉妒心感到羞恥。然而，這並沒有消除天上的妒意，林作俯著上半身，低著頭微笑的樣子，無疑對天上的嫉妒造成了最大的刺激。林作的臉幾乎都處在陰影中，好不容易才能分辨出他臉上俊美的微笑。林作的表情讓父女相處的畫面蒙上一層神祕的味道。他似碰非碰地拍著藻羅的手掌時，也讓天上感受到一種憎恨的愛情。藻羅立刻離開了林作。

藻羅幾乎無法克制自己想要躺在林作穿著裙褲的膝蓋上，聽他們兩人談話的欲望。林作太瞭解藻羅的欲望，但他完全不動聲色。雖然他不時向藻羅報以對已婚女兒充滿愛情的微笑，然而，每次都遇上藻羅嘟著嘴、凝視自己的目光。林作比藻羅更早探尋和藻羅之間的甜蜜房間，但他在比藻羅更深的地方，精準地找到了這種情緒，在他從容的笑容深處，玩味著在現實和不可能存在的情感之間的微妙縫隙，以及現實和某種感覺之間的魔鬼。然而林作認爲，在藻羅的丈夫天上面前，不應該讓藻羅躺在自己的膝蓋上。林作每次看到藻羅那可愛的不滿表情，都覺得自己進退維谷。林作知道，藻羅想要過來靠在自己膝蓋上，看到自己不讓她靠而克制的樣子，會對天上造成很大的刺激。

藻羅不滿地嘟著嘴，正轉頭看向其他地方時，突然聽到林作平靜的聲音：

「你要不要帶藻羅來千葉的家裏。但除了新鮮的魚和蔬菜，以及在後面河裏撈的蜆以外，沒什麼可以招待你們的。」

天上看到藻羅迎接林作時的態度，便無法克制嫉妒心的野獸，此刻，卻欣然應允林作的邀請。天上心裏浮起了一個念頭。雖然他知道藻羅從小就在林作的父愛，和多米多里壓抑著感情服侍主人的忠實的愛中長大，但並不代表藻羅在之前的生活中，不曾發生過什麼。所以，剛才他突然想到，如果曾經發生過什麼事，很可能就在林作別墅的周圍。天上基於內心的這個念頭，答應了林作的邀請。

藻羅看到天上接受邀請，便垂下了雙眼。她心裏產生了一個念頭。天上的手讓藻羅身爲女人的情緒甦醒了，她在一心思考著加害艾美，讓天上和伊作感到震驚和悲傷的惡作劇時，也同時有一種心動的感覺。她在幾天之前，才明確體會到，這種心動的感覺和彼特有關。在木箱床這個培養器中，藻羅產生了想要見彼特的念頭。艾美事件有驚無險地落幕，在這個家裏，除了愛莎造訪那天以外，都是片山園子和磯子這些令人不愉快的、窮極無聊的人上門，所以，藻羅心中和彼特密會的計畫在木箱床上慢慢加溫、膨脹和孵化。藻羅想過讓多米多里去打聽彼特在東京的地址，這不僅可以讓彼特對自己的愛變得更激烈，同時也給多米多里的心造成痛苦，讓他心裏留下深深的烙印。正在此時，林作提出了邀請。可以趁林作招待客人，彌和多米多里正在忙著幹活的時候，偷偷地去彼特在海邊的房子。這種想法在藻羅朦朧的心裏閃現，她在心裏笑了出來。

——爸比會幫我處理好任何事。所以，我先不拜託爸比。

藻羅再度抬眼時，林作剛好看著她。

「藻羅，你讓伊作種粉紅色繡球花嗎？」

林作的笑容中帶著揶揄。天上也覺得藻羅的愛好很幼稚，用帶著笑意的眼神看她。這當然是因爲藻羅將亞歷山大最後一節鋼琴課時發生的事一五一十地告訴了林作的關係。在林作和藻羅的記憶中，粉紅繡球花的綻放，象徵著五十五歲的鋼琴老師和十一歲藻羅之間不可思議的戀愛場景。藻羅朦朧的眼神就像帶著暈輪的星空一樣，她看了看林作，又將視線移向天上。

那天，剛好買到黑沙鰆，就按林作的喜好，抹了鹽烤著吃。當李做的玉米排骨湯、彌花了很多時間做的醋味土當歸拌干貝，以及李用特地從近江（譯註：位於滋賀縣東北部，琵琶湖東岸的城鎮）產地買來的牛肉做的烤牛肉等晚餐準備妥當後，三人就在彌的引導下走進飯廳。李端上飯後的西瓜時，順便出來打招呼。林作對李做的烤牛肉火候恰到好處讚不絕口。

「李以前在日本橋的中國餐廳當副手，對西洋料理也上手得很快，他還常和彌一起研究日本料理呢。」

天上說道。彌聽了一臉高興，便退了下去。李穿著嶄新的廚師服。他是個很道地的廚師，隨時都備有新的工作服，出來向客人打招呼或是外出時，他都會穿上新衣服，冬天時，只在工作服外面罩一件外套。彌經常向他請益，協助他做料理的過程中學習廚藝。

在林作像夏天的風一樣翩然造訪又離開後，天上承受百般煎熬的嫉妒心也得以平靜。

八月將近尾聲，在林作位於千葉石沼的別墅中，自從天上他們到達後，連續四天的晴朗天氣開始轉壞，天空陰沉沉的。彌原本想要讓四方吉向附近的農家和漁夫買茄子、黃瓜、冬瓜、鰈魚和小蝦等晚餐的食材，但多米多里自告奮勇地說他要去，便獨自出門了。四十八找來很多松葉，把爐子拿到戶外，做好煮飯的準備，然後，就先回家一趟。彌正細心地煮高湯，準備把昨天四方吉撈來的蜆煮成味噌湯，但心裏一直想著彼特的事。多米多里主動提出要去採買的態度在彌的心裏留下了不安的陰影。在林作去拜訪天上家的第三天，藻羅就讓多米多里去打聽彼特家在東京的地址。在藻羅的注視下，多米多里渾身承受著「我一定會照辦」的自責和痛苦。多米多里覺得，每當自己在藻羅身旁，就感覺全身好像被綁住了。他身旁是一朵還有一些時日才會爭豔枝頭的玫瑰，花瓣的肌理十分細膩，花瓣緊緊地圍繞著花蕊，吐露芬芳。這種香味似乎反映了藻羅的性格，它不是近在眼前，而是包圍在一種不透明中的香味。自己永遠不可以伸手去摘那朵花。這種永遠都無法到手的痛苦反而變成了一種痛苦的喜悅，是一種承受痛苦的喜悅，就像是病人領悟了承受病痛的智慧一樣。參與壞事的痛苦和藻羅的玫瑰香味合爲一體，把他的頭捆綁起來。多米多里的眼睛周圍出現了一道陰影，好像他已經完成了這項祕密使命。藻羅的眼睛一眨也不眨地看著他的臉，那是肉食獸的眼神，是如願地吃到自己想吃的活餌時所發出的眼神。多米多里垂下了眼睛，微微張嘴嘆了一口氣。然後，低下了頭，默默地走出房間，代替了他的回答。前年夏天才開到一半的玫瑰花即將完全盛開。剛才，或許是因爲多米多里的臉忍受著痛苦而變得十分可怕，藻羅的眼神中露出了一絲的膽怯，她努力想要從多米多里的眼睛尋找些什麼。這更令多米多里心如刀割，臉上再度因爲甜蜜的痛苦而扭曲。多米多里回想起遙遠的過去，當藻羅被林作訓斥而嚇得痛哭時，突然跑來自己的小屋，也曾經像這樣在自己的眼中尋找溫馨的安慰，那眼神，就像是尋找母親乳頭的嬰兒。這是永遠埋藏在多米多里心中甜蜜而痛苦的場景。

——那時候，她還是一朵含苞待放的玫瑰。

多米多里在心裏想道。

當多米多里聽到彌說，明天大家都要離開時，就覺得這件事必須在今天完成，並在眾人面前掩飾自己心神不寧的樣子。這天早晨，他去大原買西瓜時，雖然去海邊看過，卻不見彼特的影子。彼特從小窗裏看到，藻羅和貌似她丈夫的人一起來了，於是，今天一大清早晨泳後，就一直關在起居室裏。在採買回家的路上，多米多里去了彼特家的後方，房子後方雖然有一扇小窗和林作家窗戶遙遙相望，卻沒有門。於是，他把東西放在後面，急急忙忙地繞到前門，回頭看了一眼林作的別墅，便輕輕地敲了敲門。隨著一陣從二樓下來的腳步聲，彼特打開了門，然後退了一步，讓多米多里進來，又立刻把門關上。站在陰暗樓梯間的兩個男人互看了一眼。前年夏天，曾經蹲在沙地上寫了 Moila 幾個字的多米多里，和默默地走過他身旁的彼特，對遙遠記憶中的這個場景都產生了一種感動。彼特看到了多米多里深藏在內心、極力克制著對藻羅的愛；多米多里看著這個自願爲奴追隨侍奉的優秀年輕人。彼特可能游泳回來後還沒換衣服，在黑色短褲上，套著一件灰色襯衫，身上還沾著沙子，仍然聞得到海水的味道。他就像一匹健壯的小馬，但他的兩隻眼睛彷彿老了兩、三歲，似乎在經歷了一場熾烈的戀愛後，帶有一種力不從心的平靜。這雙眼睛吸引了多米多里。在彼特的面前，多米多里掩飾著內心的熊熊戀火，用陰霾的臉看著彼特。

「藻羅大小姐想要知道你在東京的地址……」

「我現在沒有和父母住，自己租了公寓。就在農學院後面的彌生町七十二，古在莊，古老的古，現在的在，古在莊。房間是二樓之十二，我明天就會回去那裏。」

多米多里發現，彼特說到一半時，熄滅的戀火又重新燃燒起來。

彼特端詳著多米多里。

「你叫什麼名字？」

「多米多里。」

從「多米多里」這幾個字的發音中，彼特很清楚感受到了祖國的聲音。多米多里曾經跟著父親伊瓦諾夫偷偷地學母語，至今一個人的時候，也常常會暗自練習，避免自己忘記。多米多里和彼特父親塞爾格的發音完全相同。

——原來如此，我早就感覺到了。

彼特用一種懷念的眼神看了看多米多里。

「那我走了。」

樓梯下的樓梯間很窄，彼特伸手打開樓下房間的門，看著上午淡淡的陽光照在房間內鋪了一層沙的地板上，感覺十分寧靜。多米多里說完後，一直低著頭。

彼特迅速和多米多里換了個位置，將門打開一條縫，看了一眼林作家的方向後，又縮了回來，把多米多里送出了門。

彼特跑回二樓，反坐在鋼鐵的椅子上，雙手抱著椅背，將下巴放在椅背上，看著前方，一動也不動。彼特的腦海裏十分清楚藻羅派多米多里來的意圖。

——讓多米多里和我見面，可以點燃他心頭的火；同時，我在面對多米多里時，也會在我的心上滴下一滴疑惑。藻羅並不知道多米多里和我已經在海邊見過一次面，但我一看到這個男人，就知道我在他心裏也占據了一席之地。雖然我只從遠處看到而已，那個看起來像藻羅丈夫的男人固然長得很帥，卻有一種奇怪的宗教味道，那個男人絕對很無趣。所以，藻羅才會想起我。一直以來，我的前方始終是一個透明的世界。昨天傍晚以前……，我克服了胸中灼燒般的痛苦，克服了肉欲的烈火，我以爲自己可以進入這個透明的世界。但是，我的透明世界已經結束了。原以爲，自己將進入這個世界，生活在其中。如今，我已經不行了，我太年輕了，無論精神和肉體都太年輕了，我無法抗拒來自藻羅的考驗。……現在，那個男人的手讓我的心熱了起來，我對藻羅身體的好奇心和欲望正在燃燒。

彼特看著空中，摸著胸口，找到掛在項鍊上的紅銅十字架，緊緊地握在手心。

──正如藻羅所想的，看到那個男人後，就像是為藻羅的誘惑增加了十公克的麻醉劑。但是……

……

彼特緊握著十字架的手無意識地鬆了下來。

──雖然她偷偷地派這個男人來，但在緊要關頭，她父親會助她一臂之力，可以有明確的不在場證明，她絕對不會失手。她知道，一開始，她父親不可能參與，所以，現在暫且瞞著他。並不是只有那個帶著宗教味道的男人無法從她父親手上搶走藻羅。然而，一下子就被點燃了心火，如今燃起的熊熊烈火，為她如癡如狂的我到底算什麼？藻羅父親的那個笑容，雖然是純潔的父親的笑，但並非只此而已。那個男人的內心深不可測，那是種永遠不會交接的父女關係，有著魔鬼的影子……

那是個裝著清澄甘蜜的壺。

彼特再度握緊十字架，不知不覺地放在嘴裏，放在牙齒間用力地咬著。彼特的眉頭深鎖，一直俯視著床。他的眼神十分可怕，好像所有的精神都集中在這兩眼中，兩頰至嘴角附近鬆弛，看起來好像一下老了好幾歲。如果藻羅在場，看到如此可怕的眼神，身體和表情都會像被綁住一樣無法動彈。心情漸漸平靜後，彼特的腦海裏只剩下多米多里站在陰暗的樓梯間時的樣子。前年夏天，在海邊遇到多米多里時就已經發現，多米多里一直克制著對藻羅的熱情，今後也將會永遠埋藏在自己心裏。當彼特看到他蹲在沙地上寫東西的那一剎那，就已經對此了然於心。

有好長的時間，彼特一動也不動。嚴肅地緊閉的嘴唇周圍，帶有某種虐待狂特質的肉欲影子，這種肉欲的影子從他的體內慢慢滲出，浮現在貝殼一般緊閉的嘴邊。

——藻羅……這個魔女屬於她父親。……

這天，太陽剛下山，彼特就踩著沙灘走向大海。他在海裏用蝶式游著，發現雙腿漸漸沉重起來，手也漸漸累了。遠處，父親和母親應該已經回家的房子和林作家二樓的燈火亮了起來，林作家的沙灘上有人影晃動。彼特感受到幾分危險的氣息，他躺在水面上，慢慢地活動著手、腳，讓身體漂浮了一陣子後，才小心翼翼地朝岸邊游去。彼特在沙灘上爬著，趴在岩石後面。他坐在岩石上，這是他第一次看到藻羅的地方，他感受到自己心跳加速。過了一會兒，彼特站起來，臉上仍然殘留著剛才側躺時沾到的沙子。他踩在灰暗的沙灘上，走向通往林作家的坡道。沙子還很燙，當彼特一邊用手撥著臉上的沙子，一邊微微低著頭走到第四幢有圍牆的別墅旁，即使在昏暗的天色下，也可以清晰地看到林作他們把桌子放在沙地上用餐。他們的頭頂上方突然變得十分刺眼，原來是彌拿著提燈走了過來。那個背對著彼特、看起來像是藻羅丈夫的男人雖然沒有注意到彼特，但面對他的林作和側邊的藻羅發現了他。藻羅在彼特發現她之前，就已經看到他了，她披著濃密的波浪頭髮，緊抿著嘴唇，嘴角出現了兩個小酒窩，一對魔眼的臉好像剛洗過，她看了彼特一眼。彼特只瞥了藻羅一眼，便發現藻羅在白色薄紗洋裝下露出的手臂和前年夏天不一樣了，雖然還很結實，但已經有了成熟的味道。這更煽動了彼特的肉欲，藻羅豐滿的胸部、腰部和雙腿立刻出現在彼特的幻想中，點燃了他的心火。

——除了邀請天上來千葉以外，沒有其他方法可以款待他了。雖然我之前曾和他一起去過餐廳一次，但夏天太熱了……

林作看到愛火重新點燃的彼特，不禁在心裏想道。他只有二十六歲，雖然戀愛的苦惱讓他顯得蒼老，但禁欲主義的彼特，身體還很年輕。

——這是一匹亢奮的小馬。一定發生過什麼事……

林作想道。彼特也看到了林作的眼神，隨即快步離開了。藻羅在彼特身上看到了以前不曾有的東西。藻羅知道，是自己的所做所爲讓彼特改變。彼特雖然立刻把臉轉了過去，但他的眼神像禿鷹一樣可怕。藻羅從小就知道，男人喜歡自己時，表情就會變得十分可怕。當藻羅偷瞄鋼琴老師亞歷山大時領悟到，之前蹲在多米多里的房間角落，看著自己的男人那張可怕的臉，是第一個把自己當女人看待的男人的臉。偷瞄到亞歷山大可怕的表情時，藻羅便覺得坐立難安，她好想趕快回家。結果，亞歷山大一臉嚴肅地糾正了藻羅的手勢，讓她重複練習了好幾次，始終不肯讓藻羅離開。

——男人都是這副德行。

藻羅看到彼特後，立刻垂下了雙眼，將比目魚的卵巢沾了醬汁後，放進嘴裏。

「藻羅喜歡吃比目魚。」

林作對天上說道。在橘色燈光映照下，天上的臉上露出一種心領神會的表情。

「是啊。今天的比目魚眞新鮮。」

像往常一樣，天上看藻羅的眼神中，有一種充滿宗教味的溫柔。那是一種克制著痛苦的溫柔眼神。從天上愛上藻羅那一天開始，這種眼神就和他形影不離。藻羅拿起湯匙，將蔬菜湯送進嘴裏，呑下肚後，仰目看著天上。

四周已經暗了下來，只有提燈發出橘色的光環，「滋、滋、滋」地發出一種油燒焦的味道。

「像這種在鄉間的房子眞的很棒。以前，沒有人可以陪我來這種地方……但我一直想要找塊地。磯子不喜歡所有浪費錢的事，所以，即使帶她來這種環境，她也不會高興。」

「幸好，附近只有兩幢別墅。沿著這裏的海岸，大約隔兩個路口，有一位叫佐古的朋友的別墅。藻羅沒去過，那時候藻羅還沒出生。我家是牟禮莊，掛了一塊好像是用舊船板做的匾額代替門牌，我朋友那裏就叫佐古莊。但現在已經沒有了，佐古過世後，那房子拿去換了澀谷的土地。一到晚上，會變得安靜。這裏的海浪很洶湧，有點像英國西海岸的感覺。」

用餐結束後，彌撤下了餐具，端來冰鎭過的茶，放在每個人的面前，用一隻手按著袖子，檢查了提燈的燈芯。

「比目魚眞好吃。」

藻羅用看盟友的眼神仰視著彌。

由於前年發生過彼特的事，所以，彌來到這裏後，一想到這件事，就感到靜不下心來。她也發現多米多里下午以後的樣子就很奇怪，剛才又看到了彼特。多米多里兄一臉痛苦的樣子，隔壁的鄰居看起來也好可怕。彌掩飾著內心的不安，看著藻羅。

「是……」

「彌做事很用心，所以進步很快。」

天上轉頭看著燈光下的彌，說道。

林作剛才就不經意地觀察著藻羅。這時，他用一種好像看情人的眼神，體貼地對彌微笑著。

彌穿著浴衣的肥胖身體帶著恭謹的羞澀退了下去。

天上守安若無其事地吃飯、談話，針對自己就在前一刻湧起的不悅心情，獨自尋思著。

——曾經是藻羅的年輕情人之一……不，剛才走過我身後的那個男人應該是她唯一的情人。藻羅雖然天生就是惡魔，但並不世故狡猾。老實說，她天生就不是世故狡猾的料。如果是在這個海岸結識的，就只有對面那幢歐式房子裏的年輕人。好像是哥薩克的餘黨……雖然藻羅故意不動聲色……但藻羅不爲所動，完全是因爲她對我的反抗。我是個不討女人喜歡的男人，更何況她是個年輕女孩。藻羅離開像戀人一樣的父親，以及全心奉獻的多米多里……他可眞是個好男人……藻羅來到我家，當然會覺得無聊透頂。林作先生雖然不是那種芝麻小事就大驚小怪的人，但看到他苦惱的神情，我沒想到自己竟然被蒙在鼓裏。然而，畢竟林作的爲人很謹愼，即使藻羅和她的情人有過肉體關係，也已經塵封在過去。正因爲這種關係已經成爲過去式，才會接受我的求婚；正因爲這種關係已經埋葬，也就是藻羅甩了那個男人，他才會故意從我們身後走過去。不，不能這麼不當一回事兒，藻羅是個跟著感覺走的人，沒有人能夠保證，她的過去不會延續到今天。而且，她父親會感到苦惱，是因爲他希望我和藻羅的婚姻生活一切平安順心。然而，她父親就是她的戀人。藻羅和她父親的關係或許比剛才走過我們身後的男人更深入。不，不行，我不能一直思考這種會讓腦筋錯亂的問題。

天上在心裏拚命左右搖頭，似乎想要甩掉什麼。林作則想道：

「藻羅一直沒有離開過我們。一定是多米多里去了他家，問了他在東京的地址。唉，……」

林作在心裏嘆了一口氣。

然而，林作苦惱之後，卻又用一種跳脫自己目前地位的立場，輕輕地發出「這個壞東西……」的微笑，那是一種揶揄愛情的微笑。

✿ ✿ ✿

藻羅並沒有表現出急著要回東京的樣子。

她並不是擔心守安會察覺她的祕密。當彼特從牆外走過時，藻羅雖然嘴裏吃著比目魚魚卵，看著守安，但她感覺到守安已經察覺了某些事。守安並不知道藻羅和彼特之間曾經發生過的事，也不知道未來將要發生的事。但當有人走過他身後時，他感受到藻羅在不遠的過去曾經發生過的事；守安至少感受到藻羅和自己身後的那個人之間的影子。而且，在一種難以啓齒的微妙中，他也意識到，那個男人就是隔壁那棟綠色房子裏的年輕人。當時，藻羅想：

「守安雖然很笨，但他太愛我了，所以會知道。」

然而，此刻的藻羅根本不把天上放在眼裏。在這三、四天裏，藻羅一直和林作在一起。隔了那麼長一段時間，她終於再度回到了林作身旁。她不會感到無聊，但如此充實的時間即將進入尾聲。對藻羅來說，有林作在身旁的時光永遠不會無聊，每一分、每一秒都令她備感滿足。和林作在一個屋簷下，一起吃飯，隨時可以看到林作的生活雖然有著某種限制，卻是令人夢寐以求的滿足時光。即使林作不笑的時候，掠過他黝黑臉頰上的微笑淺影，也會在藻羅的心靈深處揚起溫柔的風。在掠過林作臉上的微笑淺影中，藻羅看到了林作對自己的高度評價，看到了林作內心深處對自己的讚美；看到了林作不帶一絲瘋狂地貪婪著自己的肉體，鑑賞著自己的肉體。那是一種不同於鑑賞情人的鑑賞，藻羅看到了林作心靈深處的這種感覺。天上也不分晝夜地貪婪著自己的肉體，留下輕度的咬痕。天上就像渾身沾滿花粉的蝴蝶一樣，將觸角伸入被花瓣包圍著的玫瑰中心。從天上的身上，藻羅看到了某種超乎鑑賞的東西。然而，她無法明確把握，只是隱約感受到了。

藻羅對彼特的激情之火有著鮮明的記憶。無論站在海邊，或是房間內，從椅子上站起來的時候，彼特都像浮在半空中──在海邊時，是以天空爲背景；在房間時，是以房間混沌的空氣爲背景。雖然在她心裏，一切都變得既模糊，又不明確，然而，她的內心仍然映照出彼特充滿自信，或是稚嫩自負的姿態，自以為是「藻羅的上帝」的姿態。在生平第一次遇到那件事後，當彼特為自己披上淡紫色的襯衫，或是他倒紅茶給自己喝時，身上散發著某種和林作相同的氣息。但藻羅並沒有因此產生熱切的心情，想要盡快再度靠近彼特的熱情之火。藻羅無論做任何事，都缺乏積極的意願，她也從來不會專心思考某個問題。

在傍晚冥暗的光線下，藻羅看到了一個不同於前年的彼特。現在的彼特不同於以往，帶有些許的不安。在不同以往的彼特從圍牆外走過的短暫片刻，藻羅已經感受到他的激情。彼特的激情已經進入了一個更深的境界，彼特的欲望在不斷磨練後，變得更加緻密了。

那一次，正當彼特處於「我已經抓到了藻羅」的極度歡愉頂點時，藻羅突然消失了。藻羅這隻鳥從彼特的手上飛走了，彼特甚至連地址都來不及問。當藻羅說：「馬伕已經來了，我要回家了」時，彼特半夢半醒的腦子裏，還以為自己可以再次把藻羅帶回自己的房間。當時，藻羅像活祭品一樣仰躺在床上，想要脫離自己窮追不捨的眼神，自己撲到了藻羅的身上。藻羅一進房間，彼特就感到一陣飄飄然的慵懶香味。在短暫的時間內貪婪地享受著還沒有成熟就被他摘下的果實後，他擔心會嚇到藻羅，便克制了內心再度燃起的欲望，為藻羅倒了杯熱茶，為她披上襯衫，撫慰著她。彼特賭上了「彼特的矜持」，認為自己做得很漂亮。然而，雖然藻羅說她只會在這裏再住一、兩天，彼特卻忘了問她的住址。藻羅像一隻帶著斑點、豐滿的鳥一樣飛走時，彼特滿腦子都想著藻羅提到的馬佚，他很想要見識一下這個男人。所以，他快步跑向二樓，趴在可以看到藻羅家的小窗戶前。

彼特在瘋狂還未完全消除下就陷入了絕望，他在懊惱中克制著自己。他遵守父親的訓示，每天游泳到渾身疲憊，用閱讀塡補自己的每一分鐘，阻止自己去思考。然而，他無論如何都無法忘懷藻羅身體的誘惑，這種誘惑不斷地侵蝕著他的精神和肉體。這個祭桌上的處女雖然還未完全成熟，卻在不斷發出強烈的誘惑香味中，慢慢結出果實。藻羅在害怕之餘，就像那些熟知自己肉體魔力的女人一樣，表現出恣意、慵懶和些許的苦悶。藻羅想要脫逃時，動作仍然那麼緩慢。被彼特按住的身體，在彼特嘴唇下的身體，是帶著強烈挑戰意味的皮膚。在她的皮膚和嘴唇之間，有一層薄薄的、朦朧的東西。那是一種無論再怎麼摸，都無法完全觸摸到的東西，使她的皮膚顯得格外咄咄逼人。她全身上下的皮膚看起來好像完全沒有毛細孔，讓人感到透不過氣來；在這裏和那裏的山谷中，還殘留著像水蜜桃般的絨毛。有關名叫藻羅的可怕誘惑體的記憶，就像永不熄滅的火一樣，在清晨，在白天，在夜晚消耗著彼特的精神，燃燒著彼特的身體。即使彼特用蝶泳游到好遠，游到身體疲憊不堪，藻羅身體帶來的激情之火仍然在疲勞下慢慢地、慢慢地燃燒，糾纏著整天埋頭看書的頭腦深處。彼特獨自留在石沼的綠色房子裏，直到秋天結束。

回到東京後，彼特時常在街上走到筋疲力竭，他也去旅行過。彼特雖然有一個彼此很投緣的朋友，但他不想把藻羅的事告訴這位朋友。並非因爲彼特認爲這件事不登大雅，而是他相信，總有一天，他會讓藻羅對自己傾心。彼特對藻羅還不夠瞭解。他獨自外出旅行，平時則盡可能和朋友在一起。雖然他知道住在父親家裏比較可以分散注意力，但他覺得不應該讓父母看到自己的懊惱而痛心。好不容易捱了兩年，關於藻羅的記憶漸漸淡薄，像帶著火種的箭一樣穿透身體的肉欲之火，也已經稍稍熄滅，偶爾也會覺得自己似乎可以回到遇見藻羅之前的日子，回到「彼特的日子」。他看英文版的《Thais》（譯註：法國大作家安那杜爾・法朗士〔Anatole France〕的作品，描寫一位神父在遇到舞女Thais後，說服她遠離耽溺肉體快樂的墮落生活，要為愛上帝而活，把她帶進了修道院，但神父自己卻因為深受她美貌的吸引而苦惱），去參觀畫展，踢足球。晚上和朋友一起在咖啡店聊到店家打烊。這種日子慢慢回來了。他也開始打工，那是克服了有關藻羅的痛苦後，讓他感覺極度透明的日子。彼特認為，「矜持的彼特」的日子已經觸手可及。當他找回「矜持的彼特」，幾年後，他會和一個乖巧的女孩子結婚，讓母親塔瑪拉含飴弄孫。雖然藻羅的記憶至今仍然讓自己的身體隱隱作痛，但再過幾年，就會在上帝的救贖下漸漸淡忘。只有偶爾不小心碰觸到時，才會感受到錐心之痛。有關藻羅的記憶終究會變成一個乾硬的小痂。彼特就是這麼想的，這也是他所相信的。彼特好不容易走到這一步時，卻聽到了多米多里的敲門聲。於是，再度點燃了彼特，讓他重新燃燒起來。但這時的彼特發現，自己的激情已經在不知不覺中受到了磨練。的確，彼特已經不是兩年前的彼特了。

藻羅立刻看到了迅速從圍牆前走過的彼特。她看到彼特的臉龐時，就發現他的臉上有一種不屬於人類的可怕東西。那是一雙銳利的眼睛。他的嘴唇像貝殼般緊閉，他的嘴角有一種像是煙霧般繚繞的、並不是很明瞭的可怕表情。這種表情讓藻羅感受到彼特已經不再是以前的彼特。回想起彼特的表情時，藻羅感到不寒而慄，但她卻拋開了這種膽怯，想道：

「彼特的心是屬於我的。彼特心裏對女人的愛都是屬於我的。彼特那顆血淋淋的心是我的，是我讓他的心變得這樣血淋淋。多米多里的心、亞歷山大老師的心也是。以前，曾經在多米多里房間裏的那個像猶大一樣的男人的心也是……。」

藻羅回想起林作在自己的央求下，一邊用帶著德語腔的法語讀給她聽，一邊仔細解釋給她的一首詩。那是以一句「Y'avait une fois un pauv gas」爲開頭的南部方言詩歌，詩歌的用語很白話。一個年輕男子聽到根本不愛他的女人對他說：「你去把你媽的心臟拿來，我要餵我的狗。」年輕男子不假思索就挖出了他母親的心臟，當他捧著心臟跑去見女人的途中，不小心跌倒了。那顆心臟一邊滾落在馬路上，一邊問：「你有沒有受傷？」這首詩就在這裏結束了。藻羅聽到這首詩時，她覺得自己可以像那個年輕人挖取母親的心臟一樣，拿到無數個男人的心臟。林作立刻察覺到藻羅的想法，淡淡地微笑著，藻羅用一副被看透心思的眼神，回望著林作的臉。

這天晚上，天上的愛撫比平時更磨人，但因爲不在自己家裏，才稍微收斂了一點。正當藻羅承受著天上的愛撫，承受著如此悶熱的夜晚時，彼特在二樓的起居室內，躺在自己的床上。揮之不去的不悅幻想像夢魘般糾纏著彼特，他將燃燒的身體躺在狹窄的鐵床上，也就是彼特曾經壓倒藻羅的處子之身，像捕獲到獵物的老鷹一樣收起翅膀，粗野地啄食的那張床；也是他強忍著尚未熄滅的欲望之火，在一旁守護受了傷的藻羅，至今仍然令他記憶猶新的那張鐵床。彼特趴在床上好長一段時間，他將臉埋在彎曲的右手肘中。額頭上一根一根又黑又粗的頭髮亂成一團，流著汗水的臉從彎曲的手肘露了出來。彼特喘著粗氣，他的苦惱完全攤在電燈下。他禁止自己有一般年輕人的壞習慣，此時的他，就像剛進入修道院的苦行僧一樣苦悶不已，他輾轉反側，仰躺在床上，然後，又再度趴著，將臉埋進了彎曲的手。兩年前，放走藻羅時的痛苦又回來了。在處於得到藻羅的歡愉頂點時，眼看著藻羅被奪走時的痛苦增加了好幾倍，再度席捲而來。

堆滿沙子的庭院和可以看到大海的沙灘連成一片，藻羅正坐在庭院的籐椅上，雙腿略微張開，懶懶地向前伸著，她從剛才開始，就一句話都不說。那是看到彼特翌日的下午。

兩天前，他們就約定好，要開船去一個路口後方的河裏，讓四十八釣魚，然後，晚餐就吃那些釣到的魚，但現在她又突然說不去了。林作的家和有著稀疏松林的沙灘是河中的沙洲，在名爲石沼川的河裏混有海水，晚上出船時，經常可以看到竹筴魚在河面上跳躍。林作很喜歡把新鮮的魚加入薑絲和酒一起紅燒，藻羅也很喜歡吃林作和彌做的魚。一方面是因爲第二天就要回東京了，另一方面，林作一開始就打算邀天上去遊河。這天早晨，已經向漁夫買了很新鮮的蝦，上午也去河裏撈了蜆，家裏還有冬瓜，彌已經向林作請示過，要爲晚餐準備鹽烤蝦子、味噌蜆湯，把冬瓜和小蝦同煮，再把剛上市的毛豆用鹽水煮過來吃。由於這是最後的晚餐，所以，林作想要再加一道煮竹筴魚。

當藻羅像這樣一語不發地賭氣時，至少會持續長達四十分鐘，誰都拿她沒辦法。藻羅的這種狀態是在十三歲的某一個初夏，用早餐時突然發生的。今天是第三次，也是結婚後第一次發作。第一次發作時，藻羅才十三歲，所以，林作以爲是少女期的身體變化引起的。第二天，彌向他報告藻羅的初潮來了時，他並不覺得意外。當時，林作看著彌，體會到彌用一份母愛的心照顧藻羅，在遇到這種情況時也特別細心。彌是辻堂平民家庭的女兒，不擅言辭，只知道一些奇怪的俗語，她好像煩惱了很久，「不知道該怎麼向老爺報告」。基於現實，林作的確需要彌扮演藻羅母親的角色，再加上林作因爲和藻羅之間有一份特殊的情感，所以，那天早晨一看到彌敲門進來，就立刻想到可能是怎麼回事。彌畢恭畢敬地站著，低著頭，結結巴巴地說了一句：

「老爺……藻羅大小姐今天早晨就開始……」

之後，一言不發看著林作。林作回答說：

「好，謝謝。那就請妳多費點心吧。」

林作雖然想要和彌談談這個問題，但他一方面相信即使不說，彌也應該可以體會；另一方面，他也覺得很難開口和彌這樣的女孩子談這些事。之前，林作曾買了介紹少女期生理變化的醫學書籍，在讓藻羅看這些書的同時，詳細說明了女人身體的變化及其理由。林作認爲，只有自己能夠在聖潔的氣氛中，在沒有危險的情況下，恰如其分地和藻羅談論有關「性」的事。雖然他的朋友認識赫赫有名的醫生，但林作相信自己是談這件事的不二人選。藻羅倚靠在林作的膝頭上，張大了眼睛傾聽著，談得比較深入時，雖然露出了驚訝和害怕之色，但並不會很明顯。她沒有表現出早就知道這些事的淡然，也沒有不以爲然，只是好像對此早有預感的樣子。總之，藻羅就是這樣的孩子。林作再度看到了藻羅的內心。藻羅對嬰兒一點都沒興趣，林作甚至認爲，不僅是毫無興趣，而且還表現出一種拒絕的反應。但藻羅並不是像其他人那樣，還沒實際接觸過小孩子，就覺得小孩子很麻煩、很吵鬧而不喜歡。藻羅和那些討厭小孩子的女人有點不太一樣。應該說，小孩子和藻羅完全無緣。即使在前年夏天的事——藻羅在彼特的房間內，在那雙可怕的眼睛注視下，被逼問和林作之間的關係，承受著嫉妒的風暴，幾乎就像被強暴——發生後，她也從來沒有擔心過懷孕的問題。只有林作、多米多里和彌爲此不安了好長一段時間。

之後，藻羅也陷入過這種情緒低落的狀態。第一次，林作爲了藻羅的心情不佳，不，應該說是心裏的不舒暢所醞釀出這種可愛的狀態而投降，於是，沒去公司而在家裏取悅藻羅。結果，這就變成了一種習慣。林作一直認爲這是藻羅平時的撒嬌因爲某個契機而無法克制的關係，也就是說，是一種撒嬌的爆炸，就像是撒嬌的急流。不過，對藻羅來說，用急流的字眼應該不適當，應該稱爲緩流。所以，林作認爲不需要太擔心這個問題，也就一直沒有把它放在心上。但有時候，腦子裏也會突然閃過一個念頭，藻羅的情況會不會是醫學上某種疾病的症狀，當然，即使有，應該也是很輕微。藻羅第一次發生這種狀態時，林作就有過這樣的念頭。因爲，藻羅當時的眼神顯得很恍惚。林作會這麼想，和已經過世的繁世曾經告訴他的事有很大的關係。因爲繁世曾經告訴林作，繁世的母親亞紀偶爾會失去意識一、兩秒。當時，繁世正懷著藻羅。據繁世說，亞紀很少會發作，症狀很輕微，只有她丈夫重臣、從亞紀娘家陪嫁過來的奶媽，以及一位第六感特別強的貼身女僕知道而已。在亞紀生前，完全沒有其他人注意到她的異常。雖然曾經向貼身女僕阿倫下了封口令，其實也是多此一舉。阿倫和亞紀很投緣，她們不像是主僕，反而更像是朋友。當阿倫因爲出嫁而辭職，重臣除了送給她一件外出時穿的和服，還買了一個衣櫃給她。當時她露出一臉困惑，誠惶誠恐地推辭了好幾次。因爲阿倫知道，在鄉田家，下人因爲出嫁辭職時，通常只送一件外出服而已。亞紀在和別人說話時，有時候會有不到一秒，最長會有超過一秒的停頓時間。那時候，她的眼神變得很縹緲，重臣曾經在一旁看過這種情況，其他人可能只會在那一剎那露出「？」的表情，但還不至於覺得有問題。而且，亞紀發作的次數並不頻繁，一年只有幾次而已。林作曾經想向專家請教這個問題，剛好想到知心朋友米內和一位名叫本田的神經科醫生很熟，就經由米內請教了本田。據本田說，繁世的母親很可能是輕度癲癇症，對於藻羅的情況，因爲沒有親自看到，無法做出明確的診斷，但應該只是歇斯底里而已。林作又看到藻羅發作時，也有過「該不會是這種病……」的念頭。即使眞的有，症狀也應該比亞紀輕微，林作心想，如果是遺傳，還眞的是劣性遺傳呢。林作認爲，如果藻羅的情況越來越嚴重，就必須告訴天上。因爲林作知道，姑且不談天上對藻羅有多溺愛，以天上的爲人，即使聽到藻羅有這樣的情況，也不會因爲藻羅有病而做出什麼令人失望的舉動。

藻羅還是一聲不吭。兩隻大眼睛好像發燒的孩子一樣恍惚。她像往常一樣，右手輕輕握拳，放在嘴唇上，好像把手指含在嘴裏一樣。她的樣子十分惹人憐愛。

她好像看著春天昏暗的天空，或是可怕的樹梢，又或者是蹲在黑暗中的小狗，她的表情幾乎沒有改變。略微向前嘟起的嘴唇輕輕地閉著，雙眼籠罩在一種沉重而朦朧的氣氛中，那眼神似乎暗示著她的內心有著極度的憤怒，無論別人說什麼或是給她什麼，都無法打動她。藻羅的體內湧起了某種東西，這種不透明、令人束手無策的東西在四周擴散，讓人以爲是藻羅身體發出了更濃郁的香味。她的皮膚豔麗動人，那種光澤，彷彿胖得像女人無名指般的蠶體。任性和撒嬌在她的體內迅速膨脹，連藻羅自己也束手無策。藻羅的這種狀態雖然看似無足輕重，又會讓人覺得似乎不僅於此。林作發現，藻羅在這種狀態下，有一種更強烈的吸引力，就像是從胖到極點的蠶體內部發出的微弱的光一樣。林作不引人注目地觀察著這種不可思議的吸引力，內心仍然有著隱隱的不安。「藻羅，你眞的不想去嗎？四十八特地放下田裏的工作過來了，如果你不去的話，就要早一點告訴人家。四方吉也要去別人的田裏幫忙。你之前不是說想要坐船嗎？」

這時，藻羅的眼睛似乎動了一下，就像水底有什麼動靜的水面一樣，帶著幾分哀愁的表情淡淡地浮現在她臉上。林作看著她嘟起的嘴，兩頰上露出了兩個酒窩。她的心情似乎好轉了一點。藻羅的樣子和之前不太一樣，好像比較容易緩和了，讓林作心裏一直擔心得到亞紀的異常遺傳的不安稍咄逼人的可愛。

正因爲林作從藻羅小時候就一直在觀察她，所以，也每次都看到她在這種狀態下散發出一種咄稍淡薄了些。

——她眞是可愛……好像是美國某個作家寫的《惡種》裏的角色一樣。不過，藻羅比那個女孩棒多了……她具有天生的魔力，讓我……不，我不會有越軌的行爲。……我是經由相親迎娶了繁世，但我並不愛她。我曾對她說過我愛你這三個字，雖然這是一種體貼，但也是一種欺騙。自從藻羅出生以後，在她稍微長大了一點以後，我就完全被藻羅俘虜了。我和藻羅之間建立了一種誰都意想不到的關係。對在生下藻羅的同時就死去的繁世來說，這也是一種幸福，她原本的作用就是爲我的戀人餵奶，然後漸漸變醜。然而，我和藻羅的幸福，卻也是其他男人的不幸，多米多里首當其衝，然後是鋼琴老師、俄國青年，再來是天上……雖然每一個男人都很優秀，卻都缺少了一點魔力……。

林作在心裏自語著。

天上從剛才就一直看著藻羅，他向來覺得自己對藻羅的感情中，包含著對藻羅的生理和心理某些部分的不瞭解，此刻，他覺得自己對藻羅又陷得更深了。就好像腳下的沙子突然變軟了，跨出一步，便讓自己陷了下去……在這種以前從來不曾有過的惶恐中，天上覺得以前一直悶在心裏的黑色陰影——林作和藻羅之間的關係——像烏雲一樣在心中擴散開來。

——林作和藻羅在肉眼無法看到的地方緊密相連。……橫在我心中的陰影永遠都無法消失……天上拚命克制著自己，不讓自己的心情繼續消沉下去。

「她很少會這樣。以前在家裏時，曾經有過兩次。」

林作對第一次看到藻羅這副樣子的天上說。

藻羅平時就是個沉默的人，她的感情表達很不明確，即使心情好，看起來也好像不太高興。所以，處於目前這種狀態或不是這種狀態，界線並不是很明確。

林作似乎覺得應該讓藻羅獨自靜一下，他將視線移向大海的方向。天空沒有放晴，海上的深藍色波濤翻滾著。

天上抬眼看著大海，輕聲地說：

「我總覺得大海的深度好像反應在海的顏色上，就像是藻羅的顏色。可以說，藻羅就像大海一樣。你可以在一旁看著她的這種特質，……這種不可思議的特質漸漸成形，……你可以看到她的深處，以後也可以，這真的……讓我感到很羨慕……」

「她的確是個有趣的孩子。她是獨生女，等於是我生命的全部。所以，才會把她養得這麼任性，讓我覺得對你很不好意思。」

林作感受到天上的言外之意，故意若無其事地回答他。他的一番話發自他巧妙避開烏雲的敏感和體諒的善意，但同時帶有一根痛苦的刺，這是他平時在說這種話時不曾出現的刺，而這根刺也刺進了天上的心。

老天爺似乎感應到了藻羅不想去遊河的意志，不一會兒的工夫，在稀疏的松樹和沙丘上，就積滿了厚厚的雲層，好像快要下雨了。

天上不知不覺地被藻羅吸引後，就再也無法移開他的眼神。此時，林作用一種「藻羅又贏了」的揶揄眼神看著藻羅。天上並沒有發現自己在無法克制感情的情況下，說出了挖苦的話。藻羅仍然沉浸在甜蜜的灰色情緒中。

藻羅的眼睛突然瞟向彼特家二樓的方向，然後又將視線收了回來。藻羅回想起不久之前，和彼特的那次會面。去彼特房間的那個下午，天空也像現在這麼陰沉。天上看到藻羅瞥了林作一眼後，又將視線移了回去，他便知道藻羅在心情恢復時，第一眼看的是林作，於是，就用一種哀傷的眼神看著藻羅。林作也看到了，他也發現藻羅的這種狀態將藻羅帶入一種無意識的情欲世界。

彌覺得釣魚可能會延續到三點左右，便動手準備三明治。此時，她正跪在廚房的地板上洗黃瓜，抬起頭看看天空，發現原本還十分明亮的天空變暗了。空氣中，一陣濕風吹來，立刻讓她心慌意亂起來。昨天晚餐時的不安再度在她的心裏翻騰。

——藻羅大小姐會不會……和那個鄰居……

天上受邀帶著藻羅和彌去石沼做客的四天期間，讓天上對藻羅越陷越深。在回到田園調布的家中時，也帶回了一種莫名的情緒。

當他們將桌子搬到沙地上，在提燈的映照下進行愉快的晚餐時，林作和藻羅表現出微妙的樣子，讓天上難以忘懷。在昏暗的夜色中，在提燈晃動的火影下所看到的情景，就像惡夢般縈繞在他腦海中。林作和藻羅各自微妙的反應，都證實了走過自己背後的年輕男子和藻羅的過去有牽連，從他們兩人的樣子中還可以看出，那是一種肉體的關係。林作的表現特別微妙，完全沒有任何異樣。任何人都無法從林作的表情中去推測他看到那個男人時想到了什麼，在思考什麼，甚至無法判斷他到底有沒有看到那個男人。只是，天上從他的眼睛深處看到了困頓。像天上這種人，永遠無法瞭解為什麼林作要邀請自己到有機會和藻羅的舊情人碰面的土地上做客。天上知道，藻羅只在幼年時和前年去過石沼兩次。如果那個男人是鄰居那個年輕人，那他就是俄國男人。他是俄國男人這件事，強烈地刺激著天上，讓嫉妒的針變得更粗、更銳利，更難以對付。

而且，天上也看到了藻羅的異常狀態，見識了藻羅那任性的、內心沉悶不斷凝結，不知道如何解決的狀態。天上也看到，當這種狀態突然崩解，漸漸露出恢復的萌芽時，藻羅首先讓林作瞭解到這微妙的變動。雖然林作在此之前看過藻羅發生這種狀態好幾次，他已經習慣了，但無論是林作放鬆藻羅那感情凝聚在某一點時的方式，或是藻羅在這種狀態中，和林作之間的親密，都強烈地刺激了天上。藻羅來自己家裏還不到兩年，和自己之間當然還不夠親密，但天上深深感受到林作和藻羅之間的親密，於是，他與生俱來的憂鬱更嚴重了。

天上從林作手上接手藻羅時，他努力不去想林作和藻羅在長久的歲月中，那個超越父女之愛的情緒世界，那個將藻羅包圍得密密實實的情緒世界，他努力在自己和藻羅之間建立新的愛情歲月。雖然他對未來充滿不確定，不知道他和藻羅的世界可以建立到何種程度，也不知道將可以持續到哪一天。但他仍然很努力，他希望這樣的歲月可以來臨，也希望這樣的歲月可以永久持續。他努力使自己相信，這樣的歲月將可以永久持續。

但在從石沼回來的車上，已經恢復正常的藻羅就像喝醉酒一樣，慵懶地靠在天上身上。天上抱著藻羅的肩膀，不得不認爲，這樣的歲月還沒有來臨。雖然他很不想這麼想，這種想法令他感到痛苦萬分，但他還是不得不這麼認爲。他不得不認爲，藻羅和自己之間，只存在虛假的愛。而且，天上也不得不認爲，這種虛假的日子也不會維持太久。這些想法，把他帶入一個黑暗厭惡的世界。這些想法，以一種無法阻止的力量，把他帶到一個必須承受死心斷念的場所，再也無法找回體會到這一切之前的自己。天上就像個腦筋不靈光的人，一直在鑽牛角尖。雖然天上不知道林作看到那個年輕人經過，卻又不動聲色時，心裏到底在想什麼，但回想林作當時的眼神，不知道爲什麼，他可以感受到那個年輕人很優秀、很英俊。

「哥薩克餘黨的兒子……英俊的俄國青年……即使我不用看，也可以感受得到。」

天上在心裏自言自語著。藻羅的反應遲鈍，她不會像一般女人羞羞答答，但藻羅也在不知不覺中，會因爲自己在某種原因而觸發的魅惑而更加陶醉。藻羅只是保持了她一貫的風格，但正因爲這樣，反而讓她變成一個可怕的誘惑體。一旦得到過她，就會想要一而再、再而三地得手。

天上用一種隱藏著夜晚蛇性，但又不失溫和的眼神看著駕駛座的多米多里背影。多米多里的頭蓋骨前方的輪廓、聰明的額頭、微高的眉骨至堅挺的鼻梁，以及好像吞下苦藥的嘴唇都歷歷在目。正如林作和藻羅也知道的那樣，天上雖然和戀愛無緣，頭腦卻很聰明。如今，他像古老英國領主般的臉露出了幾分憔悴，看著多米多里寬厚的肩膀。多米多里的背影顯得有點緊張，顯得很不安，可能是太年輕的關係吧……他的背影就像加入鹽後，還沒有充分燉煮的肉湯一樣，還帶有一點澀味。天上又在心中沉吟道，「這個男人也是藻羅的俘虜……」多米多里正壓抑著生澀的不安，想要克服這種不安。多米多里也感受得到天上的聰明。

——在石沼的家，我對故意從身後走過的那個應該是藻羅情人的年輕人產生了極大的懷疑，多米多里的背影更讓我產生了不好的聯想；我可以從他的背影中看到不祥的預感，無論那個年輕人還是藻羅，都想要延續令我不愉快的往事。對我來說，就像冥府的黑暗一樣凶多吉少，我似乎可以從他的背影中感受到，悖理的壞事會在不久的將來發生……

天上可以感受到，自己右手擁著的藻羅裸肩結實而帶著挑戰的意味，而且因爲自己對藻羅和那個年輕人之間充滿幻想，顯得更加楚楚動人。藻羅從小在嬌寵的環境中長大，林作根本沒有想過要讓藻羅和逃亡者的兒子——那個俄國年輕人結婚。一定是林作拆散了他們。其實，對藻羅本身來說，即使這個男人是自己的初體驗，即使對方很英俊，也不會對他產生執著的情感。在藻羅的字典裏，根本沒有執著這兩個字。藻羅的心理遠遠超過了「女人心，海底針」的諺語，她的心理狀態極其不穩定。每一分、每一刻都是陰晴不定，時好時壞，甚至讓人覺得她根本沒有所謂的意志。說起來，藻羅就像一種低等動物，就像小孩子不知不覺地放下了手上的玩具一樣。她想要背著我和那個年輕人重逢也是這麼回事，她根本不認爲這是一件壞事。她也不可能清楚地意識到，她所做的事簡直是在精神上謀殺我。她就像精神病人一樣，只隱隱約約地覺得雲靄的彼端有些什麼。即使殺了人，也不會產生罪惡感，只會在看到血的時候感到害怕而已。天上在教練場第一次看到藻羅時，就發現她這種不爲任何事所動的特質。初夜時，藻羅也是這樣。她的不爲所動並不是她已有了性經驗。當她自己也被那無法用言語形容的、帶著略微的濕氣和微溫的皮膚，以及皮膚香氣激發起激情和殘虐時，她曾經因爲害怕而想要逃開。但她不會像初次和男人相擁的處女，表現出笨拙的羞澀。雖然藻羅也曾經喊過痛，但她沒有表現出驚訝。當時天上曾經想到，即使有過一、兩次性經驗的人，也同樣會感到痛，但是，在得到無法輕易得手的女人時，男人往往會在無意識中，把事情往好的方向解釋。

——多米多里的確在害怕什麼。

天上想道。從前天晚上開始，多米多里眼神中的陰霾更加嚴重了，這種陰霾令人感受到一種煎熬的痛苦。不僅多米多里，連多米多里身旁的彌，她的背影也表現出絕對不只是坐在主人前面的拘謹而已。她用肥胖的、紅通通的手拚命塞進夾在腰帶的布芯口袋裏的，是藻羅交給她的紙條。這張寫著彼特住址的紙條，才是造成她緊張的原因。彌的手上抱著一把深橄欖色的、像是外國製造的古典黑布洋傘和一個很大的包袱。她穿著一套眞岡縮布（譯註：栃木縣眞岡市製造的棉布）的單層和服，桔梗圖案的絲質腰帶裏放了一個很大的腰帶芯，將腰帶繫得高高的。她還戴著一根和她的裝扮很不相襯的翡翠玉簪，那好像是藻羅亡母的遺物，可能是彌深怕玉簪會掉，所以，幾乎將整根玉簪都插進了挽起的髮髻裏。在彌的背影中，天上嗅到了祕密的味道，同時也覺得彌太可憐了，她不應該承受自己這種莫名的怒氣。

回到田園調布的家時，伊作站在門外迎接。伊作的臉讓人覺得很頑固，沒有任何表情，只有在看到天上的那一刻，才展露出一個伊作式的笑容。伊作的臉很頑固，是個不會喜形於色的人。即使高興，也是一臉嚴肅，如果不是瞭解他，甚至不會發現他在高興。當伊作唯一的親人，也就是他弟弟末吉來找他時，就會發現一件事：伊作一個人的時候，他像石頭般的頑固還不會太明顯，但兩兄弟在一起時，那份頑固就會擴大兩、三倍。第三者看到伊作和末吉兩個人在做什麼事，或是在聊天時，簡直會覺得看到了一個深不見底的頑固世界。那是一個不容第三者介入，只屬於他們兩人的頑固小世界。伊作只有在看到弟弟末吉，和迎接天上時，他那張頑固的臉才會像石破天驚一樣，露出親切的笑容。他的臉就像石頭一樣，沒有任何表情。這或許也成爲藻羅討厭伊作的原因。但藻羅在茫然的表情下，有著敏銳的資質。如果伊作是受雇於牟禮家，伊作身處多米多里的立場時，藻羅一定可以從他的石頭臉、石頭鼻、石頭下巴中，感受到對自己的深厚慈愛。

當多米多里將車門打開後，伊作首先協助藻羅下了車，然後，看著跟著下車的天上。

「老爺，您回來了。」

然而，伊作臉上的親切笑容立刻消失了，他銳利的眼神釘在天上的臉上。在他緊盯著天上的單眼皮眼瞼下，充滿了任何表情豐富的人都無法相提並論的哀愁和溫柔。

——老爺，您一定遇到了什麼事。我可以感受得到。

他的眼睛如此訴說著。

他的眼神就像一條忠實卻又不會說話的狗一樣，感受著主人的哀傷。四天以來，天上一直深埋在心中的憂愁立刻如潰堤般湧出。天上立刻感覺到，比自己意料中更深的哀愁明確成形，成爲了自己的東西，固定在自己身上。一看到敏銳地感受到自己苦惱的伊作，天上的憂愁便落地生根，再也揮之不去。伊作如此迅速地察覺天上的憂愁，代表他曾經臆測過，或者說是不懷好意地猜測過，在林作的別墅中，可能隱藏著藻羅的過去。在回家的半路上，天空又陰沉了起來。天上心底充滿比痛哭更深的哀愁，他溫柔地摟著藻羅的肩膀，慢慢地走過花兒爭奇鬥豔的花田中央，進入家中。藻羅特別要求種的淡粉紅色繡球花已經褪色，淡藍色的花萼帶著淺淺的紫色，在昏暗的天空下，就像夜蛾收起了翅膀聚集在一起。天上將頭微微傾向藻羅，略微靠著藻羅的頭，表情十分哀傷。伊作瞥了他一眼，便垂下了雙眼。隨後，便和多米多里一起提著行李，跟在天上的後面。伊作從多米多里和彌的神情中也看到了不安的影子，他立刻體會到，這種不安一定和天上的不幸有關，卻也同時感受到自己對此的無力感。伊作告訴多米多里和彌已經備好茶後，就告辭回到自己的房間。前一刻，他房間裏的那張椅子和上面放著的遮陽帽，還反映出伊作迎接主人歸來的寧靜喜悅，此刻，卻感受著他突然湧起的那種難以形容的不安。

天上守安也是個不動聲色的人。即使雙眼在訴說時，臉頰和嘴唇周圍仍然僵硬得毫無動靜。藻羅覺得自己又回到了一屋子都是表情嚴肅的人的家，心情很不爽快。她吩咐彌立刻來房間一下後，便上樓回到自己的起居室。她身上穿的那件淡黃色抽絲薄棉夏裝，看起來有點像白色絲質衣服穿舊了的感覺，她連衣服也懶得脫，就滾進了床鋪。這張箱形床是藻羅萬惡的溫床、罪惡的培養器，只要藻羅一回到這個家，這張床就會立刻擁抱藻羅。今天，本間良已經整理過了。剛洗過的白色印度棉床單和棉被將整張床鋪得軟軟的，承受著藻羅的身體。隨著藻羅身體的翻轉，強烈的紅百合莖的香味籠罩著整張木箱床和床上的藻羅。

藻羅在離開石沼時，從多米多里手中接過了寫有彼特家住址和電話的紙條。藻羅意識到自己很容易忘東忘西的，便想到交給彌。在樓梯下和彌擦身而過時，她一言不發地將握在手裏的紙條塞進了彌的懷裏。

「彌只要一看紙條，就立刻知道是怎麼回事了。」藻羅想。

「我去見彼特時，必須要由彌幫我把交給多米多里的信寄出去。然後，再叫彌把多米多里找來，聽多米多里回報消息。當天，我就說要去爸比家裏。反正像平時一樣，叫多米多里來接我，一切問題便都迎刃而解了……」

藻羅覺得自己似乎費了好長的時間，才終於想出這個方法。她的眼神恍惚，呆然地看著半空。突然，藻羅想起在石沼的黃昏幽暗中，看到的彼特側臉，情不自禁地眨了眨眼睛。

「彼特一定覺得很生氣，因爲我之後根本不想知道他在東京的地址就結了婚。而且，我比前年更漂亮了，所以，他才會有那樣的表情。只要我去找他，他又會變回前年的彼特……。」

藻羅就像在情人面前一樣，胸部和腰嬌媚地輕輕扭動著。

在樓下的廚房內，彌站在多米多里的對面，一句話也不說，也不抬頭看他，自顧自地喝著紅茶，吃著三明治。她有點著急，因爲要趕著去幫藻羅做好洗澡的準備。當然，多米多里也知道這一點。多米多里極力克制自己想像浴室裏的情景。他陰沉的臉比以前更陰沉了，用一口白牙咬了一口夾了火腿的麵包，和冷掉的紅茶一起吞下了肚。

天上雖然很想去睡在藻羅身旁，問她在石沼傍晚發生的怪事，要藻羅從實招來。但他克制了這種衝動，獨自走進了書房。

從石沼回東京後四、五天，藻羅將一封寫給多米多里、像紙條般的短信交給了彌。在晚飯前，正當彌協助她洗澡時，交給了她。那封信是藻羅在天上去公司後，躺在床上寫的。之後，彌端來下午的牛奶時，讓她把寫著地址的紙拿來。彌急急忙忙地退了下去，回到自己的房間後，手忙腳亂地從腰帶後芯中拿出寫著地址的紙條，又躡手躡腳地快步上了樓。當她遞給藻羅後，一直注視著藻羅用極不尋常的俐落動作將紙條放進了信封。藻羅看著因爲不安和激動，臉一直紅到了耳根的彌，不禁想道：

「這封信寄到多米多里的手上，然後，多米多里會來我的房間，帶來彼特的回話，把祕密告訴我。所有這一切，守安和女傭們都不會知道。然後，我就會在爸比和多米多里的協助下，神不知，鬼不覺地去見彼特。即使一切順利地瞞天過海，彌也不可能完全放下心來。」

彌知道，只要將這張寫著地址的紙條順利交給藻羅後，等自己出去買東西，順手把這封信投進蔬果店旁的郵筒，自己參與的部分就大功告成了。但可憐的彌會因爲之後藻羅要做的可怕的事，以及誰都無法預測的事態發展，覺得無法原諒自己。她認爲，參與的部分再少，自己都是共犯。彌對自己參與了這件事，不，應該說是因爲藻羅把寫有地址的紙條塞進她的懷裏而把她牽扯進來，感到無法饒恕自己。從她去淺嘉町的林作家工作，抱著幼小的藻羅開始，她就在裝滿了誠實的厚實胸膛中發誓，要效忠這麼可愛的藻羅大小姐，效忠這麼優秀的老爺。從此之後，這份忠誠始終不曾離開過彌。然而，彌眞的很害怕。

那封信上只寫著，叫多米多里去見彼特，告訴他藻羅準備下星期四去見他。雖然藻羅是個風情萬種的女人，或者說她整個人就是風情的聚合體，但她很少寫信。即使來天上家後不久，寫給林作唯一的一封信也很簡短，只隻言片語地寫了幾句像平時說話時充滿孩子氣的話。

多米多里一收到信，立刻感受到一種帶著傷感的快樂。那封信使用的是林作放在給藻羅當嫁妝的小櫃子裏的信紙，用藍色墨水寫的短信，上面只寫了簡單的事由。那是丸善的信紙，淡藍灰色的底色上，用較深的同色畫著線條。這是林作常用的信紙，和信封是一套的。這封信裝在和多米多里曾經幫林作投寄過的信相同的信封裏。上面所寫的，只是藻羅的指示。但是，不能因此就說藻羅完全沒有想到多米多里。信上的語氣和藻羅平時吩咐自己時的口氣完全相同，這一點打動了多米多里。這封信，簡直就像藻羅用蠻橫的態度，正親口對他發號施令，這讓多米多里感受到一陣快樂的躊躇。對多米多里來說，藻羅平時對他任性之至的言語，都固定在這些藍色墨水寫的文字上。

去彼特那裏，告訴他我下星期四要去找他。

多米多里覺得，這些藍色的墨水字群上，彷彿烙著藻羅的臉一樣，藻羅命令自己時的樣子、話語，都永遠地固定在這張信紙上，留在自己的手中。藻羅的話中充滿了絕對的自信，她認爲，只要是自己的命令，即使再痛苦，多米多里也不會說一句「不」，絕對會去幫她完成。藻羅的這句話變成了藻羅自己發出的活生生的聲音，在紙上翩翩起舞。多米多里覺得，自己和藻羅的關係，就像是蠻橫的主人和忠實的狗一樣，隨著藻羅的成長，漸漸發生了改變。隨著這種關係的變化，藻羅的殘酷也變本加厲。藻羅從小就知道自己對她的愛，卻故意折磨自己，這種事本就是狗和藻羅之間的家常便飯，至今仍然沒有改變。雖然藻羅在這麼做時，的確和蠻橫的飼主沒什麼兩樣，但是，其中也包含著對自己的撒嬌和信任。多米多里雖然在藻羅和自己之間豎起了「雇主家的小姐」這道絕對無法跨越的銅牆鐵壁，但仍然不可自拔地對藻羅產生了令自己揪心的愛情。

多米多里家從上一代開始，就對林作至真至誠的奉獻。

多米多里告訴自己：

「藻羅大小姐是老爺的心頭肉。無論我心裏再怎麼愛她，都不能表現出來。」

他用鋼鐵的枷鎖綁住了自己的雙手，拚命克制自己，也使自己對藻羅的感情日益加深。多米多里愛得很痛苦。他把半頁信紙小心翼翼地收進了信封，夾在他很珍惜的字典裏。這本字典是林作看到他獨自在房間裏自學日語時，在某一年的聖誕節買來送他的。

當天晚上，多米多里在林作入浴過後，陪著他一起喝白蘭地。剛好林作問起他藻羅的近況，他就告訴林作那封信的事。林作放下酒杯，靜靜地聽多米多里說完。正如多米多里想像的那樣，林作看起來似乎對此早有預感。林作雖然沒有問多米多里，但已經知道在石沼的別墅時，多米多里和彼特之間有過某種交涉。他看著多米多里的樣子，便已經知道了。林作思考著，因爲這次的交涉而誘發的藻羅和俄國年輕人的會面，雖然在自己看來，根本無關緊要，但在社會一般人的眼中，是何等舉足輕重。

林作也想到了萬一事跡敗露時的情況。那個名叫彼特的俄國年輕人已經對藻羅如癡如狂，但在看過他幾次後，或是從藻羅斷斷續續地談到他房間的樣子，以及當藻羅推說多米多里可能已經從東京趕到，而突然告別時的情況來看，他應該是個禁欲主義的年輕人，所以，應該不會做出什麼荒唐的舉動。藻羅對那個年輕人只不過是好奇而已，藻羅不可能欲罷不能地愛上他，然後頻繁地約會。但是，老實過頭的天上、對藻羅愛得死去活來的天上萬一知道這件事後，會造成什麼樣的結果？林作認爲，天上不可能做出傷害藻羅身體的舉動。林作已經想到了最壞的結果，也預感到無法對天上啓齒的不幸，他甚至預感到天上的毀滅。

林作爲多米多里斟了酒，放下酒瓶後，靠在籐椅上，看著多米多里。

「這也是沒辦法的事。如果由我們把事情攤開來談，帶回藻羅……不，不說任何理由，就要求他把藻羅送回來或許還比較好一點……但無論是哪一種方法，都是辦不到的。只能聽天由命了。我不應該讓藻羅遵從世間的習俗。」

「是……」

多米多里捧著白蘭地杯的雙手放在膝蓋上，抬起原本低著的頭，仰視著林作，說：

「我以前想得太不周到了。……不過，無論發生任何事，都不會對藻羅有太大的影響。……她是個我行我素得無可救藥的人，並不僅是因爲我的教育。只是，因爲我想得太周到了，或許導致了原本可以不發生的事情發生了。」

林作舉起了杯子，說：

「多米多里，你也喝吧。」

林作把白蘭地一飲而盡，將杯子握在手裏，看著多米多里。

「多米多里。……藻羅是我和你共同的孩子。」

林作臉上的陰霾已經消失，他的臉上浮起了難以察覺的微笑影子。

多米多里抬起了頭，克制著不安看著林作說：

「是，您說得沒錯。」

多米多里的臉在苦惱的皺襞中，露出了幾分光明。林作突然感到一陣心痛，將視線從多米多里的臉上移開。

林作的臉上浮現出平時只會在多米多里面前露出的，那種帶有魔性，卻又稱不上是微笑的表情。

多米多里瞥了一眼坐在自己斜前方的林作的表情，再度深深地低下了頭。多米多里爲藻羅產生了戀愛和苦惱後，才開始眞正瞭解林作這個人。從此之後，雖然在帶著苦惱生活的日子中，心痛的感覺依然沒有改變，但他似乎感受到了林作在精神上的支持。多米多里低著頭，無法看清楚他的表情，但在他的額頭，和額頭下的鼻梁影子中，有一種初愛藻羅時所沒有的東西。多米多里終於明白了一個道理。在這個世界上，除了男女的戀愛以外，還有一種和戀愛十分酷似，卻又可以超越戀愛的感情。他也知道了，魔性也存在於人心的皺襞中。當這種魔性存在於林作的心中時，即使上帝無法原諒，在自己充滿誠實，在自己唯有誠實的心中，卻認爲林作是值得原諒的。不，應該說，自己也不知道爲什麼，竟然會覺得這種魔性很令人滿意。多米多里充滿純眞和誠實的臉上，有某種歷經了磨練和考驗的表情。

漆黑的夜色穿透窗戶，半透明的藍灰色玻璃窗包圍著主僕兩人。寂靜的夜色中，電風扇發出低沉的聲音，緩緩地轉動著。兩人都沉默不語。

多米多里將剛才一直放在掌心加溫的白蘭地杯子舉到嘴邊。

「最近，你也慢慢懂得怎麼喝酒了。」

多米多里抬起寫滿苦惱的額頭，笑了一笑。

「藻羅這傢伙，常常把事情搞得天翻地覆。無論是已經回國的亞歷山大……還是那個俄國年輕人……或是天上……」

林作沒有繼續說下去，他充滿憐愛地看著多米多里。在和林作共同生活後，或許只有多米多里變得成熟了，或許他更深刻地瞭解了林作和藻羅之間的關係。這也讓他得以更靠近藻羅的心，雖然不知藻羅是否有可以稱之爲心的東西。林作平時觀察多米多里，或許已經發現了這一點。然後，林作在多米多里十七歲時，收容了父母雙亡的他，生活在同一個屋簷下，彼此建立了深厚的感情。一方面是因爲這樣，再加上多米多里具有這種優秀的氣質，林作比任何人都更愛多米多里。藻羅在成長的過程中，也很仰賴多米多里。多米多里現在知道，藻羅那些壞心眼的惡作劇是出自她的本質。久而久之，多米多里知道，藻羅身上的魔性是發自她的體內。

原本停在天花板上的一隻大蛾啪答、啪答地拍著翅膀，圍著電燈飛個不停，多米多里拿著扇子將蛾打到桌下，從口袋裏拿出懷紙（譯註：以前日本人經常放在和服內的一種和紙，在吃點心時使用）包起後，走到窗邊，拉起窗戶後，丟了出去。

這天晚上，多米多里準備告辭時，林作舉起手，在半空中揮了一下，讓多米多里留步，說：

「重臣先生是最大的問題。」

「是。」

多米多里也有相同的想法。

「繁世的忌日快到了。最好在此之前不要發生什麼事。……這次，我也想要把藻羅和天上找來。滿什麼都不懂，所以，我會請鴨田來幫忙，忌日那天就要多麻煩你了。」

聽林作說完，多米多里便鞠了一躬，彷彿說「老爺，我知道了」，便走了出去。林作疼愛地目送著他。

在艾美逃跑後大約過了三個月的某個星期一下午，介田伊作走在附近的住宅區。那天，從早上開始，他的心情就很鬱悶，所以，買了菸之後，踏上了上次尋找艾美時所走的路徑。伊作一雙黑白分明的眼注視著前方，他發現迎面走來的男人好像正看著自己，朝自己走來，便不由得放慢了腳步。這男人看起來像是哪戶人家的下人，一副寒酸的樣子，他似乎認識伊作，走過來說：

「你就是上次那個來找鴿子的人吧？大概三個月前……好像是在你來找後的十天，我看到一隻鴿子掉在地上。那時候天色還沒有全亮，我看到時，牠的眼睛半閉著，已經沒救了……我和剛好路過的一個鄰居幫鴿子看了一下，但牠的身體慢慢冷掉了。我就把牠埋在我們家後院了。」

男人看到伊作極度哀傷的樣子，眼睛不知道該往哪裏放。

「請……節哀順變。」

男人鞠了幾次躬，便轉身離去，一路上，還不時回頭看伊作。伊作暗自決定「這件事絕對不能告訴老爺」，他連散步的心情也沒有了，立刻回了家。伊作做出不告訴天上的決定時，便讓他內心覺得更加痛苦。因爲，既然不能告訴天上，就代表必須放棄去找那個男人，挖出艾美的屍體帶回來，埋在花田的角落。

那天之後，伊作看藻羅的眼神比以前更加銳利。但距離去見彼特的日子還有三天，藻羅內心充滿了不安，便忽略了他的眼神。

星期四，多米多里去接了藻羅後，便帶著藻羅從淺嘉町的家往本鄉大道直行後右轉，又在農學院前方向左轉，開了大約兩個街口，來到了位於石牆和石牆之間左側的彼特公寓。

在前一個星期的星期四，多米多里已經來拜訪過彼特，告訴他藻羅會在這一天去找他。

這天早晨，多米多里在自己房間內醒來的那一剎那；去主屋告訴林作自己要出門時；或是穿上已經在前一天晚上用刷子洗過，放在鞋櫃上的鞋子時；以及開車前往天上家的途中，所有的時間內，都不斷回味著內心深處的痛楚。他的痛楚，就是當彼特將隨意漆上暗藍色油漆的門打開十公分左右，凝視著自己的眼睛，回答說「知道了」的時候，彼特眼中閃現出貝殼般的光芒。多米多里知道，正如林作所說的那樣，不僅是天上，這個名叫彼特的年輕人也不可能危害藻羅。雖然知道，但在看到彼特眼神的那一剎那，便從中感受到一種刀刃般的銳利。彌曾經在海灘上，從遠處拚命打量著彼特，她感受到了彼特的人格。雖然彌在思考時，並沒有用到這樣的字眼，但她感受到彼特這個年輕人的可靠，覺得稍稍放下了心。包含在海邊第一次看到彼特那一次在內，這已經是多米多里第三次見到彼特，因此，多米多里很清楚彼特是個優秀和值得信賴的人，但彼特當時的眼神還是讓多米多里感到震驚。當他走上彼特公寓的狹小樓梯時，聯想到士兵從戰壕中露出臉巡視周圍的眼睛。雖然彼特用黑色的眼珠子斜視著自己，但多米多里似乎覺得只有彼特眼白的部分顯得特別亮。

這天，多米多里和平時接藻羅回淺嘉町時一樣，見到天上後，簡短而有禮貌地打了招呼，當他看到身穿居家服、手拿草帽站在一旁的藻羅神情自若的樣子，不禁偷偷地鬆了一口氣。藻羅平時就好像整天在發呆，不，應該說，從外表上，根本看不出她到底有沒有在思考，不像有些女人會在這種場合耍一些小聰明，這一點反而因禍得福。女人在這種場合，往往會說一些不必要的話。天上的臉上帶著一抹已經成了他長相一部分的陰霾，心情愉悅地迎接了多米多里，並安慰他：

「每次都辛苦你了，請代我向牟禮先生致意。」

「是，我會轉達。」

多米多里說完，便低著頭。他額頭附近的陰霾和平時沒什麼兩樣，所以，並沒有引起天上的任何懷疑。

多米多里把車子停在石牆旁，讓藻羅下車後，帶著藻羅，走向又窄又陡的樓梯。他站在樓梯口，告訴藻羅，左側的第二扇門就是彼特的家，便轉身下了樓梯。多米多里一離開公寓，立刻驅車趕回淺嘉町的家裏。雖然以前從來不曾發生過，但萬一天上家的傭人突然到淺嘉町來，即使不會帶他們進房間，他們也很容易發現林作在家，車子卻不在的情況，所以，多米多里要趕快把車子開回車庫。除非伊作察覺到什麼，故意假裝有事造訪，否則，伊作是不會上門的。但林作和多米多里對這種不可能發生的事做好了以防萬一的準備。藻羅在淺嘉町時，天上從來不會隨後跟來，他也從來沒有打電話來過，但所有萬一的情況，林作和多米多里都已經考慮得十分周到。多米多里要在三個小時半後去彼特的公寓接藻羅。對此，他已經拜託彼特守時，也告訴了藻羅。從彼特的公寓開車到淺嘉町只要十分鐘，這天，他還要把藻羅帶回淺嘉町，才會讓戲演起來像真的一樣。多米多里出家門時，戴上了林作送給他的德國製腕錶，在時間方面絕不會出差錯，只要看好時間，準時出門去接藻羅就行了。多米多里滿懷不安地回到了自己房間，想起了藻羅剛才的眼神。雖然多米多里知道以自己的身分不該說這些話，所以拚命克制住；但在和藻羅同車時，多米多里一直想要對她說：

「下次不要再玩這種危險的遊戲了。請你向我保證。」

車子到達公寓，打開車門時，多米多里凝視著從座椅靠背上起身的藻羅，他知道，自己的眼神很銳利。即使多米多里沒有說出口，藻羅似乎也已經感受到他的心思。於是，就再度靠在椅背上看著多米多里。藻羅的臉無論在何時，都顯得十分可愛，但她直勾勾的眼神有一種不是一般鳥類，而是像猛禽類般凝重、深沉的光。她的臉頰髮際處，顯得有點蒼白。多米多里一語不發地垂下雙眼，扶著藻羅下了車，但仍然可以感受到藻羅不悅的眼神一直看著自己低下的臉。藻羅窺視著多米多里起了雞皮疙瘩的臉。多米多里知道，除了林作以外，藻羅還很信任彌和身爲馬伕的自己，他知道這是出自於藻羅任性的完美主義，不允許自己對她有絲毫的違抗。多米多里對藻羅自幼的這種威嚴下的脆弱和撒嬌知之甚詳，但也對第一次看到藻羅這麼強烈的不悅而心頭一震。多米多里想道，林作年輕時，應該也是這樣吧，這是一種魔性的完美主義。然而，下一刻，多米多里的心裏便感到無限的親切和愛憐。

「多米多里，藻羅是我和你共同的孩子。」

林作的那句話一直停留在多米多里的心頭。他看到了林作內心對自己的那份眞心誠意，林作沒有風流雅士常有的輕薄，待人十分眞誠。對推心置腹的人，就會坦誠相見。多米多里認爲，結婚需要具備克制心和勇氣，藻羅顯然無法適應。

「藻羅大小姐根本不適合結婚。」多米多里在內心說道。

「老爺富有智慧和克制心。藻羅大小姐雖然有智慧，卻沒有克制心。我不瞭解女人，但女人的身體，女人的神經應該就是這麼回事吧。」

多米多里從胸前的口袋裏掏出林作送他的腕錶，放在桌子上。離開公寓至今只過了十五分鐘。

備感不安的多米多里突然感傷起來，回憶起遙遠的往事。多米多里的內心深處浮現出當自己坐在這個房間的門口，藻羅走近自己的膝蓋之間，用兩隻汪汪淚眼拚命探尋著自己眼睛時的情景，那眼神，就像想要喝奶的嬰兒尋找母親的乳頭一樣。

「那次是老爺訓斥了藻羅大小姐，她跑來我房間。她覺得只有我可以感受她的悲傷，所以，她當時拚命在我的眼中尋找著。」

多米多里看著門口方向，彷彿那天的藻羅依然在那裏。

❧　❧　❧

彼特盤腿坐在床上，雙手放在膝蓋上交握著。從剛才開始，他就一直將臉埋在手中，努力克制著體內湧起的情緒。彼特正在等待藻羅，在他內心湧起了無法忍受的渴望，就像是飢渴的人在等待水的心情。那是一種比喜悅更強烈的感情，但在這份喜悅中，夾雜著一種必須克制的、和憤怒十分相似的感覺。

彼特所坐的那張床，就是在石沼那場濛濛細雨後的昏暗房間內，藻羅曾經躺過的那張床，也是讓藻羅成爲活祭品的床。這張床上，仍然殘留著奪走藻羅一切的記憶。是彼特耽溺在藻羅全身的皮膚香味和花瓣般濕氣中，度過了幾近瘋狂時刻的床。至今已經過了兩年，彼特一直承受著讓藻羅從自己手上溜走的悔恨和痛苦的煎熬。他努力不懈，想要克服這一切，努力找回原來平靜的自己。如今，他好不容易才覺得自己即將可以恢復這樣的狀態。……這是兩個月前的事，即使在當時，每當他躺在這張床上，他的背、他的手臂，以及他的腰，都感受到強烈的痛苦。在極度痛苦的時期，他的身體躺在這張床上時，曾經無數次地燃燒。彼特每次都抓緊了脖子上的十字架，用力握到手上都留下了十字架的痕跡。等平靜下來，彼特爲裸露的身體披上外套，走出戶外，漫步在漆黑的街頭。

藻羅成爲彼特的犧牲品後，並沒有留下處女的證據。彼特還沒有女人經驗時，就知道了處女的祕密。但當時他也知道，藻羅屬於難得一見的處女。第一次看到藻羅，他就發現藻羅並不是一個平時熱愛劇烈運動的人。當他從那個窗戶看到藻羅手拿著一片好像是蘋果的水果，看到藻羅胸部附近時，即使不用看她的全身，即使不需要看她活動的樣子，也可以知道她是一個和活潑運動無緣的女孩子。藻羅的眼神，就像小孩子一邊吃著東西，一邊看著根本不想伸手摸一下的蟲子一樣。在她的眼睛深處，帶有某種魔性。她的朦朧雙眼好像是柔軟的玻璃，又像是奇妙的不透明體，有一種藻羅自己也不曾意識到的強大力量，吸引著彼特，當時，彼特也看到了一個懶惰、不好動的女孩子。而且，第二次在海灘時，彼特也見識了她跑步時緩慢的樣子，就像剛學會步行的幼兒一樣。

「她並不是因爲劇烈運動而弄破了處女膜。」

彼特想道。雖然藻羅在床上時並沒有驚慌或極度的害怕，但對於藻羅還是處女這件事，彼特絲毫不懷疑。

彼特想：

「那眞是一種不可思議的特長……她的動作那麼緩慢，一個只有十四、五歲的女孩子身體，竟然像上了年紀的女人一樣。在她的身體周圍，總有一種慵懶的氣氛。帶她上床時，她曾經有些惶恐，卻又顯得落落大方。可能是因爲她父親和多米多里的讚美，使她的身體在無意識中累積起這種落落大方的豁達。當她在海灘站在我面前時，我就強烈地感受到這一點，也深受這一點的吸引。雖然她還是像散發著孩子氣的處女，但對自己肉體的魅力有著不可動搖的自信……就是這一點，讓我如火般燃燒。」

藻羅雖然是個動作遲鈍的懶散女孩，但有時候會突然從高處往下跳。林作發現她這個習慣。因爲林作看到時，動作遲鈍的藻羅正跌坐在地上，手肘和膝蓋都受了傷。林作一打開藻羅房間的門，就看到藻羅從鋼琴椅上跳了下來，他趕緊衝過去抱起藻羅。當時，林作也發現鋼琴椅的螺絲鬆了。從此之後，林作每次進藻羅房間，都會檢查椅子的螺絲，並嚴格禁止藻羅把椅子的螺絲一下調鬆，一下調緊地玩，也提醒彌多加注意。由於這種舉動是藻羅不夠聰明的地方，因此，林作就沒有告訴御包和柴田。林作發現藻羅的這個習慣後，就曾經猜想，藻羅在初體驗時，很可能不會留下處女的證據。因此，林作對世間重視新娘在初夜是否留下處女證據感到很傷腦筋。

當藻羅的婚事談定，天上以女婿的身分上門作客時，林作就曾提及藻羅的這種習慣，並提醒天上也多加注意。林作認爲天上是個優秀的男人，也知道天上對藻羅的觀察入微。他告訴天上這件事，目的除了要他小心別讓藻羅再度受傷以外，更考慮到藻羅初夜的問題。當然，他也考慮到了在石沼時，藻羅和彼特的那件事可能會產生的後果。

彼特厭惡自己解決肉體的欲火，於是，就在小心謹愼得近乎潔癖的情況下，去找妓女發洩。彼特只認識一個日本女孩，這個女孩子很文靜，第一次和她上床時，她表現出一副好像受欺侮的奇怪樣子和楚楚可憐的害羞。在街上看到的那些女人，不是和這個女孩子一樣，表現出不堪入目的羞澀，就是誇張地裝出羞澀樣。雖然彼特覺得，在自己的祖國或其他西歐國家的女人中，也可能有像藻羅那樣的處女，但他實在無法想像，除了藻羅以外，還有另一個像藻羅那樣的處女。彼特在侵犯藻羅後，深切感受到，這樣的女人絕對不笨。彼特覺得，即使是處女；即使是初體驗；即使她從來不曾對性有過很大的興趣或幻想；即使藻羅很晚熟，雖然是有著嬰兒般身體的女人，但躺在床上時，卻有著久經沙場的落落大方，仍然讓彼特感到欲罷不能的刺激，這是藻羅身上很難得的特色。雖然如此，藻羅都應該曾經在不知不覺中，感受過，或是接觸過相關的資訊。於是，彼特便覺得以前所認識的那些女孩索然無味。對彼特來說，那些妓女只會賣弄從貧瘠性知識中得到的老套技巧，只是解決欲望的工具而已。

對彼特來說，雖然今天和藻羅的私會必須背負的某種刑法名詞，根本毫無意義。彼特只在黑漆漆的沙丘上，從背後看過藻羅的丈夫，但萬一事跡敗露，彼特不認爲他會讓他們背負這樣的罪名。萬一天上去告發，彼特也做好了堂堂正正地站在法庭上的準備。從前年那天，當彼特把藻羅帶回自己房間的那一刻開始，彼特做出了無愧於彼特這個名字的行爲。

「我是藻羅的上帝。」

他當時這麼認爲。

「藻羅才不會意識到這個問題，她應該不知道有這樣的罪名。」

彼特想道。他知道，萬一事情敗露，藻羅的父親一定會盡其所能地協助解決問題，但無論事情發展到什麼地步，彼特都不在乎。然而，當彼特想到父親塞爾格和母親塔瑪拉可能會受到的打擊，就令他格外憂心，他尤其不忍心看到母親塔瑪拉絕望和悲傷。彼特努力避免自己去想這個問題。塞爾格和塔瑪拉應該可以瞭解彼特的想法。雖然他們自己是十分虔誠的舊教徒，但他們很尊重彼特的意志，彼特還是嬰兒時，甚至沒有帶他去接受洗禮。由於彼特之後也沒有接受洗禮，所以，至今仍然不是基督教徒。在彼特小時候，瑪塔拉就在他脖子上掛了一個十字架的鍊墜。在彼特成長的過程中，每天早、晚餐時，都會看到父母懷著虔敬的心情在胸前劃十字；也看到母親只要一遇到什麼事，就會在胸前劃十字。在這樣的生活環境中，彼特深受父親和母親信仰的影響，那是一種帶有分量、充實的信仰。彼特雖然還不是基督教徒，但在不知不覺中，只要他一遇到什麼事，就會無意識地緊握胸前的十字架。當他手握十字架時，他好像找到了一個極度値得自己信賴的寄託。雖然在他長大以後，他就不曾再去過教堂，但小時候，每到星期天跟著母親去教堂時所聽到的風琴聲和那種氣氛，仍然深刻地留在他的腦海中。彼特雖然對禪宗很有興趣，但並沒有想過要研究佛教，他買了一些有關禪的書也束之高閣。彼特對文學很有興趣，有一天，他從一位據說在研究日本文學的同國朋友那裏聽到有關「雨月物語」（譯註：上田秋成創作於一七七六年的歷史名作）的故事後，就產生了極大的興趣。在認識藻羅後，對雨月物語的興趣更加強烈。彼特覺得無論基督教和佛教，都可以在文學世界中，從皮膚滲入體內。彼特認為，為了更深入瞭解文學，首先必須瞭解基督教、佛教和禪宗。雖然彼特還沒有加入任何宗教，卻很認眞地思考過加入基督教的問題。因爲，他深愛塞爾格和塔瑪拉。

「藻羅和宗教完全沾不上一點邊。但事到如今，藻羅或許已經變成了我信奉的宗教。」

彼特突然想道。他痛苦地皺起了眉頭。

如今，彼特的眼前清晰地浮現起在海邊，第一次近距離看到只穿著一件泳衣的藻羅，那是和上帝完全背道而馳的樣子。當他看到只穿著一件泳衣，就像沒穿衣服的藻羅，然後將手放在她肩上時，感受到藻羅全身好像沒有毛孔的細緻、滋潤的皮膚，便再也無法克制內心虐待狂式的欲望。

——就像剛綻放的花朵中，厚實花瓣上的濕氣……

下了一夜濛濛細雨後，在空氣潮濕的房間內，當彼特面對藻羅時，感受到了在海灘上就已經聞到、像折斷百合花莖時散發出的香味，那種香味，似乎是在藻羅的皮膚內受到某種火的焚燒而向四周散發著、擴散在周圍的空氣中。於是，彼特受到一種強大力量的吸引，墜入了對藻羅肉體的欲望中。藻羅看著牆上的畫，彼特把手放在她的肩膀上時，這股香味也撲鼻而來。當彼特坐在床上，讓藻羅坐在床旁的椅子上時，他凝視著藻羅，他從她的眼中看到了恐懼。藻羅前一天與父親在海灘散步和彼特不期而遇時，她知道彼特發現了自己和父親之間從小培養起來的特殊情感。彼特知道，藻羅最害怕的並不是只穿一件泳衣身處男人的房間，也不是不知道彼特會對自己做出什麼，她最害怕的是在那一剎那，彼特所感受到的強烈嫉妒。

——我一直看著藻羅，一直窮追猛打地問藻羅，你是不是愛你爸比？

我也可以感受到自己當時的眼神有多可怕，藻羅就像小鳥飛舞一樣，爲了躲避我的眼神，逃到了窗邊。藻羅左右擺動臉，想要逃避我的眼睛，最後，終於再也無法忍受地抬起頭，仰望著天花板，好像她的救星會從天而降似的。這時，我就撲向了藻羅。

——我是從那時候才發現我的內心有虐待狂的傾向。從我在海邊，和只穿著一件泳衣的藻羅面對時開始。在此之前，在意識的角落都不曾出現這種感覺。

彼特用力握緊交握的雙手。

——今天，藻羅會來到這裏，這讓我最愛的塞爾格和塔瑪拉都深陷痛苦，讓他們感到悲傷。

薩德侯爵的血液在彼特的體內沸騰。彼特認爲，一定有人告訴過藻羅有關他父母的事，也和她談過上帝。當理智漸漸消失，頭腦被莫名其妙的想法佔據後，不知道爲什麼，他竟然會想起上帝。他要找出藻羅和她父親之間的親密關係，不管用什麼方法都好，他想要懲罰令自己瘋狂的藻羅。他要把她帶到上帝的面前，讓她坦白，自己要在一旁看著她承受痛苦的煎熬。這種想法驅使著彼特，他想道：

「在藻羅爲數不多的知識中，應該對基督教有所認識，哪怕只是模糊的概念。藻羅不可能對上帝一無所知。藻羅的父親一定告訴過她，我的父母是俄國的逃亡者，是基督教徒。但是，那又怎樣？藻羅和宗教沒有任何關係，藻羅是最不在意宗教的人。藻羅對所有的一切都漠不關心，她也缺乏求知欲，她只是用雙眼去看自己有興趣的東西，從中體會到一些事。即使不特意教她知識，她也能夠以某種自己的方式理解，她就是具有這種能力的孩子。沒錯，藻羅和宗教毫無關係。對我來說，藻羅就是宗教，這一點都沒有誇張。她父親不知道會以怎樣的方式和她談宗教的事。她父親……那個豢養著一頭難以對付的惡魔的父親……那個在溫柔的笑容底下，藏著像刀子般眼睛的父親，那個有著像歐洲人一樣帥氣笑容，絕非等閒之輩的父親……」

彼特只看過兩次藻羅和她父親在一起的樣子，而且，兩次的時間都很短，但他可以感受到，藻羅和林作這對父女無話不說，他們會分享生活中所有的一切，即使再怎麼微不足道的事，他們也會彼此分享。彼特自己也會和塞爾格、塔瑪拉暢所欲言，但並不會把心裏的一切都說得一清二楚。這是因爲彼特的父母認爲他雖然年輕，但已經長大成人，他們也接受了這一點，把他當大人對待。

「即使走在戶外，她父親也讓藻羅依偎在他胸前，那樣子讓我感到好痛苦。……那個帶有宗教味的男人心裏應該也很不是滋味。這對父女無話不說，只要看他們的表情，看他們面帶笑容說話的樣子，就知道了。在家裏的時候，藻羅一定會靠在她父親的膝蓋上，應該會用臉在她父親的膝蓋上磨來蹭去，然後，用她那獨特的吞吞吐吐，不帶接續詞的說話方式，滔滔不絕地說個不停。說些什麼？當然是她想到的、看到的、當天遇到的事，所有的一切。當然，也包括在石沼我的房間裏，和我之間發生的事，所有的事，他們父女就像情話綿綿的情人般親密。」

在石沼清晨的海灘上，當彼特看到他們兩人散步時，腦子裏便立刻猜測了起來。藻羅和林作的親密足以讓彼特心神不寧、火冒三丈。

事實上，林作知道彼特的父親是哥薩克士兵。當林作告訴藻羅，彼特的父親可能是逃亡者時，也順便提到了他和他的妻子，以及彼特，應該都是基督教的信徒。正如彼特所想像的，藻羅當時靠在林作的膝蓋上。藻羅摸著林作穿的仙台平（譯註：一種平織的絲織物，用於男性和服禮服的布料）和服裙褲的衣褶，享受著沙沙的響聲。那天，林作在參加日本橋俱樂部舉行的宴會一回到家，便穿著藻羅喜歡的仙台平和服裙褲去陪藻羅。藻羅從小就特別喜歡林作穿著仙台平和服裙褲的樣子。雖然林作不喜歡別人摸他身上穿的衣服，唯獨藻羅例外。他穿著裙褲時，在出門前，也會微微張開穿著裙褲的雙腿，讓藻羅靠在自己的膝蓋上，陪她一會兒。藻羅對彼特的父母雖然不感興趣，但在聽到話題從哥薩克兵轉移到基督教上時，立刻瞪大了眼睛，仰頭看著林作。林作發現，藻羅聽自己說話時，神情漸漸恍惚，慢慢鬆弛嘴唇看著自己。這是藻羅對某件事產生興趣時的獨特表情。藻羅的視線一直沒有從林作的臉上移開。藻羅並不是第一次聽說基督教的話題，只是林作從來沒有很嚴肅地談過這個問題。在她六、七歲時，藻羅曾經感受到亞歷山大夫妻身上散發出一種奇怪的靜謐氣氛，和林作、外祖父鄉田重臣和多米多里等人的樣子有所不同，這令藻羅感到很不可思議。當她用童言童語發問時，林作曾經和她談過基督教。但藻羅年幼的腦海，只對林作提到的基督教帶有某種可怕的氣氛留下了印象。藻羅最初是在亞歷山大夫妻身上感受到基督教徒那種令人不自在的溫柔。藻羅從小就對基督教那種令人毛骨悚然的、安撫式的溫柔感到渾身不自在，雖然這種溫柔令她感到害怕，但並未因此產生敬畏。因爲她看到林作在告訴她有關基督教的事時，也不帶任何敬畏。林作把基督教是怎麼回事，以及基督教的感覺說得十分清楚。林作一邊說著，一邊窺視著正靠在自己的膝蓋上，張大眼睛傾聽的藻羅，臉上浮著慣有的笑容。在他的微笑中，藻羅發現了他和這些虔敬話題背道而馳的表情。藻羅在父親的眼中，在他臉頰上的陰影中看到了這種表情。藻羅的恐懼雖然來自於父親對基督教這種宗教氣氛的說明，但其中也融入了藻羅對聖母學園的羅莎琳達的印象。羅莎琳達雖然是基督舊教的正規修女，藻羅卻覺得她身上隱藏著淫穢的討厭特質，帶有邪教的陰影。藻羅至今仍然記得，在某一天的訓戒後，當羅莎琳達說「在我們的社會裏，可以進行宗教上的刑罰」這句話時，不知道爲什麼，她的眼睛一直看著自己。羅莎琳達臃腫的臉上，那兩個像發光小洞的眼睛仍然歷歷在目。藻羅相信，當時羅莎琳達的這番話是故意要讓自己害怕的。藻羅在林作和多米多里的溫柔眼神下成長，她從家庭教師御包隱藏著嫉妒的嚴厲眼神和羅莎琳達的眼睛中感受到恐懼。

當時，藻羅之所以一直聽父親說到最後，是因爲她在不知不覺中，對恐懼產生了興趣。在林作的這番話中，藻羅最感興趣的就是男人爲女人動心是犯罪的說法。

「那稱爲姦淫罪。藻羅，你應該聽不懂這句話的意思，我來解釋給你聽。」

說完，林作用一種神祕的溫柔眼光看著藻羅。藻羅也用一副被看透心思的眼神看著林作。藻羅雖然不瞭解姦淫這個字眼的正確意義，卻隱約體會到了某些含意。

那天，林作在日本俱樂部時，突然想起了藻羅年幼時的樣子。這家俱樂部的兩個大房間之間，有一個約兩間（譯註：間爲日本的長度單位，一間爲1.818公尺）左右的走廊。在走廊的正中央，有一個像龜戶天神院內的太鼓橋一樣又高又陡的坡。很久以前，林作就想要讓藻羅在上面走一走，看看她高興的樣子。於是，就在預約後，帶藻羅去了俱樂部。那天，藻羅披著一頭及肩長髮，綁了一條白色絲帶，在白色絲質的和服內衣外，穿了一件用紅、白兩色染出圖案的友禪和服，搭配一件紅色紋縮緬（譯註：一種帶有圖案的縮皺絲質布料）的和服馬甲外套，一位女服務生看藻羅可愛，捨不得離開她身旁。於是，女服務生牽著她的手，戰戰兢兢地開始走上陡坡，但在坡頂附近，由於地板太滑，不小心失足。女服務生慌忙將拉著的手提了起來，她的身體被拉了起來，穿著二文半（譯註：文，爲日本和服襪的丈量單位，一文爲2.4公分）白色和服襪的小腳懸在半空中。林作站在橋廊旁，抬頭看著藻羅可愛模樣，會心地微笑著，跟林作一起走過來的老闆娘芳忍不住「咦？」了一聲，情不自禁地將細長的雙手向前伸出。回到日式座位後，藻羅伸著腿坐在用黑色松枝染出的茶褐色縮緬座墊上，女服務生霜正在幫她重新綁絲帶，她的脖子略微僵硬，抬起眼睛向上看。芳在一旁看著藻羅出了神。林作手拿酒杯，記憶猶新地回想起當時的情形。芳在兩、三年前過世了，現在的老闆娘名叫時，三十七、八歲左右，比芳更加能幹。在藻羅出世時撒手人寰的繁世，在藻羅出生前，就爲她精心準備了五、六件小和服，藻羅穿起來很好看，林作就經常讓藻羅換上不同的和服，帶她出入料亭和茶屋，那些地方的小姐和召來的藝妓經常對藻羅另眼相看。老闆娘們也毫不掩飾「如果可以買到這種女孩子，我絕對會好好栽培」的表情。觀察這些人的樣子，也成爲當時林作生活的一大樂趣。

「俗話說，同類知性，應該就是指這種女孩子吧。」

某家茶屋的老闆娘曾經在背地裏套用了從〈羽左衛門〉（譯註：日本歌舞伎劇目）的台詞中學來的這句話。藻羅從小就在隱約中感受著這種氣氛。小女孩從周圍的反應中捕捉對自己的美醜評價的觸角是很驚人的。藻羅的落落大方雖然讓彼特覺得不可思議，但其實也是在這種環境下培養起來的。

林作知道藻羅準備背叛天上安守，和石沼鄰家的年輕人見面時，並沒有告訴藻羅，她即將從事的行爲通常被稱爲通姦。因爲林作知道，即使告訴藻羅這個名詞，或是告訴她觸法的嚴重性，藻羅也不會改變心意；她也不會因爲知道，就不去彼特家裏找他。藻羅不可能對彼特癡狂，不可能頻繁地造訪彼特家裏。但那個年輕人一定會陷得很深，林作想著，一邊看著藻羅那雙隔著一層玻璃的雙眼，在她的雙眼中，有一個讓人抓不到、摸不著的藻羅魔。

那雙帶著魔力的眼睛和小時候一樣，用純潔天眞的眼神看著林作。

藻羅的神情在令人感到可愛的同時，也令人害怕。她的樣子，就像是當大獅子用爪子壓著獵捕到的野獸屍體時，在一旁張開小手嬉戲的小獅子。因爲，她是個貪得無厭的肉食獸。林作看著藻羅，說：

「基督教是爲了全世界，使我們人類社會……讓爸比、藻羅和每個人都和睦相處，包括與御包和柴田那樣的女人也能和睦相處所創造的。是一個名叫基督的人創造的教義，他和中國的孔子、老子一樣。」

林作在和藻羅談論基督教後，最後這樣總結，但藻羅當然不可能理解。可愛的小獅子看著林作，只感覺說這番話時的林作眞的很嚴肅。

如今，彼特腦子裏有一個奇怪的念頭，他想要懲罰藻羅，用某種方式懲罰藻羅，要讓她嘗到苦頭。那是夾雜某種瘋狂的念頭，但還很朦朧。當藻羅站在海邊看著彼特的那一刻開始，這種念頭就在彼特的內心漸漸成形。藻羅站在那裏，始終注視著彼特，彷彿知道只要自己視線一移開，就會遭到危險一樣。她站在沙灘上的腳尖搓著沙子，對一個十五歲，還沒有長大的女孩子來說，這個動作很平常。然而，在她的動作裏，有一種不自覺，卻又很濃厚的挑逗色彩。藻羅只穿著一件泳衣的身體上，散發出令人生恨的嬌媚，那是從身體和精神內在散發出來的。當時，彼特發現藻羅胸部、肩膀，以及還沒有完全成熟的手臂，幾乎已經發育成熟的豐滿腰部和露出的雙腿上，有著日本女人特有的、幾乎感受不到毛孔的皮膚，他很想要將藻羅撲倒在地，他感受到一種無法克制的瘋狂欲望。

對藻羅那兩個托起泳衣、像堅硬果實般的乳房，也令他產生了邪惡的欲望。藻羅胸前的兩個果實分別在腋下附近結果，外擴的胸部更挑逗著彼特。藻羅站在那裏，眼睛始終沒有離開彼特，一直用腳搓著沙子，這種樣子更加劇了彼特的欲望。當時，彼特才意識到，在自己的欲望中，包含了某種虐待狂的成分。在那一刻，彼特感受到自己體內的虐待狂特質。彼特只和藻羅密會了一次，就讓她溜走了。也因此讓他度過了兩年的懊惱日子，他的凶暴也在這懊惱的兩年中札根。彼特憑著意志力克服痛苦，努力靠自己的力量，找回見到藻羅之前的平靜日子。有時候，他甚至覺得自己都快抓到了那份平靜生活，但彼特發現，即使在那種時候，他的欲望也已經深植在身體深處。在多米多里造訪之後，那份欲望又重新燃燒起來。在吹滿沙子、光線不足的樓梯間，當他面對那個叫多米多里、和自己相同祖國的年輕人時，長期壓抑在心頭，對藻羅的熱情、帶著瘋狂的激情又再度燃燒。如今，這種激情正在彼特體內蓄勢待發。

激發彼特虐待狂欲望的並不是藻羅的不貞；也不是藻羅對名叫多米多里的馬伕的殘忍虐待；更不是因爲藻羅殘酷地派多米多里和自己見面，既挑動了多米多里內心的欲望，又同時點燃了自己的欲火。在石沼的家中，聽到輕輕的敲門聲時，彼特就直覺地想到是多米多里。

「多米多里是藻羅派來向我傳話的最佳人選。他簡直是爲藻羅量身打造的受虐對象。」

彼特送走多米多里，在關上門的那一刻想道。但這還不是導致彼特變得狂暴的原因，他的瘋狂和藻羅正在做詩歌裏提及的蒐集男人心臟的勾當無關；也無關藻羅的貪婪。激發彼特內心虐待狂特質的，是藻羅的肉體；是他已經瞭若指掌的藻羅身體；是他用手指撫摸皮膚時，無論再怎麼按摸，都感覺到指尖和皮膚之間仍然隔著一層東西的藻羅身體；是躺在那張床上，當藻羅呈現恍惚狀態時，皮膚不由得發出挑逗的藻羅身體；是像成熟女人般肆無忌憚地發出挑逗的皮膚；也是當藻羅拚命抗拒，拚命掙扎時更強烈地散發出的，像花莖般不可思議的香味；只要聞到這種香味，就會激發別人內心深處不可思議的慵懶。這些都是藻羅肉體的魔力。彼特認爲，薩德侯爵在抱著自己國家的女人時，不可能產生薩德式的殘虐。彼特不曾和白種女人上過床，但只要用肉眼一看就知道，白種女人的皮膚很白、很粗，毛孔很大。彼特自從認識藻羅後，就失去了原本對母親抱有的那份鄉愁——想要將臉埋在她乳房中的鄉愁。只剩下爲了回應她那像海洋一樣偉大的母愛所產生的溫柔。

彼特用力咬著下唇，漫無目的地看著半空中。前年夏天，他留著將側分的頭髮自然梳向側面的髮型，如今卻剪了一頭短髮。頭形十分好看的腦袋上長著像凱撒頭那樣緻密的鬈髮。現在的髮型和十八年前，林作在昏暗的沙灘上擦身而過時看到的小彼特的髮型一樣。額頭下方的眼中帶著凶暴的影子，但彼特的樣貌充滿英勇和智慧，很像羅馬年輕士兵。當初彼特會剪這個髮型，一方面是因爲持續了太久苦惱的日子，感到長髮很沉重。另一方面，是因爲彼特知道塞爾格和塔瑪拉都很喜歡這個髮型。再加上一位叫吉田的朋友曾經對他說：「眞想看到那個頭戴月桂樹枝，穿著寬鬆的白襯衫，踏著一雙皮革拖鞋的彼特。」無論別人針對他的長相或才華說任何帶有批評的話，彼特總是像貝殼一樣無動於衷，但當時卻很難得地露出了「他說得並非完全沒有道理」的表情。吉田是彼特唯一信任的朋友，但他看到彼特自前年那件事之後的樣子，便對彼特和藻羅之間的交往不表贊同。雖然並沒有因此影響彼此的友情，但見面的次數卻越來越少。

今天早晨，羅馬士兵的眼睛就像面對獅子的挑戰般怒目相向，但在表面上，他仍然保持著平靜。就像林作在那天所看到的，彼特在這兩年期間，好像一下子長了三歲。

「Moila……」

彼特低吟著。

自從那件事以後，彼特很少和父母見面。塞爾格對兒子的痛苦感同身受，並努力忍耐著。塔瑪拉也一樣，但她對只密會一次，就讓年輕的彼特爲之瘋狂的異國少女充滿憎恨。塔瑪拉不時用一個大紙包包起自己精心烤的麵包，和加了月桂葉、卡爾斯巴德礦泉鹽等香料的烤肉來找彼特。彼特不在時，她就會把紙包寄放在樓下的管理員那裏。帝國大學附近的人和石沼的居民不同，對俄國人並沒有特別的偏見。所以，塔瑪拉絲毫不會感受到任何不愉快。塔瑪拉雖然對東京不熟，但多虧上帝保佑，他們在前來日本的火車上結識的一位懂俄文的男人，幫他們在赤門前的小巷子裏找到了房子。因爲，在農學院前，有一家賣咖啡、紅茶，以及其他做點心的材料、外國香料的店，塔瑪拉可以在這裏買到月桂葉、肉桂粉，以及每天加在麵包裏的卡爾斯巴德礦泉鹽。這家小店門口掛著一塊寫著「天堂」的油漆招牌，店主會喝自磨的咖啡豆所泡的咖啡，他看到塔瑪拉的圖示後，便代她向米店訂購了小麥。

彼特終於下了床，瞄了一眼書桌上的腕錶，從排列在房間一角的《拉路斯百科全書》（譯註：Larousse，法國出版公司）中抽出一本丟在床上，走到盥洗室的鏡子前。已經一點了，他端詳著鏡子中的那雙眼睛，脫下襯衫丟進架子上的洗衣籃，擦拭身體後，換上了掛在床架上那件比較像樣的白襯衫，搭配白色棉質長褲和咖啡色的科爾瓦多（譯註：cordovan，西班牙產的高級皮革）皮帶，整個人看起來就像羅馬兵。彼特又盤腿坐在床上，隨意翻閱著百科全書，有關「café」的欄目突然映入了他的眼簾。他將各種咖啡種類的名字都抄在筆記本上，然後，又照著一旁的咖啡花插圖畫了下來。最後，才懶洋洋地用手托著頭，轉身躺了下來。

彼特有一顆自由而溫柔的心，但他和林作不同，爲了達到自己激情的欲望，他可以義無反顧地違反道德；即使會被冠上通姦的罪名，他也不會有絲毫猶豫。然而，雖然他沒有宗教的罪惡感，卻覺得天上很可憐。在彌手上的提燈發出的橘色光線下，天上背對著彼特坐在沙灘上的餐桌旁，那個像是被設計的男人背影，在彼特的腦海裏留下了深深的傷痕，至今仍然殘留著。多米多里的痛苦也深深地刺痛了彼特的心。多米多里蹲在石沼的沙灘上，簡直就像痛苦男人的雕像，他的身影在彼特心中留下了不舒服的疼痛。當多米多里的身影隨著石沼微亮的天空和大海出現在記憶的皺襞中時，彼特努力想要抹去這個影子。彼特從多米多里奉藻羅之命，來向他打聽東京地址時的樣子中發現，他的悲傷已經變成更寶貴的東西，深埋在他的心中。

彼特呆望著半空，他的腦子裏突然想起了一串寫在光滑白紙上的英文字。那是巴爾扎克（譯註，Balzac，一七九九～一八五〇，法國小說家）的幾首兩至六行的短詩。

這些短詩分別以咖啡、茶、可可、香菸、砂糖、火酒（譯註：白蘭地）為標題，感覺很新穎，似乎從每個標題上就可以聞到咖啡和煙草的香味，在腦海裏形成美麗的景象。彼特在看這些詩時，覺得原本以為高不可攀的文學似乎近在咫尺，他覺得自己也可以寫隨筆和短文，他也相信，總有一天，自己可以寫出很好的作品。那一刻，彼特的凶暴似乎平靜了些。

這時，門外傳了多米多里緩慢而有力的腳步聲，其中混雜著沒有太大聲響的輕弱腳步聲。有力的腳步聲走到門前時，立刻掉頭走了。

——藻羅在外面。

彼特平息的凶暴又蠢蠢欲動，就像緩緩站起的眼鏡蛇一樣。一、兩秒後，彼特站了起來，打開鎖，將門打開。

暗淡的光線中，只看到藻羅一雙睜大的眼睛。藻羅正抬眼看著彼特。

——就是這雙眼睛。在石沼，就是這雙眼睛立刻擄獲了我……

藻羅慢慢地走了進來，將身體靠在門左側的牆壁上，依然注視著彼特。藻羅的眼中掠過一絲令人難以察覺的怯懦，彼特的臉不禁抽搐起來。

藻羅的視線從彼特身上移開，漫無目的地四處瞟了一周，又再度看著彼特。那是她慣有的朦朧眼神。藻羅從彼特的神色中發現了些什麼，但她的恐懼無法傳遞到她的核心。藻羅從家庭教師御包、聖母學園的羅莎琳達別有用心的眼中瞭解了什麼是恐懼，但她的恐懼似乎永遠無法到達她的核心。難道，名為藻羅的果實根本沒有核心？藻羅的左手從上面扯著及腳的衣服。這個動作刺激了彼特。這是藻羅在無意識的情況下流露的媚態，是她從小的習慣，她從小就會利用這種無意識的媚態勾引男人，讓男人掉入她的陷阱。這個動作點燃了彼特帶著虐待狂的欲火。

彼特起身站在藻羅的面前，用粗大的手抓住了藻羅的脖子。他整張手罩著她的脖子上下撫摸著。淡粉紅色、鑲著白邊的棉質夏裝被汗水沾濕了，從方形領子中散發出令人永生難忘的百合莖香味向彼特襲來。藻羅仰視的眼神中充滿挑逗，她用雙手抓住彼特的手，想要撥開。她的手指滲著汗水。

彼特的手依然抓住藻羅的脖子，又慢慢地向下撫摸。

「藻羅，你和多米多里，也應該像和我一樣……至少應該有一次……你懂嗎？就像和我一樣。如果不這麼做，上帝不會饒恕你，『彼特之神』不會饒恕你。」

他按著藻羅脖子兩側的手指加重了力道。

藻羅輕輕地叫了一聲。她原本仰視的眼垂了下來，眼睛仍然張得大大的。

彼特的眼睛就像利牙一樣窺探著藻羅的眼神。藻羅的雙眼依然沒有表情，卻顯得很痛苦。但那只是肉體的痛苦，使彼特不由得變本加厲。

——她只有肉體的痛苦。

彼特的手指更加用力。藻羅的手指緩緩地動著，比第一次見面時更豐滿的肩膀和腰部也扭動著。但那只是難以察覺的扭動，看不到彼特想要激發的懊惱和恐懼，彼特的手指和眼睛捕捉到的只是藻羅肆無忌憚的媚態，而且，是朦朧的、無意識的媚態。

這個時候，林作正靠在書房的皮椅上，看著午後的陽光映照著的窗戶。林作早就預料到藻羅和彼特的會面會是這樣的場景。

今天的午餐，他吃了一盤蒸雞絲配拌了醬料的番茄、萵苣，烤了一尾派多米多里去日本橋買來的鹹梭魚，並讓滿把鍋子和調味料拿來後，親自舀出必需量的三州味噌調味後，煮了一道蓴菜味噌湯，以及滿用鄉下老家的方法燉的茄子。吃完午餐後，就來到了書房，打開電風扇，剛點了一支西敏斯特菸。

西敏斯特的淡藍色淡霧繚繞在林作臉頰上似笑非笑的影子上。

——這個壞東西……哼。那個年輕人好像叫彼特，這個哥薩克士兵的後代簡直已經成了一團火。藻羅勾引男人的動作是與生俱來的，從她還是個小女孩，就已經運用自如。她不過剛滿十八歲，面對男人時，總讓人覺得殘留過去的影子，她身上就是有這樣的東西。她把手指放在嘴邊，肩膀和腰部微乎其微的扭動這些個動作，都是她在不知不覺中做出來的，卻充滿了誘惑男人的陷阱。

從她還是個小女孩的時候開始，她就用一種朦朧的眼神看著男人，不瞭解內情的人還以爲她是白癡呢。然而，嚴格來說，或許並不能稱爲無意識。藻羅自己也搞不清這種無意識和有意識之間的界限。讓人搞不清到底是不是有意識的朦朧雙眼就是陷阱……藻羅魔就存在於意識和無意識之間。

林作的眼前浮現出藻羅從年幼時就已經很拿手的每一個動作。他在自己吐出的煙霧中，瞇起了眼睛，回味年幼的藻羅每一個令人憐愛的動作。

——眞是個令人傷腦筋的傢伙……但那是她天生的。繁世、繁世的母親，以及她的表姊妹們都沒有像藻羅那樣。我經常覺得，胎兒在母親的胎中製造眼睛、鼻子的過程很不可思議，但或許這兩件事有異曲同工之妙。可能是在她祖父母以前的祖先身上具備的東西，遺傳到了她的身上。沒有人能夠知道藻羅眼睛裏的到底是什麼。她身體做出的每一個似有若無的扭動，就是來自於此。她徹頭徹尾的自戀，也是來自於此，但還是無法解釋清楚……我身上也可能有這種東西，只要看那些女人就知道了……藻羅在這方面倒是優性遺傳。而且，還有她的身體、她的皮膚，像百合莖的香味。這些都是男人無法抗拒的東西，到底從哪裏進入藻羅的身體……沒有人知道這個問題，也沒有人能夠解釋。

林作重重地靠在靠椅上，依然看著窗邊。當他的思緒圍繞著藻羅的身體時，他臉上的微笑是父親的微笑，同時也帶著林作自己無法解釋的某種東西。

過了一會兒，林作起身，關掉了電風扇，重新點燃了一支菸。

彼特突然感受到來自體內的衝擊，將手離開藻羅的喉嚨，將她抱了起來，壓倒在床，然後，站在一旁看著她。

彼特俊俏的臉上泛著油光，好像發燒一樣，眼睛好像和眉毛擠成了一團，他微張著吐出熱氣的嘴唇，其中一側的嘴角向上吊著。他的頭髮和眉毛也像剛洗過一樣泛著濕光。

他熱辣辣的眼中充滿年輕人的憤怒和激情，彼特用滲著汗的右手輕輕地撥了撥額頭。

藻羅仰著下巴，淡紅色的嘴唇微張著。她半閉的眼睛好像在窺望彼特，在強烈的嫵媚中，顯得格外朦朧，那是藻羅特有的朦朧。到底是哪裏來的？來自母親的胎中？簡直就像是肥得不能再肥的蠶體。那帶著水灰色的模糊和沉重份量的蠶體的朦朧。

彼特嘆了一口氣，慢慢地彎在藻羅身上。藻羅近距離地看著彼特那雙向上抬起的黑色眼睛，半張的嘴唇像快哭的孩子一樣扭曲著，她高舉著手，遮住了自己的眼睛，稍稍地轉了轉身體。藻羅的香味十分強烈，彼特撥開藻羅的手，藻羅一雙暗沉的眼睛看著彼特，仍然歪著嘴，將頭轉向了一旁。

彼特抓著藻羅的肩膀，壓在床上，吐出像火一樣的呼吸，然後，慢慢地打開了藻羅背後的釦子。三角形窗框內的粗格子玻璃窗反射著下午和煦的陽光。悶熱的房間裏，藻羅十七歲的身體仍然顯得有點生硬，卻已經成熟，此時，再度躺在彼特的祭桌上。彼特一開始激烈而溫柔的愛撫漸漸變得粗暴，在藻羅胸前的啄食殘虐而劇烈。藻羅的膽怯更煽動著彼特的殘虐。藻羅痛苦、急促地呼吸著，想要掙扎著逃開。在她的身體下，彼特那張由三公分寬度的鐵條組成格子狀、鋪著麥桿床墊的床咯吱作響。突然，藻羅感到有一種溫熱的東西在體內擴散，在腰關節的地方激盪著，使她在戰慄中失去了反抗的力量。然而，彼特仍然不肯將感到哀愁的藻羅從溫熱的戰慄中放開。藻羅短促的呼吸漸漸變弱，更激發了彼特的殘虐，彼特仍然忘我地摧殘著藻羅，數度陷入了可怕的陶醉。

終於，彼特讓藻羅從殘酷中解放了，原本按著藻羅肩膀的雙手撐起了上半身，俯視著藻羅。藻羅微微抬著下巴，像屍體一樣無力地躺在床上，扭著被強烈的餘火攻擊的腰部。彼特看著藻羅，他雙眼隱藏著還沒有熄滅的摧殘欲火，顯得寧靜而灰暗。彼特好像要斬斷什麼似地站了起來，把腳邊的衣服蓋在藻羅身上，看了一下腕錶的時間。三點已經過了快四十分鐘了。當他躺在藻羅身邊時，突然扭動了一下，藻羅看著彼特，彼特眼中怒意的彩虹已經消失，閃著陰沉的光。藻羅可能被彼特的動作嚇到，半張的嘴唇好像快哭出來似的，嘴角下垂著，那雙就像小孩子看到了怪物一樣的眼睛蒙上了一層陰影。她迅速地看了彼特一眼後，立刻又移開了視線，將原本微微仰起的頭低了下來。她伸出琥珀色的、像可愛蓮藕般的濕潤右手，向下拉扯著衣領，好像在說「好熱」。她的胸口附近顯得格外嬌媚，那是一種搞不清她到底是不是故意表現的嬌媚。在門窗緊閉的房間內，藻羅的皮膚下散發著不斷挑逗著彼特的香味，比起兩年前，在百合莖發出的香味中，更結合了某種果實般的酸味。今天，從藻羅一踏進這個房間，就一直刺激著彼特……直到這一刻，彼特始終被幾近嗜虐的殘虐的驅使，但彼特的理智仍然沒有完全喪失，在這種殘虐還沒有踰越分寸時，及時踩了剎車。彼特如此相信著。他努力避免在藻羅身上留下任何痕跡，他沒有違背「彼特之神」的意志，這個意識從來沒有離開過彼特的腦海。藻羅躺著的是祖父薩汀的床，他爲此感到驕傲。彼特相信，即使聽到藻羅嘶啞的嬌喘仍然沒有停止的殘虐愛撫，也沒有失去格調。並非只有在今天的瘋狂舉動中保持了風度，平時的彼特，向來有著「我才不會幹蠢事」的自負。今天遇到藻羅這種搞不清到底是有意還是無意的嬌媚和無懈可擊的魔力，彼特的眼前一片漆黑，再也無法克制內心的痛楚。彼特嚥下了已經湧到喉嚨的熱情。

——我可能又會做什麼……我必須放她走了……否則，我……

彼特再度伸向藻羅喉嚨的手，原本似乎要壓住她的脖子根部，但好像碰到了什麼滾燙的東西一樣，立刻抽回了手。他抓住了藻羅揚起的下巴，將藻羅的臉轉向自己的方向。藻羅的嘴唇仍然歪歪地張著，露出膽怯的眼神，嘴唇奇怪地嚅著。

「時間差不多了……」

「我有檸檬水，要不要喝？」

藻羅的下巴在彼特的手中好像點頭似地動了一動。坐起上半身的彼特問：

「你還沒辦法起來吧？」

藻羅的下巴又動了動。她的眼睛已經恢復了平時的樣子，露出恍惚的朦朧抬眼看著彼特。彼特內心那股不知道到底是憎恨還是耽溺再度燃燒了起來。

——我必須克制……她還很年輕。雖然她的反應就像蛇一樣，但還是個孩子……但她的內心有著特殊的東西……她自己不可能沒有意識到。

或許是因爲彼特的樣子讓藻羅感到放心，藻羅不自覺地用媚眼看著彼特。突然，散發出一股強烈的香味。彼特的眼光一亮，漂亮的嘴唇再度露出了嗜虐之色而顫抖著。

藻羅扭著身體，拚命用雙手推開彼特抓住自己下巴的手，輕輕地說：

「……我要回家……」

然後，用力地站了起來，露出圓潤的雙峰下了床。

彼特跳了起來，冷不防地用力推了藻羅肩膀一下。

藻羅的身體失去了重心，踉蹌了一下，向前倒了下來，眼睛下方重重地撞在彼特的桌角，好像斷了骨頭似地癱倒在地上。

彼特衝了過去，抱起藻羅，讓她躺在床上。他用雙手捧起藻羅的臉，但藻羅的臉在彼特的手中無力地垂了下去。彼特窺視著藻羅，她驚恐地緊閉雙眼，嘴唇鬆弛著，已經渾身癱軟，右手無力地放在床上。所幸只有皮外傷，並無大礙。彼特判斷，應該不會留下傷痕，但此刻已經腫了起來，表面變成了暗紫色。

藻羅驚慌地張大了眼睛，皺著眉頭，嘴唇微微張開，只露出小巧的上排牙齒。

「沒關係。只要冰敷一下就好了。……你等我一下。」

彼特拿了個臉盆，鎖上門後，衝了出去。冰店離這裏有一段距離，當彼特衝上樓梯時，看到極度不安的多米多里正站在門口。多米多里一看到冰塊，立刻直覺地認爲並不是發燒，而是彼特把藻羅怎麼樣了，他覺得腦門充血，但他還是向彼特鞠了一躬，後退了一步。

「她受了傷。」

彼特簡短地說完後，就先走了進去。多米多里一言不發地接過臉盆，在彼特的示意下，從抽屜裏拿出了冰刀，開始在臉盆裏敲冰塊。彼特把敲碎的冰塊放在撕得很薄的脫脂棉上，敷在藻羅臉上，接過多米多里迅速撕下的紗布。多米多里輕輕地將藻羅的頭托起，彼特靈巧地在藻羅的頭至下巴上繞著繃帶，頭也不回地對多米多里說：

「不會留下傷痕，就像小孩子磨破膝蓋時的傷一樣。」

多米多里也認爲如此。

「來……可以嗎？輕輕坐起來看看。」

彼特目送多米多里走出門外後，抱起藻羅，幫她穿好內衣，又幫她穿好衣服和鞋襪後，打開了門，將藻羅帶到了門口。彼特站在門口，看著多米多里抱著藻羅的肩膀。漸漸平靜下來的多米多里從彼特注視自己的眼中，看到了男人的哀愁。多米多里默默地垂下了雙眼。

多米多里鞠了一躬，意思是說「那我們走了」。藻羅雖然還沒有從衝擊中平靜下來，但仍然用確認自己是否徹底擄獲男人的眼神看著彼特。彼特用像鳥喙一樣的銳利眼睛目送藻羅後，默然地關上了門。

多米多里看了看藻羅的腳，躊躇了一下，隨即就像下了決心似地用雙手將藻羅抱了起來。多米多里走下樓梯，清楚地發現，藻羅放在自己肩上的手雖然沒有抓住自己，一言不發，也沒有用眼睛訴說什麼。但是，這一切都代表著藻羅對自己的信賴。多米多里覺得渾身熱血沸騰，他努力克制著胸中熊熊的火。多米多里訓誡著自己內心的不規矩念頭，拚命壓抑著。當他用抱著藻羅的手肘推開玄關的門後，立刻迅速巡視了一下四周，然後讓藻羅躺在汽車坐椅上。接著，確定周圍沒有人後，火速奔向管理室的電話，分別打電話給稻本軍醫和淺嘉町。多米多里回到車上，一路小心翼翼地駕駛，回到淺嘉町的家時，已經五點四十五分了。原本應該是一點到四點在彼特家裏，四點半就要回到淺嘉町的。

藻羅躺在林作書房的沙發床上，還沒有完全從衝擊中平靜下來。林作立刻讓人幫她換了衣服，她穿身上這件紅色的棉質便裝很好看。今年夏天，林作從進口衣服中挑選的這件深紅色底、大圓點的夏裝，在大大的領口和袖口上的縐褶上，都鑲著很寬的白邊。兩、三天前，雖然就去精養軒訂了牛肉沙拉，但對方說這幾天沒有優質肉，所以，林作原本打算等肉進貨後，再把這件衣服和沙拉一起送過去給藻羅。林作用感冒時圍在脖子上的黑色雙重紋羽布（譯註：一種柔軟起毛的棉質物）包住燈泡，在昏暗的光線中，藻羅恍惚地睜開眼睛。

林作雖然沒有拆開綳帶觀察，但聽到多米多里在電話中轉述彼特的話，終於消除了他對藻羅傷勢狀態的不安。多米多里也陳述了自己看到的情況，他認爲一定不會留下傷痕。林作認爲，多米多里和自己一樣，因爲藻羅臉部受傷受到了很大的衝擊，所以，他的判斷絕對不會錯。聽多米多里在電話中說，已經電請稻本來出診，但因爲稻本剛好去西片町出診了，他夫人答應，會盡快讓他來這裏出診。

林作將椅子拉到藻羅枕邊坐了下來，他看著藻羅，臉上露出微笑，那是林作慣有的表情。那是擁抱藻羅，包容藻羅，察覺有關藻羅一切的表情。然而，這一天，在林作的笑容中，隱藏著一絲的不安。林作擔心，不知道彼特有沒有像第一次那樣，在藻羅身上留下戀愛的痕跡。林作從來沒有好好觀察過彼特，只有在路上擦肩而過，而且，只看過彼特熱情燃燒的樣子。但林作已經察覺到彼特的知性和禁欲主義。但在石沼時，早晨和晚上兩次看到彼特時，都是彼特正要深陷戀愛的時候。彼特毫不掩飾自己黑色泳衣下的欲火，在林作的面前表現得很精悍。當林作突然在腦海裏閃現出彼特的樣子時，都是喝著伏特加，略彎下腰，拍著身穿俄式立領襯衫的胸膛，交互踢著馬靴跳舞的俄羅斯民族的男人。林作在今年夏天第二次看到彼特時，在他身上看到了因爲錯失抓住藻羅而懊惱不已的兩年時間內，充分培養了那種虐待狂似的激情萌芽。

藻羅知道多米多里已經打過電話，也知道稻本將會立刻過來，以及林作會打電話給天上處理這個問題；她也聽到了彼特在幫她敷冰塊時，對多米多里說的話。

藻羅的精神似乎恢復了一點。她注視著林作，薄薄的被子下，她的胸部至腰部附近扭動著。藻羅的眼中，充滿了女人的眼神，而且有某種魔性女人特有的堅強，但藻羅自己並沒有意識到。藻羅向林作訴說著從彼特那裏遭受的衝擊有多麼可怕，但自幼深植在藻羅體內的魔鬼卻表現得十分頑強，一直注視著林作。

林作輕輕拍了拍紅色棉質衣服下的藻羅肩膀。

「彼特和以前不一樣了……對不對？……」

此刻，在林作對年少的女兒展露的笑容中，帶著其他要素。有一種對成熟女人說話時的態度。在林作的內心和藻羅的內心，父親和已經變成女人的女兒正進行著交流。

林作繼續說道：

「……藻羅，這一切都是你造成的。對不對？……是你體內惡魔的傑作。你自己可能並不清楚……。」

惡魔父親正對著年輕的惡魔孩子微笑著，他將右手撐在椅子的把手上，輕輕托住了臉，似乎正觀察著藻羅的心裏。

——眞是個傷腦筋的傢伙。或者，也可以說她很無恥。……之前是鋼琴老師，這次又是彼特。但是，她對一直將熱情埋在心頭，完全不表露出來的多米多里的傷害，比任何人都要嚴重。今天，他以兄長的手，把藻羅抱了回來……但藻羅根本還是個孩子，她自己根本還搞不太清楚。當然，沒有男人會故意讓自己爲惡魔瘋狂的……但問題是天上……藻羅不會說謊。不會說謊的惡魔還眞讓人傷腦筋……。

林作托著臉的右手食指，在臉上戳出一個很深的洞。在林作的臉上，浮現出一個違背內心獨白的，甚至可以說是好色的動人笑容。

終於，稻本軍醫在多米多里的引導下走了進來，他在藻羅繃帶上檢查了一下，認爲最好先不要拆繃帶。他已經問過多米多里，在繃帶下，是否擦了什麼東西。雖然原本應該在脫脂棉上擦些橄欖油，但現在只能暫時保持原狀，等傷口凝固。藻羅從小就讓稻本看診，所以，稻本除了覺得她還是個孩子，也覺得她就像自己的女兒。稻本聽林作說過，藻羅在結婚前曾經有過情人，所以，他一看到多米多里的樣子，便可以猜到大致的情況。他沒有多說什麼，便略帶不安地離開了。他也接受了日後去天上家出診的要求，還特地關照，即使繃帶鬆動，也不能拆下來。萬一繃帶鬆了，可以輕輕按住繃帶，再重新綁起來，等到可以順利拆繃帶時，他會親自前往。說完這些話後，他就離開了。

稻本軍醫離開後，林作用桌上的電話打給天上。

「今天藻羅可能會晚一點回去。眞傷腦筋，她的老毛病又犯了，她從鋼琴椅子上跳下來，眼睛下面剛好碰到一旁椅角，稻本剛剛才走。他說問題不大，不用擔心……對，比小時候膝蓋擦傷時的情況更輕。連我都知道，不會留下傷口。稻本幫她包了很紮實的繃帶，所以外表看起來會覺得有點誇張……在完全好以前，最好一直綁著繃帶。等傷口好的時候，稻本會去你那裏處理。對，她自己也嚇到了，現在，我讓她躺在書房裏。等一下吃完晚餐後，我會讓多米多里送她回去。啊，不，彼此彼此，讓你擔心了。那就這樣吧。」

在說到膝蓋擦傷時，林作還輕輕笑了一笑。天上對林作的話沒有產生任何質疑。但在掛電話前，當天上提出要開車去接藻羅時，他覺得有一種力量阻止了自己。那是一種奇怪的感覺。天上覺得，好像有某種東西以細微的、微弱的力量，卻是毋庸置疑的力量，從背後阻止了自己。好像在後腦杓皮膚的內側，被一根很細的，卻是很有力的線向後拉。同時，有一種令自己渾身發毛的寒意穿過背脊。天上回過神來，好像如釋重負地放下了電話。他並不是對藻羅在林作家受傷產生了懷疑，也沒有去思考除了林作所說的理由之外，還有什麼其他的可能性。沒有理由，只是天上對走進林作書房有一種強烈的抵抗。如今自己進入那兩個人所在的房間，就會遭遇惹人生厭的眼光，自己將扮演喜劇的角色，天上的心中閃現出這樣的恐懼。並不是有什麼具體的事由讓他產生抵抗，而是毫無理由的。在即將掛電話時，天上的樣子也令林作有所感觸。因爲，在天上的沉默中，有一種令人讓人無法理解的東西。其實，天上只要看到林作和藻羅在一起，就會感到痛苦。這種時候，林作不經意的動作、言詞和父女兩人之間流露出的某種感覺，都會令天上感到痛苦。當藻羅回娘家時，天上從來不曾來接過她。林作也知道，表面上算是天上身爲丈夫的體貼——在這種難得的日子，讓父親和女兒好好相處。然而，其實彼此都知道這對父女和天上之間的關係到底是怎麼回事。然而，在天上剛才的沉默中，在電話彼端所感受到的絃外之音並非只是如此而已。雖然也帶有這個因素，但絕非如此而已。

「如果我想得沒錯，守安這個人很敏感……畢竟，他太溺愛藻羅了。」

林作想道。然後，又思忖著：

「今天最好不要太早讓藻羅回家。如果表現得慌慌張張，反而會壞事。他並沒有什麼明確的懷疑，如果表現得太小心，反而會引起懷疑。」

林作放下電話，回到椅子上時，發現藻羅似乎正沉浸在一種無所畏懼的思緒中。雖然她也聽到了他和天上在電話中的對話，但似乎並沒有放在心上。

她是在恐懼之餘，發現自己將一個男人的熱情之火完全佔爲己有，連杯中的最後一滴也沒有放過。這個可愛的肉食獸在仍然栩栩如生的記憶中，隨心所欲地撕著、啃著男人戀愛的肉片而陷入極大的滿足中。在林作帶著笑意的眼睛深處，摻雜了幾分苦澀。在感到「眞拿她沒辦法」的憐愛同時，也產生了共鳴（她眞了不起），覺得她眞有兩下子。藻羅倒在麥稈床墊上時那種獸性的、不可思議的歡愉，也在林作的心裏產生了共鳴。當藻羅在石沼二樓的地板房間內，和彼特密會後，和林作共處時，空間中飄散的那種像無聲的聲音般的情緒，如今，在這個昏暗的書房內再度甦醒，林作看著女兒的笑容中，夾雜著苦澀和幾分銳利。藻羅發現了這一點，在注視林作慵懶的目光中，林作看到了盟友的、同感者的眼色。

雖然藻羅傷勢不重，但畢竟受了傷，所以，他找來滿，問了她晚餐的菜色。滿說是要做彌教她的，用雞肉馬鈴薯泥做的可樂餅，林作說，雞肉應該沒有問題，但要換掉牛肉湯，花一點時間，用幾種蔬菜重新燉一鍋蔬菜清湯。林作請人把藻羅的書桌搬來，滿用粗糙的手鋪上一塊印有野葡萄花紋的純白桌巾，立刻搭起了一張臨時餐桌。端來鹽烤鱒魚和三州味噌的味噌蜆湯，以及包含林作的份在內的雞肉可樂餅、溫蔬菜清湯後，一頓愉快的晚餐就在昏暗的電燈下拉開了序幕。

滿貼心地將冰過的切片番茄裝在大盤子裏，端了上來。滿和彌的個性十分相像，她在來牟禮家之前，在別家工作時，也深得主人的喜愛，但在彌的再三懇請下，找了藉口辭去了原來的工作過來這裏幫忙。她心裏一直對原來的雇主深感歉意，所以，常常低著頭。滿才剛把盤子放在桌上，藻羅便立刻拿起叉子，取了一塊放進嘴裏，然後，上下打量著滿。

「我的湯匙呢？」

「嗯，看起來很好吃的樣子。藻羅的湯匙是匙柄上有花紋的那一支，彌應該告訴過你吧？」

滿瞥了一眼藻羅後，又看著林作，回答說：

「是。」

然後，就紅著臉、低著頭退了下去。如果林作沒有出言相救的話，不知道會有怎麼的結果。滿來年禮家快半年了，但還沒有完全適應這個家。這不僅是因爲滿從小生長在漁夫家庭，更因爲她太容易操心。

多米多里雖然話不多，有事的時候才會和她說話，但滿可以感受到多米多里是個心地善良的人。聽彌說，多米多里是日本人和俄國人的混血兒，對滿來說，那根本是另一個世界的人。林作似乎很中意自己，也經常會對她說幾句安慰的話。但這個家和之前她工作的家氣氛完全不同，讓滿很不能適應，尤其看到幾乎不說話的藻羅，更讓她感到害怕。

——眞希望藻羅偶爾可以住一晚，第二天一起吃早餐……

林作看著正用叉子吃番茄的藻羅，獨自在心裏想道。藻羅又用叉子搗碎可樂餅，用滿爲她拿來的專用湯匙，將清湯、飯和肉料理輪流塞進嘴裏，吃得很專心。

「她一定餓壞了。不過，眞的和動物一樣……前一刻的事情很快就忘記了。眞是個可愛的動物。」

林作好像看著什麼有趣的畫面一樣，臉上浮起了笑容。

七點半左右，車已經備好了。多米多里扶著藻羅上了車，一手拿著裝有那件紅色居家服的包裹坐進了駕駛座。林作站在玄關目睹這一切，內心突然湧起一陣不安，然後，他慢慢地走上通往書房的樓梯。

「她是個炸彈……」

林作關上書房的門，拿出一支菸，點燃後，在內心思忖著：

「天上守安這輩子原本應該可以過著平靜的生活。結果，我送了一顆炸彈給他……。」

藻羅的半張臉都纏著繃帶，下車進入大門後，剛好看到伊作從花園中的小道走來。藻羅從繃帶下看到伊作時，絲毫不掩飾自己帶著祕密回來的神情。藻羅知道自己是個心事都寫在臉上的人，另一方面，當她看到伊作削瘦的身體，就像討厭的怪物一樣從滿園的鮮花中走來時，心底的肆無忌憚就流露了出來。車子一離開淺嘉町的家，藻羅就感到心浮氣躁，想到自己又要回到一屋子都是無聊的人的家，就提不起勁來。見到彼特和林作，又受到多米多里如此疼愛後，藻羅對天上和伊作產生了一肚子的厭惡。無論對不知道什麼時候會出現的磯子，還是天上家所有的無聊傢伙，藻羅都有著滿腔的厭惡。伊作假裝彬彬有禮的樣子，走近了幾步，欠著身子。伊作瞥了一眼頭抬得高高的藻羅，他的眼睛就像掛在雞屋外的貝殼內側一樣發亮。伊作已經從天上那裏聽說藻羅受了傷，他覺得這件意外不太尋常；他感受到一種很難分清內外界限的噩運降臨時，那種朦朦朧朧的，黑暗而潮濕的霧靄漸漸逼近。

這天，伊作知道藻羅去了牟禮家後，就來到已經昏暗的花田裏，剪了淡粉紅和白色兩色相暈，以及淡黃色的天竺牡丹（球形的大理花），進入主屋，準備用來點綴天上的飯桌。他在廚房洗飯廳的花瓶、裝水時，發現李原本站在和自己並排、正在切沙拉蔬菜的女傭友惠身後發號施令，卻突然走開了，他便回頭一看，看到總管木間良正站在身後。

「飯廳的花嗎？你還是這麼會替老爺著想。聽說，今天藻羅夫人要晚回來，不知道發生了什麼事。老爺可是一聲不吭。」

伊作發現是本間良後，立刻又轉過身來，繼續毫無表情地裝水。

伊作聞到一陣沙拉的萵苣香味，這令他更感到寂寥。伊作拿著插好花的花瓶走出去後，本間良斜眼看著他，低聲嘀咕著：

「真讓人洩氣……和老爺一副德行。」

飯廳的燈已經打開了，天上站在飯廳裏。

「好漂亮的花……藻羅受了傷，會晚一點回來。雖然她不喜歡運動，動作也很不靈活，但偶爾會從椅子上跳下來。她從小就這樣，我之前也和你提到過。……今天，在牟禮先生家裏，在從鋼琴椅上跳下來時，眼睛下面剛好碰到了椅子。聽林作先生在電話裏說，問題不大，皮膚有點擦傷而已。所以，今天會晚一點回來……」

「怎麼會這樣……」

「稻本是從小幫藻羅看病的軍醫，剛才已經去看過了，說是不會留下傷痕。」

「是嗎？那就太好了。」

「雖然我想要去接她。……但是……喔，你可以退下了。對了，我晚上沒什麼食欲。晚飯的菜，我會先分一點給你，所以，你先不要吃。」

「是，遵命。」

伊作深深地鞠了一躬，準備離去。

伊作在門口時，轉過身來，天上一直目送著他，然後，抬了抬下巴，似乎在說：「走吧。」

正如林作私下擔心的那樣，彌在天上家，所處的立場的確很痛苦。彌對前年夏天，藻羅所發生的那件事始終感到驚恐萬分。彌並不是完全不能體會藻羅來到這個家後的心情，但是，不論是在石沼家樓梯下，藻羅強人所難地塞入她懷裏的紙條，還是多米多里最近的樣子，都讓她感到藻羅的周圍充滿神祕的氣氛。多米多里從藻羅的房間裏出來後，臉色比以往更加陰沉，甚至看起來有點可怕，即使想要開口對他說些什麼，也說不出口。這所有的一切，都應該和那個俄國年輕人有關係。連不太懂這類事的彌，也無法消除這樣的懷疑。這種不安，使原本就和周圍格格不入的彌更難有容身之地。

彌在李的拜託下，去後院摘西洋芹，回到廚房門口時，本間良擋住了她的去路，說：

「聽說，藻羅大小姐今天晚歸……不知道發生了什麼事。」

彌克制著內心的不安，在廚房幫友惠的忙，飯廳傳來召喚的聲音。彌想到本間良根本懶得工作，便急忙用圍裙擦著手上的水，走向飯廳。林作已經教過彌，不能用圍裙擦手，她長期下來，也已經改正了這個習慣，但顯然此刻已經讓她慌了手腳。在走廊上，彌才突然驚覺，慌忙用手拍打著圍裙上的皺紋，推開了飯廳的門。天上安靜地坐在桌旁。天上的極度安靜，讓彌感到一陣揪心。

彌穿著一件在附近和服店買的細條紋中有著小菊花布料，自己抽空縫製的素雅單層和服，縮頭縮腦地聽天上說著話。伊作插的大理花鮮豔色澤更讓彌感到一陣難過。彌從天上的神情中，感受到某些他沒有說出口的情緒。

天上接到林作的電話後，突然湧起一股顫慄，這種顫慄小細胞在天上體內出人意料地開始分裂、增殖，鑽入了他的內心深處。即使天上再怎麼隱瞞，即使他不想讓彌發現，他的神情已經洩露了端倪。彌也感受到這種情緒。藻羅受傷已經讓彌感到十分震驚，眼前更被天上帶著不祥氣氛的神情打敗了，她始終將脖子縮在肩膀裏，聽著天上的話。然後，將原本低著的頭埋得更深了。

「上天保佑，幸好傷勢不是很嚴重。」

彌輕輕地說完後，便躡手躡腳地退了下去。

林作的演技雖然完美，甚至還在某個地方發出了笑聲，然而，彌如假包換的、絕對不可能假裝的不安樣子，和明顯的害怕神情，讓林作的謊言不攻自破。當天上親眼看到彌眞情流露的神情後，再也無法克制內心的悲哀，同時，在彌的悲傷中，看到了凌虐自己的人正伸出白色刀刃。天上看到彌悲傷難忍的樣子，不禁爲她感到不捨，卻也輕鬆地覺得，對肥胖的人而言，悲傷也和體重成正比。

「她實在很緊張。」

於是，天上輕輕地左右甩著頭。

伊作走出廚房時，告訴李「可以把飯菜端進去了」，於是，彌把餐盤放在料理台上，將裝著冷魚的盤子和沙拉排好後，又熱了清湯，裝在湯碗裏。李看到彌的氣色不好，就說「我去吧」，拿下圍裙，便端了出去。如果叫友惠端出去的話，很怕她會弄出什麼差錯。「本間良眞的太不自覺了」，李在心裏忿忿地想道。

李將配有馬鈴薯和檸檬的冰鱒魚，灑了西洋芹的萵苣、番茄、綠蘆筍加洋蔥片沙拉放在燈下。還有一道彌用蝦丸和切片白瓜精心烹調的清湯，配上一旁的青色柚子。這些色彩和在牆壁上灑下黑色陰影的淡紅、淡黃色大理花交相輝映，但在那一夜的燈火下，天上的眼神看起來特別冷清，飯桌的色彩也顯得有一種難以形容的悲傷。

「並不是有什麼眞憑實據的事，但我爲什麼這麼心慌意亂。不，一定發生了什麼事……不然……」

天上優柔寡斷地東想西想，嘴邊露出自嘲的笑容，拿起了筷子。

❧　❧　❧

藻羅用帶著嘲諷的眼神看著伊作後，便留下正在和伊作打招呼的多米多里，獨自走進了玄關。

她連正眼都不看一眼站在門口迎接的其他傭人，便用下巴向彌示意了一下，和彌兩人一起上樓來到起居室。

彌拿出準備好的替換衣服，結結巴巴地說：

「老爺他……」

「喔。」

藻羅在彌的協助下，脫下了衣服。

「都沒有洗澡，晚餐也……」

「別說了。」

藻羅打斷了她。

藻羅只要水稍微熱一點，就覺得太燙而無法入浴。所以，這一天，由林作親自幫她調了水溫，她獨自在淺嘉町的家裏洗過澡了。滿在藻羅身旁時，總是戰戰兢兢的，觸摸藻羅的身體時，好像在摸燙傷的皮膚一樣；叫她沖背後時，她會把水沖到耳朵上面，所以，藻羅乾脆自己洗了。她拿著林作和紅色居家服一起買的橘色海綿，用肥皀揉出很多泡泡後，潦草地從脖子洗到身體，藻羅的身體因爲酷熱和害怕而滲著汗，釋放出新的香味。

藻羅推開了彌遞過來的白色上有兩道淡藍色條紋的居家服，說：

「紅色的洋裝……」

這時，傳來一陣小心翼翼的敲門聲。

彌把門打開一條縫，多米多里站在門的影子裏，遞上一個眼熟的灰色縮緬絲質布的包裹。彌心想，藻羅剛才說的紅色洋裝一定就在包裹裏，便接了過來，目送一言不發的多米多里遠去。兩位傭人都很在意正在走廊盡頭房間裏的天上，在無聲中交換著彼此內心的不安。藻羅從彌手上搶過紅色洋裝穿在身上。紅色的棉質洋裝將她襯托得十分漂亮，連彌也覺得她看起來像外國女人。藻羅坐在鏡子前的椅子上，把腳翹了起來，脫下黑襪子，注視了彌片刻，便鑽進了床。

——彌什麼都知道了。……都是彌這副表情，才會讓守安一臉怪異。一定是的……。這樣也好，守安就像整天流口水的野獸一樣，誰想理他。

藻羅不耐煩地推開身上的被子，背對著彌，在心裏自言自語著。

還有二十分鐘才到九點，但藻羅根本沒有時間觀念。再度回到這個家，讓她感到心情煩悶，只好窩在床上。在被子中緩緩升起像雲靄般的香氣中，藻羅張大了眼睛。靠窗的天花板角落，那塊雲狀的污漬、房間角落的空間，都瀰漫著無聊的空氣。

睡意雖然襲來，但藻羅的神經仍然緊繃，天上的腳步聲離開了走廊盡頭的起居室，走進隔壁的臥室，開了燈。平時，他隨即就會走進這個房間，藻羅對這種固定的聲音充滿了厭惡的預期。然而，今天卻沒有動靜。不知道過了多久，藻羅不知不覺中陷入了熟睡。

藻羅突然從沉睡中甦醒過來時，看到天上站在黎明的微光中，正低頭看著自己。天上的臉在一夜之間變得憔悴，眼皮和臉頰都蒼白地浮腫了起來。

微明中，那件紅底白點的衣服強烈地刺進了天上的眼睛，他強烈地感受到了林作的存在。這個協助藻羅背叛的男人，藻羅全方位的監護人，藻羅見不得人的情人!!昨晚，林作若無其事地在電話中的說話態度，就像嘲諷的鈴聲一樣，在天上的耳底迴響……經過一整晚，好不容易平息的瘋狂再度沸騰，天上的雙手用力握著拳頭，輕輕地閉上了眼。心情好不容易平息時，藻羅剛好張開眼睛。

天上用沙啞、低沉的聲音說：

「你好像睡得很熟。……傷口會痛嗎？……」

天上看著可以從藻羅滲著汗水的脖子周圍，紅色衣領下露出的胸部。

「今天早晨很熱。我看你不要叫彌來擦身體，還是去浴室洗個澡吧。我今天去公司之前，要先去一個地方，所以要早一點出門，晚上會回來吃飯。……」

天上用平靜的聲音說完，看著藻羅略帶乾澀的嘴唇。雖然看得出他努力想要揮去痛苦，但最後終於再也克制不住地彎在藻羅身上。他用手托起藻羅被汗水沾濕的下巴，深情地吻著藻羅幾乎沒有太多血色的嘴唇。那彷彿是一個墜入深淵的吻。對天上來說，那是一個危險的吻。天上也很清楚，如果更加深陷於藻羅，對自己將是極大的危險。然而，天上更清楚，自己已經無法自拔了。藻羅接吻時的表情和平時沒什麼兩樣；和往常的藻羅一樣，嘴唇露出聽任男人擺布的慵懶表情。藻羅從一開始，從還沒有初吻的時候，似乎就已經領悟到，這種表情是更吸引對方的技巧。沒有人知道，藻羅到底是從哪裏，哪一個空間，學會了這種微妙；也沒有人知道，到底是上帝還是惡魔，或是某個超越人類的存在，在什麼時候，什麼地方向藻羅傳授了這些，或是藻羅自己學會的；想必是某種超越人類的存在進入了藻羅的靈魂，像惡性細胞一樣，不斷繁殖、凝集而成的吧。藻羅只和兩個男人有過肉體關係，無論彼特還是天上，在愛撫藻羅後，都清楚地體會到，自己在和女人接吻、對女人的愛撫時，嘴唇的或是身體的技巧，這些需要發揮細膩的技巧都不及藻羅幼稚的反應方式。至少，名叫彼特的年輕人和天上，自然而然地瞭解了這個觀念。

藻羅睜大了剛醒來的雙眼看著天上，當天上在連呼吸都平靜得看起來顯得很虛假地說完話時，他陰沉的表情中，也完全沒有任何變化。昨天晚上，從淺嘉町回來的車子上藻羅心中的不滿，此刻變得更加堅定，使藻羅表現得肆無忌憚。這個絲毫不爲所動的魔性，如今變得十分完整，在藻羅的體內發揮著力量。在藻羅的體內，那個放走鴿子艾美後的藻羅已經不存在了。天上好不容易才克制住自己，撫慰著自己內心呻吟，看到了藻羅眼前的樣子，他無法動彈的胸中發出了心如刀割的呻吟。

天上離開藻羅後，按了召喚鈴找來彌，便走出了房間。他先回到隔壁自己的臥房，然後，穿過臥房，進入了書房。天上拿起了掛在椅子上的上衣穿上，把錢包、印章袋、手帕、鋼筆等都收到各自的位置，仍然無法擺脫胸口悶得發慌的感覺。天上覺得藻羅方才的香氣，讓不由自主地爲之陶醉的自己顯得更悲哀，無論今天還是明天，自己都將日復一日地重覆這種痛苦的時光。天上想要梳頭髮而看著鏡子裏出現的自己，發現自己的臉上寫著慘不忍睹的苦澀。

——這難道是我的臉嗎？和兩年前……不，至少在一年前，我還對與藻羅共度的日子充滿希望時，是同一張臉嗎？那時候，我還充滿希望，也很快樂。讓我充滿快樂的事，爲什麼必須像這樣受到懲罰？爲什麼？到底是爲什麼？如果我有什麼宗教信仰的話，一定會這樣問上帝吧。我沉醉在藻羅這朵稀世的花朵中，耽溺在她的花粉中，無限陶醉。我曾經在這幢被萬紫千紅的花卉包圍的房子裏……在伊作種的花卉中，每天早晚看到艾美感到的安心中，找到了我的快樂。然而，我得到了比庭院裏的任何花卉，比任何世界的花卉更芬芳宜人的花，藻羅的肉體形成的花。於是，我得到了意想不到的歡愉，那或許是短暫的歡愉，或許是虛幻的歡愉。然而，那段時間，我每天早晨看到鏡子中的自己，都覺得好有活力，眼睛也炯炯有神。……我這個人，本來就不太像年輕人，就像磯子常笑著說我那樣，我從很年輕的時候開始，就顯得有點老成。沒錯，我從來沒有年輕人的活潑，但是，當我得到藻羅時，我的眼睛中充滿了活力，皮膚也變得更有彈性。……現在，鏡子中的這張臉到底是怎麼回事？皮膚多麼慘白，臉上的皮膚都鬆弛了，雙眼無力。……

天上用手指按了按浮腫的顴骨。然後，拚命地搖著頭，好像要甩掉什麼討厭的東西。

天上下了樓，像往常一樣，傭人們在玄關排成一排。從他們的樣子，可以感覺到他們顯然已經有所察覺。但天上不經過他們面前，就無法外出。當他走過他們面前，那種感覺就像風吹過河岸的蘆葦一樣傳了過來。那幾個沒有抬頭看自己一眼的女人們，從她們低著頭，挽起的頭髮上，從她們放著交握雙手的膝蓋附近，都可以感受到她們輕蔑的嘲笑。女人的，輕蔑的，不出聲的嘲笑，對今天的天上而言，簡直是薄薄的兩面刃。廚房李和司機木村利夫雖然隱隱約約感覺到了，但他們對主人的私事似乎不怎麼感興趣。尤其是木村利夫，這個對任何事都沒興趣的人，對今天早晨的天上而言，無疑是可以讓他鬆一口氣的救贖。當天上看到站在花園小徑上的伊作目送自己的樣子，內心也感到了不小的抗拒。

天上坐進車後，目光不由自主地看著伊作。

──老爺。……請您路上小心。

天上用眼神回應。

──別用這種眼神看我。伊作……我沒事……

然後，他痛苦地逃避了伊作的眼神，靠在座椅上。

──怎麼可能沒事？我是個懦弱的男人……懦弱、愚蠢的男人。

朝陽透過木村利夫肩膀前方的擋風玻璃照進車內，天上眨了眨布滿血絲的眼睛，突然想到了一件事。

──昨天是多米多里開車來接藻羅的。那個倔強的、長相英俊的多米多里……把對藻羅的愛深藏在內心的多米多里。不管藻羅想要繞去哪裏，多米多里都會聽命行事。而且，還有她父親幫她撐腰。她父親才是幕後黑手。我從來沒有看過這種類型的男人，這個叫林作的父親，雖然稱不上是美男子，卻很吸引人。這個男人，有著令人費解的笑容。他會突然垂下眼睛，露出讓人難以察覺的笑容。當藻羅在我面前毫無顧忌地向他撒嬌時，他就露出了這樣的笑容。他在笑的同時，彎下了上半身，不讓我看到他的笑容。……他把心裏的想法放在一個我和磯子無法瞭解的深奧地方，一個很深……很深的地方。所以，無論遇到任何事，他都可以不爲所動。他可能基於某種我無法理解的想法，讓藻羅自由地去做了什麼事……嗚呼！！！……到底是什麼事！！！

天上俊俏的臉可怕地歪曲著。

——但他是個知書達禮的人，也很善解人意。他的這種想法想必有著讓人無法置喙的純潔性。而且，在他的個性中，一定有某些讓傭人們信服的地方。多米多里和彌對那個男人崇拜得像神一樣，對他敬仰之至。彌甚至願意爲了表達對這個男人的忠心，甘願承受著痛苦。就和聖塞巴斯汀（譯註：San Sebastian，羅馬的殉教者）一樣。不僅如此，連那些對藻羅深惡痛絕的傭人們也對那位父親抱有好感，對他感到佩服。雖然把藻羅這朵芳香宜人的花娶進了門，我卻孤立無援。兩家的傭人們都看不起我，我生活在輕蔑中。昨晚，這種輕蔑更加劇了……已經進入另一個境地……多米多里和彌的同情，我也無法承受。就連伊作的全心奉獻，也讓我感到煩不勝煩。我很對不起他，但真的讓我很不舒服。我甚至不願意看到唯一的盟友，伊作的臉。他裝出是我唯一盟友的表情……會讓我產生這種不舒服的感覺。……磯子在遠方爲我擔心，守護著我。就連這件事，也讓我覺得無法忍受。我……好想要去一個沒有人的地方，一個看不到任何人的地方，獨自承受這份痛苦。

天上用蒼白的手支撐著沉重的額頭，天上覺得冒汗的額頭好像有點發燒。

——我是個窩囊的男人，可憐的男人，沒出息的男人，不，愚蠢。我是個愚蠢的男人……和林作相比，我簡直太幼稚了。沒錯，我應該是個幼稚的男人，所以才會發現那個父親身上的惡魔。無論他怎麼對待我，我都無力反抗。我……我無法從不知道身在何處的，藻羅背後的男人手上把藻羅搶過來，更不可能從她父親手上把她奪過來。難道，我想要把這朵用肉做成的、芳香宜人的花佔爲己有，永遠佔爲己有的欲望，是不可原諒的嗎？……在那些深受誘惑，耽溺在那充滿香味的花粉中欲仙欲死的夜晚……在度過了那些良宵後，我感謝著上蒼，難道，這樣就必須遭到懲罰嗎？爲什麼？我不覺得自己醜，甚至覺得自己屬於長得好看的那一類。但是……我比不上那個父親在西敏斯特煙霧中的笑容。那就是有魅力的男人嗎？我第一次在教練場遇到林作時，就知道他不是等閒之輩，我也知道他和藻羅的關係即使不至於到奇怪的程度，至少也不同於一般的父女。從那時候開始，從第一次看到他們兩人時，我就已經掉進陷阱……

天上將托著額頭的手移開，抬起了臉。車子來到網島街道，正在網島街道上慢慢行駛。天上頓時覺得自己好像識破了狐狸精的圈套，他望著窗外片刻，再度將視線移到自己的膝蓋上。

——原來如此。……迎娶藻羅的人家，必須和牟禮家有相同的財力，或是比他們家更有錢。在傭人方面，除了派彌過來做貼身傭人以外，還必須要有其他傭人。成爲藻羅丈夫的男人必須是有一定水準的知識分子。而且，我還有另外一個吸引林作的地方……我家沒什麼親戚。在婚禮當天遇到的藻羅的外公鄉田重臣先生也是因爲這一點才表示同意吧。可能多米多里和彌也參與了意見，他們一起商量後，才接受了我的求婚。……藻羅的外祖父重臣在最高法院擔任法官，雖然他因爲職業的關係，顯得很嚴肅，但卻讓人感到溫暖。他對藻羅的溺愛絲毫不輸給那個父親。那時候，藻羅的肺炎剛好，我是在慶祝她康復後不久後提出求婚的，外祖父覺得藻羅喜上加喜，連旁人也可以感受到他平靜的喜悅，至今仍然令我印象深刻。他們認爲我是藻羅配偶的適當人選，接受我的求婚，這本身沒有什麼問題，結婚本來就是這麼回事。然而，那個父親一定還打著其他算盤。那個父親和藻羅之間有著超乎父女感情的關係，對他來說，幼稚、老實的我，當然是再好不過的女婿。我對藻羅一見鍾情，他很樂意接受我的求婚。對他來說，這樣就夠了，他看上我的也只有這一點而已……那個男人就是看準了我的幼稚，所以，才答應了藻羅的什麼要求。……到底是什麼事！我在娶了藻羅之後，從某種意義上來說，我就變成了徹底的cocu（譯註：戴綠帽子）。

天上左眉上的血管迸了出來。

——沒錯。……我被當成了cocu。光是這樣，就足夠讓我痛苦了。那個男人絕對瞭解我的痛苦。然而，對那個父親來說，我的痛苦反而是他恥笑的對象。觀察至今，我當然知道這一點。對那種類型的男人來說，一個人如果在男女問題上顯得幼稚，便足以降低這個人的價值；在男女關係上經驗不足，就足以成爲他嘲笑的對象。對那個男人來說，欺騙我簡直易如反掌。但是，幸好有彌。彌的舉止讓我看出了端倪。彌質樸、可憐的痛苦暴露在我的眼前，我從彌的身上，嗅到了那個男人巧妙地隱藏起來的祕密氣味。……但是，無論怎麼樣都無所謂。我都會忍下來……然而，即使我願意忍受一切，今天早晨，藻羅的那種態度！！……那種無動於衷，那種無法無天的樣子！！！藻羅……已經豁出去了。今天早晨，藻羅的那雙眼睛告訴我，她對我沒有一絲的愛情。

天上輕輕地閉上了已經凹陷下去的眼睛，將頭靠在座椅上。

過了一陣子，天上坐了起來，但他的眼神空洞。那是一個絕望男人的眼睛，朝著窗外張開而已。

❧ ❧ ❧

藻羅煩躁地將被子推到胸口下，在天上離開後，她用幾乎像是詛咒的不悅眼神看著房間的門，然後，又瞪著天空好長一段時間。彌曾經過來敲門，但藻羅要她「等一下來」。彼特房間內，黃色的光透過模糊的玻璃窗灑滿屋內，在那張悶熱的床上，彼特加諸在自己身體上可怕的愛撫和造成眼睛下方傷勢的衝擊，都沒有令藻羅感到害怕。當時，她是真的想逃。然而，這並不代表她完全沒有想要勾引彼特的想法。當她包著繃帶，離開房間時，藻羅在衝擊後的疲倦中找回了自我。然後，將彼特的殘虐作爲測量自我魅力的刻度，測量了自己的自信。

——彼特還不錯。守安就太低能了。不管做什麼，說什麼都很低能。……他竟然擺出一副像神一樣的臉……左看右看，還是爸比最棒。

藻羅在睡著的時候可能翻了好幾個身，緊身的紅色居家服雖然有點皺了，卻清晰地勾勒出她的胸形。她坐了起來，正斜眼看著門，心想彌也該來了吧，就聽到彌戰戰兢兢的敲門聲。

天上消除了藻羅曾經有過的的不祥預兆，以及令她心浮氣躁、坐立不安的預料。藻羅原先以爲自己回家後，天上一定會問她受傷的事，然而，這個令她厭煩之至的預料，卻落了空。一直到第二天早上，天上沒說什麼，也沒有追問藻羅的傷勢。

日子一天一天地過去。風平浪靜的、表面上好像沒有發生過任何事的日子持續著。藻羅每天睡得飽飽的，肆無忌憚地下樓，然後走進浴室。彌縮著肥胖的肩膀，急忙在後面跟了進去。在鋪著白色桌布的早餐桌上，天上像往常一樣，用湯匙柄幫藻羅把半熟白煮蛋的蛋殼口輕輕敲開，再用另一個乾湯匙裝了少許食鹽，放在餐盤中，推到藻羅面前。藻羅不知道是因爲食鹽放太多了，還是太少了，或是一眼就看出半熟白煮蛋煮得太老或是太生，生氣地板著臉，開始吃別的東西。幾乎每天早餐都是這樣。然後，是李和彌在調味和裝盤上都特別精心製作的午餐和晚餐。日復一日。餐桌上沒有花。伊作已經放棄在餐桌上裝飾花了，但是，他至今仍然堅持用花點綴天上一個人的生活。每天清晨，他會剪一朵精心挑選的花，插在天上書桌上的花瓶裏。在進出換花瓶的水時，也盡量避免吵到天上的睡眠。但最近天上常常夜不成眠，所以，經常可以聽到伊作進出的腳步聲。伊作躡手躡腳的樣子讓天上感到很難過，更感到厭煩。伊作知道主人最近在躲著自己，所以，他遇到天上時，都會盡量垂著雙眼。即使如此，仍然難掩他內心的孤寂。在所有傭人中，只有本間良和石田梅看到天上和藻羅之間鬧得不可開交的彆扭，表現出爲之雀躍的興趣。她們只要一逮到機會，就在那裏竊竊私語。其他傭人都受到主人心情的影響，好像千斤壓頂一樣，默默地謹守自己的本分。天上的家整體都顯得陰森森的，一片死氣沉沉。只有藻羅一個人生龍活虎，但她的心情卻不好。對她來說，天上的樣子好像根本是一件無關痛癢的事，她的生活作息都和平時一樣。連從小把藻羅帶大，抱著她在膝頭玩或是背著她，哄她入睡的彌，雖然一如往常地疼愛她，但有時候也覺得「這麼做，好像太過分了……」。

藻羅這朵用肉做的花，無論周圍的情況如何，或是周圍發生任何事，都會變成她的養分，她吸收這些養分，漸漸茁壯成長。因此，即使在這個陰沉沉的家裏，她仍然可以帶著嬌豔和芬芳，漸漸開花。到這一年的年底，藻羅就滿十八歲了，藻羅的身體，正向遙遠的徹底成熟漸漸邁進。彌在協助她入浴時，也可以從被溫水沖掉的肥皂泡下，看到藻羅散發著馨香的玲瓏玉體，發出刺眼的光芒。

天上看起來就像身體的某個部分長了惡性腫瘤。雖然還沒有感到疼痛，但他的內臟裏已經長了一塊惡性的肉。他整天都顯得疲憊不堪，除了他愛吃的水果，幾乎吃不下任何東西。

在還有五天就到九月的酷暑早晨，稻本軍醫前來出診，幫藻羅處理前一晚拆掉繃帶的傷口。這一個星期以來，繃帶雖然幾乎快要脫落，但仍然有一小部分黏住了眼睛下方的皮膚，所以，藻羅已經爲久久無法拆下繃帶感到不耐煩。彌幫藻羅重新綁繃帶時，每次都提心吊膽的，但終於到了可以拆繃帶的時候，所以，就請稻本軍醫上門出診。傷口只留下像雞蛋膜一樣的痕跡，肉眼幾乎看不到，天上暗淡的眼中也露出了放心的神色。稻本軍醫說「現在，就等傷口自然癒合吧」，交給彌一罐裝著乳霜狀藥膏的扁扁容器，就立刻離開了。雖然天上挽留他，但稻本醫生說，他還要趕回去幫重病患者看診，婉言謝絕了。稻本軍醫在自己家裏後面分別隔著四蓆半大和六蓆大的房間，作爲病人住院的病房。有些軍人家庭喜歡請醫術高明的軍醫看病，所以，他就在住家後面增建了病房。那天早晨，病房裏的病人情況的確不太理想，但他婉拒天上的茶的理由當然並不是這麼簡單。稻本軍醫在藻羅受傷之後，曾經聽林作談起過天上家的情況。當他看到天上的氣色，立刻嚇了一跳，心裏也十分難過。身爲支持藻羅一方的人，接受天上奉茶款待，無疑令他感到很痛苦。彌把兩個冰好的水蜜桃裝在天上喜歡的盤子裏，端給正在樓下客廳看書的天上。

天上從書本上抬起臉，說：

「謝謝。……明天多米多里要來吃午餐，是我寫信邀他來的。多米多里應該有什麼愛吃的菜吧，可以加進菜單裏。我們公司的一個年輕人也會來，他應該會和多米多里聊得來吧。所以，要準備四人份。」

那一剎那，彌感受到天上的苦衷。彌的鼻子上滲著小汗珠，兩隻小眼睛瞥了天上一眼，又立刻充滿憐憫地低下了頭。

「是。」

彌拿著托盤，走在走廊上，想道：

「眞可憐……」

彌的心裏雖然牢記著對林作和藻羅的忠誠，但看到天上剛才的樣子，很想要把這份忠心也分給他一點。但是，彌又很害怕見到天上。彌在這個家的立場越來越痛苦，最近，彌一遇到不順心的事，就很想逃離這裏，回淺嘉町的家。每當林作讓多米多里幫藻羅帶什麼東西來，順便送一些布料給彌時，彌就會像中了邪似地產生這種想法。彌甚至想過，藻羅是不是打算回淺嘉町了，只是目前還沒有說出來。然後，彌立刻打消了這個念頭。不可能，藻羅大小姐現在已經毫不掩飾了。……她已經變得很堅強了……還是說……當彌想到另一件事時，不禁害怕得將身體縮成一團。彌最擔心的是，這次的事會再度發生。彌的肥胖胸膛在百般煩惱後，也沒能消瘦下來，她繼續想道：

「如果再度發生這種事，老爺可不會再沉默下去了……不，他可能還是悶聲不響。老爺事先什麼都沒說，就邀了多米多里來。老爺什麼事都放在心裏。……啊，眞可怕……」彌覺得自己呼吸都快要停止似地繼續想道：「……對了。我要去安排菜單……多米多里以前說過，他喜歡吃奶油燉菜，但不能不顧及老爺的口味，所以，也要做冷牛肉和清湯……可能會給李兄添麻煩了。良大姐不知道又會唸些什麼。不過，李兄的爲人眞不錯。……」

彌舉棋不定地一邊想著，一邊走進廚房去找李。

當天下午，天空就陰沉起來。第二天，下起了傾盆大雨。彌不想讓其他人搶先，所以，一直伸長著耳朵聽門口的動靜，一聽到門鈴的聲音，馬上衝到玄關。

多米多里踩著大步走了進來，他身上穿了一件林作送他的風衣。彌雖然對服裝一竅不通，但也覺得今天的多米多里和平時簡直判若兩人。然後，她就看到了多米多里額頭上緊鎖的皺紋，也看到他略帶蒼白的灰暗臉色，更看到他內心有著和自己相同的不安。自從上次的事後，多米多里還沒有見過藻羅，也不知道那件事後，藻羅已經露骨地表現出內心的肆無忌憚，無所畏懼地在家裏走來走去。多米多里很擔心天上會從自己的臉上發現什麼事。今天，多米多里是在林作的指示下上門作客，但即使不是這樣，他也不認爲今天的造訪需要格外警惕，因爲，天上還同時招待了其他客人。然而，他的內心還是希望最好不要有什麼尷尬的場面發生。天上知道藻羅喜歡自己，他是爲了取悅藻羅，才會邀自己上門作客，即使如此，仍然必須多注意自己的表情、舉止。多米多里脫下外套交給彌，一邊拿出手帕擦著袖口，一邊問彌另一位客人是否到了。這時，樓梯後方的門打開了一條細縫，好像有人影的樣子。多米多里知道，這個家裏也有像御包或柴田那樣的老女人，所以並沒有被嚇到，但他看到了彌的神情。彌拚命克制著內心的不安，她的全身都流露出滿心的膽怯。多米多里立刻意識到事態不妙，然後，和隨後進門的另一位年輕人，一起走向樓下的客廳，見到了天上。

「老爺應該已經察覺到了吧，只是怕我太緊張，所以沒有告訴我。彌這種態度，當然會讓這裏的老爺產生懷疑。」

多米多里穿著平時的那件灰色厚質棉襯衫、白長褲，繫著林作送他的皮帶，努力掩飾著內心的不安，抬著一張天生重情重義而平靜的臉，然而，當他不經意地低下頭時，便再也難掩沮喪的表情。多米多里對林作，簡直就像狗對主人般地忠誠不二。他就像被稱爲最忠實的某種日本狗一樣，追隨著林作。當林作的身影浮現在多米多里的腦海裏時，他便覺得自己可以克服這場令他傷透腦筋的造訪。

天上的臉色中，有著多米多里以前不曾見過的蒼白，他擠出一個笑容說：

「多米多里，聽說你父親是在神戶過世的？」

「對。」

「聽說他追隨他的主人羅曼諾夫將軍參加了日俄戰爭。林作先生說，雖然你父親無緣爲他工作，卻是羅曼諾夫很忠實的馬伕，所以，他們也是很好的朋友。而且，林作先生也說，你和你父親很像。」

「不……我只是個粗人，也沒受過什麼教育。」

「不，沒這回事。……」

天上本來想要接著說「我眞羨慕林作先生有你這麼好的手下」，但還是把這句話吞了下去。然後，把臉轉向約瑟夫。

「約瑟夫，你覺得多米多里怎麼樣？他們父子都很忠實，是在高加索出生的。」

「是。我以前只有聽說過高加索人的事，也可能是從書上看過，從他身上可以感受到那一帶人的風貌。」

名叫約瑟夫的年輕人不像多米多里那樣高頭大馬，他個子矮小，瘦巴巴的，可能是因爲像母親的關係，他的眼睛是斯拉夫民族特有的深色，這雙眼睛似乎已經領悟了某些事。

他從天上看著他所邀請的另一位體格健壯的年輕人眼神中，看到了某種意味深長的東西。

「聽說藻羅夫人國色天香，這個男人絕對可以當藻羅夫人的外遇對象，但情況似乎不是這麼回事。聽董事長的介紹，他好像在夫人的家裏做了很久，現在也很忠心耿耿……。」

這位年輕人這麼想著。

「無論如何，這只是我的猜測而已，這種話可不能告訴別人。」

約瑟夫說：

「多米多里，你知道莫斯科嗎？」

「不，我父親好像曾去莫斯科聽過音樂，我母親告訴我的。好像是他朋友邀請他去聽歌劇，對了，是〈波德洛希卡〉（Petrouchka）。」

多米多里雖然對這個初次見面的年輕人好奇的眼光頗有微詞，但還是直爽地回答。

「那齣歌劇很棒。」

「我雖然沒有看過，但有聽過唱片。音樂很優雅，整體感覺很棒，一開始最精彩。聽說是看木偶戲的群眾場面。」

「我也很喜歡那一段的音樂，我聽的也是唱片。」約瑟夫說道。

「你們國家有很優秀的東西……。」

這時，天上內心深處的某個不知道何方神聖的年輕人身影浮現在他的腦海裏。那是在石沼傍晚的沙丘上發生那件奇怪的事以來，一直糾纏在天上內心深處、揮之不去的不快陰影。是一個年輕人的影像。在藻羅負傷回來後，這個年輕人的影子變得更具體了。原本，這個影子還很朦朧，雖然是在某個地方的實體，但這個實體還很不明確，只隱隱地感覺到一個影子而已。在幾天前，天上詢問了約瑟夫的時間後，並寫信給林作邀請多米多里來作客時，這個虛幻的影像立刻變成了一個實體，甚至可以聞到人的味道。在石沼夜晚的沙丘上，林作和藻羅都認識走過自己身後的那個人。雖然他們認識，卻沒有打招呼。於是，天上心裏就埋下了懷疑的種子。這顆種子使天上的懷疑慢慢地、虛弱地長大。如今，在天上腦海深處，一個帶著人性味道、體格健壯的異國青年，帶著一種奇怪的香味出現了，壓迫著天上……。如今，天上面對兩個和這個令人不快的影子男人相同國家的年輕男子，約瑟夫和多米多里，這兩個和可怕男影年齡相仿的年輕人，背負著相同的文化，從小聽哥薩克士兵的故事長大，帶著伏特加的味道。

天上把頭輕輕地靠在椅背上說：

「不好意思，我最近有點累。……」

說完，天上靠著椅子片刻，當他抬起頭時，很順手地拿起了一支菸。多米多里立刻爲他點了火柴。約瑟夫看著低頭吸菸的天上，發現他的眼睛周圍顯得疲憊不堪。約瑟夫雖然不知道箇中緣由，但仍然產生了惻隱之心。他剛進公司不久，他在心裏不禁對天上的神態感到「我知道是怎麼回事」的不以爲然。一位曾經來過天上家玄關的年輕員工曾經提起過藻羅的魅力，因此，藻羅的魅力無人不曉。這位員工在玄關等待天上的指示時，剛好看到藻羅出現在樓梯的後方，她打量了這個男人一眼，又立刻走到樓梯的另一端去了。由於那位員工說得口沫橫飛，一位名叫蕗田的員工就問他：「你是不是一見鍾情了？即使你再怎麼一見鍾情，她可是董事長的夫人，你就死了這條心吧。」引起了哄堂大笑。這時，一個平時經常皮笑肉不笑的資深員工也加入年輕人的談話，他說：「她可不是董事長的夫人，是寵姬。」當時，約瑟夫不知道寵姬是什麼意思，之後才瞭解其中的含意。自從迎娶藻羅後，天上已經習慣了周圍的嘲笑，他即使不用看，也可以敏銳地感受到約瑟夫在笑他。天上看著多米多里爲他點火的那雙手，不由自主地產生了一份感動。那是一雙充滿誠實的手。多米多里把對林作的忠誠施捨了幾分之一給自己，就令自己如此感動，令他不禁爲自己感到悲哀。多米多里的這雙手很可能也協助了藻羅的背叛，況且，他自己本身也很可能是藻羅的情人之一，自己竟然對他的施捨。……天上在內心痛苦地嘆著氣。

「謝謝。」

天上滿心感謝地說道，抬起頭，又深吸了一口菸。

隔壁傳來盤子和刀叉相碰的聲音，正在這時，隔間的門打開了。

「老爺，已經準備好了。」

彌肥胖的身上整齊地穿著一件有著明暗兩種不同顏色紅葉的單層和服，她的手放在膝蓋上，畢恭畢敬的樣子卻仍然藏不住她內心的不安。她那像兩顆壓扁豆子般的眼睛微微上吊，心神不寧地看著天上，然後，繼續說道：

「藻羅大小姐原本說她身體不舒服，不能陪各位了，但她剛才說會下來。」

「是嗎？那太好了。她心情應該好點了吧……」

天上立刻發現自己慌忙的掩飾很不高明，隨後，他站了起來。

「沒什麼好招待的，就請兩位過來用吧……」

然後，率先走進了飯廳。

彌不放心地把手伸向天上腳的位置，然後，從懷裏拿出手帕，拭了拭鼻子上的汗，跟著三個人走進了飯廳。

天上示意兩人坐在排著冷牛肉、冷雞肉和燻製火腿拼盤、洋芋沙拉，以及香燉茄子、芋頭和四季豆的餐桌旁，坐下後，天上對約瑟夫說：

「她叫彌，是從藻羅娘家帶過來的。藻羅的父親對料理很講究，所以，她做的菜很好吃。這個香燉蔬菜就很棒，不過，你們可能會覺得有點淡。」

他用眼睛示意著香燉蔬菜後，說：

「那，請自由享用。」

隨後，他自己也拿起了筷子，然而，卻毫無食欲。

天上喝了一口彌端來的南瓜濃湯，覺得很好喝，便多喝了幾口。他陪著兩位客人慢慢地吃著燉菜、醬菜，在兩人面前假裝著。

——這到底是這麼回事？這兩個傭人在我身邊，就可以讓我心平氣和。敵方的傭人為我服務，竟然可以讓我靜下心來……

他在教練場看到多米多里時，就知道他是個懂得分寸、彬彬有禮的人，但仍然驚訝地發現無論他拿筷子的姿勢或是行為舉止都很自然，完全沒有任何讓人挑剔的地方。雖然這一方面必須歸功於林作的調教，但多米多里應該是個天資聰穎的人。天上一邊這麼想著，一邊看著多米多里。天上雖然對林作充滿仇恨，卻也不得不對林作的為人產生了尊敬和羨慕。

——彌的貼心態度也令我感到心痛。林作有這麼好的傭人在侍候他，而且，他還有藻羅，那個擁有一種令人生恨的、無法形容的東西，全身好像芬芳果實般的藻羅。他把藻羅心中的愛情佔為己有，在一旁盡情地欣賞著她的香氣日益增強……說不定……這個男人掌握著可以再度享受這種奢侈生活的命運……

天上自己也意識到自己的眉頭露出了難看的皺紋，他似乎想要甩開腦子裏那些不吉祥的想法，說：

「約瑟夫，你母親叫什麼名字？多米多里的名字是不是讓你覺得很親切？」

「我母親叫瑪茲羅瓦。就是《復活》（譯註：托爾斯泰的代表作）裏那個女人的名字。年輕時，大家都叫她瑪莎，我和她長得很像，都是一臉尖嘴猴腮，所以，我母親一點都不好看，也難怪會被我父親甩了。我根本不知道我父親長什麼樣子。」

「我年輕時也看過《復活》這本書。多米多里呢？你有沒有看過？」

「有，我向老爺借來看的。我覺得，書中剛開始介紹家裏的部分，和這裏及淺嘉町的家的樣子都很像。」

「原來如此。可能都有古典的感覺吧。」

這時，門打開了，藻羅走了進來，在天上旁邊的坐位坐了下來。

藻羅的臉色在慣有的琥珀色中帶有一點蒼白。由於在坐的所有人都看到了剛才彌那副心神不寧的樣子，所以，都以爲藻羅在裝病。約瑟夫爲了掩飾自己臉上「咦，竟然是眞的不舒服」的表情，一口接一口地吃著肉，但無論再怎麼克制，仍然忍不住打量著眼前這位不可思議的女人。

「你的氣色很不好，不用勉強……」

天上低著眼睛，窺視著藻羅的臉。

藻羅是因爲覺得太無聊，所以才想要下來走走。藻羅默默地搖搖頭，看了看彌端來的熱湯，卻沒有拿起湯匙，輪流打量著多米多里和約瑟夫，吃了一口沙拉。

天上幫藻羅將冷牛肉切開後，藻羅在一旁用叉子叉起來，放進嘴裏。她不擦口紅，像嬰兒般粉嫩的嘴唇讓天上百看不厭。多米多里心懷不安地看著藻羅，視線不由自主地被那兩片薄唇的動作吸引了過去。自從遙遠的以前在森林裏散步之後，多米多里就很少有機會看藻羅吃東西。

「她雖然連招呼都不打，但也沒有看不起我們的意思。雖然看起來傻傻的，卻落落大方……她並沒有那種享受著看到男人掉入自己陷阱的樣子，她根本不想要設陷阱。她到底是怎麼回事？董事長眞辛苦。看起來……這個叫多米多里的男人並不是她的對手，但從他的眼神中可以看出，他比她的父母、她的丈夫更關心她的健康。這個男人愛上她了。如果我猜得沒錯，這個女人可不是省油的燈。這個叫彌的女傭也眞夠嗆。反正不關我的事。我是莫名其妙被捲進來的。董事長說什麼我應該會和他談得來，這只不過是表面的推托而已，一定是這個女人發生了什麼事，我只是被用來當作緩和氣氛的工具而已……董事長眞可憐。我不管是被當作工具也好，被利用也好，反正就是做人情嘛。就當作是加班吧，既然我領公司的薪水，這也是應該的。況且，我們公司的薪水還不錯。」

約瑟夫在心裏嘀咕著。

藻羅對天上什麼事都悶在心裏，像個悶罐子似的態度感到很不滿。從她去彼特家回來的那天晚上開始，天上就完全變成了無風地帶，他既沒有追究藻羅眼睛下方的傷，也沒有表現出絲毫的懷疑，更沒有含沙射影地說一些質疑的話。藻羅從天上身上看到了殉教者的影子，她覺得這種態度、這種討厭的味道壓迫著自己。他就像那些在擁有絕對勢力的人面前垂下頭，咬緊牙關忍耐的殉教者一樣，忍受著藻羅的折磨。無論藻羅做任何事，即使用腳踹他，他也會乖乖送上免罪符，好像把自己當成了上帝。無論藻羅怎麼看他，天上只是默默承受，他根本無法從容地去想其他事。他像上帝一樣安靜，像已經得道的神職人員一樣，輕聲細語地對傭人們說話。然而，一遇到問題，就會在眉頭和鼻子旁擠出難看的皺紋，然後，拚命甩著後腦杓扁平的腦袋，好像要甩掉自己封存在裏面的痛苦一樣，慢慢地搖著頭。藻羅一看到天上的這種樣子就心煩，讓她感到心浮氣躁。她是因爲實在太煩了，臉色才會變得這麼蒼白。天上的臉雖然有著英國式的英俊，但鼻子很長，整張臉看起來就很有神職人員的味道。藻羅以前就不喜歡他的臉，自從自己受傷回來以後，天上臉上的這種宗教特徵就更濃了。藻羅只要一看到天上，就會覺得心煩。她的心本來就沒有適應這個家，如今離得更遠了。她和天上的關係也漸行漸遠，藻羅已經徹徹底底地厭倦了。然而，食欲卻是另一回事。南瓜湯涼了後，她喝得一口不剩，還叫彌添了一碗。藻羅喝了一口第二碗湯時，轉過頭來看著彌：

「你去向李學學這道湯的做法，下次可以在淺嘉町做。」

藻羅不在時，家裏的事情就少了一大半，而且，在藻羅來以前，家裏的事有其他傭人就夠了。所以，有時候天上會讓彌陪藻羅回娘家，當然目的也是爲了讓她回去透透氣。彌雖然有點在意周圍人的眼光，但還是欣然地跟著藻羅回淺嘉町。藻羅那句話的意思就是指在這種時候可以做這道湯，但話說到一半，連藻羅自己也意識到這句話裏危險的味道。因爲，她發現了這句話對天上造成的刺激。藻羅不禁在心裏嗤之以鼻。

「哼。」

天上感受到了藻羅的厭倦，也知道藻羅的心已經離開了自己，離開了這個家。在藻羅受傷回家的第二天早晨，從她仰望自己的雙眼中，天上看到了藻羅的變化。那雙眼睛什麼都沒有想，是野獸活生生的眼睛。天上從這雙毫無感情的眼中，看到了比殘酷更殘酷的殘酷。之後，藻羅一直在改變。藻羅並不是從現在才開始對周圍的人，對周圍的一切漠不關心。然而，在此之前，她只是自然地表現出這種沒有感情，藻羅自然地流露出內心的想法，她那些像動物一樣的特徵也和以前一樣，她的這種自然正是她的可愛之處。然而，在那個對天上而言的不幸早晨之後，藻羅的沒有感情中帶著惡意，而且，她肆無忌憚地日漸表現出她的厭惡。這種發自藻羅體內的厭惡籠罩著藻羅全身，就和藻羅的香味一樣。藻羅動作緩慢，走路幾乎沒有聲音，簡直就像披著一身富有光澤皮毛的野獸一樣，在家裏悄然無聲地走來走去。彌在走廊上遇到藻羅時，會屏氣凝神地目送她遠去。彌獨自承受著所有人對藻羅目中無人的責難，變得更加畏畏縮縮。並非只有彌這樣而已，主人的變化也影響了下人們，這些傭人都默默地做事，走起路來也盡量不發出聲音。只有本間良和石田梅兩個人精神特別好，一逮到機會就互使顏色，壓低著嗓門說東道西。

天上生活在自己營造出陰沉氣氛的家裏，他的面相也越來越有神職人員的味道。雖然他還不至於面露憔悴，但從側面看時，他的鼻子看起來更尖，在英挺的鼻子旁，出現了一條看起來像是皺紋的痕跡。嘴唇旁邊看起來腫腫的，難看極了。

就像彌心裏所想的，天上也在擔心藻羅不知道哪一天會離開。

不知道天上有沒有聽到藻羅剛才那句聽起來很刺耳的話，也不知道是因爲他懶懶地用筷子夾進嘴裏的燉芋頭很好吃，還是正在嚐味道，他的臉頰抽動了一下，突然，深深地皺了一下眉頭。剛才，藻羅的那句話，也可以解釋爲藻羅是想再度回淺嘉町。

這時，天上心裏想的卻是別的事。自從迎娶藻羅以來，他只顧耽溺在藻羅的肉體和藻羅特殊的內在，根本沒有想到傳宗教代的事，但當他看到藻羅這種前所未有、略帶蒼白的臉色和慵懶樣子時，突然一陣心慌。那不是一種喜悅的心慌，而是在嬰兒誕生這種原本應該是喜悅的興奮預感中，也隱含了天上尋得的灰暗命運的影子。彌的心裏也同時感受到了這種帶著不幸預兆的不安。

在藻羅結婚後，多米多里更近距離地接觸了林作的生活，但他對藻羅的瞭解卻遠不如彌。所以，多米多里剛才看到藻羅時，他認定只是無聊和煩悶讓她顯得氣色不佳。

「她食欲不錯，可能要過一陣子才會出現像磯子懷瑪麗時的情況……」

天上在心裏自語道。

在喝完最後一匙湯後，藻羅看著多米多里。

「這個湯是不是很好喝？」

藻羅已經忘了自己剛才說的話引起天上的反應。藻羅說完，又將注視多米多里的視線移向了約瑟夫。那眼神似乎在說，「這個人是怎麼回事？」這時，天上抬起了頭，他似乎已經努力使自己的心情平靜下來。他對多米多里說：

「今天她心情似乎不太好，請見諒。約瑟夫，你也不要太放在心上。」

然後又繼續問：

「今天的料理怎麼樣？彌的手藝不錯，不過，我們家的廚師李除了中國料理以外，西洋料理也很拿手。當然，他是來這個家以後才學的，感覺有點像是日式的西洋料理吧。」

「對。南瓜湯很好喝，我第一次喝這種湯。」

多米多里雖然露齒一笑，但立刻低下了頭。

在場的所有人都可以感受到這裏的空氣有多凝重，就像千斤壓頂一樣。

彌繞到多米多里的身後，遞出了托盤，約瑟夫說了聲：

「給我少一點。」

然後，將碗放在托盤上。

從剛才開始，約瑟夫就覺得有一種說不出來的壓抑，讓他感到很煩悶。但因爲有他偶爾去的料理店也不曾吃過的冷牛肉，湯也很好喝，再加上眼前身穿淡黃色夏裝的藻羅一直露到肩膀的胳臂，看起來既結實又豐滿，還有帶著濕氣的光澤，簡直是比這些菜色更美味的佳餚。藻羅對自己毫無興趣，幸好其他三個人也不知道正在煩惱什麼，於是，約瑟夫不時瞄著這道端到自己鼻尖前的佳餚。

打在玻璃窗上的風雨更加猛烈，房間裏暗了下來，只有點綴著番茄的萵苣沙拉綻放著鮮豔的色彩。

❧ ❧ ❧

天上邀約多米多里共進午餐，卻絲毫無法鬆動藻羅已經產生的厭離之念。相反的，更把原本不需要曝光的生活陰暗面都暴露在這位名叫約瑟夫的員工面前。如此一來，也導致公司內輕視天上的氣氛更加擴大。天上並非沒有注意到這個問題，他在計畫邀請多米多里和約瑟夫時，並非不知道這種方法沒有效果。然而，天上之所以毅然決定邀請兩人，就像病急亂投醫一樣，是抱著奇蹟出現的一線希望。如今，不知道他是否對這樣的結果感到極大的失望。甚至讓人覺得，他是在神智不清的情況下，做出邀約多米多里共進午餐的決定。這一陣子，天上無論做什麼事，都讓人不敢確定他是不是在明確思考後才做出決定。甚至不知道他是否有在聽旁人對他說的話，也不知道他到底有沒有聽懂別人話中的意思。本來，天上就是一個不擅表達感情的人，無論是對磯子，還是對磯子的女兒瑪麗，他都將對她們的感情深藏在心。天上生性安靜，他並不是刻意隱藏，而是自然而然地就把感情隱藏起來。或者，他其實是個容易動感情的人，他自己也知道這一點。正因爲知道這一點，所以會在無意識中克制自己。然而，一遇到藻羅，這種克制就不攻自破。某一天，當他意識到這種克制失效時，他已經被周遭的輕蔑團團圍住了，連傭人們也看透他的心思。林作雖然一看就知道是個花花公子，但他絕對不失體面，從這一點來說，天上還滿喜歡林作這個人。然而，林作深藏不露的笑容，更令天上感到痛苦。對於彌和多米多里帶著同情的關心，雖然讓天上暫時逃避內心的不快，但也令他覺得自己好悲哀，自己簡直就像一隻狗一樣，皺著眉頭，悲傷地走近別人施捨的飼餌。天上最害怕的就是磯子的造訪。磯子應該還不到三十五歲，但她的額頭、眼睛下方和鼻翼上，都有好多皺紋。她不化妝，但有著女學生般可愛的臉蛋，完全不會讓人產生邪念。天上知道，磯子從小就把自己當親弟弟一樣疼愛。他也知道，磯子的可愛臉蛋一定會充滿悲傷地看著自己，他知道磯子沒有惡意，但一想起她的這種表情，就令天上極度痛苦。他也不想看到伊作，因爲，伊作的臉就像鏡子一樣，映照出自己內心的悲哀，讓他感到無法承受。

這一天，天上仍然鬱鬱寡歡地靠在扶手椅上。在樓下飯廳的門廊，放著一張籐製的扶手椅。由於椅子已經很老舊，上面亮光漆已經剝落，旁邊都已經變得毛毛的，只要稍微動一下，椅子就會發出咯吱咯吱的聲音。然而，天上卻一直捨不得換新。如今，這張充滿回憶的椅子更成爲他懷念那段內心沒有煩惱時光的最佳場所。這張椅子留下他對英年早逝的好友林忠雄的回憶。他曾經坐在這張椅子上，樂此不彼地和忠雄下棋；也曾坐在這張椅子上彈著吉他，忠雄在一旁靜靜聆聽。瑪麗還年幼時，天上曾把她抱到這張椅子上，看著她笨拙地做體操動作，磯子剛好進來飯廳，快速跑了過來，立刻抱走了瑪麗。當時，磯子說：

「這樣多危險，瑪麗是我的寶貝。」

然後，她又繼續說：

「守安，你也是我的寶貝，不過，瑪麗是我的小寶貝。」

天上永遠都忘不了，當時磯子那張沒有一條皺紋的可愛臉上浮現出的溫柔笑容。天上也曾經希望，自己可以娶像磯子這樣的女孩為妻。片山園子就是這樣的女孩子。然而，即使天上和藻羅聊起這些往事，她也當耳邊風。藻羅向來對懷舊、回憶這種東西毫無感覺。藻羅從來不主動說話，她幾乎都不說話，她只對有興趣的對象說話；即使面對自己有興趣的對象，她的話也不多。她從來不會做出快樂或感動的表情。在她小時候，林作回家時，她也從來不曾像其他孩子那樣飛奔過去，抱著林作的脖子。藻羅那雙看起來好像在生氣的大眼睛會發出某種帶有黏性、吸引對方的東西。只是如此而已。藻羅只有在之前聽到林作很難得地要來天上家作客時，才露出了幾分快樂的神情。天上自從迎娶藻羅後，整天耽溺於她的肉體，過著如同行屍走肉般的生活，這段日子，他突然發現了藻羅的殘酷。寂寞就像遠方潮水的浪濤一樣，悄悄地逼近有憂鬱傾向的天上。這段時間，天上幾乎每天都坐在這張椅子上。難道他正處於一種苛責自己的異常心理狀態嗎？天上這個人，不會把自己的感情表現出來，即使是愉快的感情，他也會深藏。並不是他刻意隱藏，而是自然而然地，不知不覺地，就把感情克制住了。天上也很少表現出他的天資聰穎，所以，從小，他就經常被小學的同學欺侮、責難。這種現象一直延續至今，在天上的處世哲學中，仍然殘留著這種傾向。不知道是瑞士還是哪一個國家，有這樣一個故事。有一位老婦人，整天都坐在椅子上，無法獨自照顧自己的生活。有一個非常壞心眼的老太婆在一旁照顧她，但在漫長的歲月中，每天都被那個老太婆罵得體無完膚的老婦人，漸漸覺得老太婆的惡毒已經無法滿足她，如果老太婆不罵她，她就無法活下去。當時，天上看到這本書，還覺得很好玩。如今，這種心理似乎與天上不謀而合。天上和藻羅共同生活後，漸漸地對回憶、懷舊的東西產生了飢渴。在迎娶藻羅，和藻羅共同生活後，天上發現藻羅幾乎不曾有陷入回憶的時候，便漸漸地產生了某種飢渴。如今，天上發現了藻羅的殘酷，幾乎陷入憂鬱的狀態，這種飢渴狀態也變得越發嚴重。

天上坐在椅子上，一副心不在焉的樣子，用手指摸著老舊籐椅把手的部分。把手上，有一些濺到的墨水印。那是以前他在寫信給住在療養院的林忠雄時，不小心潑濺到的。天上昏昏沉沉的腦海中，突然浮現出《復活》裏的聶赫留朵夫從兵營回到家裏，走進起居室時的情景。年輕的聶赫留朵夫精力充沛地在起居室裏來回走著，摸著自己在少年時，用小刀在房間的柱子、牆壁上刮出的痕跡，充滿懷舊的情緒。由於天上喜歡門廊暗一點，所以，伊作就用竹子編起了拱形的遮陽架，並種了一些蔓藤薔薇。如今，陽光穿過遮陽架，在天上身上映出斑斑點點的影子。伊作很擔心天上的健康，和抱著同樣心情的彌商量後，他就讓彌從老家抓了五隻矮腳雞上來。這些雞每天都會生兩個蛋，多的時候甚至有四、五個。彌就拿著這些略帶粉紅色的新鮮雞蛋，做成天上喜歡的半熟白煮蛋或是炒蛋，以及蒸蛋，和其他餐點一起端去給天上吃。然而，天上的食欲依然不佳。用伊作的話來說，自己細心飼養的雞下的蛋，都飽了藻羅的口福。彌知道天上的煩惱，也知道這些煩惱有多嚴重。然而，彌覺得天上根本不需要這樣。彌和伊作不同，沒有看過天上以前的樣子。伊作親眼見識過天上和磯子之間帶著親情的親密；看過天上和未婚妻片山園子之間寧靜愉快的交談；更知道自己和天上之間建立了深厚的主僕感情，也很清楚天上在傭人面前，曾經是個充滿威嚴的男主人。然而，他卻在代代木的教練場遇見藻羅後，陷入了愛情的陷阱，變成一個不中用的人。如今，天上承受著所有的輕蔑。彌也看得出來天上並不是個愚蠢的人，但她覺得他未免太不像男人，太娘娘腔了。彌從小在辻堂的鄉下長大，她認爲沉迷女人的男人都是沒長腦袋。自從來東京後，林作是她看到唯一的男人。彌並不瞭解林作心裏的惡魔，對彌來說，林作是個「很善解人意的老爺」，是男人的典範。廚師李的看法也和彌差不多。李在二十多歲時，幾乎都在一個中國的大戶人家幹活，見識過男主人三妻四妾的樣子。李認爲，無論對女人的事或其他的事，都不能太計較的豁達男人才是眞正的男子漢，因此，李對天上最近的樣子，也有點不以爲然。

另一方面，藻羅的情緒不佳引起周圍的反彈，都加諸在彌的身上。彌爲自己身處這種立場而心力交瘁。有時候，藻羅也會對彌口出惡言。當藻羅皮膚的濕氣和香氣特別強烈時，藻羅肆無忌憚的態度也成正比地增加。最近，藻羅的香氣有一種難以形容的感覺，會讓聞到的人產生一種不想做任何事的情緒，陷入一種陰沉的懶散中。藻羅沉默的情況比以前更加明顯，她心裏似乎在思考著什麼問題。彼特的愛撫不同於前年夏天，充滿了虐待的意味，這令藻羅感到害怕，但無論如何，都比天上那笨拙而磨人的愛撫高明多了。在彼特可怕的愛撫中，藻羅感到害怕的同時，也感受到完全征服一個年輕人的滿足。但是，藻羅對再度造訪彼特的家感到猶豫不決，她還沒有計畫下一次的造訪。彼特銳利的、咄咄逼人的態度讓藻羅感到喘不過氣來。而且，彼特可怕的愛撫就像燒燙的手術刀般，至今仍然讓藻羅餘悸猶存。藻羅在彼特的愛撫中聞到了危險的味道。她知道，彼特不會加害自己，她對此深信不疑，但她很怕自己再度受傷。藻羅雖然肆無忌憚，卻也很膽小，所以，至今仍然沒有踏出再度密會的那一步。這件事，也讓藻羅感到更加心煩。

今天，彌爲了準備午餐，提早走進了廚房。彌知道，藻羅最喜歡喝用馬鈴薯、洋蔥、胡蘿蔔和雞肉和碗豆仁燉的清湯，所以，除了豌豆盛產的夏季以外，只要看到李買了看起來又大又軟的碗豆仁罐頭時，她就會燉這道湯。今天，彌看到明治屋送來食材的紙板箱裏有外國產的豌豆罐頭，便立刻著手準備雞和蔬菜。前年夏天，當彌在遠處的海灘上，看到半裸的彼特面對半裸的藻羅時，便知道彼特是個正直的年輕人。彌覺得，和男人私會是一件可怕的事，更何況是私通，這種事令她害怕得雙腳發抖。但她對彼特抱有好感，雖然這份好感不及多米多里。彌看到天上傷心的樣子，覺得心裏很難過；她對藻羅的煩躁，也並非完全不能理解。彌不懂感情的事，但畢竟是個女人。而且，藻羅是自己發誓效忠的林作唯一的愛女，是被她抱在膝蓋上，揹在背上長大的。彌一邊將胡蘿蔔、馬鈴薯、雞胸肉切成小塊，心裏不禁高興了起來。雖然彌很在意經常沒事就進來廚房晃一下的本間良，但當她煮著清湯時，那張俗稱爲麻將臉的四方大臉頰上，露出了淡淡的紅暈。李在一旁用複雜的心情看著彌。

不久，李蒸的鴨肉等菜餚就和加了豌豆仁的清湯放在了飯桌上。九月的陽光透過花已凋零，只剩葉子的蔓藤薔薇，照進正午的飯廳，坐在桌旁的藻羅露出難得的好心情，喝完一碗湯後，說「再一碗」。

天上呆然地動著筷子，鬆弛的臉上帶著一絲笑容看著藻羅。天上手拿筷子，把料理送進嘴裏時，看起來就像筷子跟著食物在動，天上只是無意識地動著筷子。彌從頭到尾都目睹了藻羅對天上的殘酷，卻仍然對天上的急速變化感到錯愕。伊作爲了怕天上看到自己不高興，特地請彌代他把花送到飯廳。如今，身爲貼近天上身邊唯一的傭人，彌看到他這種異常的樣子，不禁在心裏嘆了口氣。彌雖然心裏很清楚一切努力都是徒勞，但仍然在天上的料理上費了不少心思。由於彌來這個家的時間還不夠長，對天上的口味瞭解不多，所以，就聽從李的意見，漸漸地將在林作那裏學會的日本料理融合在日常的菜色裏。前一段時間，天上還十分滿意彌燉的清湯和燉菜。雖然天上從來不會特別提出想吃什麼，但彌發現比起磯子教李的那些菜色，天上更喜歡自己做的菜，讓她好不容易鬆了一口氣。彌雖然爲藻羅露出難得的心滿意足感到高興，但也覺得天上陰沉的雙眼注視著自己的背影。於是，她快速地換了盤子後，退了下去。走進廚房時，看到李獨自站在流理台的前面，看著窗外。雖然本間良、石田梅和頭腦特別笨，山口友惠更是個凡事都要教好幾次才學得會的木頭，但李和她們不同。以前，李一直對天上十分尊敬，也覺得在這個家工作得很愉快，但正因爲如此，最近看到天上這種失魂落魄的樣子，不禁感到失望。李做事腳踏實地，討厭投機取巧，雖然工作態度和以前沒什麼兩樣，卻慢慢覺得做事提不起勁。彌看著李獨自站在廚房的背影。

最近開始，天上平均每週都會有一天不去公司。他都會編個理由請假，但他不去公司時，整天都用手托著頭，坐在門廊的那張椅子上。這更加令藻羅感到厭煩，她對天上的厭惡程度與日俱增。

天上依然像往常一樣寫信給磯子，但他隻字不提有關藻羅和自己的眞實近況，以免磯子傷心。雖然他已經告訴磯子，藻羅在回淺嘉町時受了傷的事，但信上所寫的內容就和林作在電話裏說的一模一樣。即使正如天上的懷疑，藻羅那天是以林作家爲基地，去了某個男人——應該就是在石沼時，走過背後的那個年輕男人的家，在那裏度過了幾個小時，而且，是這個男人讓藻羅受了傷，林作在電話裏的一番說明，巧妙得無人能出其右。本來藻羅就有這個壞習慣，也曾經因爲這樣受過傷，林作以前就告訴過天上這件事，這簡直是上天賜給林作的絕佳藉口。雖然天上的內心對此抱著懷疑，但即使如此，當自己的耳朵在聽林作的說明時，也覺得根本天衣無縫。於是，他在寫信給磯子時，也套用了這番說詞。但其實磯子早就知道天上缺乏食欲和家裏的情況。因爲伊作實在太擔心天上，他私下寫了信給磯子。當然，因爲沒有證據，便沒有提及自己對藻羅那天去處的懷疑。而且，在報告天上的情況時，也寫得很含糊。

每天早晚送迎時，伊作都可以看到天上。天上雖然自己很注意了，但仍然還是有幾次被伊作目睹他步履踉蹌地從玄關走到大門。有時候，伊作也會站在花田裏，隔著長得高高的夾竹桃、報春花、澤蘭等，注視坐在門廊的天上。光是看到天上這樣子，就已經夠讓伊作擔心了。當伊作和彌談到雞的事時，聽說天上的食欲比以前差，內心更加不安。雖然他很不安，但想到寫信給磯子，等於是對天上有所隱瞞，然而，自己又不能主動去和天上打招呼。伊作很期待天上會像以前一樣，翩然來到自己的房間，但最近天上完全沒有來看他。如今，天上希望獨自沉浸在苦惱中，他希望可以自己處理自己的痛苦。這雖然和天上孤高的個性有關，但更因爲天上不喜歡別人窺探自己的痛苦，甚至不希望伊作和磯子來窺探。別人的窺探只會讓他的痛苦加倍。天上終於瞭解到，自己迎娶藻羅是毋庸置疑的愚蠢行爲。他也瞭解到，他並非只屬於自己；自己的幸福和不幸都不是自己一個人的事；自己的幸福不能只有他一個人享受，自己的悲傷也不是只有他忍耐，就可以解決的問題。

磯子並非不瞭解天上的想法，所以，更無法克制內心的不安。從石沼回來以後，磯子就發現了天上的異常。不，在更早之前，磯子就感受到降臨在天上身上的命運。有時候，磯子會突然覺得，藻羅這個十七歲的女孩身上，有一種磯子認爲只能稱之爲魔性的東西，不知不覺中，在天上的身上投射下不祥的陰影。在她第一次看到藻羅時，就已經有這種感覺。在藻羅那張充滿稚氣，肌理就像滋潤花瓣般的臉上，磯子發現了隱藏在可愛後面的魔鬼。

在得知天上從石沼回來以後，磯子曾經來田園調布造訪過一次。這次從頭到尾都提心吊膽的造訪，讓磯子比之前更加感到一種莫名的不安。磯子在上次的皮包裏，放了一塊小桌巾，想要送給藻羅。那是磯子抽空親自繡的，明亮的淡灰色布上，繡著深淺不一的鮮紅色玫瑰花。但藻羅並沒有面露喜色。她一言不發地接過桌巾，神情分不清到底是高興還是不高興。當時，天上一臉很在意的樣子，不禁令磯子感到一陣心痛。別說藻羅情緒不佳，臭著一張臉時，對吃的、穿的和裝飾品類完全沒有任何反應，即使在她心情好的時候，對桌巾這種無法穿戴在身上的東西，也完全沒有任何興趣。藻羅拿著桌巾上了二樓，就沒有再現身。藻羅的不悅總是讓整幢房子都籠罩在一片陰沉氣氛中。冷冷的秋風開始吹打著屋頂，似乎也成爲一種象徵。這天，在藻羅出現以前，磯子和天上兩人吃了一頓寂寞的飯，對天上來說，和磯子一起用餐成爲他少有的快樂之一。這也讓磯子忐忑不安的心獲得了唯一的安慰。

磯子收到了天上那封把藻羅受傷回家寫成一件單純小意外的信，然後，又看了伊作的信。雖然她不知道前後兩封信的內容之間有什麼關聯，但磯子更加不安了。

天上的食欲依然沒有恢復。

這段日子裏，林作很少去以前經常造訪的香雪軒，他獨自在書房內煩惱。滿漸漸熟悉了淺嘉町的環境，雖然仍然顯得有點放不開，但她煮的燉菜、湯的調味已經不需要林作操心。遇到訪客時，她也知道該怎麼招呼、款待客人。她很會醃製醬菜，這一點，從一開始就讓林作很滿意。想必她是在之前的雇主家半年時間學會的吧。她經常做一些東京口味的淺醃白瓜、茄子等醬菜。在這種平靜的生活中，林作和多米多里的關係也日漸親密。多米多里種的牽牛花已經過了花季，花變小了，也漸漸枯萎了，但他種的瓜類、茄子、毛豆等蔬菜的收穫卻很豐富，讓林作喜出望外。當然，這也要歸功於滿的大力相助。

星期天，林作在家，他站在樓梯轉彎的地方，透過玻璃窗，俯視著後院。多米多里蹲在蔬菜田裏，正在摘茄子，可能要用來醃醬菜吧。多米多里身後的天空萬里無雲，下了一晝夜的秋雨終於停了，是個秋高氣爽的好天氣。

林作眞的很擔心。但必須補充一句，林作畢竟有他的立場，他所擔心的是，既然天上已經陷入了憂鬱狀態，和他一起生活在田園調布家裏的藻羅會不會受到影響。當然，他的擔心並非只針對藻羅，他對天上目前的狀態也動了惻隱之心。然而，對林作來說，假設藻羅提出要回來，他會協助藻羅實現願望，那麼，自己的擔心就幾乎消除了，心頭的烏雲也可以一掃而空。藻羅造訪彼特家時，情況還沒有現在這麼糟，所以，當時，他也沒有問過藻羅關於這個問題的想法。

林作從多米多里口中聽到了藻羅最近的情況，他想，應該是在藻羅和彼特見面後，把日常生活中的煩悶、焦躁，完全爆發出來了。那天，藻羅在高加索年輕人家裏度過了一個下午。而且，是在床上度過的戀愛時光。藻羅在多米多里的陪伴下，回到了她以往生活過的這個家。然後，在我的房間，和我一起吃了飯。我幫她放了洗澡水後，她去洗了澡，然後才在多米多里的陪伴下回了那個家。林作覺得，是因爲藻羅很難得地離開了天上，過了半天自由生活，終於導致藻羅壓抑的焦躁爆發出來了。一開始，林作並不覺得天上是這麼無趣的男人，在交往兩、三次後，才發現天上的無趣。天上雖然是個謹慎、聰明的男人，但在女人方面，只能說他很善良。對藻羅來說，他只是個溫柔的丈夫而已。藻羅提到他時，曾經說「他做什麼事都很蠢」，在去了年輕人家後，藻羅說，她比以前更討厭天上相貌中讓她不中意的部分。

這天，林作吃完油炸牛尾魚、煮毛豆、三州味噌蜆湯等晚餐，走進書房後，便叫滿拿來了白酒，順便去把多米多里叫來。

多米多里也和林作一樣擔心，但他走進來時，臉上露出了愉快的笑容。對多米多里而言，被林作找去聊天是他最快樂的一件事。

「天氣終於轉涼了，田裏的工作很忙吧？秋茄子也變小了，不過，整條茄子用鹽醃一下來吃，味道應該很不錯吧。滿現在做的滷茄子也很好吃。」

「是。我也吃了，已經很接近彌姐的味道了……」

一提到彌的名字，多米多里立刻閉上了嘴，兩人都陷入了沉默。

林作幫多米多里的酒杯裏倒了葡萄酒，多米多里輕輕舉起杯，喝了一口。然後，用雙手包住後，放在膝蓋上，低下了頭。

過了一會兒，林作說道：

「彌……她心地很善良……所以，一定覺得很痛苦。她獨自承受著複雜的人際糾葛。讓彌跟著過去那個家時，我就覺得很不忍心。……就像你看到的，彌是個誠實的人。或者，誠實是克服困難的最佳方法……但這種狀態不會維持太久，一定會有解決的方法……雖然我們不應該抱有這樣的期待。」

多米多里手拿著酒杯，並沒有放到嘴邊，緩緩抬起了眼睛。林作看著多米多里，臉上有一種複雜的表情。

「老爺的身體裏有一個神，但在神的背後……」多米多里在心裏說道。

林作聽到了多米多里的心聲。

「但是，他是我敬愛的老爺，是我生命中最重要的人。在神背後的惡魔……也是老爺的一部分……」

多米多里又在心裏自言自語。多米多里越來越瞭解林作了，雖然還不是很清楚，但他已經看到了模糊的影子。

「多米多里，你喜歡喝紅酒，白酒也不錯吧？」

「對。像這種有點辣的，我也愛喝。」

「你的酒量也變好了。」

多米多里仰望著林作，當看到林作皺著眉頭時，不禁覺得心頭一陣發冷。但最近的多米多里，對事物的看法和林作越來越像。他立刻發現，林作所擔心的「萬一」，其中的「萬」的數字必須用更龐大的數字來取代，不禁放心地嘆了一口氣，再度低頭看著自己的酒杯。林作和多米多里並不認爲藻羅會受到什麼傷害。即使心裏浮起這個念頭，也會立刻消失無蹤。「藻羅會有危險」，只不過是一種假設而已。

林作突然改變了話題。

「多米多里，你偶爾會過去那裏，看到天上的情況這麼糟，心裏一定很不好受吧。」

「是。」

主僕兩人沉默了一陣，品酩著葡萄酒。

「在短時間內，我們好像沒什麼令人高興的話題可以聊。……馬也沒有了，你最近的工作只有種牽牛花和種菜而已，要不要來種點花，就像他們家的伊作那樣。」

多米多里抬起頭，兩人互看了一眼，臉上同時露出了苦笑。多米多里用眼睛說「誰要和那種男人做一樣的事」，林作也表示同意。

「對了。差不多是牡蠣的季節了，下次去神樂坂的田原屋吃生牡蠣吧。你吃不吃生的牡蠣？」

「是，我在彌姐做的醋泡菜裏吃過，我很喜歡吃。謝謝您邀請我，我一定去。」

「眞希望可以帶藻羅一起去。」

「是啊……」

隨著白酒帶來的微醺，夜色也降臨在這對感情親密的主僕身邊。

這一夜，對彼此心靈相通的林作和多米多里來說，雖然內心有些許的擔心，但仍是一個快樂而平靜的夜晚。

滿戰戰兢兢地走了進來，關上了通往院子的鐵窗，拉上了窗簾。她看了一眼桌上，判斷應該還不需要收，便低著頭，走了出去。

這天晚上，多米多里回到自己的房間，打開了房間的電燈，五燭光的燈泡照出了整理得一乾二淨的房間。在黃色燈光照射下，小小的房間裏似乎可以看到希望的光明。藻羅或許又會回來這個家的想法，在多米多里平靜的心裏再度泛起漣漪。

林作獨自點燃了西敏斯特菸，他的心裏也想著同一件事。

當多米多里的房間被五燭光的燈光映照出他一絲不苟的生活的同時，伊作的房間雖然也點著燈，卻顯得十分陰暗。同樣是五燭光的燈泡，卻像是蒙上了一層霧，照出了伊作忐忑不安而悲慘的生活景象。伊作生活在這間房間裏，對藻羅的憎恨就像是用磨刀石磨過的鋼條一樣，一天比一天銳利。天上不再造訪這間房間，是因爲天上想要獨自沉浸在痛苦中，而且，在目前的情況下，他除了自己的痛苦，已無心再關心其他的事。但伊作對藻羅的強烈憎恨，或許在無意識中，也成爲天上遠離他的原因。天上雖然對藻羅充滿嫉妒，而且，如果可以的話，自己也希望像奧賽羅（譯註：莎士比亞劇中人物，是嫉妒妄想的典型人物）一樣，用手抓住藻羅纖細的脖子，把她活活掐死。但是，他並不恨藻羅。

天上這種無法憎恨別人的性格更激發了藻羅的厭惡和煩躁。藻羅就像毛髮倒豎的猙獰山貓一樣，令彌日益感到害怕。

在殘暑反撲的九月中旬的某一天，像往常一樣，彌一聽到藻羅房間的召喚鈴聲，便急忙來到起居室。她將原本放在壁爐上的法國陶瓷臉盆放在小桌子上，倒滿水後，又嘩嘩地把古龍水倒了進去。她幫藻羅脫下已經被汗水濡濕的內衣，把白毛巾放在水裏擰乾後，從藻羅的脖子開始慢慢向下擦。林作討厭那些設計考究的外國毛巾，無論他自己和藻羅，都習慣使用這種純白色、周圍鑲著藍色和紅色線、到處都可以看到的普通毛巾。不知道是不是心理作用，彌覺得藻羅的皮膚越來越細膩、滋潤了。她一邊幫藻羅擦著，一邊說：

「藻羅大小姐，今天要不要去老爺那裏玩……」

「不去。」

藻羅一口拒絕了，她一言不發地讓彌繼續幫自己擦著身體。她心裏好像在盤算著什麼。不，與其說是在盤算，不如說她已經心如鐵石。彌也可以感受到，但不知道爲什麼，彌竟感到一陣不寒而慄。

白天，相安無事地度過了。

由於天上的食欲越來越差，彌和李商量著晚餐的菜色。除了請明治屋送來剛烤好的麵包以外，也順便訂了威爾奇遜礦泉水（譯註：由英國人威爾奇遜在兵庫縣六甲山麓發現的一種含有碳酸的礦泉水，至今仍然可以在日本近畿地區買到）。李用少量的雞肉燉了清湯，把小型的龍舌魚做成西西里式煎魚。不知道是不是因爲不消化，天上最近吩咐要準備麵包。麵包旁附了切成薄片的油炸馬鈴薯，並用土當歸、萵苣和淡粉色的番茄做成沙拉。由於天上在吃麵包時，也要吃醬菜，所以，彌特地爲他準備了鹽漬小茄子和白瓜配紅生薑。最近，李也開始爲天上的健康擔心起來，他也看出藻羅並不是一個普通的女人。彌對藻羅的飲食也很細心，龍舌魚的魚刺太多，藻羅不喜歡吃，所以，就幫她準備了一塊比目魚。她特地去問了藻羅要做成生魚片，還是要用油煎後，轉告李要用煎的。用馬鈴薯、胡蘿蔔和生洋蔥和罐頭的豌豆仁做了沙拉，配上加了少許鹽和糖的煎蛋，又準備了切絲海苔。當彌把晚餐的菜色告訴藻羅時，藻羅心滿意足地點了點頭。但她似乎並不是很想吃。彌一邊用加了古龍水的乾淨水幫藻羅擦著脖子上的水，一邊感到有點不安。不知道爲什麼，今天的藻羅看起來特別漂亮。

藻羅突然轉過頭，一直盯著彌看。

她的雙眼發出奇特的光，藻羅從來沒有這麼妖豔過。彌的腦子裏立刻閃過一個奇怪的念頭，好像看著什麼可怕的東西似地回望著藻羅。

——雖然，雖然平時也很漂亮……但從來沒有像今天這麼漂亮過。如果被隔壁那棟別墅的人看到了她今天的樣子，不知道又會……

彌覺得自己的念頭實在太不檢點了，臉立刻紅了起來。藻羅狐疑地注視紅著臉的彌，說：

「你可以走了。」

彌好像被打了一下，立刻一鞠躬，退了下去。

隨著晚餐時間越來越近，彌感到一股莫名的不安，一邊準備晚餐，心卻一直靜不下來。雖然她想過要打電話告訴林作，但彌只能使用廚房牆上的那個電話。而且，即使可以打直撥電話，也不可能把這種沒來由的心慌感覺告訴林作。彌甚至想要告訴在一旁煮清湯的李。雖然彌明知道藻羅很討厭磯子，但此刻的她，甚至希望磯子可以突然造訪。

「老爺……」

彌在心中叫著。夏天時，愛莎偶爾上門來玩的身影突然浮現在她心中，然後又消失了。

「她看起來很乖巧，又很喜歡藻羅大小姐……。」

彌在煮藻羅喜歡的馬鈴薯時，每次都覺得那種味道令她心情愉快。今天，彌卻從中聞到了哀愁的味道。

「彌，馬鈴薯應該煮得差不多了吧。」

聽到李的聲音，彌才回過神來。她立刻拿起鍋子，倒進濾網中，然後，從罐頭裏拿出豌豆仁，瀝乾水分。

這天，天上仍然坐在門廊的椅子上。右手一如往常地撫摸著籐椅的扶手。下午，藻羅穿過飯廳，走進裏面的客廳，拿了一本夏洛克．福爾摩斯，又再度穿過飯廳，回到樓上的起居室，連正眼都沒有看天上一下。藻羅最討厭看到天上一副茫然的樣子，不管什麼時候看到他，永遠都在摸椅子的扶手。藻羅不知道天上爲什麼要摸扶手？當天上一動，椅子發出的咯吱咯吱聲，也讓她感到一種難言的不快。雖然原本想要叫彌幫她去拿書，但彌不知道藻羅哪些看過了。雖然彌應該認識福爾摩斯那幾個字，但她看不懂書名。藻羅覺得要大費周章向她說明或把書名抄下來給她看太麻煩了。彌很操勞，做事都很細心，但她只讀到小學四年級，所以，比較難的漢字她就看不懂。

藻羅回到起居室，就鑽到床上，開始看書。她不時地抿緊雙唇，眼神凝視著某一個地方。剛才聽到天上坐的籐椅發出的聲音後，現在似乎覺得聲音傳到了二樓，讓她感到很不高興。

接近平時開飯時間的七點左右，藻羅雖然心情不好，但健康的她立刻就覺得肚子餓了。

她下了樓，坐在飯桌旁，看到彌精心烹飪出她喜歡的料理都排在桌上。透明的清湯裏，浮著切成小粒的胡蘿蔔和豌豆的綠色刺激了藻羅的食欲。

但坐在面前的天上就像年邁的男人，一臉陰沉地把湯匙送入嘴裏。藻羅看到他這副德行，原本愉快的食欲也不知道跑到哪裏去了。但藻羅很快就恢復了，她拿起內側用像聖母學園的修女常用的字體寫著Lion的銀湯匙，瞥了一眼手拿托盤站在一旁的彌，便將浮著豌豆仁和胡蘿蔔的清湯送進嘴裏，喝得十分香甜。

「藻羅，好喝嗎？」

天上停下拿著湯匙的手，看著藻羅。他壓抑著如同針一般的嫉妒憎恨，眼神滿是溺愛。藻羅一言不發地把像油菜花般鮮豔黃色的煎蛋和海苔絲，灑在飯上，送進了嘴裏。這種用湯匙把飯塞進嘴裏的樣子，讓天上覺得是自己在漫長的歲月中，每天都看到的幼稚吃法。藻羅在吃桃子時，就像肚子餓極了的幼兒一樣拚命吸吮；當她將自己喜歡的菜放在飯上時，就會用湯匙把飯送進嘴裏。藻羅體內那個貪得無厭的「愛的肉食獸」的特質，也表現在藻羅吃東西時嘴唇的動作上。林作看到了，天上也看到了。最近這一陣子，藻羅已經是有意識地表現出自己可愛的隨心所欲，甚至刻意表現出帶有惡意的漠不關心，然而，只有這種吃東西的方式，是無意識下，流露出她肉食獸的特質。正如彌暗自擔心的那樣，藻羅正打算離開這個家，離開包括天上在內的，所有和天上有關的人。然而，在藻羅的心中，還有一份極沒道理的仇恨，她想要好好折磨一天比一天更討厭的天上。這些平時就在藻羅體內醞釀的憎恨在這一天，尤其在這一天的早晨，突然在藻羅的體內燃燒起來。

藻羅手拿著裝有豌豆仁和胡蘿蔔的清湯，瞥了一眼彌。彌立刻從她的目光中，看到了和早晨相同的眼神。彌不禁想道：

「啊，和早晨的眼神一樣。」

這次似乎只是一個不經意的眼神，雖然只有短短一剎那，卻是十分堅定的眼神。彌感到一陣心慌意亂，呆然地看著藻羅裝了滿滿一湯匙加了煎蛋的飯，放進嘴裏。此刻，彌因爲過度緊張，腦子變得一片空白。就在前一刻，彌的雙眼還捕捉到天上壓抑嫉妒的愛撫眼神。藻羅把李煎成漂亮金黃色的比目魚、沾粉後煎炒的薄片馬鈴薯和加了青豆的洋芋沙拉接二連三地送進嘴裏，吃得十分香甜，飯也吃了兩碗半。彌看到藻羅食欲這麼好，就把她的飯添得比平時更滿；但也不禁偷瞄了天上食之無味的樣子。

——藻羅大小姐一定有問題。難道，她眞的已經決定要離開這個家了嗎？……但藻羅大小姐眞的很堅強，比主人堅強多了。

然後，彌又偷偷地看了看天上。

——老爺這樣下去會生病的，不，他可能已經病了……

在白熾燈的檸檬色燈光下，藻羅顯得異常美麗。今天早晨擦在傷痕上的白色藥膏幾乎已經掉落，藻羅的臉乾乾的，之前的傷痕讓她的臉蛋顯得更加可愛。剛洗過的頭髮蓬鬆地圍在臉蛋周圍，在她下巴至脖頸、圓潤的肩膀至手臂上，滋潤的皮膚上，她的香氣就像肉眼看不到的熱氣一樣裊裊繚繞。

彌用一種好像在看什麼不可思議的東西的眼神，看著藻羅。

當藻羅用湯匙把最後一口送進嘴裏後，她仍然拿著湯匙，突然站了起來。彌慌忙走過去幫她拉椅子，椅子發出令人討厭的聲音。燈光下，天上濃密的睫毛在臉上灑下陰影，臉頰一動一動的，食不知味地將嘴裏的食物吞了下去。藻羅注視著天上的臉，說：

「你知道彼特吧？」

天上如夢初醒般地抬起頭，看著藻羅，一雙空洞的眼睛立刻充滿苦澀地看著空中。

藻羅乘勝追擊地繼續說：

「我想，你一定知道。」

天上的臉剛好在藻羅拿著湯匙的手附近，一臉茫然，然後，痛苦地扭曲著。天上的回應充分滿足了藻羅殘酷的心。

藻羅一直看著天上醜陋的臉，然後，把湯匙丟在桌上，走出了房間。彌從頭到尾在一旁屏氣凝神地看著，這時才突然意識到，雖然平時規定由自己負責主人用餐，但這種場面時，絕對不能讓其他人進來。於是，急忙將餐具收在托盤上，朝門的方向走去，差一點要走到藻羅前面。彌急忙後退，藻羅慢條斯理地從她身邊走過，走上了樓梯。

彌用力張開一雙小眼睛，抬頭看著走上樓梯的藻羅。彌見識了藻羅對天上的所有折磨，此時，在她的眼中，藻羅就像嘴角還流著一道血絲的豹一樣。然而，藻羅用像可愛蓮藕般的手扶著樓梯扶手，悄然無聲地緩緩上樓的樣子，依然可愛。她就像幼豹一樣，用張開時看起來似笑非笑的猛獸特有的嘴，叼著撕碎的斑馬肉，緩緩上樓，也一樣沒有腳步聲。彌眨了一下眼睛，仍然目送著藻羅，突然回過神來，拿著托盤快步走進廚房，然後，又拿著托盤走進飯廳。彌不忍心，也不敢看天上的臉，低著頭，開始收拾碗盤。第三次拿著放有土瓶的盤子準備回廚房時，看到天上上樓梯的背影。彌忍不住停下腳步，看著天上步履蹣跚，連拖鞋都快要掉下來的身影走上樓去，她好像在看什麼可怕的場景一樣縮起脖子，逃也似地走進了飯廳。這一晚，彌因爲太害怕了，以致忘了關飯廳的燈。

藻羅回到起居室後，情緒仍然十分激昂。她沒有叫彌，自己換了睡衣上了床。上了床後，眼睛閃閃發光，抿著嘴角，四處張望著，然後，打開福爾摩斯的書，繼續看下去。看了八、九頁，藻羅聽到天上從門外走過的聲音。踉踉蹌蹌，像幽靈一樣輕輕地走了過去。

「今晚應該不會來找我吧。」

藻羅冒出汗的鼻尖掠過一絲嘲笑。滿足和長期的憤怒交織在一起，藻羅在一陣令頭腦發熱的亢奮中昏昏睡去。

❧　❧　❧

這天深夜，彌聽到了臥房的召喚鈴聲。她看了一眼時鐘，已經超過十一點。那是一陣靜靜的、悄悄的聲音。只有因爲感到害怕和不可思議而處於亢奮狀態的彌耳尖地聽到了。彌坐了起來。

——是老爺的臥房……

彌立刻穿好睡覺時穿的浴衣，拿起枕邊的腰帶繫好，穿過換成五燭光燈泡的玄關，急急忙忙地趕去天上的臥房。彌和山口友惠睡同一間房，友惠睡熟了，並沒有起床，但本間良和石田梅就睡在隔壁房間。那兩個人中，只要有一個人醒著，就會搶先趕過去。藻羅的事當然不用說，由於天上對自己另眼相看，這一陣子，連天上的事也都是由彌在處理。本間良和石田梅已經察覺到主人的動靜，很想親眼證實一下，只要一有機會，就想去樓上的起居室或餐廳，所以，彌在打開房門時，也盡量不發出聲音。彌今天上床時，仍爲晚餐時發生的事餘悸猶存，一點都沒注意到初秋的涼意，此時，她光著腳穿著皮拖鞋，覺得涼颼颼的。

「不知道是什麼事？」

彌走向樓梯，在被召喚鈴叫醒的那一剎那所產生的不安越來越強烈。彌很擔心天上會問她有關藻羅的事，她的心跳得很快，只能用手壓著睡袍的胸前，走上樓梯，站在走廊上，卻舉步維艱。剛才上樓梯時，她就在想「是不是老爺身體不舒服……」，此時卻覺得「希望……是身體不舒服」。然後，她又自責怎麼可以有這種念頭。但當她想到天上可能發生了什麼事時，便害怕得不知如何是好。終於，她來到了起居室門前，敲了敲門。

「進來吧。」

裏面傳來低沉的聲音。

聲音很平靜、沉著，呼吸也很平穩。彌惶恐不安地打開了門。

她看到天上坐在黑色皮革沙發上的背影。或許是因爲天氣有點涼，天上穿著薄羊毛的居家服。

他的背影從沙發中露了出來，彌看到了他穿著駝色居家服的肩膀，不禁對他深表同情。

——只要他吩咐一聲，我會幫他從臥室的櫃子裏拿出來的。

平時，天上不需要傭人幫他張羅衣服。林作也一樣，所以，彌平時很少注意這種事。但想到天上最近幾乎沒有食欲，簡直就像個病人，便不禁感到一陣心酸。

除了打掃以外，彌從來沒有進過天上的起居室。因爲，只要想到天上在這間房間思考什麼，就會讓彌不寒而慄。彌不認爲天上恨自己，但她知道天上恨藻羅。但無論藻羅做什麼，自己都會覺得藻羅很可愛，所以，就很自然地對這間房間敬而遠之。

「老爺，您找我有事嗎？」

彌走進沙發，彎著腰，將雙手放在膝蓋上問道。

「喔，」

天上把臉稍稍朝向彌的方向轉了一下，說：

「對不起，這麼晚找你來。……你也知道，我最近身體不太好，也沒什麼食欲。而且，好像情況越來越不好了。……所以，我有一件事要拜託你……」

「是，老爺，您儘管吩咐。」

彌由衷地說道。

「謝謝。目前，也沒有什麼明確的症狀。只是，有時候會突然感到不舒服。如果發生什麼情況時，幫我找一下醫生，伊作知道的。有一位叫榊的醫生一直幫我看病，……雖然我們年紀差了一大截，但他是我的朋友……」

天上說到這裏，嘆了一口氣，繼續說道：

「榊比上次來家裏的稻本醫生還要年長一、兩歲，年紀很大了。是我過世父親的朋友。所以……對方隨時可能生病，這個時候，可以另外請替代的醫生，反正，就拜託了。……如果公司有什麼問題，我已經吩咐他們主動來報告。」

天上停了下來，深深地垂下了頭，然後，又喃喃地地補充道：

「榊的家離這裏很遠。開車最快也要一小時四、五十分鐘……我想請他早一點幫我看……伊作一直都住在那個小房子裏，所以，我就拜託你了，可以嗎？」

天上不時地停頓，好像在想什麼事。然後，又陷入了感慨，低著頭，終於把話說完了。

「是，老爺。……我一定會照您的吩咐去做。」

彌說完，不安地仰視著天上的側臉。隨後，她垂下了眼，但又再度抬起一雙小眼睛，眨了一下，說：

「要不要我幫您端茶或其他飲料過來。」

「不，不用了。你不用擔心，你下去睡吧。」

「是。」

這時，天上轉過頭來看著彌，欲言又止，然後，又一聲不吭地把頭轉了回去。彌一直低著頭，沒有注意到天上的動作，便離開了房間。

彌再度覺得皮革的拖鞋上傳來一陣寒意，她經過藻羅的房間門口，回到了自己的臥房，一打開房門，就聽到本間良的聲音。她剛才忘了關掉和天上起居室的召喚鈴聯在一起的閃燈。

「彌，老爺找你有什麼事嗎？」

彌默默地鬆開腰帶，看了一眼隔壁房間，發現和隔壁房間相通的拉門打開了一條細縫，燈光透了過來。本間良已經走到拉門邊，從拉門的細縫中看著彌。

「你剛才是去老爺的房間吧？」

彌想到天上穿的那件薄羊毛居家服。

「……老爺正在桌子旁……叫我拿薄羊毛衣服給他……我就從隔壁幫他拿了一件睡袍。然後，幫他穿上了……我看到老爺好像很冷，就問他要不要喝茶，老爺說不用了……」

「是嗎？就這樣而已嗎？他有沒有說什麼？有沒有說到藻羅夫人？」

燈泡雖然很暗，但還是可以看到本間良的臉。彌盡可能不去看本間良那張肥幫子鼓得特別大，不時閃著淫光的眼睛分佔在大鼻子兩側的臉。彌解開腰帶後，隨意地疊了一下，放在枕頭旁。

「他沒有提到。」

「喔……是嗎？你可眞厲害，兩面都討好。」

本間良說完，狠狠地關上了拉門。

看到良的臉消失，彌終於鬆了一口氣，上了床。

這一晚，彌輾轉反側。彌覺得，那天晚上，天上的影子比平時看起來更孤寂。當他轉過臉看著自己時，天上那張可以看到睫毛的側臉深深地烙在了彌的眼中。彌苦思冥想，也無法從天上的話上發現什麼特殊含意。但爲什麼突然這麼晚找我去？這不禁讓彌起了疑心。彌自圓其說地想「可能是最近身體很不好，所以，到了晚上才突然想起這件事」，這才讓她稍稍放寬了點心。彌發現，天上在說話時，不時陷入沉思，或是嘆氣。彌在黑漆漆的房間裏思考著，漸漸地產生了一種莫名的不安。突然，彌感到背脊有一股寒意油然而生，她不由得拉了拉浴衣的衣領，把母親寄來的薄被子蓋在身上。

❧ ❧ ❧

第二天是個大晴天，一望無際的藍天讓人感到刺眼。彌一聽到每天放在被子裏的鬧鐘一響，慌忙按掉，悄悄地起了床。昨天晚上，彌用昆布熬了高湯，準備用來煮味噌湯，也燙了毛豆，以便今天早餐可以吃。做完這些事後，才上床不久，又被叫了起來，回到床上後，幾乎沒有睡多少時間。此刻，她的頭仍然昏昏沉沉。她洗了臉，換好衣服後，繫上腰帶，梳了頭髮，便把七輪爐（譯註：使用木炭等作爲燃料煮飯菜的爐子）拿到戶外，把廚房水泥地上角落劈好的木柴和報紙放在一起生爐子。彌看到天上最近胃口不好，特地從儲藏室拿出七輪爐，清掃乾淨後，劈了柴，準備用爐子煮飯給天上吃。彌正在忙這些事時，昨晚莫名的不安仍然佔據著彌的心。彌在起床前，聽到本間良她們的臥室另一側的拉門打開了，原以爲是有人去上廁所，但後來只看到石田梅一個人起床。彌感到很納悶，但仍然走進了廚房，她把米洗好後，放在爐子上，拜托李幫她看著，便急急走進臥房，正想要從小櫃子裏把藻羅的衣服拿出來時，聽到樓梯上發出了什麼東西滾落的聲音。彌驚訝地走了過去，發現臉色驚慌的本間良連滾帶爬地下了樓梯，她不小心踏了個空，幸好抓住了彌的肩膀，才終於站穩了。

骨架像男人般的本間良將體重壓在彌身上，彌搖晃了一下，想要說什麼，卻說不出話來。本間良也說不出話來，一味動著嘴巴。

「怎麼了？」

彌結結巴巴地問道。

「老爺……他……他渾身冰冷……安眠藥的瓶子……全空了。」

彌立刻推開了良的身體，雙手緊握拳頭，拚命憋著氣。

——一定要穩住。

彌準備走去伊作的房間，但雙腿無力。好不容易踏出幾乎快癱坐下來的雙腿，走出玄關，急步走在花田的小徑上，完全沒有發現自己還光著腳。花田中一片明亮，陽光特別刺眼。彌的腦袋雖然昏昏沉沉，卻對今天早上，本間良故意拿了報紙去天上的起居室事這件事，感到極度憤怒和錐心的懊惱。

——我應該更小心一點才對。沒想到，竟然被良姐闖進了老爺的房間……老爺一定是不想讓她看到自己最後的樣子，沒想到……

伊作已經起床了，正在準備去花田工作。他戴著遮陽帽，站在房間的正中央，一看到彌的臉，眼睛瞪得好大，好像眼尾都快要迸開了，他站著不動。

「老爺……他……吃了藥……」

伊作走出了房間，彌跟在後面說道。

「昨天晚上，老爺說，如果他覺得不舒服，要我來請你打電話給榊醫生。」

伊作在花田裏跑了起來。

「我就是要去打電話。」

伊作的身體好像整個都曬乾了一樣，顯得又小又硬。彌腳高腳低地跟在伊作的後面。本間良和石田梅渾身僵硬地站在廚房旁邊、通往彌的臥房的木板通道上，不知道正竊竊私語著什麼，一看到伊作，馬上住了嘴。

李正低著頭，坐在廚房流理台旁的小椅子上。

伊作完全沒有看任何人一眼，穿過玄關，拿起廚房的電話。

——除了伊作兄以外，只有李兄……關心老爺……當然，磯子夫人另當別論。

彌看了李一眼，呆立了片刻，然後，又緩緩地走上樓梯。彌正走在樓梯上，傳來了伊作低沉的聲音，就像是在水裏聽到的那種很悶的聲音。

「是，是醫生嗎？敝人是伊作。是。對。我還沒有去看過，但應該是昨天晚上吃的。是。是。那就拜託您了……」

彌聽到伊作的聲音後，再度體會到天上和伊作之間的感情。然後，也為他們感到不幸。藻羅似乎正睡得香甜。

——藻羅大小姐……一定也會感到害怕吧……該怎麼辦？……我不敢去看老爺……但是……

彌正左右為難著，正要躡手躡腳地走過藻羅臥室門前時，伊作追了上來，很快速地說。

「在榊醫生過來檢查以前，不要動任何東西。或許需要向警方報案，不要把事情弄糟了。而且，彌姐，你也應該去向藻羅夫人報告一下。」

彌一聽到警方這兩個字，就感到一陣驚慌，再加上伊作隨後又提到藻羅，彌認為伊作說話的語氣既像挖苦，又像故意發難，更讓彌感到膽顫心驚。彌對著快步走向天上起居室的伊作背後，用盡全身的力氣，說：

「我還沒有進過老爺的房間呢！是良姐今天早晨趁我不知道的時候進了起居室，然後……」

伊作根本不理會。他伸手抓著門把，他的背影就像冰塊一樣冷漠無情。彌不想跟著他一起進去，便拖著沉重的步伐，回到了藻羅的臥室。

彌敲了敲門，猶豫片刻後，突然想到了什麼，轉動了把手，門立刻打開了。雖然已經提醒過藻羅很多次，但她總是忘記鎖門。有機會進主人房間的本間良、石田梅和彌三位傭人身上都有房間的鑰匙，以備不時之需。雖然彌隨身帶著，但只有藻羅臥房的鑰匙幾乎沒有機會使用過。

彌走到床邊，藻羅睜開了眼。

「藻羅大小姐。……你不要害怕，聽我說……老爺他……」

藻羅沒有用枕頭，下巴靠近胸口的方向，此時，她抬起朦朧的眼看著彌。在朦朧中，她似乎已經預知了。

彌努力用平靜的聲音說：

「老爺……他吃了藥，已經死了……」

藻羅張大了眼睛瞪著彌，在她朦朧的眼底中，露出一絲害怕。彌立刻用臉盆裝了水，擰乾毛巾，幫藻羅擦了臉，說：

「藻羅大小姐，……你必須去老爺的臥房一下，我會陪你一起過去……。我等一下就打電話給淺嘉町的老爺，多米多里一定會趕過來的……」

藻羅的眼神呆然，慢吞吞地站了起來。

「那就去吧。」

藻羅的聲音中，完全感受不到貞潔的影子。

彌俐落地幫藻羅換好衣服，跟在慢條斯理的藻羅後面，走出了房間。藻羅站在門口，一動也不動。

「藻羅大小姐……」

這時，玄關的門鈴響了。

彌猶豫了一下，便丟下藻羅，快步下了樓梯。打開玄關，看到穿著素色夏裝的愛莎·嘉赫奈站在那裏。彌忘了規矩，立刻走近愛莎，小聲地把家裏發生的事告訴了她。然後，又告訴她目前正準備帶藻羅去天上的起居室。

「藻羅現在在哪裏？」

愛莎急匆匆地脫下了鞋子。

藻羅曾經把自己有情人的事告訴過愛莎。愛莎是受天上之託，希望她和藻羅做朋友的，所以，知道藻羅的祕密後，她覺得很難再上門。但愛莎很喜歡藻羅，一直無法忘記藻羅。當她聽到父親里希雅爾德談到天上最近很不對勁時，就覺得心如懸旌，今天早晨，突然想要過來看一下。

彌用眼神示意在二樓後，就率先走了上去。

藻羅仍然像剛才一樣站在門前，眼神中充滿不悅地看著愛莎。愛莎快步走了過去，眞心地說：

「藻羅，你要堅強……知道嗎？彌姐和我會一起陪你過去，你不要害怕。沒什麼好怕的，如果現在不去，以後反而會更痛苦，你瞭解我的意思嗎？藻羅……來，我們走吧。」

彌渾身緊張得僵硬起來，她懷著祈禱的心情窺望著藻羅的表情。愛莎握著藻羅的右手，溫柔地將手放在藻羅的肩膀上。彌也心慌意亂地走到另一側，將手放在藻羅的肩膀上。

「藻羅大小姐。」

藻羅轉過頭，用不悅的眼神看著愛莎。她灰暗眼底中無盡的嫵媚，正向愛莎逼近。

「藻羅的身體裏難道住了一個惡魔嗎？但她像小孩子一樣嚇得發抖，眞的好可愛。平時，充滿傲氣的時候也很可愛。我沒辦法恨她。……到底爲什麼？」

藻羅不想走。

愛莎用眼神向彌示意後，就用手肘挽住藻羅的腋下，硬把她往前拖。彌也把手肘挽住藻羅另一側的腋下，兩人使盡全力，合力把藻羅拖向天上的起居室。藻羅並沒有反抗，只是被他們這樣拖著跨出了腳步。藻羅被愛莎和彌從兩邊扶著，幾乎是被拖著向前走，看起來就像掉進陷阱的野獸，或是被主人用狗鏈拉著走的狗一樣，只能心甘情願地認命。彌在心裏呼喚著林作：「老爺」。然而，彌呼喚林作的聲音也像是已經被槍瞄準的岩羚羊或兔子的叫聲，充滿哀戚和無奈。

走到門口時，彌讓愛莎扶著藻羅，自己伸手打開了門。

在灑滿晨光的寧靜房間裏，彌看到天上維持著和昨天相同的姿勢，朝向自己的方向，垂下了腦袋。同時，也看到站在椅子對面，深深地垂著腦袋的伊作。發出冷光的桌面上，放著一個似乎曾經倒下後，又被扶正的藥瓶子，旁邊灑出了一些白色的粉末。除此以外，桌子上沒有任何東西，整理得井然有序。原本旁邊還放了一樣東西，卻被伊作藏在手裏，誰都沒有看到。那是在結婚時，林作交給天上的補血劑的瓶子，每天要在固定的時間餵藻羅吃。這是一種用牛血凝固而成的錠劑，藥瓶雖然很小，但瓶口很大，從暗褐色泛著藍光的瓶子外，就可以看到裏面。這也是天上對藻羅的愛的證明；代表了天上對藻羅的無法割捨和執著。伊作一走進房間，一看到以前曾經聽說過的這個瓶子，立刻扭曲著臉，趁四下無人，以迅雷不及掩耳的動作，把瓶子塞進了褲子口袋。

伊作從花田奔向電話時，還奢望可以救天上一命，但隨即知道這是不可能的事。天上做事很周到，他不可能一時興起服藥，一定是在昨天晚上就吃了藥。而且，伊作也知道，天上服用的劑量，至少是致死量的一倍。

愛莎和將全身靠在愛莎身上的藻羅走了進來。當彌向後退時，愛莎抱著藻羅，走近天上的屍體。

天上的表情令人心痛。那是一張忍耐了漫長的時間，終於心力交瘁的人的臉，是一張已經被逼到絕境的人的臉。然而，在他痛苦地張著嘴、歪著臉的表情中，似乎可以看到一份安寧。

藻羅看了一眼天上，眼皮立刻像被什麼拉到了一樣，瞪大了雙眼。豐滿的雙唇鬆弛著，微微下垂著，濃密而有點亂地披在額頭的頭髮下，兩條眉毛都挑了起來。她的表情，就像小孩子看到有人拿刀子對著自己。藻羅並沒有想到事情會這麼嚴重，但她知道，這一切都是因爲自己的作爲引起的，這種恐懼只讓她的臉變得蒼白，但她的皮膚卻比平時更富有光澤，更加滋潤，散發出可怕的魅力。愛莎摟著藻羅，無法在胸前劃十字。愛莎深深地鞠了一躬，向上帝祈禱。爲了天上，也爲了藻羅。她今天會來這裏，是因爲天上是父親公司的董事長，十分瞭解天上的爲人；也是爲了藻羅，爲了在第一次見面時，就讓她同時產生不可思議的害怕和愛憐的藻羅。

愛莎將視線移向伊作。伊作沒有正眼看愛莎他們一眼，獨自沉浸在悲傷中。夾雜著一、兩根白髮的頭髮十分凌亂。耳朵後方的脖子瘦得好像被人削掉了一塊，他的嘴哭泣著。愛莎沒有向伊作打招呼，轉頭看著藻羅。藻羅的嘴唇輕輕閉著，眉毛已經回到了原來的位置，但比以前更強烈地散發出一種異樣的黏稠東西。她一雙濕潤的眼睛沒有焦點，茫然地看著半空。

——原來，這才是藻羅。

愛莎情不自禁地出神地看著藻羅。藻羅的臉像可愛的魔鬼一樣，愛莎從藻羅的臉中，看到一個偉大男人的影子。那是一個只關心自己的男人，看到一個無足輕重的女人被自己打死時的錯愕表情。在錯愕中，還帶著害怕。

——原來，這才是藻羅。

愛莎在心裏想道。然後，她把手放在藻羅的肩上。

「藻羅，我們走吧，回你的房間去吧。」

愛莎轉過頭去看著彌，兩人又扶著藻羅，回到了起居室。

藻羅渾身疲憊，又立刻鑽進了床。彌幫她蓋上了薄毛毯，愛莎對彌說：

「彌姐，家裏有檸檬嗎？如果有的話，擠半個檸檬，藻羅希望加碳酸水還是開水？」

「是。藻羅大小姐喜歡碳酸水。我立刻就拿來，愛莎小姐，您要喝什麼？……」

「我要奶茶。」

彌走進廚房，李正用茶壺燒水，似乎準備爲愛莎奉茶。彌請李幫忙做奶茶和檸檬碳酸水後，立刻打了通電話去淺嘉町。在接線生接線時，彌看了一眼廚房的大鐘，還有十幾分鐘才到八點。林作平時每天都會在八點出門。彌不禁鬆了一口氣。

接電話的是多米多里。在聽到天上的死訊後，多米多里沉默了片刻。

然後，他用低沉而嘶啞的聲音說：

「是嗎？……我立刻向老爺報告。彌姐，你要堅強，要保護好藻羅大小姐。……知道嗎？」

多米多里低沉而有力的聲音讓彌獲得了重生，她從李手上接過放著紅茶和檸檬水的托盤，回到了藻羅的起居室。這時，彌想起了昨晚天上說的那番話中，提到榊的家離這裏很遠，要一小時四、五十分鐘才到。天上說這句話時，幾乎是在嘴裏喃喃地說著。當時，他低著頭，似乎在說給自己聽。

「我眞是太粗心了。」

彌好不容易鬆了一口氣，此刻又難過地如此想道。

「老爺是希望醫生的家住得越遠越好，到這裏越晚越好，他爲自己感到難過。眞可憐……眞不知道他當時有多麼痛苦。」

然而，當彌來到藻羅的起居室門前時，突然覺得以後還不知道會發生多少痛苦的事。

「不知道是醫生先來，還是多米多里兄會先到……」

彌覺得自己就像被敵軍包圍的俘虜一樣，她在這種心情中，等待著多米多里。

伊作一方面是因爲將悲傷化爲力量，另一方面，他相信在這個家裏，只有自己有資格處理天上的事。所以，他的態度、言語立刻表現出一副掌握這個家主導權的樣子。隨著天上的死，伊作對藻羅日積月累的憎恨也終於在他心中爆發。彌始終認爲自己盡心地服侍天上，也爲此協助過伊作，伊作的這種翻臉不認人令她感到心碎。

伊作在等待榊醫師的同時，也希望磯子可以盡快趕到。伊作對天上的情況感到很不安，所以，發了一封限時信給磯子。照理說，磯子最晚昨天就已經收到了他的信。

❧ ❧ ❧

多米多里開著林作的座車來到天上家附近時，多米多里把車停在鄰居房子前長長的圍牆旁。然後，獨自下了車，朝天上家走去。這是坐在車上的林作吩咐他這麼做的。林作雖然不瞭解詳情，但他認爲一定有什麼導火線導致了大上突然死亡，而且，一定是藻羅點燃了導火線。林作一想到藻羅和彌在沒有天上的天上家裏的立場，就決定先把兩人接回淺嘉町再說。我來承擔所有的責難吧。到時候，我會向小野太太致歉，也要向伊作道歉。對伊作來說，天上的死，就像是多米多里面對我的死亡一樣。林作雖然曾經考慮過要讓多米多里到天上家裏去幫忙處理後事，但對方應該不會答應。雖然只需要幫忙到葬禮前，但這畢竟只是姑息的手段而已。藻羅之前在天上家裏橫行霸道，如今必定孤立無援；彌因爲藻羅的關係而承受了其他傭人的極度憎恨，整天看別人的臉色，連大氣都不敢喘一下。只靠姑息的手段根本無法讓他們在這種環境下繼續生活下去。伊作也一定已經對藻羅忍無可忍了。林作在車子上，看著應該和自己有相同想法的多米多里的背，終於做出了這個自私的決定。

「這也是沒辦法的事。」

林作在心裏想道。然後，感到一陣隱隱的心痛。然而，在林作身體內，還有另一個林作。這天早晨，在得知天上死訊的那一剎那，林作體內的另一個林作，臉上露出了笑容。是基於可以再度將藻羅帶回身邊的歡喜？林作的臉上浮現出一個看起來有點像是苦笑的迷人笑容。這個神祕的笑容在林作臉頰上那個看起來像是用手指壓出來的酒窩附近徘徊良久。那是一個勝利的微笑，藻羅終於只屬於自己一個人了。那是沒有一絲忸怩，毫無顧忌的惡魔的美麗微笑。那是一個肆無忌憚，簡直讓人懷疑是從林作的細胞轉移到了藻羅細胞裏；那是面對整個社會的叛逆笑容，叛逆的歡喜。

彌正站在廚房工作，對能夠和目前唯一的盟友李一起工作，讓她稍稍鬆了一口氣。這時，玄關的門鈴響了。鈴聲很輕，很短，只響了一聲。

「可能是多米多里兄……」

彌激動地打開門，果然看到多米多里站在那裏。在他緊密的嘴角，露出像生氣般很深的皺紋。

多米多里輕聲地對抬頭看著他的彌說：

「立刻帶藻羅大小姐走，車子就停在對面。」

彌不知所措地瞪大了眼睛，隨後，立刻跳了起來，轉身走上了樓梯。

藻羅站在彌和愛莎中間出現了。多米多里曾經聽說過愛莎，他立刻發現了今天藻羅和彌有多麼幸運，於是，他鄭重地向愛莎欠身示意。多米多里和彌走在摟著藻羅的愛莎兩側，快步走在花田中。花兒在陽光的照射下，靜靜地爭奇鬥豔，好像什麼事都沒有發生一樣。彌小聲地說：

「伊作兄現在應該在他自己的房間吧。」

多米多里毫不猶豫地看了伊作房間的方向一眼，愛莎低聲地說：

「藻羅，不用害怕。」

順利走到大門時，彌害怕地回頭看著玄關。

「本間良……」

本間良可能聽到了動靜，才跑出來玄關。她一個人茫然地站在遠遠的、像黑洞一樣的玄關。

多米多里頭也不回地說：

「不用擔心。」

四個人走過鄰居的圍牆時，彌看到林作坐在車上。彌再也忍不住內心的感動，熱淚盈眶地對愛莎說：

「這是我家老爺。」

一行人走近汽車時，林作下了車，對愛莎說道：

「你是愛莎·嘉赫奈小姐吧？請上車，聽說你很照顧藻羅，我們送你回家。」

藻羅又恢復了平時慣有的不悅表情，但受到打擊後的臉色仍然很蒼白。這應該和她最近都沒有去天上的起居室，很久都沒有吃造血劑也有關係。她皮膚散發著帶有黏性的光澤，驚慌後的陰影顯得越發可愛。藻羅坐在林作和愛莎之間，她瞥了一眼林作眼底深處的隱隱微笑，將頭髮亂成一團的頭依靠在林作的肩上。

愛莎若有所感地看著這一切，用溫柔而複雜的眼神看著他們。林作在心裏自言自語著。

「又出現了一個犧牲者。這次，終於要了他的命……」

彌坐上副駕駛座時，才發現自己的腳底割破了，好像是被小石頭割到的，她立刻感到一陣疼痛。彌仍然驚魂未定，蜷縮著肥胖的身體，坐在多米多里旁。林作心疼地看了看彌，面帶微笑地看著愛莎：

「彌可能是最大的受害者……」

那是他第一次露出輕鬆而平靜的微笑。

後記

小說和甜桌

我前後花了十年寫這部《甜蜜的房間》，那實在是一段漫長而痛苦的歲月。尤其是寫到小說的後半部分，我開始感到恐懼和忐忑，「這部小說可能無法順利結尾，最後，很可能必須向編輯道歉，『對不起，我還是寫不出來』」。我似乎並不屬於那一類專業的小說家，而是那種寫著寫著，就自然而然地收尾的那種小說家。每次寫小說，都會很不可思議地「船到橋頭自然直」，連伏筆也是在不知不覺中鋪陳的。如果是第一次寫小說還另當別論，但我已經寫了五、六本小說，這實在是一個很大的恥辱。我抱著「如果眞的寫不完，該怎麼辦？」的恐懼，迎接了第十年，在痛苦的日子中徘徊。我就像是背著沉重的行李，卻連一口水也喝不到的驢或矮馬一樣。讓我這頭驢邁開腳步的，是翹首盼望我的小說的室生犀星、三島由紀夫這兩位亡靈和朋友，還有廣大讀者默默的支持。

痛苦終有一天會結束，即使生了多麼痛苦的疾病，也會在死後獲得解脫。不可思議的是，我的小說在去年十二月三十一日完成了。

在這九年的時間內，我完全不想其他的事，放棄了所有的快樂，整天默默地寫作，好不容易才催生出這部作品，可能會讓人覺得我的毅力驚人。正如剛才所提到的，我就像是背著沉重行李慢慢跨出腳步的驢一樣，其實，遊手好閒的人比有毅力的人更加痛苦。有毅力的人渾身充滿了活力，如果是男人的話，可以在頭上包一塊手巾，夏天甚至可以一絲不掛，他們做任何事都氣勢如虹，比勉強那些整天吊兒郎當、想要偷懶的人去工作容易多了。因爲，他們渾身是勁。但是，因爲我從來就不是有毅力的人，所以，我並不瞭解眞正的情況。

只有在一件事上，我的確發揮了極大的毅力。我在做自己要吃的東西——目前每三天做一次的甜點時，就需要發揮毅力。我會把巧克力塊切成我喜歡的大小，再用磨板把三分之二的方糖磨碎，撒在磨好的巧克力粉上。再把剩餘的三分之一的方糖切成和巧克力相同的大小，和其他的材料混在一起。由於這是用小刀難以切出的大小，因此，在做的時候，眞的需要發揮很大的毅力。我在煮飯時也一樣，所以，很花時間。

曾經見識過我的工作場所，也就是我的床的人，毫無例外地，都會用不可思議的眼神看著我裝在內側是白色、外側是奶油色的中型容器中的巧克力。因爲，這是任何人都沒有看過的甜點。由於方糖的粉拌得很均勻，鄰居杉木小姐的女兒瑛子小姐曾經問我「這是果凍嗎？」

有一次，我連同容器拿給金井美惠子看時，她說她想嚐嚐看。我既不想給她太多，但也不能少到被人以爲我很小器的量，所以，我小心翼翼地用茶匙裝了一些，放進她嘴裏。她的眼睛望著天花板，品嚐著這不可思議的甜點。那雙熱誠的眼睛似乎在說「森茉莉認爲的好吃，到底是怎樣的味道？」和她一起來的編輯伊藤貴和子，以及金井美惠子的姐姐也說想要嚐嚐。伊藤貴和子看出我有點捨不得，便將自己手掌上的巧克力分了一點給金井美惠子的姐姐。

雖然製作這種甜點比寫小說需要更多的毅力，但我並不以爲苦。

在杉木瑛子的央求下，我也分了一點讓她嚐嚐。我不能再和大家分享了，看過我的小說，吃過我的甜點的人，等於同時感受了我工作的辛苦和愉快。

森茉莉

昭和五十年六月

國家圖書館出版品預行編目

甜蜜的房間 / 森茉莉著；王蘊潔譯.--初版.--
臺北市：麥田出版：家庭傳媒城邦分公司
發行，2006【民95】
面； 公分. --（文學の部屋；29）
譯自：甘い蜜の部屋
ISBN 986-173-092-3（平裝）

861.57　　95010299